全國高等院校古籍整理研究工作委員會重點項目

浙江大學「211工程」三期「古代文化典籍整理、研究與保護」項目

義烏叢書編纂委員會
浙江大學浙江文獻集成編纂中心 編

陳熙晉集

上

〔清〕陳熙晉 著
張新朋 點校

中華書局

圖書在版編目(CIP)數據

陳熙晋集/(清)陳熙晋著;張新朋點校. —北京:中華書局,2023.10
(義烏叢書·義烏往哲遺著叢編)
ISBN 978-7-101-16099-4

Ⅰ.陳… Ⅱ.①陳…②張… Ⅲ.中國文學-古典文學-作品綜合集-清代 Ⅳ.I214.92

中國國家版本館 CIP 數據核字(2023)第 012350 號

書　　名	陳熙晋集(全二册)
著　　者	〔清〕陳熙晋
點　　校	張新朋
叢 書 名	義烏叢書·義烏往哲遺著叢編
責任編輯	梁五童
責任印製	陳麗娜
出版發行	中華書局 (北京市豐臺區太平橋西里 38 號 100073) http://www.zhbc.com.cn E-mail:zhbc@zhbc.com.cn
印　　刷	三河市中晟雅豪印務有限公司
版　　次	2023 年 10 月第 1 版 2023 年 10 月第 1 次印刷
規　　格	開本/880×1230 毫米 1/32 印張 33 插頁 4 字數 536 千字
印　　數	1-1200 册
國際書號	ISBN 978-7-101-16099-4
定　　價	188.00 元

義烏叢書學術委員會

主　任　安平秋

副主任　張涌泉　吴　格

委　員（按姓氏筆畫排序）

王雲路　張英聘　馮春生　樓含松　盧敦基

義烏往哲遺著叢編編委會

主　編　張涌泉　樓含松

義烏叢書編輯部

主　　編　吴小鋒

副 主 編　何曉東　龔俊紅　潘桂倩

成　　員（按姓氏筆畫排序）

毛曉龍　吴賢燕　周大富　施章岳　徐摯摯　張興法

傅　健　賈勝男　楊柳白　趙曉青　廖鈺琪　樓向華

劉俊義

本書執行編輯　趙曉青

總序

汩汩義烏江，從遠古流來，流過上山文化，流經烏傷古縣，流入當今小商品之都，流成一條奔涌着兩千兩百餘年燦爛文明浪花的歷史長河。

義烏江流域，山川秀美，物華天寶，文教昌盛，地靈人傑。自秦王政始置烏傷縣，兩千兩百多年的歷史時期，勤勞智慧的義烏人在此耕耘勞作，繁衍生息，改造山河，創造了璀璨的歷史文化。

義烏地方文化，是中華民族文化的組成部分，因其獨特的地理環境和歷史原因，又具有自身鮮明的特徵。

義烏文化的獨特性，體現在「勤耕好學、剛正勇爲、誠信包容」的義烏精神裏，體現在「崇文、尚武、善賈」的義烏民俗裏，體現在「博納兼容、義利並重」的義烏民風裏。義烏精神及民風、民俗遂成爲源遠流長的中華民族文化之泓泓一脈，成了中國歷史上不可或缺的一頁。千百年來，義烏始終在傳承着文明，演繹着輝煌，從而使義烏這座小城魅力無限。

義烏自古崇尚耕讀，特别是唐代之後，學風漸盛，素有「小鄒魯」之稱。自宋以來，縣學、社學、書院及私塾等講學機構多有設立，而「莅兹土者，莫不以學校爲先務」。故士生其間，勤奮好學，蔚成風氣，學有成就，燁燁多名人。並且，輻射出巨大的文化能量，不僅本地名儒代有，在浩浩學海與宦海中大展宏圖，而且還活動過、寄寓過數不勝數的全國各地的文化名人，從文人學者到書家畫師，從能工巧匠到杏林名家，其生動活潑的文化創造與傳播，綿延不絕的文化承續與傳遞，從來没有湮滅或消沉過。在博大精深的中華文化領域裏獨樹一杆頗具特色的義烏文化之幟，在優雅千載的儒風中誕生了許多屹立於中華民族之林的英傑。也正是文化底蘊的深厚與文化内涵的博大，造就了令人神往的義烏，使其作爲中華文化淵藪的鮮明形象而歷久彌新。

歷史，拒絶遺忘，總要把自己行進的每一步，烙在山川大地上。

時間逝而不返，它帶走了壯景，淘盡了英雄，留下了無數文化勝迹和如峰的聖典。只有在經過無數教訓和挫折之後的今天，人們才逐漸認識到作爲一個複雜系統的組成部分，城市的各要素所具有的種種不可替代的價值和功能，它們飽含着從過去傳遞下來的信息，而《義烏叢書》正是記録這些信息的真實載體。

歷史是無法割斷的，許多古老的文化至今仍然在現實生活中發揮着重要作用。當我們向現代化的目標邁進時，怎樣繼承古老文化的精華，剔除其封建糟粕，在傳統文化的基礎上建立社會主義新的文化格局，是一個擺在我們面前與物質生産同等重要的任務。

一位哲學家曾經説過，哲學就是懷着鄉愁的衝動去尋找失落的家園。今天，我們正處於一個重要的歷史性轉折時期，越來越多的有識之士也開始意識到，對民族民間文化源頭的追尋迫在眉睫。鑒於此，我們編纂出版《義烏叢書》，具有深遠的歷史和現實意義：

搶救文化典籍，古爲今用　文化典籍中的善本古籍，是前人爲我們留下的寶貴精神財富和歷史見證，極富文獻價值和文物價值。義烏歷代文士迭出，著述充棟。這些歷經滄桑而幸存下來的「國之重寶」，或出於保護的需要，基本封存於深閣大庫，利用率甚低；或由於年代久遠，幾經戰亂，面臨圮毁。如今，《義烏叢書》編纂工作的啓動，爲古籍的保護與使用找到結合點，通過影印整理，皇皇巨著擇除世紀風塵，使其化身千百，爲學界所應用，爲大衆所共享；同時，原本也可以得到保護。真可謂是兩全之策，是爲民族文化續命，是爲地方文化續脈。

繼承傳統文化，發揚光大　在義烏歷史上，有許多人文典故值得挖掘，有許多可歌可泣的先進事迹值得記載。撥浪鼓文化需要傳承，孝義文化值得發揚，義烏兵文化應予光大。但由於歷史上的義烏是個農業縣，文化底藴雖然深厚，載入史册的却寥若晨星。而深厚的歷史文化傳統能孕育和産生强大的文化力，能爲塑造良好的城市形象提供重要基礎，這種文化力所形成的精神力量深深熔鑄在城市的生命力、創造力和凝聚力中，是推動城市經濟和社會進步的内在動力。因而，《義烏叢書》編纂者堅持傳統文化與現代文化相銜接，精英文化與大衆文化相兼顧，創作出義烏歷史上從未有過的文化系列叢書，既是精神文明建設的需要，也是物質文明建設的需要。

追溯文化發源，承前啓後　義烏經濟的發展，並非無源之水，無本之木。「參天之木，必有其根；環山之水，定有其源。」義烏發展的文化之源、義烏商業的源流之根、義烏文化圈的形成特質，包括宋代事功學説對義烏「義利並重、無信不立」文化精神的影響，明代「義烏兵」對義烏「勇於開拓、敢冒風險」文化精神的影響，清代「敲糖幫」對義烏「善於經營、富於機變」文化精神的影響等。因而，如何用文化來解讀義烏，也成了《義烏叢書》的重要組成部分。

廣義的文化幾乎無所不包，狹義的文化基本限於觀念形態領域。從以上包含的内容可看出，《義烏叢書》對「文化」的界定，似乎介於廣、狹之間，凡學術思想、哲學原理、科技教育、文學藝術等多個類别與層次，均在修編範圍之内。

幾千年歲月藴蓄了豐贍富饒的文化積澱。面對多姿多彩、浩瀚博大的義烏文化形態，我們感受到了其内在文化精神的律動。

保存歷史的記憶，保護歷史的延續性，保留人類文明發展的脈絡，是人類現代文明發展的需要。如今，守望歲月的長河，我們不能不呼籲，不要讓義烏失去記憶。

《義烏叢書》卷帙浩繁，她集史料性、知識性、文學性、可讀性、收藏性於一體，以翔實的史料、豐富的題材、新穎的編排，全景式地再現了江南「小鄒魯」的清新佳景和禮儀之邦的精深内涵。走進她，就是走進時間的深處，走進澎湃着歷史的向往和時代的潮音的實地，去領略一個時代的結束，去見證另一個時代的開始。宏大精深的傳統文化曾經是，也將永遠是義烏區域文化賡續綿延的基石，也是義烏繼續前進乃至走在全省、全國前列的力量。在建設國際商都的進程中，搶救開發歷史文化遺產，掌握借鑒先哲遺留的豐碩成果，是全市文化學術界的共同期盼。因而，編纂這套叢書既是時代的召唤，也是時勢的需要。

習近平總書記近年來一直强調，文化自信是更基礎、更廣泛、更深厚的自信。我們認爲，地方文化是中華文化的本質特徵和根本屬性，是中華文化的重要代表。我們對地方文化源頭的追尋，正是爲了堅定我們中華文化的自信。這也正是我們編纂出版《義烏叢書》的主旨與意義所在。

義烏叢書編纂委員會

目録

前言……一
春秋規過考信……一
陳西橋先生傳稿……朱一新　三
春秋規過考信敍……宋翔鳳　六
春秋規過考信敍……蔡聘珍　八
輯録春秋規過條例……一
春秋規過考信自敍……三
春秋規過考信卷一之上……七
隱公……七

春秋規過考信卷一之中……五一
桓公……五一
莊公……九四
閔公……一〇二
春秋規過考信卷一之下……一〇四
僖公……一〇四
春秋規過考信卷二之上……一四四
文公……一四四
春秋規過考信卷二之中……一六七
宣公……一六七
成公……一八四
春秋規過考信卷二之下……二〇四
襄公……二〇四
春秋規過考信卷三之上……二五四

昭公……二五四
春秋規過考信卷三之中……三〇一
昭公……三〇一
定公……三二三
春秋規過考信卷三之下……三四七
哀公……三四七

春秋述義拾遺……三八五
陳西橋先生傳稿……朱一新　三八七
春秋左氏傳述義拾遺敘……三九〇
春秋述義拾遺卷首……三九三
春秋經傳杜預集解序……三九三
春秋述義拾遺卷一……三九八
隱公傳首……三九八

隱公……四〇〇
春秋述義拾遺卷二……四二八
桓公……四二八
莊公……四四四
閔公……四五三
春秋述義拾遺卷三……四五五
僖公……四五五
春秋述義拾遺卷四……四九〇
文公……四九〇
宣公……五〇三
成公……五一四
春秋述義拾遺卷五……五二七
襄公……五二七
春秋述義拾遺卷六……五七一

襄公……五七一
春秋述義拾遺卷七……六〇〇
昭公……六〇〇
春秋述義拾遺卷八……六二六
昭公……六二六
定公……六四七
附一　河間劉氏書目考……六五四
附二　隋書・儒林傳……六六八
跋……六七三
征帆集……六七五
征帆集序一……王柏心　六七七
征帆集序二……蔡聘珍　六七九
題辭一……龔紹仁　六八一

題辭二……蔡　逸　六八二
題辭三……劉耀藜　六八三
征帆集卷之一……六八四
甲午夏檄運京鉛將出黔中慨然有作……六八四
早發貴陽……六八五
清鎮……六八五
渡雞唱河　即滴澄河……六八六
鴨池河……六八六
渡鴨池河至黔西州……六八七
見李恭勤公神道碑作……六八七
水西廳事有香海棠一株刺史吴蘭雪每至花時觴詠其下題爲香海棠巢詩以柬之……六八七
乾堰塘雨……六八八
烏西……六八八

七月十五日同吴蘭雪刺史嵩梁龐子芳明府霖謁畬香墓……六八九
斗姥閣同吴蘭雪龐子芳觀泉……六九〇
水西使君歌爲吴蘭雪刺史作……六九〇
畢節縣簡龐子芳……六九一
自毛雞廠至金銀山……六九一
白崖……六九二
清水鋪至赤水營……六九二
渡赤水河至胖官腦……六九二
雪山關……六九三
摩尼和萬梓巖太守承宗李南枝明府秀發題壁韻……六九三
普市……六九四
敘永……六九五
清水河……六九五
納溪舟中……六九六

自納溪入大江經掇旗山下三灘……六九六
瀘州秋日感懷……六九七
過撫琴臺作……六九八
八月六日偕徐懷霖提舉維良邱海峯孝廉詠思劉次言明府
宇昌胡雲亭孝廉薦夔遊龍馬潭作……六九九
歸燕……七〇〇
江陽曲……七〇〇
舟次合江……七〇五
舟中望少岷山作……七〇五
先孝女詩……七〇六
晚泊江津……七〇九
夜郎溪 即僰溪……七〇九
重慶旅次……七〇九
水月菴作……七一〇

蟋蟀……七一二
巴郡弔嚴將軍……七一二
旅中……七一三
九月見菊花作……七一三
螽山禹廟……七一三
登螽山絶頂覽勝亭……七一四
偶感……七一四
客中秋日作……七一五
造船行……七一六
江上步月……七一七
巴中感懷……七一七
鷗……七一八
鷺……七一九
巴江曲……七一九

晚步……七二〇
水月菴夜坐……七二〇
秋感……七二〇
渝州歌……七二三
登舟作……七二三
巴江即景……七二三
旅懷……七二四
征帆集卷之二……七二五
放船行……七二五
舟次唐家沱……七二六
銅鑼峽……七二六
明月峽……七二七
大臂峽……七二七
橈夫曲……七二八

臺盤𣕚……七二八
長壽縣……七二九
黄魚嶺下十餘里盡灘也一舟爲石所破募善泅者撈鉛全獲詩以紀事……七二九
荔支園……七三〇
涪州望烏江合流處……七三〇
鑱碑梁……七三〇
酆都山……七三一
羊渡溪……七三二
忠州……七三二
過忠州口占……七三三
官溪渡對月……七三三
簸箕石……七三三
折魚灘俗稱折尾𣕚……七三四
登石寶山……七三四

早霧……七三五
曉發仰渡……七三六
大湖灘……七三六
白水溪……七三七
萬縣……七三七
巴陽峽……七三八
小江……七三八
雲陽縣……七三九
雲陽張桓侯祠……七三九
東陽灘……七三九
廟磯灘……七四〇
東陽廟磯灘中没兩划子值雲陽救生船二人俱被拯悵然作……七四〇
磁莊灘……七四一
冬至……七四一

夔州江行……七四二
八陣圖……七四三
白帝城謁昭烈祠……七四四
草堂河懷杜少陵……七四五
夔州旅泊……七四五
灩澦……七四六
瞿唐峽……七四六
泊黑石……七四七
夔峽觀皇宋中興聖德頌……七四七
夔江舟次……七四八
戴溪……七四九
巫山縣……七四九
巫峽……七五〇
神女廟……七五一

横石阻風……七五一
杉木瀼……七五一
萬流驛……七五二
巴東縣……七五二
牛口見山上雪……七五三
石門灘……七五三
葉灘……七五四
葉灘上大風……七五四
歸州……七五五
三閭大夫故里……七五五
昭君村……七五六
人鮓甕一名吒灘……七五六
新灘……七五七
望新灘上人家……七五七

空泠……七五八
歸州雜詠……七五九
空泠峽觀泛船……七六〇
黄陵廟……七六〇
西陵峽……七六〇
至宜昌……七六一
西陵懷古……七六一
征帆集卷之三……七六三
彝陵泛舟……七六三
宜都……七六四
枝江……七六四
松滋……七六四
泛羊角洲雀兒尾諸灘至沙市……七六五
荆州……七六五

私鹽嘆……七六六
關壯繆祠……七六七
鐵犀行……七六八
沙市守歲……七六八
乙未元日……七六九
泊郝穴……七六九
公安……七六九
石首……七七〇
監利舟中望遠山作……七七〇
車灣早發……七七一
泊觀音洲……七七一
人日立春巴陵舟中作……七七一
荆江口……七七二
臨湘……七七二

沔陽行……七七二
陸口……七七三
嘉魚……七七三
至漢口……七七四
登黄鶴樓……七七四
漢江口占……七七四
遊郎官湖……七七五
魯肅墓……七七五
伯牙琴臺……七七六
郭公堤上散步……七七六
登大别山放歌……七七七
晴川閣……七七八
鸚鵡洲……七七八
漢上……七七八

小坐……七八〇
南湖柳枝辭……七八〇
賣船作……七八一
後湖即景……七八二
久滯漢陽悵然有述……七八二
漢陽早發……七八三
清明日作……七八三
灄口……七八四
三江口……七八四
赤壁懷古……七八四
黃州訪東坡故址……七八五
武昌縣……七八五
西塞山下作……七八五
蘄水……七八六

蘄州……七八六
興國州……七八七
龍坪鎮……七八七
黄梅……七八七
舟次田家鎮……七八八
望廬山歌……七八八
白香山送客處……七八九
琵琶亭……七八九
静念……七九〇
舟次九江……七九一
關吏嘆……七九二
自九江次湖口……七九二
石鐘山……七九三
小孤山……七九三

次宿松……七九三
彭澤……七九四
東流……七九四
花園鎮阻風……七九四
三月三十日舟中作……七九五
大觀亭……七九五
皖口謁余忠宣公祠……七九六
桐城……七九六
攔江磯……七九七
池洲……七九七
無爲州……七九八
泊大通……七九八
銅陵……七九八
泊荻港……七九九

蟂磯……七九九
船户行……七九九
却悔……八〇〇
當塗即事……八〇〇
采石懷虞雍公……八〇一
烏江弔項王……八〇二
天門山……八〇二
鯽魚嘴望和州……八〇三
龍江舟夜……八〇三
金陵懷古……八〇四
燕子磯作……八〇五
永濟寺……八〇五
蒹塘三弟自黔中相從至白下於其歸也口占送之……八〇六
征帆集卷之四……八〇七

渡江……八〇七
望儀徵……八〇七
揚州……八〇八
舟夜……八〇八
高郵……八〇八
寶應……八〇九
淮上得家書……八〇九
清江閘……八一〇
官河短歌……八一一
渡黄河……八一三
渡河南望有感……八一三
新河旅泊同李石船提舉承基林賓甫别駕寅董柯亭明府友筠
趙槐三明府鵬翔小集劉石洲明府榮祖舟中作……八一四
楊莊舟次見河水大漲灌入新河偶然成詠……八一五

桃源……八一六
宿遷項王故里……八一六
七月九日書懷……八一六
邳州詠留侯……八一七
臺庄……八一七
微山湖……八一八
十字河……八一九
沛中懷古……八一九
南陽鎮……八二〇
仲家淺謁仲子廟……八二〇
望南旺湖……八二〇
太白酒樓歌……八二一
濟寧舟次……八二二
大長溝……八二三

南旺分水處謁宋康惠公祠……八二三
下北柳林閘……八二三
舟行……八二三
泊張秋……八二三
阿城鎮……八二四
陽穀……八二四
抵李海務閘……八二五
聊城詠古……八二五
曉發東昌……八二六
堂邑……八二六
泊戴家灣……八二七
臨清州……八二七
自南板閘出北板閘入衛河……八二八
夏津……八二八

武城中秋……八二八
東武城行……八二九
夾馬營……八二九
鄭家口　本名鄭鎮口……八三〇
故城縣……八三〇
四女寺……八三〇
德州……八三一
曉過安陵鎮……八三一
泊連窩鎮……八三二
東光……八三三
南皮……八三三
滄州……八三三
青縣……八三三
静海……八三四

獨流關……八三四
楊柳青……八三四
衛河行……八三五
津門秋感……八三五
感懷……八三六
楊村偶述……八三八
張家灣……八三八
通州……八三九
通州旅寓……八三九
打冰詞……八四〇
歲寒三友芝蘭發色圖爲戴春塘廉訪作……八四〇
丙申正月三日出都宿長新店作……八四一
涿州途次……八四一
白溝早發……八四二

定興陽忠愍公墓……八四二
磁州崔府君廟……八四三
邯鄲詠古……八四四
渡漳水望魏武帝疑冢……八四四
宿豐樂鎮……八四五
湯陰嵇侍中墓……八四六
施將軍祠……八四六
比干墓……八四八
尉氏……八四八
嘯臺……八四九
洧川道中……八四九
朱曲鎮國大夫祠……八四九
襄陽歌……八五〇
岳陽樓……八五〇

浮洞庭……八五一
武陵偕張次蘭乘小船之黔中……八五二
發武陵……八五三
桃源……八五三
桃源有爛船洲相傳漁人出桃花源舟已爛矣過此戲作……八五四
見刺梨花作……八五四
西陽遇雨……八五四
響琴峽……八五五
自邛水至等溪大雨……八五五
有感……八五六
短歌行……八五六
讀史……八五七
回首……八五八
書後……八五九

日損齋筆記考證……八六一
辯經六則……八六三
辯史十六則……八七五
雜辯十三則……八九七

補　遺

補　遺……九〇九
修仁懷直隸廳志引……九〇九
同知陳熙晋《籌備賓興經費稟》……九一〇
同知陳熙晋《祠記》……九一三
寺觀……九一五
同知陳熙晋《百穀説》……九一六
同知陳熙晋《茘枝説》……九一八
同知陳熙晋《烏柏説》……九二〇

同知陳熙晋《釋鮪》……九二三
同知陳熙晋《釋鱯》……九二四
同知陳熙晋《水騾説》……九二六
太極泉銘……九二八
先農壇記……九二九
奎光閣記……九三一
仁懷直隸軍民府賓興田記……九三三
仁懷直隸廳社稷壇記……九三四
厲壇記……九三五
茈照義渡記……九三七
土城義渡記……九三八
羅翁八十二壽序……九三九
夜郎考……九四〇
竹王考……九四二

符關辯……九四五
辯仁懷爲漢符縣地……九四八
唐朝垻辯……九五〇
原教……九五三
包貞女傳……九五四
之溪官舫賦……九五五
荔枝賦……九五七
懷陽官舍述懷……九五八
度三十彎……九六〇
下丙灘……九六〇
東皇場……九六一
唐朝垻……九六一
詠杉……九六二
黃葛樹歌……九六三

崖鏟口……九六四
懷陽洞……九六五
赤虺河水漲作……九六五
食荔支作……九六六
牯牛船謡……九六七
舦船曲……九六七
採蕨行……九六八
南將軍神祠曲……九六九
泛舟至仁懷作……九七〇
丙灘雨泊……九七〇
過孔灘橋至迴龍場……九七〇
宿榮華寺……九七一
茅苔村……九七一
長夏……九七二

以公事至勞溪上口占……九七三
懷陽雜詩……九七三
三台山晴眺……九七五
懷陽郡齋……九七五
仁懷縣……九七六
城上望赤水河……九七六
舊仁懷即事……九七六
猿猴鎮……九七七
土城關……九七七
最念……九七八
官舍書懷……九七八
宿芘照渡……九八〇
宿風溪口……九八〇
之溪櫂歌……九八〇

官齋即事……九〇
宿丙灘上……九一
登奎光閣……九一
主要參考文獻……九二

前言

陳熙晋（一七九一——一八五一），原名津，字析木，號西橋，浙江義烏人。清嘉慶二十四年（一八一九）應貢生試，舉優貢。嘉慶二十五年，考充鑲黄旗教習。道光五年（一八二五）由教習揀發貴州，道光九年任龍里知縣；旋即調任普定縣。此後曾任開泰、永從等縣知縣。道光十二年遷任貴州仁懷廳同知，後曾任郎岱廳同知、廣順州知州、都匀府知府等職。道光二十二年奉調離開任職十七年的貴州，赴湖北宜昌任知府。道光三十年丁母艱，辭官回鄉，爲母守孝。次年病逝於家中。

陳熙晋歷仕貴州、湖北等地，於時政處理頗爲得當。如《清史稿》本傳記載他處理蔣昌華之亂，「縛其渠而貸諸脅從」，未興大獄而全活無算；朱一新所撰《陳西橋先生傳稿》記其處置在貴州的王士林之黨，捕獲後「窮鞫迄無狀，乃以情報」，使其「得減等」；以上二事，既平定了亂局，又不濫殺無辜，使罪犯各得其罪。與之相似，在一些疑難案件處理上，陳熙晋也有自己的手法。如《清史稿》本傳載龍里民有以釘鞵殺人，被執者已經招認，但兇驗不合，頗有疑點。一日「見叢人中有曳釘鞵竊睨者，命執而鞫之，痕宛合」，真兇最終伏法。又如，《陳西橋先生傳稿》記有老人死於道路，不知爲何而死，成爲無頭案。陳熙晋得知有小兒與死者同行，遂「密呼兒，啗以果餌」，小兒則「遽效老人墮樹狀」，終得老人死亡的實情。

陳熙晋爲官盡心盡責，在如何有效治理地方政事方面也屢有所思。如永從縣有湖耳、永安二土司，轄五十餘寨，且距府窵遠，而相鄰的錦屏縣疆域狹窄，故陳熙晋建議割二土司以屬錦屏。又，錦屏縣的毛坪子寨産杉，商賈聚集，争訟遂多，故陳熙晋建議在毛坪設巡檢。以上所思，雖未被上司採納，但陳熙晋於地方治理之用心於此可見。

陳熙晋爲官清廉，一心爲當地百姓疏解困難、謀求福利，頗有政聲。如，在其所任的貴州普安縣，有獲盜不送官而「積薪焚殺之」的舊俗。因此，有利用此俗而挾讐致焚三尸者，役吏不敢拘捕，民衆噤若寒蟬。陳熙晋期必得之，依法治之，當地擅自動用私刑的民風也因此改變。再如，在仁懷廳任上，陳熙晋增設芘照、土城義渡，溝通河水兩岸，便民往來，利物流通。又如，陳熙晋在宜昌任職六年，了結積壓案件一千七百餘件。道光二十九年（一八四九）湖北大水，流民聚於宜昌，陳熙晋在盡力安撫的同時，開工修葺城垣，以工代賑，救濟災民。

陳熙晋作爲科舉出身的官員，深知教育的重要性，故在其任上對於當地的文化教育頗爲重視。如他在到任龍里知縣的當年——道光九年（一八二九）就「思創爲課士之所」。次年得縣署前之地，乃捐出個人薪俸購置，芟榛芿，剔荆棘，平凸凹，創建蓮峰書院，以培养「處則循孝弟忠信之实，而出則膺天下国家之重」的人才。其後又「置田畝百餘區，爲書院永業」，以支持書院的運營。道光十二年，陳熙晋出任仁懷直隸廳同知。到任後，陳熙晋「以興賢能爲急務。公餘之暇，接見諸生，勖以文行，每月集校文藝」。他發現「勘造就者不乏其人」，然到了鄉試之年「赴省應試者頗少」。這與仁懷廳地處貴州西北，距離省府幾近千里有很大關係：走大路遥遠、走小路艱難，到達省城頗需時日；加之食飲之用、川旅之資、筆墨之費又復不少，寒門士子難以承担；不少士子經濟窘迫，無奈只有放棄應試。面對如此情況，陳熙晋集同地方士紳裒集錢款千餘緡，置買田産，並完善發放章程，資助應試士子赴省城參加考試；「從此多士志切觀光，争先恐後。自不難於經費，自不怠於從事」。

以上所論爲陳熙晋從政的若干方面。與此同時，他始終没有脱離書生本色，「積書數萬卷，訂疑糾謬，務窮竟原委，去取精審。政暇則獨坐一室，披誦至夜分。每語及經史、三通、歷朝會要，衮衮若成誦」。陳熙晋平生著述頗多，據史料所載，有《帝王世紀》二卷、《古文孝經述義餘語》五卷、《春秋規過考信》九卷、《春秋述義拾遺》八卷、《日損齋筆記考證》一卷、《貴州風土記》三十卷、《黔中水道記》四卷、《仁懷廳志》二十卷、《宋大夫集箋注》三卷、《駱臨海集箋注》十卷、《征帆集》四卷、《文集》八卷等多種。今所存者有《春秋規過考信》《春秋述義拾遺》《日損齋筆記考證》《仁懷廳志》《駱臨海集箋注》《征帆集》等。

本集整理涉及《春秋規過考信》《春秋述義拾遺》《征帆集》《日損齋筆記考證》四種，另補遺部分爲輯録《仁懷直隸廳志》中所收陳熙晋詩文。現分别簡介如下。

《春秋規過考信》三卷，各卷又分卷上、卷中、卷下。晉杜預所撰《春秋經傳集解》是現今所存關於《春秋左傳》較早的注釋書，是《春秋左傳》研究史上的重要著作之一。然杜預之注解多有强經就傳之處，隋代劉炫就此曾作《春秋左氏傳述義》，以規其過。劉氏之書，後世不傳，但在唐孔穎達《春秋左傳正義》中保留若干條目。然劉氏所規杜氏之過，孔穎達蓋以爲非是，有失偏頗。有鑒於此，陳熙晉於道光二十六年（一八四六）利用閑暇時間，從孔穎達《春秋左傳正義》中輯出劉炫《春秋左氏傳述義》條目一百七十三條，取經史百家及近儒著述與劉炫規過相發明者，列於每條之下，同時加以本人按斷，以辨明之，名之曰《春秋規過考信》。陳熙晉熟於經史、貫於三通、了於歷朝會要，故其所申述辨明之條目有理有據，可補前人所未備、發前人所未明。

如隱公四年：「莒人伐杞，取牟婁。」杜預注：「書『取』，言易也。例在襄十三年。」劉炫規曰：「上言『伐』下言『取』者，非易。成二年取汶陽田，乞師盟主，興兵伐齊，得邑既難，而亦書『取』。」陳熙晉申曰「杜以傳言『凡』者，皆爲傳例，故引『書取言易』，謂例在襄十三年也」，隨後引《周官》「以九伐之灋正邦國」所列「九伐」無「取」之名，以證經文「伐杞，取牟婁」與單言「取牟婁」用意有所不同。其後則進一步據僖公二十三年、宣公四年、哀公二年等多條記載來證明「傳家無『伐』『取』之例」。此後，陳熙晋進一步申述曰：「今夫《春秋》有文同而事異者，亦有事同而文異者，權乎事與文之間，而義在焉。得其義，則雖例之所無，不難據義而斷；不得其義，則雖例之所有，亦繳繞而其義愈晦；有例無義，則非所以治《春秋》，適所以亂《春秋》矣！諸注言例在者，左氏未始有例，杜氏推以爲例耳。杜氏曰『書「取」言易』，劉氏曰『上言「伐」下言「取」』者，非易』，劉意非以書『取』者爲必易也，亦非以『上言「伐」下言「取」』者爲必非易也，正以見不可以例分難易也，故破杜氏之例者，自劉氏始。」陳氏所申，乃真知灼見。

又，與唐代孔穎達一味地維護杜氏之注，而將劉炫所規概斥爲非不同，陳氏之書，務求考信，於杜氏所注、劉氏所規並無偏頗。其中固然多數是杜氏非而劉氏所規是者，但也有十之一二爲杜氏是而劉氏非者。對這一部分，陳氏則爲杜氏申述之。如昭公十一年：「鄭莊公城櫟，而寘子元焉。」杜注：「子元，鄭公子。莊公寘子元於櫟。桓十五年，厲公因之以殺櫟大夫檀伯，遂居櫟，卒使昭公不安位而見殺。」劉炫規過據桓公五年「子元請爲左拒」之傳云「曼伯爲右拒」，認爲「曼伯、子元近是爲一」。陳熙晋釋曰「桓五年，杜注『曼伯，檀伯』。顧亭林疑子元即厲公之字，檀伯、曼伯爲一，曼伯、子元不得爲一」，最終認爲「劉沿鄭衆之誤，孔氏駁正之，證據甚確」。

至於杜氏之注與劉氏之規並未當者，陳氏則斷以己意，同時援引群言申述之、證明之。如成公十年：「居肓之上膏之下。」杜預注云：「肓，鬲也，心下爲膏。」劉炫規曰：「釋者爲膏，連心之脂不得稱膏，以爲『膏』當爲『鬲』。」對於「膏」之解釋，陳熙晋引《説文解字》《禮記·内則》《五行大義》所引《八十一問》等論證之，其後得出結論云：「蓋析言之，心下爲膏，膏下爲肓，肓下爲鬲；總言之，則膏肓相連，俱在心下鬲上，當曰『心下爲膏，鬲上爲肓』。膏肓非要害，而横上下之要害，爲心鬲之患，故攻之不可，達之不及，杜以肓爲鬲，則與膏不相類矣。杜訓膏本確，以其連心而言，不論凝與釋也。劉改『膏』爲『鬲』，則與『肓』不相類矣。」最終認爲「許義最精，杜解未盡是，劉規非是」。諸如此類的例子爲數不少，兹不一一。

本書版本主要有清咸豐六年（一八五六）習佳精舍刻本和清光緒十五年（一八八九）廣雅書局刊本兩種。前者目前所知僅上海圖書館有收藏；後者則相對流傳較廣，國家圖書館、中國科學院圖書館、北京大學圖書館、上海圖書館、浙江圖書館等多家單位均有收藏。臺北新文豐出版公司出版的《叢書集成新編續編》、上海書店出版的《叢書集成續編》、陳建華等主編的《廣州大典》、黄靈庚主編的《重修金華叢書》等均據光緒十五年廣雅書局本爲底本進行影印，本次整理即以光緒十五年廣雅書局原刊本爲底本。

《春秋述義拾遺》八卷。遵循《春秋規過考信》的方法，陳熙晋又於孔穎達《春秋左傳正義》中得一百四十三條，其中不同於杜預解釋的有三十條，但孔穎達駁正甚少。對於這一情況，陳熙晋的解釋是「殆以唐初奉敕删定，著爲令典，黨伐同異，亦勢會使然」。依照《春秋規過考信》的體例，陳氏「參稽經籍，援據羣言，案其事理，辨其得失」，將後得的一百四十三條加以考證，成書八卷，名曰《春秋述義拾遺》。

與《春秋規過考信》一樣，陳氏《春秋述義拾遺》所涉及條目之辨證亦是遵循先出經文、杜氏之注，次引諸家論説，最後附以己見的體例。《春秋述義拾遺》一百四十餘條，陳氏之案斷事理明晰、辨析條理分明，於《春秋》經傳之理解大有裨益。如僖公二十一年：「夏，大旱。」杜注：「雩不獲雨，故書旱。自夏及秋，五稼皆不收。」孔穎達疏對經文「夏，大旱」的解釋是：「周之夏即今之二月、三月、四月也。於時方欲下種，此月不雨，未能成災。而書『夏大旱』者，此後雖得少雨，而終是不堪生殖。從夏及秋五稼悉皆不收，不收之後，擇最旱之月而書之，故書『夏大旱』也。」劉炫則曰：「大旱而不書饑者，傳云『是歲也饑而不害』，故不書饑。」陳熙晋案語曰：「《春秋》書大旱者二：此年夏及宣七年秋是也。夏於今爲二、三、四月，秋於今爲五、六、七月。夏旱未至全害五稼，故傳曰『饑而不害』，劉説是也。如杜之言，自夏及秋五稼皆不收，經何以不書『夏及秋大旱』，而但書『夏大旱』乎？此杜之妄，孔氏既云『於時方欲下種，此月不雨未能成災』，又云

『此後雖得少雨，終是不堪生殖』，敢於違經、傳而不敢違注，疏家往往如是。」陳熙晋的案語申明了對劉炫觀點的支持，同時指出過去注釋家囿於「疏不破注」的傳統而不惜迂迴甚至曲解經文來就注家觀點的現象。

又如昭公元年：「四姬有省猶可，無則必生疾矣。」杜注：「據異姓，去同姓，故言省。」孔疏引子産説，云：「四姬之外，若有異姓之女，接御於公，減省公之寵愛於四姬之事，如此猶可。若無異姓之女減省，公情專愛四姬，則必由此故以生疾矣。」劉炫辨曰：「子産言，若於同姓不深，病猶可差。若於四姬有此，省相見，稀接御，則此病猶尚可。如無稀省，耽之過度，則必生疾。」陳熙晋案語曰「《穆天子傳》不足據，叔向不及子産遠矣。劉以『省相見，稀接御』爲『省』，最合傳意。顧亭林曰『省，減也』，解非。」肯定劉氏之説，辨明顧炎武之誤。

與《春秋規過考信》情形相似，《春秋述義拾遺》對於劉炫的觀點並不是一味地贊同，劉炫之説有不恰當的，陳熙晋則予以批駁、辨正。如襄公十年：「納諸霍人。」杜注：「霍，晋邑。」劉炫解「霍人」曰：「霍，晋邑。人，掌霍邑大夫，猶郰邑大夫稱郰人紇，蓋使爲晋附庸也。」孔穎達疏曰：「霍是舊國，閔元年，晋獻公滅之，以爲晋邑也。言納諸霍人者，此霍邑或稱霍人，猶如晋邑謂之柏人也。必知霍人爲霍邑者，班固《漢書·樊噲傳》云『攻霍人』，是霍人，邑名也。」陳熙晋辨曰：「霍自霍，霍人自霍人，一爲國名，一爲邑名。徐位山、江慎修辨之詳矣。杜氏此注當云『霍人，晋邑』，不當云『霍，晋邑』。劉氏望文生義，以爲掌霍邑大夫，猶郰邑大夫稱郰人紇，誤矣。孔氏知引《樊噲》之『霍人』而以霍國、霍邑爲一地，亦沿其誤。」陳氏之辨，否定了劉炫「霍」爲邑名，「人」爲掌邑大夫之説；同時指出杜注、孔疏的疏失之處。以上之情况，詳見《春秋述義拾遺》原文，不再贅述。

《春秋述義拾遺》末尾另附陳氏據《隋書·劉炫傳》《隋書·經籍志》《新唐書·經籍志》《舊唐書·藝文志》《玉海》《通志》《文獻通考》等書所輯《河間劉氏書目考》及過録於《隋書·儒林傳》的《劉炫傳》。又，本書通常與《春秋規過考信》合刊，故其版本情况與《春秋規過考信》基本相同。唯其光緒本刊成於光緒十七年（一八九一），時間上比《春秋規過考信》晚兩年。本次整理亦以廣雅書局原刊本爲底本。

《征帆集》四卷。雲南、貴州作爲銅、鉛出産大省，一直有向朝廷供奉銅、鉛，以供鑄幣之需的慣例。陳熙晋出仕貴州時也曾承擔此役：由貴州出發，攜大中小船三十六艘，歷經四川、重慶、湖北、江西、安徽、江蘇、山東、河北、天津，最終到達北京，歷時十四個月，行程九千餘里。陳熙晋一行之船隻沿各地之江河而行，其間所面對的是诸如「窪隆蝕不盡，往往蟠蛟螭。嚴冬湍水縮，北風無已時。咄哉船與石，訇然相磨治。轉捩誤秋毫，檣櫓如冰澌」（《鑱碑梁》）、「危厓扼怒流，折溜如折銕。日夜戰雷霆，砉然恐其裂。……併力萬夫噪，賭命孤注擲。水飛船與飛，目閃雪花瞥」（《折魚灘》）、「十日北風吹水立，白晝半空飛霹靂。南漕何奔騰，北漕更偪仄。亂石激浪千丈高，白勃相持勁於鐵。駛如駿馬注危坡，矯如勁鷹辭故柯。迅如彊弩發羽箭，欻如破壁騰龍梭。千篙萬櫓枉虚設，但憑梢柁神轉捩。行舟一墮機穽中，帆檣倏忽隨烟滅」（《新灘》）之類的怒濤駭浪，令人膽戰心驚、魂飛魄散。不唯如此，陳熙晋此次押運銅、鉛入京，經費上也十分緊張，「行李愁無計，催花夢未安。沿途籌待借，到處鋏空彈」（《漢上》），經常爲川資不足而擔憂——「嗟哉船尚未沾尺寸水，坐令萬金銷鑠隨秋烟」（《造船行》）。在錢款用盡之時，無奈「賣船思作道里費」（《賣船作》），然「百鏹換得十千錢，船價不抵官家税」（《賣船作》），還遭受大幅盤剥。爲柴米油鹽之日常開銷而發愁——「麻枲釘鉸劇煩碎，米鹽醯醬愁倒顛」，迫使平生秤星未能辨的文人「枉向蚨腥屑屑子母權」（《造船行》）——向人告貸。除此而外，諸如「尖帽短韡江上路，身在泥滓誰能憐」（《造船行》）、「有人堅坐孤篷底，不聽風濤也自驚」（《夔州旅泊》）長時在外漂泊的孤苦，「江上可憐客，天邊何處家」（《夔州旅泊》）、「絶域妻兒愁待米，寂寥人事不勝悲」（《牛口見山上雪》）、「骨肉驚心三處隔，風塵揮手幾時還。故園望斷江天裏，絶羨沙禽箇箇閒」（《秋感》）對家的牽掛，「平生駑鈍資，乞禄西南疆。自嗟瘴癘地，不及菽水香。……我母倚門閭，日暮天涯望」（《淮上得家書》）、「遥念高堂上，應憐奉檄人」（《乙未元日》）對父母的思念等人之常情也一直縈繞在陳熙晋的心頭。然陳熙晋並未因以上之情形而畏懼、而狼狽、而懈怠。他於押運途中閒暇之餘則吟哦不斷，把自己途中所見所感，形諸詩篇，結而爲集，名曰《征帆集》。

該集有道光二十六年（一八四六）、咸豐二年（一八五二）兩種刻本。據《中國古籍總目》所載，國家圖書館、北京大學圖書館藏有清咸豐二年刻本，著録作「征帆集四卷附試帖鈔存一卷，清陳熙晋撰」〔一〕。黄靈庚主編的《重修金華叢書》所收録者爲道光二十六年刻本，無《試帖鈔存》一卷。本次整理即以《重修金華叢書》所收《征帆集》爲底本。

《日損齋筆記考證》一卷。《日損齋筆記》是元代黄溍所撰三十五則考證筆記。據胡丹鳳《重刻日損齋筆記序》所言，此書最初並無次序，劉剛依照每條之性質分爲「辨經」「辨史」「雜辨」三類，重修編排，並附以元代危素所撰《神道碑》、元代傅亨所撰《請謚移文》《議謚》等文，成《日損齋筆記》一卷。黄氏所撰爲就經書、史籍及舊聞等加以考辨之書，直至清代，其説亦有不易理解之處。陳熙晋爲之詳細

〔一〕國家圖書館藏本亦收入陳紅彦、謝冬榮、薩仁高娃主編《清代詩文集珍本叢刊》第四四八册，其中未見《中國古籍總目》著録所附《試帖鈔存》一卷。後請國家圖書館劉波博士幫忙予以確認，國家圖書館藏本止於第四卷，無《試帖鈔存》；《中國古籍總目》關於國圖藏本著録有誤。北京大學圖書館藏本是否附録，情況暫不詳。

注釋、考證，成《日損齋筆記考證》一卷。該書據《中國古籍總目》所載有《墨海金壺》本（嘉慶刻、博古齋影印）、《守山閣叢書》本（道光刻、光緒影印、民國影印）和《金華叢書》本（同治光緒刻、民國補刻）等版本。然唯《金華叢書》本有考證，故《叢書集成初編》據《金華叢書》本排印，黄靈庚主編的《重修金華叢書》亦據同治九年（一八七〇）胡丹鳳所刻退補齋本影印。本次整理即以《金華叢書》所收同治年間胡丹鳳退補齋刊本爲底本。

陳熙晋一生著述頗多，大家所知者如《春秋規過考信》《春秋述義拾遺》《日損齋筆記考證》《駱臨海集箋注》《征帆集》等數種。史地方面，他則主持編纂了《仁懷直隸廳志》一部。其中收録有陳熙晋所撰寫的告禀、雜説、碑記、詩賦等多條。這些見載於《仁懷直隸廳志》的陳氏撰述，除《之溪棹歌》偶有研究外，其他部分多未予關注。今將這些陳氏撰述從《仁懷直隸廳志》中輯出，附於書後，以便利用。另附陳氏子陳元潁、陳元榑、陳元棐所作《登奎光閣》詩各一首於最後。

《仁懷直隸廳志》筆者所見爲道光二十一年（一八四一）刻二十卷本（見黄家服、段志洪主編《中國地方志集成·貴州府縣志輯》第三十九册），本次輯録即以此爲底本。

張新朋

二〇二三年六月

春秋規過考信

陳西橋先生傳稿

義烏朱一新擬

陳熙晉，一名津，字析木，號西橋，浙江義烏人。侍郎汪由敦督學浙江，奇其文有國士之目，舉優貢生，盡發所蓄書，恣披閱，學益進。以教習官貴州廣順、開泰、錦屏、永從、龍里、普定諸知縣，歷仁懷、普安同知，湖北宜昌府知府。權開泰時，滇省檄捕王士林黨之在黔者，出不意，盡獲之，窮鞫迄無狀，乃以情報，得減等。教匪蔣昌華擾黎平，將興大獄。熙晉捕其渠而貸諸脅從者，全活無算。永從有湖耳、永安二土司，轄五十餘寨，距府寫遠，而錦屏苗疆窄，欲割二土司屬之。錦屏之毛坪子寨産杉，賈販輻輳，多争訟，欲於毛坪設巡檢，條上大吏，不果行，乃存其議於所著《水道記》中。《貴州水道記》。善折獄，龍里民有以釘鞵殺人者，已誣服矣，而兇驗不合，心疑焉。一日方慮，因見叢人中有曳釘鞵竊睨者，命執而鞫之，其痕宛合，即自服。老人道死，無主名，熙晉廉得有小兒同行，密呼兒，啗以果餌，兒遽效老人墮樹狀，遂得實。龍里人爲生立祠，仁懷亦如之。牛叢者，滇南習也。民糾聚相雄長，號其魁曰「牛叢」。其獲盜，不謁之官輒積薪焚殺之，普安亦然。先是，有挾讐焚三尸者，役不敢捕。熙晉期必得，重繩以法，風頓革。王柏心撰傳。守宜昌六載，結積牘千七百餘事。道光二十九年，楚大水，流庸聚宜昌。熙晉畢力撫綏，復請葺城垣，以工代賑。秩滿將去，爲留六閱月，蕆其事。比行，送者數千人，皆泣下。《宜昌府志·名宦傳》。乞養歸，未幾卒，年六十一。

熙晉邃於學，積書數萬卷，訂疑糾謬，務窮竟原委，去取精審。《義烏縣志》。政暇則獨坐一室，披誦至夜分。每語及經史、三通、歷朝會要，衮衮若成誦。王柏心撰傳。所著《春秋規過考信》九卷，謂杜預解經厥有「三蔽」，劉光伯規之，而其書久佚，乃從《正義》中采得一百七十三事，並刺取經史百家及近儒著述與劉規相發明者，臚列而備論之。其杜非而劉是者，則爲之申，以見其説之可據；杜是而劉非者，則爲之釋，以見其不足難；至杜、劉兩説義俱未安，則爲之證，證之羣言，斷以己意，蓋劉説未合不及十之二焉。《春秋規過考信》自敘。又謂《隋·經籍志》載《春秋述義》四十卷，光伯本傳復有《春秋攻昧》十卷，不及《規過》。據孔穎達《序》稱「習杜義而攻杜氏」，疑《規過》當在《述義》中，非别爲一書。《舊唐書·經籍志》載《述義》三十七卷，較《隋志》少三卷，而多《規過》三卷，此其證也。孔氏於規杜一百七十三事，無一不以爲非。兹於所規之外，又得一百四十三事，並皆《述義》之文。其異杜者，三十事，駁正甚少，殆以唐初奉敕删定，著爲令典，黨同伐異，亦勢會使然歟。今參稽經籍，援據羣言，案其事理，辨其得失，成《春秋述義拾遺》八卷。《春秋規過考信》《述義拾遺》自敘。又有《古文孝經述義餘語》五卷、《帝王世紀》二卷、《貴州風土記》三十卷、《黔中水道記》四卷、《宋大夫集箋注》三卷、《駱臨海集箋注》十卷、《日損齋筆記考證》一卷、《文集》八卷、《征帆集》四卷。《義烏縣志》。官仁懷時，以未有志乘，創成《仁懷廳志》二十卷。《仁懷志·名宦傳》。

右朱鼎甫先生擬先曾祖西橋公《國史·儒林·文苑傳》稿，文存《佩弦齋集》，知本謹取以弁先曾祖遺著《春秋規過考信》《述義拾遺》二書卷首，俾讀是書者考見焉。曾孫知本補刊謹志。

春秋規過考信敘

宋翔鳳

《漢·藝文志》：《春秋古文經》十二篇、《左氏傳》十三卷，經不連傳。晉杜元凱始集經、傳並合爲一，而爲之解，前無是也，故西京博士皆以左氏不傳《春秋》。考今《左傳》有或書、或不書及所謂五十凡者，皆發明經文，安得謂之不傳《春秋》？可見其文爲劉歆增益。伯山仲師欲扶左氏，知之而不言；景伯子慎欲抑衆家，尊之而愈力。要之《左傳》《國語》集百二十國寶書而成，紀事紀言盡得其實，而于筆削之理顧未及之。自杜解盛行而賈、服諸家遂微。劉光伯出而規其過，書既不傳，賴得存于孔沖遠《正義》。《正義》伸杜抑劉，是疏家之體，其文具在，好學深思，瑕瑜自見，此西橋先生《考信》之所爲作也。蓋杜氏之解，多逞私臆，每違傳意；而劉氏之規，亦有略發其端，未能旁徵博引。至于此書，分別義類，決擇是非，依劉者申之；存杜者釋之；杜、劉俱未安者，采古今之説以證之；往所瞀亂，咸歸條理，各立依據，本末粲然，凡其大端，莫不備是。劉之未規，見于別載。蒙示下走，紬繹兼旬，歎爲淵海。然就師承，間有疑義，如漢之大儒董生言「春者，天之所爲」；「正者，王之所爲」；「王者，上承天之所爲，下以正其所爲」。此夏時冠周月説所由出，唐虞三代皆存二王後以通三統，正朔三而改，其來自古。秦以建亥爲正，而《太初曆》未定，閏月皆在歲終，與歸餘之義亦難可通。秦之變古易常，宜儒者所不道，左氏爲不傳《春秋》，復鄙心之所執。惟厥數事，未敢雷同，姑存斯理，以俟後來。

道光三十年四月廿四日，長洲宋翔鳳謹記。

春秋規過考信敘

蔡聘珍

劉光伯規杜，多按傳析經，精覈而折衷；於是孔沖遠非之，率牽合以護武庫，而苛駁劉規，至有前後矛盾而不自覺者。元凱，晋臣也，又爲司馬家壻，非不明綱常名教之大義，而迫于時勢，故其注《春秋》處處恐觸忌諱，不顧亂臣賊子之大防，其他考證之未協，臆度之不經，更不具論。是預爲晋室功臣，實《春秋》之罪人也。陳壽仕晋，承詔作三國史，以晋假禪受而取天下于曹氏無殊魏之承漢，勢不得不崇魏黜蜀。崇魏，即以尊本朝也。司馬温公作《通鑑》，帝魏寇蜀，誠以藝祖黄袍加身，亦假禪受而得柴氏之天下，欲諱本朝之詭取，不得不以歷朝之篡弑者而並諱之。迨南渡後，世遷時貿，禁忌漸疏，得紫陽《綱目》，帝漢黜魏，而反正焉，遂成千古信史。若夫注經雖不能不顧所處之時勢，而于綱常名節之所繫，斷不可因時勢而顯悖義理。杜注「宋華督弑君與夷及其大夫孔父」，謂「孔父書名，内不能治闔門，外取怨于民，身死而禍及君」；論仇牧、荀息一以爲「不警而遇盜」，一以爲「從君于昏」；洩冶直諫而死，以爲「直諫于淫亂之朝取死」。如此論人，是《孟子》所謂「異端詖邪，將使忠節寒心，亂賊益無顧忌矣」。其他如鄭莊射王中肩，爲「志在苟免」；祭仲被執，不明責以逐君之罪，以爲「聽脅迫而不稱行人」；齊崔杼弒莊公、晉平受賄還師，不譏其不討賊，而許爲「不伐喪」，諸如此類，未堪枚舉。在元凱目擊典午先世之篡逆，不敢褒美忠良，以彰醜惡，固也。然隱惡則可，縱惡則不可；舍善猶可，鋤善則不可；曲護其惡而鍛鍊其善，是誠何心！詎千有餘年後，穎達孔氏，又從而和之，反以劉炫《規過》爲非，四端安在乎？沙氏定峯《讀史大略》云「時與義，可兼則兼之，後世之論前史是也；不可兼，或後義而先時，陳壽三國史之類是也；或正義而黜時，吾輩今日論前史之是非而無關時局者是也」，立論極爲諦當。陳壽與司馬温公皆後義先時，紫陽則黜時正義，杜注、孔疏是解經，非修史，即宜從時，亦不當背義。雖諸家各有糾繩，而迄無定論。

西橋太守，淹貫古今，精于考據，與凡天文、地輿、禮樂、星紀，無不旁搜互證而斷歸一是。至綱常名教之防，其衮鉞予奪，尤不肯稍事依違，多有折于片言，無須諸説相附麗，而自成千古鐵案。且能與盲左相發明，是乃《春秋》之功臣、光伯之知己、武庫之諒友，雖杜、孔二氏復生，亦當心折而無可置喙。請即付剞劂，俾後來之讀《春秋》者得有指歸，真不朽之功業也！是爲序。

道光二十七年丁未小春中澣蕭山蔡聘珍謹撰。

輯録春秋規過條例

《隋書·經籍志》載《春秋左氏述義》四十卷，東京太學博士劉炫撰。本傳復有《春秋攻昧》十卷，不及《規過》。據孔氏《序》稱「習杜義而攻杜氏」，疑《規過》當在《述義》中，非別爲一書也。劉昫《舊唐書·經籍志》載《述議》三十七卷，較《隋志》少三卷，多《規過》三卷，此其證也。疏中一規一駁，炳然分明。是編須具「規過」字者方録入，餘俱別載《述義拾遺》，以昭畫一。

劉氏之規不傳，其文錯見于孔氏疏中，別白爲難。其體例大約先釋杜，稱「杜言」，杜以發端；所規稱「炫謂」「炫以爲」，表明己意；殆與鄭康成之駁《五經異義》及《箴膏肓》《發墨守》《起廢疾》相仿，顯輯詮次，寒燠載更，雖聚碎金，實侔完璧。

裒輯古書，宜標所自，兹編皆録自《正義》，間于《釋文》見其義，並未著姓名。十二公以年爲次，字句異同，排纂先後，讀者無難勘檢，今悉從略。

近世糾杜者，元趙氏汸有《春秋左傳補注》十卷、明邵氏寶有《左觿》一卷、陸氏粲有《左傳附注》五卷、傅氏遜有《左傳屬事》二十卷。

國朝顧氏炎武有《左傳杜解補正》三卷、惠氏棟有《左傳補注》六卷、顧氏棟高有《春秋左傳杜注正譌表》一卷、姚氏鼐有《左傳補注》一卷、焦氏循有《春秋左傳補疏》一卷、馬氏宗槤有《春秋左傳補注》十卷，凡所徵引，皆主河間之説爲多，博稽衆家，藉求真是，于《春秋》之學，不無小助云爾。

春秋規過考信自敘

劉光伯《春秋規過》，新舊《唐·志》著録三卷，孔沖遠稱「規杜氏之失，凡一百五十餘條」，今從《正義》中悉心搜採，乃得一百七十三事，輒依經、傳排次，仍爲三卷，文或不具、義之缺佚者鮮矣，不可謂非完書也。夫漢以來言《左氏》者十數家，皆雜取《公》《穀》以釋《左氏》。至晋而《左氏》盛行，二傳寖微，是杜氏之有功于《左氏》也。典午後，服虔、杜預二注俱立國學。至隋而杜氏盛行，服義寖微，是劉氏之有功于杜氏也。然杜氏有功亦有過，以劉氏所規言之致過之由，其蔽有三。六藝者，學問之樞轄；《爾雅》者，訓詁之權輿。杜氏鋭于立言，疏于稽古，擁武庫而有餘，擅顓門而不足。是以釋「元正」昧「始長」之義、釋「大逵」違「九達」之義；以「先王遺民」謂「有殷王餘俗」，不知孔子未正樂以前，小雅無正雅、大雅無變雅也；以「盛德所同」謂「頌有殷、魯」，不知季札觀樂之時，但據《周頌》無殷、魯也；「鮑國歸費」，不引《聘禮》「主國待卿饔餼五牢」，而謂「牢禮如其命數使宰」；「請安」不引《燕禮》「使司正請安于賓」，而謂「齊侯使自安」。甚至緣飾經、傳，附會短喪：晋人敗狄于箕，距晋文之喪不及九月，謂「非背喪而不諱用兵」；惠叔毁而猶請，距公孫敖之喪纔七月餘，謂「已期年而不須帀月」，沿誤無窮，階厲斯甚，其蔽一也。一闠之市，必立之平；一卷之書，必立之師。杜氏之解，不詳所自，古字古言，諸多散佚，家法師法，匙所據依，駕空立義，往往有之。降屢旦中，六月而以爲五月；西陸朝覿，四月而以爲二月，此星曆之舛也。不羹一國，强别東西；郹氏二名，倒區先後；平陰乃齊邑，書圍何與于塹門；昔陽果肥都，僞羅何當云襲鼓，此地理之誤也。蚡冒非熊達之父，鄭簡豈良霄之兄，此世系之差也。訓「如」爲「而」，失縣罄之象；借「音」爲「蔭」，詭走險之意；大路、木路而非金路，否則與「越席」不相偶矣；粟爲穗狀而非敬謹，否則與「旨酒」不相偶矣，此名物之謁也。「爲謚」下屬爲義，顯戾傳文；「裔焉」上屬爲辭，殊乖繇韻；「趙衰徑餒」，「徑」不當上屬；「子革從夕」，「從」本當下屬，此句讀之錯也。師心自用，習非勝是，其蔽二也。賈景伯以劉氏徵堯後，何邵公以獲麟驗漢瑞，沖遠詆其趨時媚世，曾不稍貸，杜氏祖、父，並仕當塗，身爲司馬氏貴壻，廢芳弑髦，事涉不韙，但求固寵于當世，不恤厚誣乎古人。宋貶孔父，以稱名爲有罪；齊縱崔杼，以討賊爲伐喪；鄭祭仲實易君位，乃謂見誘不稱行人；公子慭欲抑臣權，乃謂謀亂還不復位；天王入周，而曰子朝來告，不顧奔楚之文；齊侯圍鄆，而曰鄆人自服，務掩意如之惡。義本非義，例亦非例，其蔽三也。夫曲説勝則紛，紛則雜；臆説勝則窒，窒則戾；飾説勝則謬，謬則亂；此三者，注家之過，亦即疏家之過也。沖遠顧謂「習杜義而攻杜氏」爲非，其理豈不固哉！丙午冬，郡齋多暇，治《左氏春秋》，撮鈔光伯規杜各條，鱗次櫛比，都爲一編，並剌取經史百家及近儒著述與劉規相發明者，臚列而備論之，非曰聚訟，務求考信。其杜氏非而劉氏是者，則爲之申，以見其説之可據也；若杜氏是而劉氏非者，則爲之釋，以見其不足難也；至杜、劉兩説，義俱未安，則爲之證，證之羣言，斷以己意，以明所言之不敢出入于繩墨也；蓋劉説未合者不及十之二焉，可謂精而核矣。非學通南北，博極古今之大儒，其孰能與于斯。昔魏衛冀隆精服氏學，上書難杜氏《春秋》六十三事，賈思同駮冀隆乖者一十餘條。後姚文安、秦道静復述思同意，劉休和又持冀隆説，竟未能裁止。周樂遜著《春秋序義》，通賈、服説，發杜氏違，辭理並可觀。梁崔靈恩先習服解，不爲江東所行，乃改説杜義，每文句常申服以難杜，遂著《左氏條議》以明之。虞僧誕又精杜學，因作《申杜難服》，以答靈恩。陳王元規從沈文阿受業，通《春秋左氏》，自梁代諸儒皆以賈逵、服虔之義難駮杜預，凡一百八十條，元規引證通析，無復凝滯。張沖撰《春秋義略》，異于杜氏七十餘事，隋以前，南北之難杜者不一；唐初奉敕删定時，未盡佚也。今惟衛冀隆難杜數條，見于《正義》中，餘無存者。獨光伯之規一事不遺，殆以疏家之體，尊注若經，非顯加排斥，則無由盡録歟！考沖遠之于劉義，不曰「妄解杜意」，則曰「不達杜旨」；不曰「與杜無别」，則曰「各自爲義」；其無可辨者，則以爲「傳寫之誤」，名護注家，實多舍注而用其説。且沖遠于規過外，間取劉説，每與杜異，並不以爲非，俾光伯之書得以略見梗槩，是又孔氏之有功于劉氏也。異同兩端，是非千古，信信疑疑，折衷斯在。序其緣起，以俟好學深思之君子。

道光二十七年歲在彊圉協洽端陽前三日，義烏陳熙晋撰于宜昌府署願規吾過之齋。

春秋規過考信卷一之上

隱公

元年，春，王正月。杜氏預《集解》曰：「隱公之始年，周王之正月也。凡人君即位欲其體元以居正，故不言一年一月也。」

規曰：杜云「欲其體元以居正」，謂人君體是元長，以居正位，不欲在下陵奪，處位不終。炫謂：「元，始也。正，長也。此公之始年，故稱元年。此年之長月，故稱正月。元年正月，是一年一月，而別立名元正，爲取始長之義，不爲體元居正。」

孔氏穎達曰：《釋詁》云：「元，始也。正，長也。」言「王正月」者，「正」

是時王所建，故以「王」字冠之，言是今王之正月也。「王」不在「春」上者，月改則春移，春非王所改，故「王」不先「春」；「王」必連月，故「王」處「春」下。周以建子爲正，則周之二月、三月皆是前世之正月，故於春每月書「王」。「王二月」者，言是我王之二月，乃殷之正月也。「王三月」者，言是我王之三月，乃夏之正月也。既有正朔之異，故每月稱「王」以别之。何休云：「王者存二王之後使統其正朔，服其服色，行其禮樂，所以尊先聖、通三統。」服虔亦云：「孔子作《春秋》，于春每月書『王』，以統三王之正。」其意以爲「王二月」「王三月」，王是夏殷之王，謂大禹、成湯也。爲周室之臣民，尊夏殷之舊主，揆之人情，未見其可。杞、宋二王之後，各行己祖正朔。宋不行夏，杞不行殷，而使天下諸侯偏視二代，考諸典籍，未之或聞。杞、宋不奉周正，周人悉尊夏、殷，則是重過去而忽當今，尊亡國而慢時主，其爲顛倒不亦甚乎！且經之所言「王二月」「王三月」，若是夏、殷之王，當自皆言正月，謂之二月、三月，其王必是周王，安得以爲夏、殷王也？若如《公羊》之説，《春秋》黜周王魯，則杞非王後？夏無可尊，復通夏正何也？但春之三月，不必月皆有事，若入年已有「王正月」者，則二月不復書「王」；若已有「王二月」者，則三月不復書「王」。以其上月已是此王之月，則下月從而可知，故每年之春惟一言「王」耳。正月無事而空書首月者，以人君于始年，必書曰「元年春王正月公即位」，史策之正法也。隱公攝行君事，雖不即位，而亦改元朝廟，與人更始，異于常年之正月，故史特書其事，見此月公宜即位，而自不即位。莊、閔、僖元年，皆書「春王正月」，與此同也。定公元年不書正月者，正月之時，定公未立，即位在于六月，歲首未得朝正，公之即位別見下文，正月無所可見，故不書也。然則定公以六月即位，即位乃可改元。正月已稱元年者，未改之日，必乘前君之年；既改之後，方以元年紀事。及其史官定策，雖有一統，不可半年從前，半年從後，雖非年初，亦統此歲，故入年即稱「元」也。《序》云「所書之王即平王」。此非左氏褒貶之要，自是史官記事之體，「元」「正」實是「始」「長」之義，但因名以廣之，《書》稱「月正」「元日」，意同於此。天子之封諸侯也，割其土壤，分之臣民，使之專爲己有，故諸侯於其封内各得改元。傳説鄭國之事云「僖之元年朝于晋」「簡之元年士子孔卒」，是諸侯皆改元，非獨魯也。劉炫妄解杜意，不爲「體其元善，居于正道」，以規杜氏，其理非也。

黄氏仲炎曰：説「元年」者有二，曰體元也，曰明僭也。所謂體元者，曰「《春秋》以一爲元，示大始而欲正本也。王者即位必體元以施化也」。使如其説，則《春秋》黜周而王魯矣。是不然，《虞書》稱「月正」「元日」，《商書》稱「太甲元年」，則是「一」爲「元」者，從古以然。諸侯稱於國曰君，其得紀年於國，無可疑者，非可以僭言也。然則「元年」者，魯史舊文爾，後世必以意義求，過矣哉！

章氏俊卿《羣書考索續集》曰：《春秋》之作，紀年必書「春王正月」，所以尊周也。然周正建子，在夏爲十一月，而謂之春，故後世或以爲用夏正，而不知先王建正因時。而春爲歲首，理不可易也。謹按：經書「十月隕霜殺菽」，釋者曰「今八月也」，使爲今十月，則隕霜不必書也；經書「秋水大無麥苗」，釋者曰「今五月也」，使爲今之秋，不復有麥苗也；書「冬十月雨雪」，使今之十月，則雨雪不爲灾；書「正月無冰」，使今之正月，則無冰不爲異。即是而言，則孔子之用周正審矣！

黄氏景昌曰：三代正朔改正者，必改月數，而《春秋左氏》爲最明。太史推日食則曰「當夏四月」，是謂孟夏，而經且書日食爲六月。梓慎占星孛，則又曰「火之出也，在夏爲三月，在商爲四月，在周爲五月」，而經且書宋、衛、陳、鄭之灾爲五月，它如晋卜偃因童謡而驗晋人之滅虢，又極有以見夫夏、周數月之不同矣！蔡氏傳《書》乃曰：「三代之建正不同，月數不改，凡朝覲、會同、巡狩、烝享之事，必以所建之正，至於數月，皆起於寅。」嗚呼，蔡氏之爲是説，豈欲以嬴秦視三代耶！秦史所書冬十月以爲歲首，後九月以爲閏月，月建一差，閏法不合，後九非戌，而十月亦非亥矣。然而秦人自以端月爲正，史以十月書於元年之首者，太初曆行，漢世追改之也，孰謂三代類是，而《伊訓》必以十有二月爲歲首者乎？

程氏端學曰：先儒謂書「春王正月」，示人君當上奉天時，下奉王正。然施之紀事之年月，則未有此意矣。劉氏云：「『王』一字在『春』『正』之間，爲聖人新意。」愚謂「王」一字亦非聖人新意，其曰「王正月」者，王所班之正月，猶言王之正月也，豈聖人新意哉！以理論之，諸侯國史，當有「王」字，若周史則弗書之矣。鄭夾漈、陳君舉皆謂「諸侯舊用天子之年，諸侯止稱世，至平王失政，諸侯並稱元年」者，彼亦以改元爲重事，而意其非諸侯之權也。故黄氏曰：「諸侯所謂『奉天子正朔』者，謂以子、丑、寅爲歲首，講朝聘耳，未必使諸侯皆以天子之元年爲元年。蓋封建肇自黄帝，諸侯固有出於三代興王之前者，各自有其國、各自有即位，則亦各自有始年，安得一律以天子之年爲年？其曰『諸侯以世計』者，恐世遠難考，姑舉其世次歟？」此説得之。説本《日鈔》。

吴氏萊曰：《商訓》稱「元祀」、《春秋》書「元年」，是直史官紀述之常體耳，非王者以是爲重事也。蓋自古未嘗有改元，爲是説者，特出於戰國、秦漢之間。何則？秦惠文王，孝公之子也，立十三年矣，十四年乃稱王，而秦史改元；魏惠王，武侯之子也，立三十六年矣，三十七年乃稱王，而《汲冢竹書》亦改元；又十六年而後，惠王卒，非改元也；明秦、魏之始稱王也。此始爲史官者自志其國之事，猶《春秋》之於魯史也。求其説而弗得，且謂西伯在商紂世亦嘗稱王、亦嘗改元，其兆特因戰國之秦、魏，秦、魏豈果以改元爲王者之重事哉？國君嗣位，定於初喪。將爲史官者，以先君之薨年不得便爲嗣君之始年，姑待其明年告廟之際乃次第以書之，以事繫日、以日繫月、以月繫時、以時繫年，書之以年，則又繫於一國之君，是皆有不得不然者也。又曰：太史公《三代本紀》有《三代世表》，徵《尚書》，《尚書》無年，故年不可載，乃以世紀之。《十二諸侯世家》有《十二諸侯年表》，共和以下徵《春秋》左氏内外傳，秦始皇以上徵《戰國策》，皆有年，故既以世紀之，又以年實之。且先王之世，有小史、外史，以掌邦國、四方之志，諸侯無私史也。晉之《乘》、楚之《檮杌》、魯之《春秋》，至東周而後有，是故十二諸侯之年，始可得譜，然不可得譜者亦多矣。當西周之盛，亦徒紀之以世而已，近者詳、遠者略也，非必曰「以周之衰而諸侯各自改元」。太史公《漢興以來諸侯世表》《高祖功臣侯年表》類於每國書「某王元年」「某侯元年」，方天下大定，奉漢法度、行漢年號固也。又況孝武新建元，而輒自改元可乎？《淮南鴻烈》亦稱「淮南元年」，許慎注云：「淮南王安，始封之年也。」特爲史官者，欲著每國之名爵、年代、世系，故一以是書之，非改元也。考之于漢者如此，則可見東周諸侯之必不然矣。案：《史記·諸侯年表》楚王交元年爲高祖六年；二十三年爲孝文元年；夷王郢元年爲孝文二年；楚王戊元年爲孝文六年；齊悼惠王肥元年爲高祖六年；梁懷王勝元年爲孝文二年；淮陽王武徙梁元年是爲孝王，爲孝文前十二年；梁孝王三十五年爲孝景中六年；梁恭王買元年爲孝景後元元年；不用帝年仍以諸侯王之年紀事。《梁孝王傳》「梁共王三年，景帝崩」，轉以王國之年紀天子之事。《功臣年表》高祖六年爲平陽懿侯曹參元年，孝惠六年爲靖侯窋元年，高祖六年爲酇侯蕭何元年，孝武元狩三年爲封何孫恭侯慶元年，諸侯各自紀年，至漢猶然。

趙氏汸曰：《春秋》謂「始年」爲「元年」、「歲首」爲「春」、「一月」爲「正月」，加「王」于「正」，皆從史文，傳獨釋「王正月」者，見國史所書，乃時王正朔，月爲周月，則時亦周時，孔氏謂「月改則春移」，是也。後于僖公五年春記「正月辛亥朔，日南至」；昭十七年夏六月記「太史曰『在此月也，日過分而未至』」，當夏四月，是謂孟夏；又記梓慎曰「火出，於夏爲三月，於商爲四月，於周爲五月」，皆以周人改時、改月，春夏秋冬之序則循周正，分至啓閉之候則仍夏時。《汲冢周書》有「周月解」，亦曰「夏數得天，百王所同，商以建丑爲正，亦越我周，作正以垂三統，至於敬授民時，巡狩烝享，猶自夏焉」。夫以左氏去聖人未遠，傳於當時正朔豈容有差？然而猶或有爲異論者，何也？蓋嘗考之曰「殷周不改月」者，據《商書》言，元祀十有二月，而秦人以十月爲歲首；曰「夏時冠周月」者，則疑建子非春，而孔子嘗欲行夏之時也。案：太史公記三代革命，於殷曰「改正朔」，於周曰「制正朔」，於秦曰「改年始」，蓋「正」謂「正月」、「朔」謂「月朔」，殷周即所改之月爲歲首，故曰「改正朔」、曰「制正朔」；秦即十月爲歲首，而別用夏時數月，故曰「改年始」。《漢書·律曆志》據《三統曆》「商十二月乙丑朔旦冬至」，即《書·伊訓篇》「太甲元年十有二月乙丑朔，伊尹祀于先王」，以冬至越紼行事，其所引《書》辭有《序》，皆與僞孔氏《書·伊訓篇》語意不合，乃欲案之以證殷周不改月，可乎？陳寵曰：陽氣始萌，有蘭射干芸荔之應，天以爲正，周以爲春；陽氣上通，雉雊雞乳，地以爲正，殷以爲春；陽氣已至，天地已交，萬物皆正，蟄蟲始振，人以爲正，夏以爲春。「三正」皆可言春，孰謂建子非春乎？如使周不改時，則何必曰「行夏之時」？使夫子果欲用夏變周，則亦何以責諸侯之無王？何氏哀十四年傳注曰「河陽冬言狩，獲麟春言狩者，蓋據魯變周之春以爲冬，去周之正而行夏之時」，以行夏之時説《春秋》，蓋昉於此。然何氏固以建子爲周之春，但疑春不當言「狩」，而妄爲之辭。至程子門人劉質夫則曰「周正月非春也，假天時以立義爾」，則遂疑建子不當言春，此胡氏、夏氏「冠周月」之説所從出也。夫「三正」通於民俗久矣。《詩》本歌謠，又多言民事，故或用夏正，以便文通俗；《書》乃王朝史官記言之體，或書月則不書時，或書時則不書月。況僞孔注二十五篇，決非真古書，其有合有否，皆不可論於《春秋》。《周禮》所書「正月」「正歲」，皆夏正也。蓋非赴告策書定爲一代之制者，皆得通言之，則又不可論於《春秋》矣。

顧氏炎武曰：《五代史·漢本紀》論曰：「人君即位稱『元年』，常事爾。孔子未修《春秋》其前固已如此。雖暴君昏主、妄庸之史，其記事先後遠近，莫不以歲月一二數之，乃理之自然也。其謂一爲元，蓋古人之語爾。及後世曲學之士，始謂孔子書『元年』爲《春秋》大法，遂以改元爲重事。」徐無黨注曰：「古謂歲之一月，亦不云『一』而曰『正月』。《國語》言六吕曰『元間大吕』，《周易》列六爻曰『初九』。大抵古人言數，多不言『一』，不獨年爲『元』也。」說《春秋》者，乃言《春秋》「謂一爲元」，殆欲深求經旨而反淺之也。

又曰：《廣川書跋》載《晉姜鼎銘》曰：「惟王十月乙亥」，《集古録·博古圖》載此鼎並作「王九月」。而論之曰「聖人作《春秋》，于歲首則書『王』，說者謂謹始以正端，今晉人作鼎，而曰『王十月』，是當時諸侯皆以尊王正爲法，不獨魯也」。言「王」者所以變于夏、殷，並無他義，劉原父以「王」之一字爲聖人新意，非也。《博古圖》載《周仲稱父鼎銘》曰「惟王五月初吉丁亥」，《齊侯鎛鐘銘》曰「惟王五月辰在戊寅」，《敔敦銘》曰「惟王十月」。

又曰：《春秋》時月並書，于古未之見。考之《尚書》，如《泰誓》「十有三年春，大會于孟津」、《金縢》「秋，大熟，未穫」，言時則不言月；《伊訓》「惟元祀十有二月乙丑」、《太甲中》「惟三祀十有二月朔」、《武成》「惟一月壬辰」、《康誥》「惟三月哉生魄」、《召誥》「三月惟丙午朏」、《多士》「惟三月」、《多方》「惟五月丁亥」、《顧命》「惟四月哉生魄」、《畢命》「惟十有二年六月庚午朏」，言月則不言時；其他鐘鼎古文多如此。《春秋》獨並舉時、月者，以其爲編年之史，有時有月有日，多是義例所存，不容于闕一也。

朱氏彝尊曰：傳云「元年春王周正月」，視經文止益一「周」字耳，而「王」爲「周王」、「春」爲「周春」、「正」爲「周正」，皎然著明。後世「黜周王魯」之邪說、以「夏冠周」之單辭、「改時改月」之紛論聚訟，得《左氏》片言可以折之矣。

盧氏文弨曰：此周建子之月也，故加一「王」字以別于夏時。《左氏》又增一「周」字，而義益顯。後人因胡氏「夏時冠周月」之謬說，長言攻辨，其實只一「王」字，而周之不同于夏已判然莫能易矣，無爲費辭也！

宋氏翔鳳曰：《周書·周月》曰「萬物春生、夏長、秋收、冬藏，天地之正，以垂四時之極。夏數得天，百王所同」，又曰「亦越我周，致伐于商，改正異械，以垂三統，至于敬授民時，巡守祭享，猶自夏焉」，故周公作《明堂》《月令》，首「孟春之月」即《周月》篇之義。《白虎通》引《尚書大傳》曰「夏以孟春月爲正，殷以季冬月爲正，周以仲冬月爲正」，又曰「四時不隨正朔變何？以爲四時據物爲名，春當生，冬當結，皆以正爲時也」，則凡言春、夏、秋、冬，皆主夏數，不隨「三正」而易。《春秋》託新王將以夏正變周正，故冠之以「春」。董生有言「春者，天之所爲也；正者，王之所爲也；王者，上承天之所爲，下以正其所爲，正王道之端云爾」，此行夏之時之義也。然則《左傳》《孟子》之言《春秋》，蓋以孔子之名加之于魯史者也，故《論語》言《易》《詩》《書》及史，而未嘗言《春秋》，則《春秋》自孔子乃名之矣。考《書》二十八篇、《詩》三百篇、《周官》六篇，未嘗以「春」「夏」「秋」「冬」加之十二月之上。今傳三代彝器銘辭但云「幾年幾月」，而無言「春正月」「秋七月」者。《春秋》之文，所謂「春」自爲「春」、「正月」自爲「正月」，五始之義，與傳記之辭不同。左氏不傳《春秋》，其云「春正月」「夏四月」，以《史記》引《左氏》校之，往往無「春秋」字，知劉歆以傳合經，始依經文加之，實違《春秋》之義。自歆改《左氏》，而班固撰《漢書》于《史記》幾月之上皆用「春」「夏」字，以歸畫一。《白虎通》係固撰集諸經博士議，各有家法，而自撰《漢書》則失其義。然四時不隨正朔而變，其義在漢初已茫昧，故太初以前，《詩》輒以「孟秋」爲「孟冬」，《古詩十九首》「玉衡指孟冬」，此用秦正，實是建申月也。而鄭康成解經，又往往以「孟春爲建子」「季夏爲建巳」，由《春秋》之學未是顯門也。或難曰：「子所言之義，皆今文家言，說《左氏》者恐不然。」答曰：「《左氏》之書，史之文也。學者求其義，舍今文家未有也。且《左氏》獨言周正月，以見正月以下爲史官之文，未嘗以春爲周之春，循文求義，亦不佹也。」

申曰：孔氏之疏《春秋》，凡與杜解異者，率排斥無遺，獨開卷第一義首引《釋詁》文訓「元」「正」爲「始」「長」，用劉光伯說也，末引光伯之難何，曰「諸侯改元自是常法，而云『託王改元』是妄說也」，博辨千餘言，全據劉意立論，轉于杜解無甚發明。夫「元」者，一公之始年；「正」者，十二月之長月；史家記述之體不得不然，即所謂「常法」也。至于「體元居正」，雖立號之初，未必非因名示義，而揆諸聖人載筆之心，則第仍魯史之舊文，非義例所在也。孔多祖杜而掩劉，此乃强劉以就杜，故不謂杜解之非，而謂「元」「正」實是「始」「長」之義，但因名以廣之，其殆杜、劉之調人乎？《春秋釋例·公即位例第一》「天子、諸侯，嗣子位定于初喪，而改元必須踰年者，繼父之業、成父之志，不忍有變于中年也。遭喪繼立者，每新年正月必改元正位，百官以序，故國史皆書即位于策」，以表之元年正月，乃國史書公即位之例，並非以「體元居正」爲義，范氏注《穀梁》亦取杜説以釋「元」「正」，然借義非本義，創例非通例，且猶未離乎《公羊》之餘論也。光伯易以「始」「長」二字，而支離穿鑿之弊一掃而空，可謂簡而當矣！兹捃拾諸説可與劉氏説相證者，次于孔氏後，孰是孰非，必有能辨之者。

四年，莒人伐杞，取牟婁。注：書「取」，言易也。例在襄十三年。

規曰：上言「伐」，下言「取」者，非易。成二年取汶陽田，乞師盟主，興兵伐齊，得邑既難，而亦書「取」。

孔氏曰：《譜》云：「杞，姒姓，夏禹之苗裔。」今陳留雍丘縣是也。牟婁，杞邑，莒伐取之，自是以後，常爲莒邑。昭五年「莒牟夷以牟婁來奔」是也。襄十三年傳例曰：「凡書取，言易也。」取國易者，則直言「取」，若「取郜」「取郕」之類是也，故不須加「伐」于上；若其「伐國」「取邑」，其邑既小，不得名通，若不加「伐」于上，不知得何國之邑，是以雖易亦加「伐」文，則「伐杞，取牟婁」「伐邾，取須句」之類是也。成二年「取汶陽田」，而亦書「取」者，因其伐齊，晉使還汶陽之田，魯不加兵，故書「取」，從易也。劉君或疑此意，以規杜氏，非也。

范氏甯曰：既伐其國，又取其土，明「伐」不以罪而貪其利，兩書「取」「伐」，以彰其惡。

趙氏匡曰：凡力得之曰「取」，不當取也。《左氏》云「凡書『取』言易也」、《穀梁》亦曰「取，易辭也」。案：「取」者，收奪之名，何關難易？假令取之難而得之，欲如何書之乎？又云「凡克邑不用師徒曰『取』」，今經文見云「伐」，何得云「不用師徒」乎？

孫氏覺曰：伐而後言取者，先聲其罪以伐之，又奪取其邑以爲己有也。《左氏》曰「凡克邑不用師徒曰『取』」，伐而後取，安得曰「不用師徒」哉？《穀梁》曰

「取」之爲義，罪其不當，「取」何論難易哉！若以爲易，則「取，易辭也」。案：「取，易辭也」。案：先伐後取亦不易也。

申曰：杜以傳言「凡」者，皆爲傳例，故引「書取言易」，謂例在襄十三年也。案：《周官》「以九伐之灋正邦國」：曰眚、曰伐、曰壇、曰削、曰侵、曰正、曰殘、曰杜、曰滅，「取」無聞焉。今經文不曰「取牟婁」，而曰「伐杞，取牟婁」，則與單言「取」者有間矣。自「伐杞，取牟婁」後，僖二十三年「公伐邾，取訾婁」、宣四年「公伐莒，取向」、十年「公孫歸父帥師伐邾，取繹」、哀二年「季孫斯、叔孫州仇、仲孫何忌帥師伐邾，取漷東田及沂西田」。若隱十年「宋人、蔡人、衛人伐戴，鄭伯伐取之」，則克軍師之辭，與各言「取」者又不同。傳家無「伐」「取」之例，注家何所適從？今夫《春秋》有文同而事異者，亦有事同而文異者，權乎事與文之間，而義在焉。得其義，則雖例之所無，不難據義而斷；不得其義，則雖例之所有，亦繳繞而其義愈晦；有例無義，則非所以治《春秋》，適所以亂《春秋》矣！諸注言例在者，左氏未始有例，杜氏推以爲例耳。杜氏曰「書『取』言易」，劉氏曰「上言『伐』下言『取』者，非易」，劉意非以書「取」者爲必易也，亦非以「上言『伐』下言『取』」者爲必非易也，正以見不可以例分難易也，故破杜氏之例者，自劉氏始。

六年，冬，宋人取長葛。注：秋取，冬乃告也。上有「伐鄭，圍長葛」，長葛，鄭邑可知，故不言鄭也。前年冬圍，不克而還，今冬乘長葛無備而取之，言易也。

規曰：長葛不繫鄭，是大都以名通者。

孔氏曰：賈、服以爲「長葛不繫鄭」者，刺不能撫有其邑，凡邑爲他國所取，皆是不能撫有，何故於此獨爲惡鄭？故杜以爲「上有伐鄭國長葛，則長葛鄭邑可知，故不言鄭也」。劉炫以「大都通名」而規杜氏，非也。

惠氏士奇曰：《春秋》之例「難曰『入』，易曰『取』」，重故難，輕故易。宋人取長葛，杜預泥于「書『取』言易」之例，乃云「前年冬圍，不克而還，今冬乘其無備而取之，言易也」。凡傳所不言，杜預輒以意度之，遷就而爲之説，何所據而知其不克而還，且乘其無備乎？「滅」重于「入」，「入」重于「取」。宋人圍長葛一年而後取，師勞力竭，如以難易言，難莫難于宋人取長葛矣！《春秋》仍易之而言「取」，蓋以長葛非下陽，國之存亡不係焉。

釋曰：長葛，今河南許州直隸州長葛縣是也。桓五年「戰于繻葛」，亦其地。鄭都新鄭，今河南開封府新鄭縣西北有故城，杜以「上有伐鄭，知長葛爲鄭邑」。案：昭二十年「曹公孫會自鄸出奔宋」，疏引賈逵云「南里繫宋，此鄸不繫曹者，鄸是大都，得以名通；南里是宋都之里，非别邑，故繫于宋。此鄸及定十一年蕭皆是别邑，故不繫國也」。劉本賈氏，彼説以長葛是鄭别邑耳。莊三十二年「城小穀」，杜彼注云「小穀，齊邑。大都以名通者，則不繫國」，孔彼疏云「吴滅州來，晉滅下陽，如此之類，皆不繫國，知大都以名通者，則不繫國也。華亥、向甯入于宋南里以叛，非大都不得以名通，故繫之宋耳」。光伯以杜規杜，其義亦通，然不如杜此解之精審。鄸不繫曹，亦以公孫會稱曹，知鄸爲曹邑也。

七年，戎伐凡伯于楚丘以歸。注：戎鳴鐘鼓以伐天子之使，見夷狄强虣，不書凡伯敗者，單使無衆，非戰陳也。但言「以歸」，非執也。

規曰：杜意言「以歸」者，以彼隨己而已，非因執之辭，故云「但言以歸，非執也」。定四年「以沈子嘉歸」，經云「殺之」；哀七年「以邾子益來」，傳云「囚諸負瑕」；既有「囚」「殺」之文，是執；《春秋》云「以歸」者皆執。

孔氏曰：《穀梁傳》云：「以歸，猶愈乎執也。」又，昭十三年「晋人執季孫意如以歸」，若「以歸」是「執」，何須别起「執」文？既有「囚」「殺」之文，容或是執；若直言「以歸」，無囚殺之事，則非執者也。《春秋》有文同事異，此即其類也。劉君以規杜氏，非其義也。

葉氏夢得曰：伐者，一國之辭；執者，一人之辭。伐者加諸我，當不當未可知焉；執則爲之囚服矣；伐可言，執不可言也。戎之伐雖不得爲正，而見伐于戎，則爲凡伯者亦病矣。

程氏端學曰：伐之人衆于執，伐之義重于執，上言伐矣，則執在其中，而不必言執矣。非執之，則何得以歸乎？

顧氏炎武曰：此非僖二年所城之楚丘，解曰「衛地」，非也；其曰「在濟陰成武縣西南」，則是也，春秋時爲曹地。

申曰：凡伯《公羊》言「執」、《穀梁》言「愈乎執」，言「以歸」之名愈乎「執」，非以凡伯爲「非執也」。范氏曰：「以一人當一國，是《春秋》變『執』書『伐』之義也。」杜云「單使無衆」、又云「非執」，以矛陷盾，自相戾也。《釋例·會盟朝聘例第二》：「天子畿内封爵，各無明據。」今案《春秋》以考之，居三公六卿之位者，皆以伯爵、子爵居位，而别食采邑。經自因氏以爲文，其稱公者，皆三公，非五等之公也；稱伯稱子，皆爵稱也。通經、傳既無稱侯，又無稱男者，天子之制本不以此爵賜畿内也。毛、凡之等，始以列國入爲公卿，世事天朝而本封絶滅者，若滅虢、鄗之等；或畿内諸侯據其本封兼仕王朝者也。王之公卿皆書爵，祭伯、凡伯是也。其或稱祭公，舉官而言也。《土地名第四十四》「汲郡共縣東南有凡城」，《世族譜第四十五》「凡氏，凡伯，周公之允也」。

八年，以泰山之祊易許田。注：許田，近許之田。

規曰：杜言「近許之田」是用《公羊》爲説，杜依《公羊》之傳「邑實近許」，故以「許」爲名。炫以别有許邑，邑自名許，非由近許國，始名爲許。

孔氏曰：杜依《公羊》之傳，劉君更無所憑，以規杜氏，非其義也。劉氏《權衡》曰「《公羊》以謂許田者，魯朝宿之邑也；謂之許者，繫之許也」，非也。《詩》云「居常與許，復周公之宇」，然則周公受封本有此許邑，非孔子作《春秋》故繫之許也。

申曰：此許邑之田，非許國之田，劉君之説是也。

諸侯以字爲謚，因以爲族。注：諸侯位卑，不得賜姓，或便即先人之謚稱以爲族。

規曰：以謚爲族，全無一人。經書「季友」「仲遂」「叔肸」，傳云立「叔孫氏」「臧僖伯」「臧哀伯」「叔孫戴伯」之徒，皆生賜族。公子蕩之妻言「蕩伯姬」，「蕩」非當時之氏。公孟彄與季友、仲遂相似。服虔云：「公之母弟，則以長幼爲氏，貴適統，仲、伯、叔、季是也。庶公子則以配字爲氏，尊公族，展氏、臧氏是也。」以字爲族者，謂公子曾孫以王父之字爲族也。

孔氏曰：杜意「諸侯以字」，言賜先人字爲族也。「爲謚，因以爲族」，謂賜族雖以先人之字，或用先人所爲之謚，因將爲族。以謚爲族者，衛齊惡、宋戴惡之類是也。而劉君乃稱「以謚爲族，全無一人」，妄規杜氏，非其義也。死後賜族，乃是正法。春秋之世，亦有非禮生賜族者，華督是也。諸侯以字，字有二等。《檀弓》曰「幼名冠字，五十以伯、仲，周道然也」，則二十有加冠之字，又有伯、仲、叔、季爲長幼之字，二者皆可以爲氏矣。案：鄭子人者，鄭厲公之弟。桓十四年「鄭伯使其弟語來盟」，即其人也。而其後爲子人氏，不以仲、叔爲氏，則服言「公之母弟，以長幼爲氏」，其事未必然也。杜以慶父、叔牙與莊公異母，自然仲、叔非母弟族矣。其或以二十之字，或以長幼之字，蓋出自時君之命也。叔肸稱叔不稱孫，而三桓皆稱孫，俱氏長幼之字，自不同也。臧氏稱孫，展氏不稱孫，俱氏二十之字，自不同也。然則稱孫與不稱孫，蓋出其家之意，未必由君賜也。諸侯之子稱公子，公子之子稱公孫，公子、公孫，繫公之常言，非族也。其或貶責，則亦與族同。至于公孫之子，不復得稱公曾孫，如無駭之輩，直以名行。及其死也，則賜之族，以其王父之字爲族也。此無駭是公之曾孫，公之曾孫必須有族，故據曾孫爲文，言以王父字耳。公之曾孫，正法，死後賜族；亦有未死則有族者，則叔孫得臣是也。公子、公孫于身必無賜族之理。經書季友、仲遂、叔肸者，皆是以字配名連言之，故杜注並云「字也」。其蕩伯姬者，公子蕩之妻，不可言公子伯姬，故繫于夫字，言蕩伯姬，蕩非當時之氏。其傳云「立叔孫氏、臧僖伯、臧哀伯、叔孫戴伯之徒」，皆傳家據後追言之耳。其公孟彄，《世本》以爲靈公之子，字公孟，名彄，與季友、仲遂相似，俱以字配名。劉炫不達此旨，妄規杜過，非也。必如劉解「生賜族」之文，證在何處？

裴駰《五帝本紀集解》曰，駰案：鄭玄《駁許慎五經異義》曰：「《春秋左傳》『無駭卒，羽父請謚與族。公問于衆仲，衆仲對曰：「天子建德，因生以賜姓，胙之土而命之氏，諸侯以字爲氏，因以爲族。」』以此言之，天子賜姓命氏，諸侯命族。族者，氏之别名也。姓者，所以統繫百世，使不别也。氏者，所以别子孫之所出。故《世本》之篇言姓則在上，言氏則在下也。」

劉氏《權衡》曰：杜云「無駭，公子展之孫」，非也。若無駭真公孫之子，當其繼大宗也，賜氏久矣，何待其死而賜氏乎？且《禮》云「公孫之子，以王父字爲氏」，非言其死而後氏之也。然則無駭固公孫也，羽父請族者，爲無駭之子請族也。

子展稱公子，無駭稱公孫，無駭之子未有稱也，此其所以請之也。若必公孫之子死然後賜族，則無駭爲終身無所氏也，故曰「不明于禮矣」。案：僖十五年「震夷伯之廟」。杜注「夷伯，魯大夫展氏之祖父」，夾漈以爲公子展之子，未知是否。

鄭氏樵曰：以字爲氏，如鄭穆公之子曰「公子騑，字子駟」，其子曰「公孫夏」，其孫則曰「駟帶」「駟乞」；宋桓公之子曰「公子目夷，字子魚」，其子曰「公孫友」，其孫則曰「魚莒」「魚石」；此之謂「以王父氏爲氏」。無字者則以名，魯孝公之子曰「公子展」，其子曰「公孫夷伯」，其孫則曰「展無駭」「展禽」；鄭穆公之子曰「公子豐」，其子曰「公孫段」，其孫則曰「豐卷」「豐施」，此諸侯之子也。天子之子亦然。王子狐之後爲狐氏，王子朝之後爲朝氏，是也。亦有不以王父字爲氏，而以父字爲氏者。如公子遂之子曰「公孫歸」，父字子家，其後爲子家氏，是也。又如公孫枝，字子桑，其後爲子桑氏者，亦是也。亦有不以王父名爲氏，而以父名爲氏者，如公子牙之子曰「公孫茲」，字戴伯，其後爲茲氏。又如季公鉏字子彌，其後爲公鉏氏者，亦是也。以次爲氏者，長幼之次也，伯、仲、叔、季之類是也。所以魯國三家皆以次命氏，而亦謂之字焉。「以族爲氏」，按：《左傳》云「爲謚，因以爲族」。又按：《楚辭》云「昭、屈、景，楚之三族也」。昭氏、景氏，則以謚爲族者也。屈氏者，因王子瑕食邑于屈，初不因謚，則知爲族之道多矣，不可專言謚也。以謚爲氏，周人以諱事神，謚法所由立，生有爵，死有謚，貴者之事也。氏乃貴稱，故謚亦可以爲氏。莊氏出于楚莊王；僖氏出于魯僖公；康氏者，衛康叔之後也；宣氏者，魯宣伯之後也；文氏、武氏、哀氏、繆氏之類，皆氏于謚者也。邑而加謚，如苦成子之後爲苦成氏，臧文仲之後爲臧文氏。氏而加謚者，如楚鬭子之後爲鬭子氏，鄭共叔之後爲共叔氏。爵而加謚者，如衛成公之後爲成公氏，楚成王之後爲成王氏。

陸氏粲曰：鄭氏《駁許慎五經異義》引此傳云「諸侯以字爲氏」，今此以「氏」作「謚」者，傳寫譌也。杜考之不詳，乃妄斷其句而强解之。

齊氏召南曰：《公羊傳》「無駭者何？展無駭也，何以不氏？貶」。案：《左氏》「無駭既卒，始賜氏族」。其生前自不當追加以「展」字，非聖人貶之而去其氏也。案：隱五年孔疏云：「僖伯名彄，字子臧。《世本》云『孝公之子』，即此。冬書『公子彄卒』，《謚法》『小心畏忌曰僖』，是『僖』爲謚也。」以僖伯稱「臧」例之，無駭加「展」何爲不可？

且公孫之子，以王父字爲氏，自是《春秋》通例，無駭即未賜族，亦必自稱展氏。云「賜族」者，世其官耳。

申曰：杜讀「諸侯以字」爲句，疏家于哀十六年傳引鄭《禮》注云「尼父因且字以爲之謚」，謂謚孔子爲尼父，鄭玄錯讀《左傳》云「以字爲謚」，遂復妄爲此解。考《儀禮·少牢·饋食禮》注「大夫或因字爲謚」，傳云「魯無駭卒，請謚與族，公命之以字，爲『展氏』是也」，與此讀同。沖遠違鄭從杜，蓋以不錯爲錯也。然光伯以《春秋》無以謚爲族之人，則非以謚爲族，而以字爲族也。《穀梁》云「無駭卒，或曰隱不爵大夫也，或説曰故貶之也」，例以此年「俠卒。俠者，所俠也。弗大夫者，隱不爵大夫也」。范甯曰「俠不命爲大夫，故不氏」。據《公羊》云「無駭者何？展無駭也」，則無駭本以「展」爲氏。「公命以字爲展氏」者，謂賜爵世爲大夫也。杜以無骸卒而後賜族，故不書氏，則書字皆生賜族者矣。經、傳季友、仲遂、臧僖伯等數之不勝數也。劉必云「生賜族」者，所以破杜「以謚爲族」之解。服虔云「公之母弟則以長幼爲氏，庶公子則以配字爲氏」，知服所據之本正作「諸侯以字爲氏」，與康成《駁五經異義》所引之文同、《儀禮》注所引之文異。沖遠

《禮・大傳》正義曰：「天子賜姓賜氏，諸侯但賜氏，不得賜姓，降于天子也。諸侯賜卿大夫以氏，若同姓，公之子曰公子，公子之子曰公孫。公孫之子，其親已遠，不得上連于公，故以王父字爲氏。若適夫人之子，則以五十字伯、仲爲氏，若魯之仲孫、季孫是也。若庶子、妾子，則以二十字爲氏，則展氏、臧氏是也。若男女，則以父祖官及所食之邑爲氏。以官爲氏者，則司馬、司城是也；以邑爲氏者，若韓、趙、魏是也。凡賜氏族者，爲卿乃賜；有大功德者，生賜以族，若叔孫得臣是也。雖公子之身，若有大功德，則以公子之字賜以爲族，若仲遂是也。其無功德，死後乃賜族。若子孫不爲卿，其君不賜族，子孫自以王父字爲族也。氏、族對文爲別，散則通也。故《左傳》云『問于衆仲』，下云『公命以字爲展氏』，是也。其姓與氏，散亦得通，故《春秋》有姜氏、子氏，『姜』『子』皆姓，而云『氏』是也。」均本服義，與劉說互相發，而無一語及謚，則亦未嘗如杜所解矣。或曰「傳明言『羽父請謚與族』，若作『以字爲氏』，不應置謚而單稱族」，不知公之之問于衆仲者族也，非謚也。下文云「公命以字爲展氏」，此以字爲氏之確據，服義良是。案：桓二年《穀梁傳》：「孔，氏；父，字謚也。」范甯注：「孔父有死難之勳，故其君以字爲謚。」上文明言「請謚」，故鄭君注《檀弓》及《少牢·饋食禮》皆云「以字爲謚」。杜既錯讀，因之錯解，而云「即先人之謚稱以爲族」，失《左氏》意遠矣！孔氏以此非劉，殊見其妄；光伯此規，不可辨別；因就正義中駁難語出之，讀者審諸。

十年，宋人、蔡人、衛人伐戴。鄭伯伐取之。注：三國伐戴，鄭伯因其不和，伐而取之。書「伐」，用師徒也；書「取」，克之易也。

規曰：案：傳例「克邑不用師徒曰取」，然則「取」者，據克邑之易。今此克得軍師亦稱「取」者，炫謂「取之非易」。案：僖十七年稱「劉炫曰『案傳云云』」，則「案傳例」三句亦劉規。

孔氏曰：但取者難據克易之文，其克得師衆而易者亦曰「取」。劉君以規杜氏，非也。沈氏亦云：「『今日圍，明日取，故知易也。』《公羊傳》曰：『其言伐取之何？易也。』」是杜所用之義。是以莊十一年注云：「威力兼備，若羅網所掩覆，一軍皆見禽制，若非前敵之易，何能覆而取之。」故《釋例》曰：「如取，如攜。」凡言「取」者，皆易辭。

趙氏鵬飛曰：或者疑鄭之孤兵不能取三國之衆，更以爲鄭伯乘危取戴。戴，鄭之附庸，既屬于鄭矣，何必取哉？何以知戴之爲鄭附庸？戴，今之外黄是也。居鄭北鄙，三國入鄭不克，故移兵以戕其附庸。不然三國伐戴，何損于鄭哉？以是知其非取戴也，取三師也。

吴氏澂曰：「取」猶哀九年「宋皇瑗取鄭師于雍丘」、哀十三年「鄭罕達取宋師于嵒」之類，謂敗其兵而悉俘其衆也。

魏氏禧曰：取三師，蓋三國伐戴，已破戴而入居之，鄭伯故得圍而並取三師耳，故先曰「圍戴，克之」，後言「取三師」也。戴未破，則三國尚在，圍戴當先取三師而後克戴矣。蓋蔡人從之伐戴，是未破之戴；鄭伯圍戴，是三國所破而入居之戴也。

證曰：《公》《穀》皆以鄭因宋、蔡、衛之力取戴。必如杜説，解《公》《穀》猶可，解《左氏》則不可。何者？《左氏》言「取」，取其師也，非取其地也。于傳例當引莊十一年傳例「覆而敗焉曰『取某師』」，不當引「克邑不用師徒曰『取』」。

服虔云：「覆，隱也，設伏而敗之。謂攻其無備，出其不意，敵人不知，敗之易，故曰『取』。」《釋例·戰敗例第三》「覆者，謂威力兼備，若羅網之所掩覆，一軍皆所禽制，故以『取』爲文，專制之辭也」。圍戴者，圍三國伐戴之師，故克而取三師。「取」者易辭，亦有不易者，不可以克邑、克師分也，劉規杜未當。

十一年，及大逵。注：逵，道方九軌也。

規曰：《冬官·考工記》「匠人營國」「經涂九軌」。軌，車轍。謂王城之内，道廣並九車也。《爾雅·釋宫》云：「一達謂之道路，二達謂之歧旁，三達謂之劇旁，四達謂之衢，五達謂之康，六達謂之莊，七達謂之劇驂，八達謂之崇期，九達謂之逵。」説《爾雅》者皆以爲「四道交出，復有旁通」，炫以逵爲九道交出也。又，涂方九軌，天子之制，諸侯之國不得皆有，國國皆有逵道。

孔氏曰：劉炫《規過》以「逵爲九道交出」，今以爲「道方九軌」者，蓋以九出之道，世俗所希，不應城内得有此道，以記有九軌，故以「逵」當之。言並容九軌，皆得前達，亦是九達之義。故李巡注《爾雅》亦取「並軌」之義。涂方九軌，惟鄭城之内獨有其涂，故傳于鄭國每言「逵」也。故桓十四年「焚渠門，入及大逵」，莊二十八年「衆車入自純門，及逵市」，宣十二年「入自皇門至于逵路」。劉君以規杜氏，其義非也。

邵氏晉涵曰：杜氏以「軌」訓「達」，實有不可從者。《考工記》：「匠人營國，國中九經九緯，經涂九軌。」鄭注「經緯之涂皆容方九軌」，是言王城之制。又云「經涂九軌，環涂七軌，野涂五軌，環涂以爲諸侯經涂，野涂以爲都經涂」，是言上下之等差，杜氏欲以《匠人》之「九軌」傅合於《爾雅》之「九達」，則《爾雅》所謂一達、二達者將何以分其等級乎？況夫道路者，天下之通言也。故郭氏釋爲「長道」。若如杜氏以「軌」訓「達」，則一達之道路僅容一軌，豈天下之道路俱若是其陝且長哉！劉炫據《爾雅》以「逵爲九道交出」，其言誠有依據矣。

申曰：九達，以道之所出言之；九軌，以道之所容言之，各自爲義，不可强合也。以九軌爲逵，此杜解之誤。《考工記》：「匠人營國，方九里，旁三門，國中九經九緯，經涂九軌。」此惟王城則然，公七里、侯伯五里、子男三里。鄭後司農曰：「軌，謂轍廣。乘車六尺六寸，旁加七寸，凡八尺，是謂轍廣。九軌，積七十二尺，則此涂十二步。」賈公彦疏：「南北之道爲經，東西之道爲緯。」王城面有三門，門有三涂，男子由右，女子由左，車從中央，其制如此。鄭伯，男也，城不足五里，門之見於傳者，曰「皇門」、曰「鄟門」、曰「師之梁」、曰「北門」、曰「純門」、曰「桔柣之門」、曰「時門」、曰「渠門」、曰「墓門」、曰「舊北門」、曰「閨門」、曰「倉門」。必如《匠人》之制，門有三涂，涂積十二步，而五里之城，據《王制》鄭注「一里方三百步，五里共方一千五百步」，以十二步之涂經緯于其中，微特諸侯不得上僭王城九軌之制，此蕞爾之鄭，宗廟、宫室、官府、廛市之外，又安得其地，以廣其道路乎？然則孔謂「鄭城内獨有其涂」者，無此理也。知「九軌」之不可以訓「九逵」，則知「逵」之義矣。《説文·十四篇·九部》：「馗，九達道也。似龜背，故謂之馗。馗，高也。」段玉裁曰：「龜背中高而四下，馗之四面無不可通，似之。」李善注顔延年《皇太子釋奠詩》引《韓詩》「施于中馗」，薛君曰：「中馗，道中九交之道也。」今《周南》作「逵」。《毛傳》：「逵，九達之道。」夫道之所達，不定于九，而止于九者，數爲之極也。善乎，郭景純之釋《爾雅》也！曰「四道交出，復有旁通」，道固不可以四至八到限也，且傳于鄭國每言

「逵」，實則如劉言「國國皆有逵道也」。《釋名·釋道》「齊魯謂道多爲逵師，此形然也」，《淮南子·説林篇》「楊子見逵路而哭之，爲其可以南可以北」，非其證歟！傳稱「受兵于大宮」，此「大逵」當近「大宮」。桓十四年「宋人以諸侯伐鄭，焚渠門，入及大逵」；莊二十八年「楚伐鄭，入自純門，及逵市」；宣十二年「楚克鄭，入自皇門，至于逵路」；鄭之「逵」多在城内，他國何獨不然？孔謂「九出之道，世俗所希，不應城内得有此道」，正與傳意相反。然孔未嘗不以杜義爲非也。《詩·兔罝》疏引莊二十八年傳「杜注：『逵並九軌。』案：《周禮》『經涂九軌』，不名曰『逵』，于《爾雅》則不合」，蓋亦知杜解之不可通也。襄二十八年傳「得慶氏之木百車于莊」，杜以「莊」爲「六軌之道」，孔云「注《爾雅》者，皆以莊爲六道旁出，杜以九達、並九軌，故亦以莊爲六軌也，則于疏家已自歧其説矣」，豈惟孔氏，即杜氏亦自知其解之不可通也。襄十一年「詛諸五父之衢」，例當言「四軌之道」，注僅言「五父衢，道名，在魯國東南」。昭元年「執戈逐之及衝」，注「衝，交道」。案：「交道」即《周禮·保氏》之「交衢」，郭氏所謂「四道交出」者也，義符《爾雅》。至孔謂李巡取「並軌」之義，亦未盡然。定八年《公羊》疏引李巡曰「四達各有所至曰衢」，與孫炎諸人所訓無異，疑巡于「逵」間證「並軌」之義，未必以「九軌」當「九逵」也，故陸德明《釋文》云「逵，道方九軌。此依《考工記》」，不云本李巡。孔云「注《爾雅》者皆以莊爲六道旁出」，可知李巡亦非主此説也。然則以「九軌」爲「逵」之臆説，不可從，從劉氏爲是。

春秋規過考信卷一之中

桓公

二年，春，王正月戊申，宋督弑其君與夷及其大夫孔父。注：「稱督以弑，罪在督也。孔父稱名者，内不能治其閨門，外取怨于民，身死而禍及其君。」

規曰：諸言父者，是字，杜既以孔父爲名，因論爲罪之狀，内不能治其閨門，使妻行于路，令華督見之；外取怨于民，使君數攻戰而國人恨之；身死而禍及其君，故書名以罪孔父也。案：《公羊》《穀梁》及先儒，皆以善孔父而書字。

孔氏曰：諸言「父」者，雖或是字，而春秋之世，有齊侯禄父、蔡侯考父、季孫行父、衛孫林父，乃皆是名。故杜以孔父爲名。父既是名，孔則爲氏，猶仇牧、荀息被殺皆書名氏，杜君積累其惡，故以書名責之。劉君不達此旨，妄爲規過，非也。

呂成公曰：左氏序宋督事極好，觀其論督有無君之心，而後動于惡，此左氏識見高遠處。使宋督有尊君之心，決不敢爲弑逆之事。蓋督之殺孔父與殤公，乃爲惡之末流，其有無君之心，乃爲惡之根本。聖人所以過位變色、入門鞠躬，夫豈繁文末節哉？蓋所以養其尊君之心也。

葉氏夢得曰：孔父，宋大夫之四命者也。宋二王後，得備官也。或者謂君前臣名，孔父不得爲字，此禮之施于君臣相與之際者，豈《春秋》之謂哉？弑君名者，初不以爲輕；大夫字者，初不以爲重，道固並行而不相悖也。

張氏洽曰：華督，蓋馮之黨也。將弑與夷而憚孔父、殤公，怒則弑之，遂召馮而立焉。孔父之死爲君，故所以著其節也。

家氏鉉翁曰：聖人之經有常法，而不可以定例求也。《春秋》褒貶不在于書名與字之間，如公子友之歸，高傒、仲孫湫之來，《春秋》書季子、高子、仲孫云者，褒之僅見者也；天子宰以名書，如宰咺賵妾、宰渠下聘逆人，則貶之僅見者也；不可以此律《春秋》之常法。傳者因名以求其貶，因字以求其褒，害義實甚。如孔父、荀息、仇牧，《春秋》書之，録死節也。杜氏于孔父則曰「内不能正其閨門，外取怨于百姓，故以名書」，于仇牧則曰「不警而遇盜」，于荀息則曰「從君于昏，故皆名之」。夫荀息固當有責，而孔、仇大義凛然，無瑕可指，徒以書名之故，强求其罪，豈聖人録死節之意哉？又如祭仲爲宋所執，脅而盟之，使歸逐君，以書法而觀，罪實在仲，《公羊》乃以爲《春秋》賢仲，字而不名。此以書字之故，强求其善，至顛倒是否，而莫之恤，豈聖人誅亂賊之本旨乎？又如洩冶直諫而死，《春秋》書之，以著陳之亂亡肇于殺諫，而杜氏以爲「冶直諫于淫亂之朝，以是取死，故書其名」。是直諫死者不爲《春秋》所貴，必緘默自全，乃爲《春秋》所貴乎？名之與字，本不可深辨，乃以此而定《春秋》之褒貶，此説經之大弊也。或曰「謂之變例可乎」？竊謂以變例而求《春秋》，不若以常法而求《春秋》。蓋《春秋》屬辭比事之書也，學者欲求聖人之意，必反復究觀而後能有得，苟執例以求經，是猶有司執例以廢法，其可行乎？

趙氏汸《補注》曰：葉氏曰：「孔父，宋卿。督，其大夫。殺卿取妻，猶居位不去，待君怒而始懼，不近人情甚矣！」今案：下文宋殤公立以後，事覈語精，已盡其罪，爲欲妄解書法，遂贅此數語。

顧氏炎武曰：桓二年，「孔父嘉爲司馬」。「孔父」字，而「嘉」其名，劉原父以爲「已名其君于上，則不得字其臣于下」。竊意諸侯卒必書名，而大夫則命卿稱字，無生卒之别，亦未嘗以名字爲尊卑之分。桓十一年「鄭伯寤生卒」「葬鄭昭公」「宋人執鄭祭仲」，十七年「蔡侯封人卒」「蔡季自陳歸于蔡」，名其君于上，字其臣于下也。昭二十二年「劉子、單子以王猛居于皇」「劉子、單子以王猛入于王城」，二十三年「尹氏立王子朝」、二十六年「尹氏、召伯、毛伯以王子朝奔楚」，爵其臣于上，名其君于下也。君之名，變也；命卿之書字，常也；重王命亦所以尊君也。

彭氏家屏曰：穆公屬殤公于孔父而不及華督，意督此時即以公子馮爲奇貨可居。馮雖居鄭，未嘗一日忘之，特俟民不堪命，相時而動耳。故欲立馮，不得不弑殤公；欲弑殤公，不得不先殺孔父；其算預定，豈因殤公之怒而後弑之哉！

萬氏斯大曰：自宋殤即位，馮出居鄭，殤惑于除害之言，隱四年：「衛州吁使告宋曰：『君若伐鄭，以除君害。』」與鄭爲仇。七年之中，自隱四年至十年。伐鄭者三，入鄭者一，圍取邑者一，志在除馮也。鄭亦伐宋者，再取邑者二，取郜、防，歸于魯。取師者一，志在爲馮也。至是，殤弒而馮立矣。是舉也，賊雖由督，其謀實鄭莊與馮陰啓之。嗂督以相宋，俾之假「十年十一戰，民不堪命」以爲辭，督恃有外援，遂肆其毒而無忌。于何知之，于下稷之會知之。

李氏惇曰：《春秋》之美孔父，在「及其大夫」四字，不在稱字。言「大夫」，則見其不失職；言「及其」，則見其不避難；仇牧、荀息皆然，不以名與字爲異也。

焦氏循曰：《晉書》杜預《本傳》云：「祖畿，魏尚書僕射；父恕，幽州刺史。其父與宣帝不相能，遂以幽死，故預久不得調。文帝嗣立，預尚帝妹高陸公主起家，拜尚書郎，四年轉參相府軍事。」預于是忘父怨而竭忠于司馬氏。既目見成濟之事，將有以爲昭飾，且有以爲懿、師飾，即用以爲己飾，此《左氏春秋集解》所以作也。夫懿、師、昭，亂臣賊子也；賈充、成濟、鄭莊之祝聃、祭足，而趙盾之趙穿也；王凌、毌丘儉、李豐、王經則仇牧、孔父嘉之倫也。昭弒高貴鄉公而歸罪于成濟，已儼然託于大義而思免于「反不討賊之譏」。師逐君、昭弒君，均假太后之詔以稱君罪，則師曠所謂「其君實甚」、史墨所謂「君臣無常位」者，本有以啓之。預假其説而暢衍之，所以報司馬氏之恩，而解懿、師、昭之惡，夫又何疑？此李豐之忠而可斥爲奸，王經之節而可指爲貳，居然相例矣。故其説大行于晉、宋、齊、梁、陳之世。唐高祖之于隋，亦踵魏晉餘習，故用預説作《正義》，而賈、服諸家由是而廢。余摘其説，俾天下後世共知預爲司馬氏之私人、杜恕之不肖子，而我孔子作《春秋》之蟊賊也。

申曰：《春秋》書孔父與仇牧、荀息同科，仇牧、荀息名，而孔父不名，孔子因舊史而書之，非褒貶所在也。杜預扶篡弑而抑死節，貶仇牧、荀息不得不貶孔父，遂以孔父爲名而貶孔父，此預之意，非經意也，亦非傳意也。劉炫曰：「案：《公羊》《穀梁》及先儒皆以善孔父而書字。」吾不論孔父之善不善，先論孔父之字不字。夫《公》《穀》以孔父爲書字，《左氏》未嘗曰書名也。求之古訓，證孔父之非名者有三：許慎《説文·十二篇·乙部》：「孔，通也。从乙，从子。乙，請子之候鳥也。乙至而得子，嘉美之也。古人名嘉，字子孔。」據文十二年「楚成嘉」，杜注「若敖曾孫子孔」，襄九年「鄭公子嘉」，杜注「子孔」，古人名字相配，彼名「嘉」者，皆字「子孔」，此何以獨字「嘉」而名「孔父」？一也。《儀禮·士冠禮》

曰：「伯某甫。仲、叔、季，惟其所當。」鄭注：「伯、仲、叔、季，長幼之稱。甫是大夫之美稱。孔子爲尼甫，周大夫有嘉甫，宋大夫有孔甫，是其類。甫，字或作父。」據隱元年「公及邾儀父盟于蔑」，杜注以爲書字。儀父既知爲字，孔父不應是名。二也。孔父嘉，以字先名，與華父督一例。杜于華氏注云「督未死而賜族」，于孔父以爲稱名，彼此自相違異，曾謂聖如孔子，以先世之名爲氏乎？斯不然矣。孔穎達變其説云：「父是名，孔爲氏。蓋孔父先世以孔爲氏。」據《商頌》疏引《世本》云「宋湣公生弗父何，弗父何生宋父，宋父生正考父」。案：《左氏傳》昭七年疏引《家語·本姓篇》云「宋湣公熙生弗父何，何生宋父周，周生世子勝，勝生正考父」，多「世子勝」一代，與此不同。正考父生孔父嘉，爲宋司馬華督殺之，而絶其世。其子木金父降爲士，木金父生祈父，《左》疏引《家語》作「皋夷父」。祈父生防叔。防叔爲華氏所偪，奔魯爲防大夫，故曰「防叔」。防叔生伯夏，伯夏生叔梁紇，叔梁紇生仲尼。孔父先世，無氏孔者，氏孔自孔父始。春秋時齊侯禄父、蔡侯正父、季孫行父、衛孫林父，皆名連「父」字，未有單稱「父」之一字以爲名者。「父」果是名，則孔父先世，有「弗父」「宋父」「正考父」，後世有「木金父」「祈父」，以「孔父」例之，當皆是名，是孔父之先後世同一名也，有是理乎？否則「弗父」「宋父」既是字，「孔父」何獨是名？聖父字叔梁，名紇，亦可爲先字後名之證。三也。然則孔父之爲字而非名審矣！其不名者何也？或曰「命大夫也，貴者不名」。夫貴莫貴于諸侯，《春秋》外諸侯卒皆名，何不名之有？非也。或曰「賢之也，賢者不名」。夫賢莫賢于孔子，門弟子之續經不曰「仲尼卒」，而曰「孔某卒」，未聞以賢而不名也，非也。或曰「孔子爲祖諱也」。夫子長改「談」爲「同」、蔚宗易「泰」爲「太」，此後世之私書，豈所論于聖經？陸淳曰「《春秋》魯史，非孔子家傳」，亦非也。然則孔父曷以書字歟？曰《公羊》曰：「禮，臣死君字之。以君得字之，知先攻孔父之家。」《穀梁》曰：「臣既死，君不忍稱其名，以君之累之也。」許慎《五經異義》稱：「《左氏》説既没稱字而不名，孔父先君死，故稱其字。」如三傳之説，蓋孔父爲督所殺，殤公善孔父，以字告于諸侯。孔子仍舊史之文而不改，舊史既字之，孔子惡得而名之哉？自劉公是刱「君前臣名」之説，于是伊川程子、蘇子由、胡康侯及近人毛大可，皆以「父」爲名，不知孔父之死在殤公未弑之前，其告于諸侯必名督而字孔父。若督弑其君與夷，宋自以名赴，非一時一事計。宋之以弑君赴也，不得有孔父名氏，其先書弑其君而後及其大夫者，孔子之特筆也。知此，則無疑于孔父之書字矣。

春秋莫嚴于治亂臣賊子之罪，而杜預乃罪死節之大夫。如其説，則亂臣賊子不之懼，忠臣孝子其懼矣。與夷之弑，預謂「孔父内不能治其閨門，外取怨于民，身死而禍及其君」。是殤公被弑，事由孔父，孔父直爲罪首也，豈不謬哉？説者不咎預而咎《左氏》所傳之誣，不及《公》《穀》書死難之實，則大不然。夫《左氏》詳于事，《公》《穀》詳于義，有得其事而不得其義者矣，未有不得其事而能得其義者也。督欲立公子馮，非弑殤公不可；欲弑殤公，非殺孔父不可；欲殺孔父，非罪孔父不可。宋殤公立十年十一戰，孔父嘉爲司馬，督爲太宰。故因民之不堪命，先宣言曰「司馬則然」，此督罪孔父之誣辭，煽惑民心，以便其擅收兵柄之計，督之姦盡矣。傳明指爲督之言，豈可據以罪孔父？若目逆孔父之妻于路，左氏特爲督殺孔父取其妻張本爾，督未嘗以此罪孔父也，預乃誣之。千載之下，道上一遇，斥及燕私，預之誣孔父甚于督矣。今按之傳，督之弑君由于無君，此罪督之獄辭，誅其心也。會稷賂立華氏，馮不惟不討賊，反從而相賊，非與聞乎弑而何所以罪馮也。

《左氏》之罪亂賊，深切著明，並無一字議及孔父。由此觀之，預責孔父之罪，全違《左氏》矣。且孔子之書法，亦有可因《左氏》而見者。督之殺孔父也，内竊國政，外挾鄭援，兵權在手，惟所欲爲，公懼督耳，督何懼公之有？其曰「公怒，督懼者」，督之飾辭也。以爲公不殺督，督不弑公云爾。華氏之立，必藉辭以解免，豈有弑君之大逆、會四國之諸侯，生而賜族哉！竊意舊史所書于殺孔父，當用兩下相殺之例，如王札子殺召伯、毛伯矣。于弑與夷，當用弑君、君無道之例，如宋人弑其君杵臼矣。君子以督爲有無君之心，而後動于惡，故先書弑其君。督惟無君，故殺孔父以逞其無君之心，不在孔父之有罪無罪也。春秋弑君，三十六死難，書及者，始于孔父，非孔子不能創立此書法，非《左氏》不能發明此書法也。《公羊》曰「孔父生而存，則殤公不可得而弑也」、《穀梁》曰「督欲弑君，而恐不立，于是乎先殺孔父，孔父閑也」，義非不正，而事之本末未具，讀者迄不能得其要領。唐氏仲友曰「《左氏》載事得實，《春秋》之案牘也」，舍案牘而臆測之，豈無偶合于用法之意？而其事已不可考，是則《公》《穀》而已矣。預之于孔父，是假案牘以亂法者也。論者譏其屏《公》《穀》而取《左》，不亦蔽乎？孔穎達正義多附會注家，獨于宋督弒君，發揮傳意，有可取者，其言曰：「先書弒君，是仲尼新意。君人執柄，臣人畏威。督乃專殺孔父而取其妻，不臣之迹，在心已久，非爲公怒始興毒害。若先書孔父，後書弒君，便似既殺孔父，始有惡心。今先書弒君，後書孔父，見其先有輕君之心，以著不義之極故也。」夫自左氏言之「弒其君而及其大夫」，義在罪督也；自杜預言之「殺大夫而及其君」，意在罪孔父也。沮忠義之氣，而張亂賊之膽，俾後世元惡大憝俱得有所緣以藉口而横行無忌，是直華氏之《春秋》非孔氏之《春秋》矣！奚可哉！奚可哉！是故杜預者，《春秋》之罪人也，亦《左氏》之罪人也。

以高貴鄉公之事例之，可以斷弒宋殤之獄矣。宋穆公舍馮而立殤公，馮出居鄭。殤公惑于州吁除害之言，累歲侵伐，而馮挾鄭莊之虐燄，未嘗一日不謀宋。弒雖由督，謀實在馮。殺卿取室猶居位不去者，手掌兵柄，恃馮爲外援也。司馬昭者，殤公之馮也。高貴鄉公曰「司馬昭之心，路人所知也，吾不能坐受廢辱」，乃出懷中版令投地曰：「行之決矣。正使死，何所懼？」用空闕之宿衛、寡弱之兵甲，以與昭鬭，何異驅不堪命之民以與馮鬭乎？賈充者，殤公之督也。賈充呼成濟曰「司馬公畜養汝等，正爲今日」，濟即前刺帝，刃出于背。昭見陳泰泣曰：「元伯，天下其謂我何？」泰曰：「惟腰斬賈充以謝天下。」昭之寵充，何異馮之寵督乎？王經者，殤公之孔父也。沈業將出，呼王經，經不從，曰：「吾子行矣。」經被收，辭母，母顔色不變，笑而應曰：「人誰不死，以此并命，何恨之有？」經死于高貴鄉公已弑之後，孔父死于殤公未弑之先，其忠一也。預爲司馬懿壻，親見篡弑之事，貶孔父，所以爲昭解也。隱元年：「弔生不及哀。」注：「諸侯已上，既葬則縗麻除，無哭位，諒闇終喪。」孔氏云：「既葬除喪，惟杜有此説。鄭玄以諒闇爲凶廬，杜所不用。」引《晋書・杜預傳》云：泰始十年，元皇后崩。既葬，帝及羣臣皆除服。疑皇太子亦應除否？詔諸尚書令僕射盧欽論之，惟預以爲古者天子、諸侯三年之喪，始服齊斬，既葬除喪服，諒闇以居，心喪終制，不與士庶同禮。于是盧欽、魏舒問預證據，預曰：「《春秋》晋侯享諸侯，子産相鄭伯，時簡公未葬，請免喪以聽命。君子謂之得禮。宰咺歸惠公仲子之賵，傳曰『弔生不及哀』，此皆既葬除服諒闇之證也。」議奏，皇太子遂除衰麻。於時，内外卒聞預議多怪，惑者乃謂「其違《禮》以合時」。夫預附會《左氏》以證短喪，孔氏既著其失矣，則罪孔父以縱篡逆，不謂之違《春秋》以合時，不可也。太史公曰：「《春秋》之法行，而亂臣賊子無所容其身。」今杜預據以議短喪，是《春秋》教人爲不孝也；據以貶死節，是《春秋》教人爲不忠也。預非不知其説非《春秋》所有也，合時而已，逞邪説以爲合時之具，陷人于不忠不孝而不顧，杜預之罪大矣！嗚呼！此司馬氏以後，亂臣賊子接踵而不絶也！

以郜大鼎賂公。注：郜國所造器也，故繫名于郜。濟陰成武縣東南有北郜城。 案：隱十年，「六月，公敗宋師于菅。辛未，取郜。辛巳，取防。」杜注：「濟陰成武縣東南有郜城。」

規曰：杜注「郜國，濟陰成武縣東南有北郜城」「郜，宋邑，濟陰成武縣東南有郜城」，俱是成武縣東南，相去不遠，何得所爲郜國，所爲宋邑？炫以南郜、北郜並宋邑，別有郜國。

孔氏曰：知不然者，以許田、許國相去非遥，則郜國、郜邑何妨相近？且杜言有者，皆是疑辭，何得執杜之疑以規其過？如劉所解，郜國竟在何處？

酈道元《水經·泗水注》曰：「黄溝，又東逕成武縣故城南，又東北逕郜城北。《春秋》桓公二年《左傳》曰：『宋督攻孔父而取其妻，殺殤公而立公子馮，以郜大鼎賂公，臧哀伯諫爲非禮。』《十三州志》曰：『今成武縣東南有郜城，俗謂之北郜者也。』又東逕平樂縣故城南，又東右合泡水，即豐水之上源也。水上承大薺陂，東逕貰城北，又東逕巳氏縣故城北，又東逕孟諸澤，又東逕郜成縣故城南。」《地理志》：「山陽縣也。王莽更名之曰『告成』矣，故世有南郜、北郜之論也。」

釋曰：《釋例·土地名第四十四》：「濟陰城武縣東南郜城，宋邑也。今鄭取之，或以爲郜國，非也。僖二十年『郜子來朝』，則郜非滅也。桓二年郜，與此同。」劉據以規杜也，杜之此解，只言北郜，並未言南也。惟酈道元注泗水始稱「世有南郜、北郜」之論。據隱十年「六月，壬戌，公敗宋師于菅」「庚午，鄭師入郜」「辛未，歸于我」，此宋邑之確證。越六十年，復有來朝之郜子。劉君以爲「别有郜國」，未爲無據。案：郜子朝魯，當去魯不遠。疑郜國爲宋所并，遂爲宋邑，故郜大鼎入宋。迨郜歸于魯，魯更復之，故有來朝之郜子。由是言之，郜邑外不得别有郜國。杜于「郜邑」則云「非郜國」，于「郜國」則「似即郜邑」，蓋約略言之，非自相矛盾也。《説文·六篇·邑部》：「部，周文王之子所封國。」許君于部國不曰在濟陰成武，是部國在漢時已不能指其處矣。《釋例·土地名》云「今所記注，雖事迹相切，名號相附，而未有顯證者，皆稱今有，並以示疑；其絶無形類者，則闕以待多聞之士焉」。孔以劉爲執杜之疑，信然。

大路越席。注：大路，玉路，祀天車也。越席，結草。

規曰：服虔云「大路，木路」。炫以大路爲木路。

孔氏曰：大路，路之最大者。《巾車》五路，玉路爲大。故杜以玉路爲大路。《巾車》云：「玉路，錫樊纓，十有再就，建大常，十有二斿，以祀。」故云祀天車也。越席，結蒲爲席，置于玉路之中以茵藉，示其儉也。服虔云：「大路，木路。」杜不然者，以「大路越席」，猶如「清廟茅屋」，清廟之華，以茅飾屋，示儉。劉横生異義，妄規杜氏，非也。

申曰：鄭康成注《書·顧命》云「大路，玉路」，杜解本此。案：《史記·樂書集解》引服虔曰「大路，祀天車也。越席，結括以爲席也」，是服以木路爲祀天之車也。《論語》：「乘殷之輅。」馬融曰：「殷車曰大輅。《左傳》曰：『大輅越席也。』」皇侃《義疏》：「《周禮》天子自有五輅：一曰玉輅，二曰金輅，三曰象，四曰革，五曰木。五輅並多文飾，用玉輅以郊祭。而殷家惟有三輅：一曰木輅，二曰先輅，三曰次輅，而木輅最質素無飾，用以郊天。魯以周公之故，雖得郊天，而不得事事同王，故《郊特牲》云：『乘素車，貴其質也。』鄭玄注云：『素車，殷輅也。魯侯之郊用殷禮也。』」《禮記・明堂位》：「大路，殷路也。」鄭注：「大路，木路也。漢祭天，乘殷之路也，今謂之桑根車。《春秋》傳曰『大路素』。」孔氏彼疏云：「按桓二年《左氏》云『大路越席』，越席是祀天之席，則大路亦祭天之車。以祭天尚質，故鄭云『大路素』。」服義根據馬、鄭，劉氏用之最當，杜解誤。《詩・周頌》疏引賈逵注云：「肅然清靜謂之清廟。」《大戴禮・盛德篇》：「明堂者，以茅蓋屋。」盧辯注：「茅取其潔質也。」《禮記・禮器》：「大路素而越席。」疏：「祭天本質素，故素車蒲席也。」《明堂位》「莞簟之安，而蒲越、藁鞂之尚，明之也」「丹漆雕幾之美，素車之乘，尊其樸也」。注「蒲越、藁鞂，藉神席也」。「太廟」「明堂」、「木路」「蒲席」，兩兩對舉，均取質素，亦非以清廟大路爲華、茅屋越席爲樸也。

藻、率、鞞、鞛。注：藻、率，以韋爲之，所以藉玉也。鞞，佩刀削上飾。鞛，下飾。

規曰：《詩》曰「鞞琫容刀」，《毛詩傳》「下曰鞞，上曰琫」。孔氏曰：《少儀》云「刀授穎，削授拊」。削是刀之類，故與刀連言之。鞞、鞛二名，明飾有上下，先鞞後鞛，故知鞞爲上飾，鞛爲下飾。劉君以《毛詩傳》而規杜氏，但鞞鞛或上或下，俱是無正文，不可以規杜過也。

申曰：劉據毛氏《詩》傳釋「鞞」「鞛」以破杜解，是矣。然毛釋《瞻彼洛矣》以爲「琫上飾，珌下飾」，與釋《篤公劉》之「下曰鞞，上曰琫」不同，何歟？陳氏啓源曰：「《名物疏》譏毛說自相矛盾，孔不得已而爲之詞。又引《釋名》『下末之飾曰琕』。『琕』即『鞞』字。鞞正是下飾。今案之殆不然也。《小爾雅》《說文》《廣雅》義皆同疏，並無以鞞爲下飾者。況鞞爲下飾，則珌又爲何物耶？《瞻彼洛矣》傳以『琫』『珌』對言，故言『上飾』『下飾』，《公劉》以『鞞』『琫』對言，故傳言『上』『下』而不言飾。鞞，非飾也。而琫在其上，則鞞爲下矣。古文簡質不達意，未嘗相矛盾也。孔氏申之，善達毛意，亦非强爲之詞也。《釋名》『下末』之説，殆誤解《公劉》傳意耳，反據以規毛可乎？」據杜注《左傳》以鞞爲上飾，鞛爲下飾，而《玉篇》同其誤。《小爾雅》宋咸注以珌爲上飾，琫爲下飾，《玉篇》《廣韻》亦以珌爲上飾，互有異同，俱不足信。《説文·三篇·革部》：「鞞，刀室也。」《四篇·刀部》：「削，鞞也。」《一篇·玉部》：「琫，佩刀上飾也。天子以玉，諸侯以金。」「珌，佩刀下飾。天子以玉。琕，古文珌。」段氏玉裁曰：「鞞之言裨也，刀室所以裨護者。漢人曰削，俗作鞘。琫之言奉也。奉俗作捧。刀本曰環，人所捧握也。其飾曰琫。珌之言畢也。刀室之末，其飾曰珌。古文作琕。傳云『鞞，容刀鞞也』，謂刀削；其云『琫上飾，珌下飾』者，『上』『下』自全刀言之，琫在鞞上，鞞在琫下，珌在鞞末。《公劉》詩不言珌，故云『下曰鞞』，舉『鞞』以該『珌』。『鞞琫有珌』言『鞞』『琫』而又加『珌』也。《王莽傳》：『瑒琫瑒珌。』孟康曰：『佩刀之飾。上曰琫，下曰珌。』若《釋名》『琕，即鞞之譌』。劉意自一鞘言之，故雖襲毛『上曰琫，下曰鞞』之云，而大非毛意。至杜預本之注《左傳》云『鞞，佩刀削上飾。鞛，下飾』，又互譌『上』『下』字矣。許云『佩刀上飾』用毛説，謂『一刀之上，非一削之上也』，凡刀劍以手所執爲上。」案：「鞞」不可以言飾，訓「珌」爲「文飾貌」亦無所據。以陳氏、段氏之説核之，杜説非也。惟孔氏《篤公劉》正義以毛氏于「鞞」「琫」，言「德有度數」，意取《左傳》，則毛氏本左氏而爲《詩》傳，可知説《春秋》者，賈、服諸儒，皆與毛氏合也。鞞即是削，今名鞘，是刀之室，非刀之類。鞞、鞛之先後，不可以定上下，而云「或上或下，俱無正文」，是兩歧也。孔于《詩》疏則全準劉規，于《春秋》疏則曲從杜解，故以孔正孔，即是以劉正杜。

三年，春，正月。注：經之首時必書「王」，明此曆天王之所班也。其或廢法違常，失不班曆，故不書「王」。

規曰：杜以正是王正，曆從王出，故以爲王者班曆，史乃書「王」，明此曆天王之所班也。其或廢法違常，失不班曆，則諸侯之史不得書「王」。言此十三年無「王」，皆王不班曆故也。然天王失不班曆，經不書「王」，乃是國之大事，何得傳無異文？又，昭二十三年以後，王室有子朝之亂，經皆書「王」，豈是王室猶能班曆？又，襄二十七年「再失閏」，杜云「魯之司曆頓置兩閏」。又，哀十三年「十二月螽」，杜云「季孫雖聞仲尼之言，而不正曆」。如杜所注，曆既天王所班，魯人何得擅改？又，子朝奔楚，其年王室方定，王位猶且未定，諸侯不知所奉，復有何人尚能班曆？昭二十三年秋，乃書「天王居于狄泉」，則其春未有王矣。時未有王，曆無所出，何故其年亦書「王」也？若春秋之曆必是天王所班，則周之錯失不關于魯。魯人雖或知之，無由輒得改正。襄二十七年傳稱「司曆過，再失閏」者，是周司曆非魯司曆也。而杜《釋例》云「魯之司曆，始覺其謬，頓置兩閏以應天正」。若曆爲王班，當一論王命，寧敢專置閏月、改易歲年？哀十三年「十二月螽」，仲尼曰：『火猶西流，司曆過也。』」杜于《釋例》又云「季孫雖聞此言，猶不即改。明年復螽，于是始悟。十四年春，乃置閏，欲以補正時曆」。既言曆爲王班，又，稱魯人輒改，改之不憚于王，亦復何須王曆？杜之此言，自相矛盾，以此立説，難得而通。又案：《春秋》經之闕文甚多，其事非一。亦如夫人有「氏無姜」，有「姜無氏」及「大雨霖」「廧咎如潰」之類也。此無「王」者，正是闕文耳。

孔氏曰：桓公元年、二年、十年、十八年，凡四年于春有「王」；九年春，無「王」無月；其餘十三年，雖春有月，悉皆無「王」。《穀梁傳》曰：「桓無『王』。桓弟弑兄，臣弑君，天子不能定，諸侯不能救，百姓不能去，以爲無王之道，遂可以至焉爾。」元年有「王」，所以治桓也。二年有「王」，正與夷之卒也。十年有「王」，正終生之卒也。十八年書「王」，范甯注云「此年書『王』，以王法終治桓之事」。先儒多用《穀梁》之説。賈逵云：「不書『王』，弑君，易祊田，成宋亂，無王也。」元年治桓，二年治督，十年正曹伯，十八年終始治桓。杜言此十三年無王，皆王不班曆故也。劉炫《規過》云「此無『王』者，正是闕文耳」。杜之所據，雖無明文，若必闕文，止應一事兩事而已，不應一公之内十四年並闕「王」字。杜以《周禮》有「頒告朔于邦國都鄙」，故爲此説。但齊桓、晉文以前，翼戴天子，王室雖微，猶能班曆。至靈王、景王以後，王室卑微，曆或諸侯所爲，亦遥禀天子正朔，所以有子朝之亂，經仍稱「王」，不責人所不得也，猶如大夫之卒、公疾在外，雖不與小斂，亦同書日之限。然則司曆之過，魯史所改，據此而言，有何可責？劉君不尋此旨，横生異同，以規杜過，恐非其義也。

楊氏士勛曰〔一〕：《范氏例》云：「《春秋》上下無『王』者，凡一百有八。」見始也。

劉氏《權衡》曰：何休曰「不書『王』者，見桓公無王而行也。二年有『王』者，未無王也」，非也。十年有『王』，數之終也。十八年有『王』，桓公之終也。不就元年見始而以爲元年未無王，輕重失序。且夫休所指「桓無王」，止此數事矣。弑君見于即位，成亂效于納賂，易地著于璧假，其迹已明，雖使《春秋》歲輒書「王」，其可謂「桓有王」乎？然則不書「王」，其不爲此數事亦明矣。

吕氏大圭曰：《春秋》無事必書首月，首月必書「王」。而桓公則十四年不書「王」，四時雖無事，首時過則書，而桓公則二年不書「秋」「冬」，吾以是知桓之《春秋》于是多闕文矣。或曰「桓無王也」，然以經考之，則桓、宣二公皆爲篡弑之主，宣未嘗無王，而桓獨無王，則聖人用法何乃如是之異也。況《春秋》書「王」，本以律天下之不王，豈因桓之不王而遂自去其「王」乎？當時諸侯以篡弑得國者，

〔一〕「勛」，底本原作「勋」，兹據下文書名徑改。

又非獨一桓公也，由何以不去「王」乎？若以「桓無王」而不書「王」，則當始末盡然。又奚以元年、二年、十年、末年各書「王」乎？若如是説，則聖人書法頓自改易，又安能使學者之必知其意乎？至于不書「秋」「冬」，信如其説，則桓十七年五月《公羊》不書「夏」、昭十年十二月三傳皆不書「冬」、僖二十八年冬有日而無月，不知又將何説乎？

顧氏炎武曰：桓公四年、七年闕秋冬二時，定公十四年闕冬一時，《公羊》成公十年闕冬十月。昭公十年十二月無冬，僖公二十八年冬無月，而有壬申、丁丑，桓公十四年有夏五而無月，桓公十七年冬十月有朔而無甲子，桓公三年至九年、十一年至十七年無王，桓公五年春正月甲戌、己丑，陳侯鮑卒，甲戌有日而無事，皆《春秋》之闕文，後人之脱漏也。莊公二十二年夏五月無事，而不書首月，杜氏《釋例》以爲闕謬。《穀梁》有「桓無王」之説，竊以爲夫子于繼隱之後而書「公即位」，則桓之志見矣，奚待去其「王」以爲貶邪？

又曰「王使榮叔來錫桓公命」，不書「天」，闕文也。文公五年「王使榮叔歸含且賵」同。若曰以其錫桓而貶之，則桓之立，《春秋》固已公之矣。商臣而書楚子，文公九年。商人而書齊侯，文公十三年。五等之爵，無所可貶，孰有貶及于王邪？

毛氏奇齡曰：《春秋》書時月，而或書「王」或不書「王」者，皆史有詳略，無關義例。故有時無月而不書「王」者，凡一百餘條；有時有月而不書「王」者，凡一十五條。此不書「王」者，正有時有月而不書之例，而《穀梁》謂「桓無王，故削『王』字」，則宜在元年。乃元年、二年有「王」，至三年而始削之，何其討賊之需遲也？則又爲説曰「元年有『王』，所以治桓也」，「二年有『王』，正與夷之卒也」，則是有「王」反治罪，得毋三年以後其無「王」者皆褒德者乎？且治桓已耳，華督弑君與魯何涉，而胡氏亦曰「二年書『王』，正華督之罪」。凡有「王」者，悉治罪，無「王」又治罪，是亂刑也。無「王」是削而惡桓，有「王」是筆而又惡桓，是筆與削，俱無所準也。且《春秋》須比例，文九年春有二月、三月而無「王」，成十三年春有三月而無「王」，定十四年春有二月而無「王」，以例言之，與桓年正同，然而三君于諸年並未嘗有治罪貶削之事，是屬辭比例又並無一相合者，吾故曰「此不關義例，非無謂也」。

惠氏士奇曰：《春秋》二百四十二年，或有春無月，或有月無王。而有月無王之歲，適皆見于桓之篇，于是《穀梁》獨發「桓無王」之論，以爲弟弑兄、臣弑君，天王不能討，故曰「桓無王」。然則，《春秋》貶桓歟，抑貶王歟？如以爲貶王，則《春秋》子弑父、臣弑君，天王皆不能討，曷爲獨貶于桓之篇？如以爲貶桓，則于天王何與，而顧削去「春」「王」之號哉！且《春秋》無「王」一百有八，雖有月無月不同，其無「王」則一也。或云「餘公無『王』者，爲無月不得稱『王』」，則桓九年亦有春無月，不得稱「王」，又與餘公等矣。我不知所謂貶者以無「王」爲貶乎，抑以有月爲貶乎？十一公皆無「王」，獨桓有月，遂曰「桓無王」，我不知其説也。然則桓何以獨無「王」而有月歟？曰「不知也」。或史闕文，或史誤文，或後人亂之，皆不可知。史有誤文，曷爲桓十三年皆誤，《春秋》十二公皆有闕誤，豈獨桓十三年？六經皆秦火之餘，又古變篆，篆變隸，安保其必無闕誤且無亂之者哉！

申曰：桓公十八年，惟元年、二年、十年、十八年四年書「王」，餘悉不書「王」，《左氏》《公羊》無異説，必其所見之本無闕文也。自《穀梁》創「桓無王」之論，于是賈逵羅織于《左氏》、何休附會于《公羊》，而《春秋》之義愈晦。杜氏求其説而不得，以爲失不班曆，則非其實也。夫桓之無「王」，十三年耳。考之《春秋》隱不書「王」者六年、莊不書「王」者十三年、僖不書「王」者十四年、文不書「王」者八年、宣不書「王」者十年、成不書「王」者七年、襄不書「王」者十二年、昭不書「王」者十三年、定不書「王」者四年、哀不書「王」者八年，豈皆無「王」邪？又豈皆不班曆邪？由是言之，《春秋》之不書「王」，非不書也，文之闕也。于何知之？于左氏之傳知之。隱九年有春無王月，傳稱「九年，春，王三月，癸酉，大雨霖」「庚辰，大雨雪」，知經文「春，正三月」在「天王使南季來聘」上，「王」字闕，「三月」字倒也。僖五年有春無王月，傳稱「五年春，王正月，辛亥，朔日南至」，知經有「王正月」而闕也。成十七年傳書「春，王正月」，而經書「春」，不書「王正月」；昭二十二年傳書「春，王二月」，而經書「春」，不書「王二月」；哀十二年傳書「春，王正月」，而經書「春」，不書「王正月」；此皆闕文之的然者，劉説是矣。至班曆，乃後世之事，求之三代以上，不盡然也。《漢書·律曆志》云「周道既衰，幽王既喪，天子不能頒朔。自文公閏月不告朔，至此百有餘年，莫能正曆數」，此杜所據也。以吾考之，則有不能無疑者。《周禮·春官》：「大史頒告朔于邦國。」鄭康成注：「天子頒朔于諸侯，諸侯藏之祖廟。至朔，朝于廟，告而受行之。」然《天官》太宰之職「正月之吉，始和布治于邦國都鄙，乃縣治象之灋于象魏，使萬民觀治象，挾日而斂之」，注「正月，周之正月」。小宰之職「正歲，帥治官之屬而觀治象之灋」，注「正歲，謂夏之正月」。夫頒曆頒一王之曆，而觀治象者已有正月、正歲之異，則頒于邦國者，特畿甸諸侯，未必頒之天下也。以《春秋》證之：僖五年「十二月，丙子朔，虢公醜奔京師」，而卜偃對獻公以爲「九月十月之交」；十五年經書「十有一月，壬戌，晉侯及秦伯戰于韓」，而傳以爲「九月壬戌」；晉用夏正故也，是晉曆不同于周曆矣。隱六年「冬，宋人取長葛」，而傳以爲秋，宋用殷曆故也，是宋曆不同于周曆矣。隱三年「夏，四月，鄭祭足帥師取温之麥。秋，又取成周之禾」，若以爲周正則麥禾皆未熟。哀十五年「衛世子蒯聵自戚入于衛」，經書「春，王正月，己卯」，而傳在「上年冬之閏月」，是鄭曆、衛曆亦不同于周曆矣。即以魯言之，昭二十二年「劉子、單子以王猛居于皇」，經書「六月」，而傳在「秋，七月，戊寅」；「劉子、單子以王猛入于王城」，經書「秋」，而傳在「冬，十月，丁巳」；「王子猛卒」，經書「冬，十月」，而傳在「十一月乙酉」；經書「十二月，癸酉朔，日有食之」，而傳此年未有閏，明年辛丑，正月爲壬寅朔，則經之「十二月，癸酉朔，日食」，即傳之「閏月」；是魯曆又不同于周曆矣。如皆自王朝班曆，何至如此之錯互哉！《宋書·禮志》曰「三而復者，正色也。二而復者，文質也。以前檢後，謂軒轅、夏后氏、漢皆以十三月爲正，少昊、有唐、有殷皆以十二月爲正，高陽、有虞、有周皆以十一月爲正」。據此而言，則夏以前已有「三正」矣。啓伐有扈，不曰「怠棄夏正」，而曰「怠棄三正」，明「三正」得並用也。然則夏之建寅，當因其國之舊，推之殷之建丑亦然。周之《公劉》當夏之季，而《豳風》言「一之日」「二之日」「三之日」「四之日」，蓋用建子之正，未聞以不奉正朔爲罪，則夏、殷皆未班曆也。是故殷改夏之正朔，其實殷之正朔已行于殷之先世，不自湯改也。周改殷之正朔，其實周之正朔已行于周之先世，不自武王改也。三代無改正朔之事，諸侯各治其曆，非可以郡縣之天下例也。《尚書·大傳》曰「王者存二代之後，與己爲三，所以通三統也」。周封夏、殷之後于杞、宋，仍行二代正朔，意當日千八百國行夏、殷之時，必不止杞、宋，然則周初亦未班曆也，何必春秋。夫周室之盛衰，豈在曆之班不班哉！杜之此言謬矣！孔氏不據光伯之義以糾杜，輒譏其「横生異同」，不其蔽乎！厥後唐之趙匡有「去王見罪」之説，《穀梁》餘論復大熾于宋之諸儒，沿波忘返，流弊滋深，近始歸于闕文爲歸宿，蓋光伯此規，在六季爲特識，在今日爲定論，廓清之功不可廢也。

有氏無姜。

僖元年：「十有二月，丁巳，夫人氏之喪至自齊。」杜注：「不稱姜，闕文。」疏云：「齊人治哀姜之罪，取而殺之，則位絶于魯，非復魯之夫人。以僖公請而葬之，外欲固齊以居厚，内存母子不絶之義，故具書于經。然既諱其殺，不宜有貶。《公羊傳》曰：『夫人何以不稱姜氏？貶。與弑公也。』《穀梁傳》曰：『其不言姜，以其弑二子，貶之也。或曰：爲齊桓諱殺同姓也。』賈逵云：『殺子輕，故但貶姜。然則姜氏者，夫人之姓，二字共爲一義，不得去姜存氏，去氏存姜。若其必有所貶，自可替其尊號，去一姜字，復何所明？于薨于葬，未嘗有貶，何故喪至獨去一姜？《公羊》《穀梁》見其文闕，妄爲之説耳。』」《釋例·内外君臣逆女例第十》：「夫人孫于齊。傳云『不稱姜氏，絶不爲親。』」止釋孫例也。至于喪婚，則或稱姜而不言氏，或言氏而不言姜，丘明不發其例，斯蓋經傳闕也。

有姜無氏。

文四年：「夏，逆婦姜于齊。」宣元年：「公子遂如齊逆女。三月，遂以夫人婦姜至自齊。」杜注稱「婦，有姑之辭。不書氏，史闕文」。疏云：「宣公母敬嬴在，是有姑也。夫人以姜爲姓，舉姓而稱姜氏，去氏稱姜則不成文義。知不稱氏者，史闕文也。傳言『新作延廄』，而經無『作』字，是作傳之時，經猶未闕，于後經始闕耳。此文傳亦無氏，知是本史先闕，故云『史闕文』，而不云經闕文也。《公羊》《穀梁》，漢初始爲其傳，見其闕文，妄爲之説，非其實也。服虔云：『古者一禮不備，貞女不從。』故詩云：『雖速我訟，亦不女從。』宣公既以喪娶，夫人從亦非禮，故不稱氏，見略賤之也。杜不然者，女之出嫁，事由父母。夫來取之，父母許之，豈得問禮具否？拒逆婚姻之命，從夫喪娶，父母之咎，自可罪其父母，何以貶責夫人？若其貶責夫人，當去夫人之號，滅一氏字，復何所明？夫人之稱姜氏，猶遂之稱公子也，舍遂之族而去子稱公可乎？亦知遂不可去子稱公，夫人又安可以去氏稱姜也？此豈是宣公淫掠，而欲令齊女守貞哉！」

大雨霖。

隱九年：「三月癸酉，大雨震電。」傳：「春，王三月，『癸酉，大雨霖以震。』書，始也。凡雨，自三日以往爲霖。」杜注：「此解經書『霖』也，而經無『霖』字，經誤。」孔氏曰：「傳發凡以解經，若經無『霖』字，則傳無由發，故知經誤。然則經當如傳言『大雨霖以震』，不當云『大雨震電』。是經脱『霖以』二字，妄加『電』也。」案：注家言經文誤，疏家言經文闕，孔蓋用劉氏説。

廧咎如潰。

成三年：「廧咎如潰，上失民也。」杜注：「此傳釋經之文，而經無『廧咎如潰』，蓋經闕此四字。」

六年，「嘉栗旨酒」。注：嘉，善也。栗，謹敬也。

規曰：案《詩》「實穎實栗」，炫以「栗」爲「穗貌」。

孔氏曰：案《詩》「實穎實栗」，與田事相連，故「栗」爲「穗貌」。此「栗」與「嘉善旨酒」相類，故「栗」爲「謹敬之心」，即《論語》云「使民戰栗」，與此相似。劉以規杜過，于理恐非。

申曰：文元年《公羊傳》何休解詁云「栗，謹敬貌」，杜注本此。案：《詩·大雅·生民》：「實穎實栗。」傳：「穎，垂穎也。栗，其實栗栗然。」箋云：「栗，成就也。」疏：「美其禾之成就，不當言其有穎而已，故云『穎垂』。穎言其穗重而穎垂也。栗是穀穗成就之穎，故云『其實栗栗』。然桓六年《左傳》云：『奉酒醴以告，曰嘉栗旨酒。』服虔云：『穀之初熟爲栗。』是栗爲穀熟貌。」據此劉氏蓋用服説。《説文·七篇·禾部》：「禾，嘉穀也。从木，象其穗。」「穎，禾末也。《詩》曰：『禾穎穟穟。』」「采，禾成秀，人所收者也。从爪禾。穗或从禾惠聲。」「穟，禾采之皃。」劉以禾是嘉穀，故曰「嘉栗穀熟穗垂」，故變其文曰「穗貌」也。《説文·七篇·卤部》：「㮚（栗），木也，其實下垂，故从卤。」「㮚，嘉穀實也，从卤从米。孔子曰：『㮚之爲言續也。』」「卤，艸木實垂卤卤然。讀若調。」蓋栗實之下垂與粟實之下垂亦相似也。洪頤煊以《考工記》「菑栗不迆」，鄭注「栗，讀爲裂繻之裂」，「裂」與「烈」同，「嘉栗」謂酒之芬芳揚烈，即下文所謂「馨香無讒慝也」，義亦通。

十一年，「九月，宋人執鄭祭仲。」注：祭，氏；仲，名。不稱行人，聽迫脅以逐君，罪之也。行人例在襄十一年，《釋例》詳之。

規曰：杜以傳文稱「誘」，故序其本意，言非聘非會，聽宋迫脅，故不稱行人，罪之。經與「齊人執鄭詹」文亦何異？炫以傳稱「誘祭仲而執之」，則本非行人，故經不言。杜欲成「不稱行人」之義，故以行人言之。《公羊》以仲爲字，《左氏》先儒亦以爲字。祭仲是字，鄭人嘉之，以字告，故書字。既云罪其逐君，何以嘉而稱字？

孔氏曰：莊二十五年，「陳侯使女叔來聘」。傳曰：「嘉之故不名。」祭仲行無可嘉，知「仲」非其字。祭仲行使被執，例當云「執鄭行人」，而不稱「行人」者，罪之。昭八年，「楚人執陳行人于徵師殺之」。傳曰：「罪不在行人也。」以罪不在，故稱「行人」，知祭仲罪在其身，故去「行人」也。祭仲若不至宋，宋人何得執之？既往至宋，即是因事而行，亦既因事而行，便爲使人之例。劉君以「祭仲」是字妄規杜氏，杜以「蕭叔」非字，故知祭仲是名。仲既書名，爲罪則不稱「行人」，是其貶責。劉云「祭仲本非行人」，未知有何所據。

何氏休曰：祭仲不稱「行人」者，時不銜君命出使，但往省留耳。

劉氏《權衡》曰：杜氏云「不稱行人，罪之也」，非也。傳云「誘祭仲而執之」，此乃非行人。假令仲無罪，猶不書「行人」也，何足以效其褒貶哉！

葉氏夢得曰：祭仲嘗入爲王卿士，而復其國者也。以行人執者稱「行人」；不以行人執者不稱「行人」。祭仲非行人也，祭仲何以不貶？言「突歸于鄭」，則仲之惡不待貶絶而自見也。古者諸侯無四命之大夫，惟王大夫四命，以字見《春秋》。諸侯大夫以字見經者三：宋孔父，二王之後，得備官也；魯夷伯，陳原仲死而君不名之也；非備官而生見字，惟鄭祭仲、陳女叔爾。蓋天子之命官，初不别内外，惟賢而有功德者則爲之。鄭武公以伯爲司徒，固當仍書「鄭伯」，乃大夫，則有加命矣，是不得不與王大夫同書字也。

家氏鉉翁曰：宋非方伯連帥，鄭之執政，非其臣屬，而甘于受其執，而不以爲怒，蓋相與共爲盜姦，外示執而中則同也。愚竊以爲仲與莊内外合謀而爲此，本非執也。仲爲鄭卿，柄其國者也，豈得一旦輕行，爲宋所執，又與突俱歸而遂立之？當是時，立弗立，其權在仲。彼迫脅而爲之盟，又何足以要我，而仲也出君納君若是之易邪！蓋忽者，鄭莊公嫡子，嘗有功于齊，剛傲自大，祭仲忌之，故與宋莊合謀，更立弱君，爲固位之計。突既篡兄，復不假仲以權，仲又出之，而復以忽歸。《春秋》先書「宋人執鄭祭仲」，繼書「突入忽出」，著祭仲爲首惡也。

方氏苞曰：或稱爵、或稱行次、或稱名、或稱人，皆舊史之文也，以爲褒貶所寓，非也。使其人當褒，而舊史以名書，無從而得其爵與行次也；其人當貶，而舊史以爵與行次書，無從而得其名也。《春秋》未嘗有書字之法也。

惠氏棟曰：案五年傳云「祭仲足爲左拒」。此年傳云「祭封人仲足」。《世本》載姓氏皆先字後名，此與孔父嘉一例，則「仲」字、「足」名，確然無疑。杜于五年傳注云「祭足即祭仲之字」，是專欲違舊法以就其曲説，劉氏規之，是也。

惲氏敬曰：魯史存而三傳作，三傳作而魯史亡。其不亡者，附于三傳，後世讀而知之；其亡者，不附于三傳，當時讀而知之，聖人豈爲不盡之辭哉！書國，書官，書氏，書公子、公孫，書名，書字，其正也；有罪無罪皆然，美惡不嫌同辭也。魯史詳之，則美惡見矣。或書名，或書字，從文告之辭，名從主人，如後世以字行也。

申曰：《釋例·執大夫行人例第二十六》「使以行人言之，言之以接事，信令之要。于是乎在」「諸以行人爲名，通及外内，以卿出使，義取于非其罪也」「鄭祭仲之如宋也，非會非聘，與于見誘，而以行人應命，不能死節，挾僞以篡其君，故經不稱『行人』，以罪之也。伯、仲、叔、季，固人字之常，然古今亦有以爲名者，而《公羊》守株，專謂以『仲』爲字。既謂之字，無辭可以善之，因託以行權，人臣而善其行權逐君，是亂人倫、壞大教也。説《左氏》者，知其不可，更云『鄭人嘉之，以字告，故書字』。此爲因有告命之例，欲以苟免，未是《春秋》之實也。宰渠伯糾、蕭叔大心，皆以『伯』『叔』爲名，則『仲』亦名也。傳又云『祭仲足』，或偏稱『仲』，或偏稱『足』，蓋名『仲』字『足』也」，皆詳此注之意。案：《春秋》大夫非專使不稱「行人」。襄十一年「楚人執鄭行人良霄」，十八年「晋人執衛行人石買」，昭八年「楚人執陳行人于徵師殺之」，二十三年「晋人執我行人叔孫婼」，定六年「晋人執宋行人樂祁犂」、七年「齊人執衛行人北宫結以侵衛」，稱「行人」者，皆行人也。莊十七年「齊人執鄭詹」，僖四年「齊人執陳轅濤塗」，成十六年「晋人執季孫行父，舍之于苕丘」，襄二十六年「齊人執衛甯喜」，昭四年「楚子執齊慶封，殺之」、十三年「晋人執季孫意如以歸」，定元年「晋人執宋仲幾于京師」，不稱「行人」者，非行人也。其人而行人歟，春秋不得以有罪而不稱「行人」也；其人而非行人歟，不得以無罪而稱「行人」也。劉君云「祭仲本非行人」是也，杜云「不稱行人」本之何休，但彼云「祭仲不稱『行人』」者，時不銜君命出使」，則亦以祭仲鄭相本非行人，非以不稱行人罪之也。隱三年稱「鄭祭足」，桓五年稱「祭仲足」，此年稱「祭封人仲足」，傳文皆名字雙舉，「仲」既爲字，「足」即其名，杜謂「祭仲，名仲字足」，實無所據。夫逐君立君，仲誠有罪，忽咎其逐君，突必德其立君，其嘉而稱字，蓋突之告命也。如劉之説「鄭人嘉之」，則非《春秋》嘉之也。「以字告而書字」，則告以名者《春秋》不得而字之，告以字者《春秋》亦不得而名之，無所謂筆削，無所謂褒貶也。朱子曰：「《春秋》本據魯史舊文筆削而成，孔子但據事直書，而善惡自著。」吕樸卿曰「《春秋》穿鑿之患，以日月爲褒貶、以名稱爵號爲褒貶」，乃光伯則既言之矣。

十五年，許叔入于許。注：許叔，莊公弟也。隱十一年「鄭使許大夫奉許叔居許東偏」。鄭莊公既卒，乃入居位許，人嘉之以字告也。叔本不去國難，稱入非國逆例。

規曰：杜以傳例云「凡去其國，國逆而立之曰入。許叔本非去國，故云『非國逆例。』」其實許始復國，許叔得還，上下交歡，同心迎逆，指其實事，有國逆之理，故于《釋例》云「許叔有國逆」之文。

孔氏曰：入者，自外之辭。本其所自之處言，其自許東偏而入于許國，非從外國入也。鄭莊公以十一年卒，許叔今始入者，蓋鄭突不使其復，忽既得位，親仁善鄰，存許以德許人，冀其爲己之援，故此年始得入也。小白、陽生入，皆稱名，此叔稱字，杜知是字者，以「蔡季歸于蔡」「季子來歸」，亦以書字，故知之也。《釋例》曰「諸在例外稱入」，直是自外入内，記事常辭，義無所取，賈氏雖夫人，姜氏之入，皆以爲例。由先儒以爲國逆，故言許叔本不去國，非國逆之正例。劉君不達此旨，妄規杜失，非也。

陳氏亮曰：「不能大復國于諸侯，則力不足以君國，不能公復國于諸侯，則義不足以有國。」

趙氏汸《春秋屬辭》曰：桓十五年「夏，許叔入于許」、莊九年「夏，齊小白入于齊」、昭元年「秋，莒去疾自齊入于莒」、哀六年「秋，齊陽生入于齊」，以上公子入國四，《穀梁傳》曰「以好曰歸，以惡曰入」。今案：許叔以繼絶入，故稱字；齊小白、陽生、莒去疾以篡入，故不稱公子，皆從史文。

莊氏存與曰：許不爲許，于兹十五年矣，入而後爲許也。

申曰：成十八年傳：「凡去其國，國逆而立之曰入；復其位曰復歸；諸侯納之曰歸，以惡曰復入。」《釋例・歸入納例第二十一》「侯獳愛君以爲請，故曹伯有國逆之辭；許始復國，故許叔有國逆之文。此皆時史因周典以起時事之情也」。按：僖二十八年經：「曹伯襄復歸于曹。」《集解》：「晉感侯獳之言而復曹伯，故從國逆例。」今于許叔則曰「非國逆例」，一人之書，自相矛盾，孔氏依違其辭以護杜，非也。

十六年冬，城向。注：傳曰：「書，時也。」而下有十一月，舊説因謂傳誤。此「城向」亦俱是十一月，但本事異，各隨本而書之耳。經書：「夏，叔弓如滕。五月，葬滕成公。」傳云：「五月，叔弓如滕。」即知但稱時者，未必與下月異也。又推校此年閏在六月，則月却而節前，水星可在十一月而正也。《詩》云「定之方中，作于楚宫」，此未正中也。功役之事，皆總指天象，不與言曆數同也。故傳之釋經，皆通言一時，不月别。

規曰：杜以城向與下同月，故檢「叔弓如滕」經、傳之異。「如滕」與「葬」同月，知此城向與出奔同月，但本事既異，各隨本而書之。下有月而此無月耳，其實同是十一月也。但十一月水星昬，猶未正，故復推校曆數，此年月却節前，水星可在十一月而正。又「方」者，未至之辭，故以「定之方中」爲方欲向中，而實未正中。十一月可以興土功，書時，非傳誤也。炫以爲：「案《周語》云：『辰角見而雨畢，天根見而水涸，駟見而隕霜，火見而清風戒寒，故先王之教曰，雨畢而除道，水涸而成梁，隕霜而冬裘具，清風至而修城郭。』故《夏令》曰：『九月除道，十月成梁。營室之中，土功其始。』先儒以爲建戌之月霜始降，房星見霜降之後，寒風至而心星見。鄭玄云：『辰角見謂九月本，天根見謂九月末。』天根，謂氐星是也。自然火見是建亥之月。又《春秋》城楚丘是正月，而杜引《詩》云『定之方中，未正中也』，定星豈正月未正中乎！據此諸文，則火見土功，必在建亥之月，則建戌之月，必無土功之理，而杜以爲建戌之月得城向者，非也。」

孔氏曰：今以爲《周語》之文「單子見陳不除道」，故譏爲此言，故所舉時節並在早月也。《月令》「孟冬，天子始裘」，單子云「隕霜而冬裘具」，九月已裘，是其早也。且《周語》之文，據尋常節氣，九月而除道，十月而興土功。杜以此年閏在六月，則建戌之月二十一日已得建亥節氣，是十月節氣在九月之中，土功之事何爲不可？諸侯城楚丘，自在正月。衛人初作宫室，必在其前。杜云「定星方欲正中」，于理何失？劉君廣引《周語》之文以規杜，杜以月却節前，何須致難？《新唐書·曆志》曰：「冬，城向，書時也。」以歲差推之，周初霜降日，在心五度，角、亢晨見。立冬，火見營室中。後七日，水星昏正，可以興板幹。故祖沖之以爲定之方中，直營室八度。是歲九月六日霜降，二十一日立冬。十月之前，水星昏正，故傳以爲「得時」。杜氏據晋曆，小雪後定星乃中，季秋城向，似爲太早，因曰「功役之事，皆總指天象，不與曆數同」，引《詩》云「定之方中」，乃未正中之辭，非是。

汪氏克寬曰：凡書城，未有繫月者，蓋城築之事，非可月成也。然周之十月、十一月，皆農收之時，蓋戒事于冬，而以春正月畢功，則無妨農之病矣。

證曰：桓十六年冬城向，《春秋》書時，于是乎始時而不月，城非一月事，故以時統月也。下有「十一月，衛侯朔出奔齊」，杜以舊説，因謂傳誤。此「城向」，亦俱是十一月。推《長曆》閏在六月，引《詩》「定之方中」，謂十一月之中，已是十二月之節，證非傳誤。劉以「火見土功，必在建亥之月，建戌之月，不得城向」。而啖助則謂下有十一月，此乃十月，不可興役。孫復遂謂，周十月，夏八月，斥爲不時。夫「城向」，經第稱「冬」，未嘗稱月，冬而不可書時，則《春秋》所城無一可書時者矣。彼宣八年「冬，十月，城平陽」、成九年「冬，十有一月，城中城」，又何以書時哉！以平陽、中城書冬並書月，知城向之書冬不書月者，總言冬之三月，不可以下有十一月，謂必非十二月，而謂之十月、十一月也。《月令》「仲秋之月，可以築城郭、建都邑」；孟冬之月，坏城郭」、《月令》「夏正，仲秋者，周十月」；孟冬者，周十一月。蓋築城非日月可畢之工，故以時言之。其言十月、十一月者，以是月經始，非以是月告成也。夫《春秋》紀事之書，非授時之書也。左氏親見國史，時不時，據事直書，豈有經、傳無文，必待後人較量月之贏却、節之前後，以彌縫其誤哉！莊二十九年傳之「水昏而栽」，即《詩》之「定之方中」。注謂「今十月，定星昏而中，是建亥之月也」。劉云：「《春秋》城楚丘，是正月，則建子之月也。」稽之《詩》序文，公徒居楚丘，始建城市，而營宫室。建城不後于營室，可知。然則，衛文之城楚丘，實在僖元年之冬，而書在二年正月者，據告也。

夫城楚丘，自建亥之月，迄于建子之月，而杜于城向，必以建戌之月，移于建亥之月，謬矣！以傳考之，宣十一年令尹蔿艾獵城沂，「事三旬而成，不愆于素」，此一月而竟者也。昭三十二年「冬，城成周」。傳「秋，八月，王使富辛與后張如晋，請城成周」。冬，十一月己丑，「士彌牟營成周，計丈數、揣高卑、度厚薄、仞溝洫、物土方、議遠邇、量事期、計徒庸、慮財用、書餱糧，以令役于諸侯。屬役賦丈，書以授帥，而效諸劉子。韓簡子臨之，以爲成命」。定元年「春，王正月庚寅，栽，城三旬而畢」，始末凡歷二時，豈可以下有十二月，此城成周亦俱是十二月乎？然則城向書「冬」，冬有三月，杜何以知爲十一月乎？如杜此説，經當書「冬，十一月，衛侯朔出奔，城向」矣，不然何可以出奔之月爲城向之月乎？春秋閏月皆在歲終，故文元年「閏三月」則曰「歸餘于終」，而謂之非禮。今城向，經不言月，杜云「城在十一月」；城中城，經不言閏，杜云「城在閏十一月」，且皆以閏，故節先于月，移爲十二月，閏並不在歲終。至于城平陽，前後無可移易，則注家置之闕如。彼此矛盾自相乖異，杜之《長曆》不可信。

莊公

十年，荆敗蔡師于莘，以蔡侯獻舞歸。注：荆，楚本號，後改爲楚，于此始通上國。莘，蔡地。獻舞，蔡季。

規曰：《釋例·得獲例》曰：「敵國交兵，亦有兵器之獲。欲殊别君臣，故于君曰『滅』，于臣曰『獲』。國君者，社稷之主，百姓之望，當與社稷宗廟共其存亡者也。而見獲于敵國，雖存若亡，死之與生，皆與滅同。至于偏軍元帥，君之臣僕，出身致命，榮辱得失，自其常事。故傳曰：『胡子髠、沈子逞滅，獲陳夏齧。』君臣之辭也。」炫云：「在陳死，則稱『滅』，以還者則言『以歸』。生獲于敵，但言『以歸』不得稱『滅』。」

孔氏曰：如杜此言，師敗身虜亦應稱「滅」。此不言「滅」，而云「以歸」者，《釋例》所云「據宗廟社稷已亡，而君見獲于敵，君身雖在，與亡無異」，皆以「滅」爲文，則定六年「鄭游速帥師滅許，以許男斯歸」，是也。若社稷宗廟不亡，君身見獲于敵，則云「以歸」，此「蔡侯獻舞歸」，是也，劉規杜氏，非也。

李氏廉曰：楚文王立于莊之四年，承武王之烈，内有鄧曼爲之母，外有令尹鬭祁、莫敖、屈重爲之臣。莊之十年，齊桓方謀魯，以圖伯于東，而荆亦執蔡，以争强于南。故執君滅國之禍，皆始于此年。楚書「荆」，始此年；書「荆人」，始莊二十三年；書「楚人」，始僖元年；書楚大夫姓名，始僖四年；書「楚子」，始僖二十一年。

申曰：此規《釋例》，非規《集解》也，義亦見昭二十三年。獻舞、蔡季，杜謂一人，説者以爲二人。經十有七年：「六月，丁丑，蔡封人卒。秋，八月，蔡季自陳歸于蔡。癸巳，葬蔡桓侯。」傳：「蔡人召蔡季于陳。秋，蔡季自陳歸于蔡，蔡人嘉之也。」彼注云「桓公無子，故召季而立之，嘉之」，故以字告。《釋例·弔贈葬例第五》「劉、賈、許曰：『桓卒而季歸，無臣子之辭也。蔡侯無子，以弟承位，君臣無廢主，社稷不乏祀，傳稱蔡季，嘉之，非所貶也』」，則爲《左氏》説者，皆謂「季」即「獻舞」，不自杜始。何休解《公羊》曰「蔡侯封人無子，季次當立，封人欲立獻舞而疾害季，季辟之陳。封人死，歸反奔喪，思慕三年，卒無怨心，故賢而字之」，「有賢弟而不能任用，反疾害而立獻舞，國幾并于蠻荆，故賢季抑桓，稱侯所以起其事」。《穀梁》曰：「蔡季，蔡之貴者也。自陳，陳有奉焉爾。」范甯注：「陳以力助。」三傳無文，各以意説。孫氏覺曰：「左氏、何休之意，皆謂季賢，經特字之。而何休所載，不出于傳記，然與經書字之義合，杜預以爲蔡季當立爲蔡君，而啖、趙、陸氏，與杜預之説相表裏。」今案：《蔡世家》及《諸侯年表》無蔡季嘗立爲蔡君之事。又莊十年「荆敗蔡師于莘，以蔡侯獻舞歸」，中間亦無蔡季爲君之説。由此觀之，則蔡季之歸，但爲蔡臣爾，未嘗爲君也。蔡季去其國，以避其位；入其國，以終其喪，亦足以書字于《春秋》也。況獻舞之事，相去裁十年間，不容蔡季卒葬與獻舞得立之迹不見于經也。況《世家》《年表》皆無其事，杜預、陸淳失之矣。葉氏夢得曰：「魯公子友，書季子歸來，而不見奔。蔡季處于封人獻舞之間，亦難乎其免矣！公子無去國之道而出不言奔，其還則蔡人召之，進退必有類于魯友歟！何休之言，略與左氏合。」案：劉、賈、許之説久佚，邵公此説猶爲近古。若必以書法求之，則春秋諸侯之子，例書字，因蔡季不名，遂謂與吴季子並美，未見其合經意也。姑録諸説，俟考。

十七年，春，齊人執鄭詹。注：齊桓始霸，鄭既伐宋，又不朝齊，詹爲鄭執政大臣，詣齊見執，不稱行人，罪之也。

規曰：炫以此注云「詣齊見執」，《釋例》曰「詹本非出使」，二者自相矛盾。

孔氏曰：今知非者，齊以鄭不朝而責于鄭，鄭令詹詣齊謝罪，故《釋例》云「元非出聘之使」；《集解》云「詣齊被執」，二文雖異，事實同耳。劉炫不尋此意，乃爲規過，非也。

《春秋權衡》曰：杜氏云「不稱『行人』，詹有罪也」，非也。凡使而被執，稱「行人」可也；非使人而被執，不可稱「行人」也。稱「行人」，欲以明使與非使，非以正有罪與無罪也。鄭詹之不稱「行人」，猶祭仲之不稱「行人」也，不得以「行人」爲解。

申曰：《釋例·執大夫行人例第二十六》：「古之諸侯，享頫聘問，相繫于時，所以抒人情、蠲煩惑、合嘉好也。及作征伐會盟，兵有不交而解者，皆行人之勳也。是以，雖飛矢在上，走驛在下，及其末節，不統大理，遷怒肆忿，快意于行人，譬諸豺狼求食而已。傳曰：『鄭人使伯蠲行成，鄭人殺之，非禮也。兵交，使在其間，可也。』故夫子特顯行人之例。行人有六，而傳發其三者，因良霄以顯其稱行人之事，因干徵師以示其非罪，因魯叔孫婼以同外内大夫，則餘三人，皆隨例而爲義也。若轅濤塗、甯喜之類，罪在其身，鄭叔詹、魯行父之等，以執政受罪，本非出使，故不稱行人，從實而書，皆以罪之也。」劉君據《釋例》以規此解，是也。案：鄭詹之不稱「行人」，本非行人也，與祭仲同。杜彼解云「季仲聽迫脅，以逐君」，《釋例》則云「非會非聘，與于見誘」。此解云「詣齊見執」，《釋例》則云「叔詹本非出使」，皆以矛陷盾，不攻自破。

二十二年，遇觀，之否，曰「是謂『觀國之光，利用賓于王』」。注：坤下巽上，觀。坤下乾上，否。觀六四爻變而爲否。此《周易》觀卦六四爻辭，六爻皆有變象，又有互體，聖人隨其義而論之。

規曰：下體坤，坤爲地爲衆。上體巽，巽爲風爲木。互體有艮，艮爲門闕。地上有木，而爲門闕，宫室之象。宫室而可風化，使天下之衆觀焉，故謂之觀也。下體坤，坤爲地。上體乾，乾爲天。天不下降，地不上騰，天地不通其氣，上下否塞，故謂之否也。觀之否者，爲觀卦之否爻；屯之比者，屯卦之比爻，皆不取後卦之義。

孔氏曰：今删定以爲不然。何者？以閔元年畢萬筮仕，遇屯之比，云「屯固比入」。僖十五年，晋獻公筮嫁伯姬，得歸妹之睽，云「士刲羊，亦無衁[一]」，歸妹上六爻辭；又云「歸妹、睽孤，寇張之弧」，睽之上九爻辭；又云「歸妹之睽，猶無相也」。昭五年明夷之謙云「明夷于飛」「垂其翼」，又云「謙不足，飛不翔」。此等之類，皆取前後二卦以占吉凶，今人之筮，亦皆如此。故賈、服及杜並皆同焉。劉炫苟異前儒，好爲别見，以規杜氏，非也。

沈氏文阿曰：遇者，不期而會之名。筮者所得卦之吉凶，非有宿契逢遇而已，故謂之遇。

洪氏邁《容齋三筆》曰：遇觀，之否，謂觀六四變而爲否也。

沈氏彤曰：此與哀九年「趙鞅卜救鄭，遇水適火」一例。「之」亦適也，洪氏訓爲「變」。按：《繫辭》云「惟變所適」，是變而有所之也。「之」字自包訓「變」

[一]「衁」字，底本原作「𥁐」，兹據宋慶元六年紹興府刻宋元遞修本《春秋左傳正義》改。

義，而以「變」爲「之」字正訓，則非。

申曰：《史記·陳世家》集解引賈逵曰「坤下巽上觀，坤下乾上否，觀爻在六四，變而之否」，杜蓋用其説。劉以觀之六四爻變而爲否，周史但就六四一爻而占，以爲觀卦之否爻也。張守節《正義》于「不在此，其在異國」曰「六四變，内卦爲中國，外卦爲異國」；于「非此其身，在其子孫」曰「内卦爲身，外卦爲子孫，變在外，故知在子孫也」；于「若在異國，必姜姓」曰「六四變，此爻是辛未，觀上體巽，未爲羊，巽爲女，女乘羊，故爲姜」；于觀六四爻辭之外，不溢一語。蓋觀卦六四變爻爲否，否卦之義，非所取也。閔元年「畢萬筮仕于晋，遇屯之比」，杜解云「以屯初九變而爲比」，是謂屯卦之比爻，其初九曰「利建侯」，故曰「公侯之卦」也。比卦之「建萬國，親諸侯」，亦非其義。夫觀之六四，變而之否。屯之初九，變而之比。觀，屯其前卦也；否，比其後卦也。占者取六四、初九之變爻，故曰「否爻」「比爻」，而非有取于否卦、比卦之義也。劉君因杜言「六爻皆有變象」「又有互體」，特規之。如此，緣六爻皆有變否，而卦以一爻而變，且二至四、三至五兩體交互，各成一卦，謂之互體。互體不得言初、上二爻，故云然，非謂他占盡主一爻也。孔氏以此非劉，固哉！

三十二年，舉有力焉，能投蓋于稷門。注：蓋，覆也。稷門，魯南城門。走而自投，接其屋之桷，反覆門上。

規曰：公言「舉有力焉」，如杜此説，勁捷耳，非有力也。當謂投車蓋過于稷門。

孔氏曰：投蓋者，謂自投其身以蓋物。《周禮》車蓋以物帛爲之，輕而帆風，非可投之物。且傳直云「投蓋于稷門」，不云「過稷門」。且游楚超乘而出，女曰「子南，夫也」，則勁捷之人，亦是勇力之事。劉君以規杜氏，非也。

顧氏炎武曰：當從劉炫之説，以蓋爲車蓋。《正義》謂「車蓋輕而帆風，非可投之物」，不知投重物易高，投輕物而使之高，則其人爲有力矣。《漢書·上官桀傳》「從武帝上甘泉，天大風，車不得行，解蓋授桀。桀奉蓋，雖風常屬車；雨下，蓋輒御」事，亦類此。

申曰：《水經·泗水注》「沂水北對稷門。昔圉人舉有力，能投蓋于此門」。服虔曰「能投千鈞之重，過門之上也」，杜預謂「走接屋之桷，反覆門上也」，服説勝杜，然究與「蓋」字無涉，劉説得之。

閔公

元年，辛廖占之曰：「吉」。注：辛廖，晉大夫。

規曰：杜云「辛廖，晉大夫」，則以畢萬筮仕，在晉國而筮。炫云：「若在晉國而筮，何得云『筮仕于晉』？又辛甲、辛有並是周人，何故辛廖獨爲晉大夫？炫以爲畢萬在周，筮仕于晉，晉國不得有辛姓。」

孔氏曰：今知不然者，傳以畢萬是畢國子孫，今乃筮仕于晉。言「于晉」，以對「畢」耳，非謂筮時在他國也。案：昭十五年傳云「及辛有之二子董之晉，于是乎有董史」。注「辛有，周人，二子適晉爲太史」，則辛氏雖出于周，枝流于晉。劉炫用服氏之説而規杜過，其義非也。

申曰：《史記・晉世家集解》賈逵曰「辛廖，晉大夫」，此杜所據。僖二十四年傳：「富辰以畢爲文之昭。」杜注：「畢國在長安縣西北。」畢萬既是畢國子孫，劉以爲畢萬在周筮仕于晋者，信而有徵矣。杜用賈説，劉用服説，其義服長于賈。

二年，内寵並后，外寵二政，嬖子配適，大都耦國。注：「**驪姬爲内寵，二五爲外寵，奚齊爲嬖子，曲沃爲大都。**」

規曰：二五嬖賤，不得爲二政；太子不以曲沃作亂，不得爲大都。

孔氏曰：辛伯之語，先有成文，其内寵之徒，不爲晋發。要晋國之亂，事理相當。劉君不達此詞，而爲規過，違傳意也。

陸氏粲曰：古人引言，但取大意，不必事事符同，祇取内寵、嬖子二事。

顧氏炎武曰：曲沃即申生所居，豈可謂其生亂乎？今從陸氏改，曰「驪姬寵、奚齊嬖，亂之本也」。

申曰：孔之難劉，實則難杜，其語特精。

春秋規過考信卷一之下

僖公

五年，凡分、至、啓、閉，必書雲物。注：分，春、秋分也。至，冬、夏至也。啓，立春、立夏。閉，立秋、立冬。雲物，氣色災變也。不言公者，日官掌其職。

規曰：「書雲物」，亦是公親爲之，但上文有「公既視朔」，故下文去「公」字耳。

孔氏曰：《周禮》：保章氏「以五雲之物，辨吉凶水旱降豐荒之祲象」。《左傳》諸所發凡，皆是周之舊典。既言「禮也」，更復發凡，是重申周典也。直言「必書雲物」，不更云「公」，是日官掌其職，非公所當親也。劉炫規云「書雲物，亦是公親爲之」，今删定知不然者，上言「公既視朔」，是傳家之語；下云「必書雲物」是周公舊凡。舊凡之文，包諸侯、天子，若諸侯稱「公書雲物」，則天子當稱「王書雲物」。是知舊凡元無「王」「公」之文，日官掌其事。若以上文有「公既視朔」，故去「公」字，然則周公舊凡豈豫知有公既視朔，没去「公」字乎？苟生異見，妄規杜氏，非也。

劉氏《權衡》曰：傳曰「正月，辛亥，朔，日南至，公既視朔，遂登觀臺以望而書，禮也。凡分、至、啓、閉、必書雲物，爲備故也」。然則舊史蓋記公之書雲物矣，傳所言「凡」，是解舊史者也。仲尼修《春秋》而去之，以謂常事不足書也。

江氏慎修曰：春秋時，曆術甚疏，梓慎、裨竈、史墨之徒，但言災祥，而不長於推步，日南至，常先二三日。僖五年「春，王正月，日南至」，當在癸丑，其定朔壬子，則癸丑是二日，而傳曰「正月，辛亥，朔，日南至」，則氣先天三日，朔先天一日矣。昭二十年之「日南至」，當在正月三日辛卯，而傳曰「春，王二月，己丑，日南至」，則亦先天三日，而且誤以正月爲二月矣。己丑不言朔，則以戊子爲朔，亦先天一日矣。後世曆家無識，謂僖之南至必是實測，故傳云「遂登觀臺以望而書」，不知望而書者雲物，非測日景也，欲强增以求合「辛亥之南至」，又失「己丑之南至」矣！

申曰：案上文云「公既視朔，遂登觀臺以望而書」，「書」即書所望之雲物也。公字貫，視朔登臺而言禮。《中庸》疏賈、服之義，若登臺而不視朔，則書時不書月；若視朔而不登臺，則書月不書時。今曰「正月，辛亥，朔，日南至」，月、日、時並書，則視朔、登臺，皆公所親也。杜以爲日官之職，非公所親，誤矣！《釋文》「登臺以望」絶句，而書本或作「而書雲物」，孔氏疏云「公既親自行此視朔之禮，遂以其日往登觀臺之上，以瞻望雲及物之氣色，而書其所見之物是禮也」。用此八節之日，必登觀臺，書其所見雲物，公常以一日視朔，至日登臺，但此朔即是至日，故視朔而登臺也。據此而言，疏家蓋依劉説，第護注家而强爲之辭爾。

九年，春，王三月，丁丑，宋公御説卒。注：四同盟。

規曰：御説以莊十三年即位，十六年盟于幽、十九年于鄄、二十七年于幽，僖五年于首止、七年于甯母、八年于洮，皆魯、宋俱在，炫以爲六同盟。

孔氏曰：僖元年于檉，四年于召陵，是爲八同盟。不數莊公之盟，檉盟經不書，亦不數，故云「四同盟」。劉君乃數莊公之盟，又不數召陵，以規杜，非也。

趙氏匡曰：諸侯同盟名於載書，朝會名於要約，聘告名於簡牘，故於卒赴，可知而紀也。左氏曰「同盟則赴以名」，豈有臣子當創巨痛深之日乃忍稱君之名？《禮》篇所録云「寡君不禄」而已，蓋曾同盟知其名，故於死時書之，以紀易代。

劉氏《權衡》曰：嘗同盟者，卒未必皆名；未嘗同盟者，卒未必皆不名。

伊川程子曰：不名，史闕文也。

孫氏覺曰：諸侯不生名，卒則名之，亦有卒而不名者。記卒、記名者，即位之初，以名赴我，我因其卒，得以名之於策也。卒而不名者，即位之初不赴於我，或史失之，不得記其名也。内言薨，外言卒，内外之辭也。《左氏》之例，趙子非之。按：《禮》「國君卒，赴諸侯，曰『寡君不禄』」，未嘗赴以名也。《左氏》記大夫聘問之禮，亦曰「寡君」，未嘗言君之名也。按：《左氏》記楚公子圍已弑，而使赴於鄭，伍舉問爲後之辭焉。封曰「寡大夫圍」，伍舉更之曰「共王之子圍」爲長。是當君卒而赴諸侯，則已言嗣君之名矣。然則不待於同盟、朝會、聘告，而嗣君之名已見於嘗所往來之諸侯矣。故《春秋》記外諸侯之卒一百三十有三，而無名者十，或即位之初不以名赴，或史失之，未可知也。必若以盟會求之，則未嘗與者五十二，而不名者九耳，未可通也。

趙氏鵬飛曰：杜謂《春秋》一切從赴告，若諸侯卒，是當從赴告者也。杜氏又曰「未同盟而赴以名」，且既以爲同盟，則不必從赴，以爲從赴，則不必同盟，立例自交攻，吾所不曉。

惠氏士奇曰：《春秋》有臨天下之辭，有臨一國之辭，有臨一家之辭。諸侯不生名，死則名之，失國名如紀侯大滅，同姓名如衛侯燬。此臨天下之辭也。葬則雖伯、子、男皆稱公，此臨一家、一國之辭也。至尊不名。有天下之至尊，故天王不名；有一國之至尊，故臣不名君；有一家之至尊，故子不名父。魯君薨稱公而不名，蓋臣子不名君父，一家一國之辭，不爲僭焉。左氏謂「列國同盟，故赴以名」，非也。《雜記》曰：「君訃於他國之君，曰『寡君不禄』。」不稱薨，亦不稱名。赴以名者，惟赴於天子，故《春秋》志諸侯之卒，臨之以天下而稱名，其有不名者，惡無禮也。

證曰：古者諸侯，封王稱名。莊九年齊桓公稱「小白余敢貪天子之命，無下拜」、僖二十八年晉文公稱「重耳敢拜稽首，奉揚天子之丕顯休命」，是也。事神稱名，定四年子魚稱晉文公爲踐士之盟，其載書云「王若曰：晉重、魯申、衛武、蔡甲午、鄭摅、齊捷、宋王臣、莒期，藏在周府，可覆視也」，是也。《春秋》於諸侯之卒，無不書卒者，以君臨臣之辭也。魯獨書薨者，臣稱其君之辭也。乃杜氏據隱七年傳「凡諸侯同盟，於是稱名，故薨則赴以名」，爲同盟書名之例。又據僖二十三年傳「赴以名，則亦書之，不然則否」，爲未同盟書名之例。夫同盟始書名，則不同盟者必不書名矣。未同盟者亦書名，則書名者不必同盟亦然，則傳謂「滕子、杞子以未同盟不書名」，非謂書名者，盡同盟也；亦非謂不書名者，盡未同盟也。考之左氏《傳》宋君書「卒」者九、齊君書「卒」者九、晉君書「卒」者十、衛君書「卒」者九、蔡君書「卒」者六、陳君書「卒」者十、鄭君書「卒」者十一、曹君書「卒」者十一、楚君書「卒」者六、吴君書「卒」者四、邾君書「卒」者八、莒君書「卒」者二、許君書「卒」者五，皆書名。其不書名者，杞君書「卒」者七；僖二十三年「冬，十一月，杞子卒」，不名者一。滕君書「卒」者七：隱七年「春，王三月，滕侯卒」、宣九年「八月，滕子卒」、成十六年「夏，六月，辛未，滕子卒」；不名者三。薛君書「卒」者四；莊三十一年「薛伯卒」，不名者一。秦君書「卒」者六：成十四年「冬，秦伯卒」、昭五年「秋，秦伯卒」、定九年「秋，秦伯卒」、哀三年

「冬，十月，癸卯，秦伯卒」；不名者四。宿君書「卒」者一，不名。《春秋》書「卒」者一百二十五，不書名者，十而已。如謂「因同盟而書名」，則隱元年及宋人盟于宿矣，八年宿男之卒何以不書名？成二年公及秦人盟于蜀矣，十五年秦桓公之卒何以不書名？而未同盟之君，如隱五年陳侯鮑卒、桓十年曹伯終生卒、十一年衛侯晉卒之類，何以又書名？然則謂「以同盟故書名者」，非也。如謂「因赴以名，而書名」，則秦僻在西陲，不赴可也。若微如滕、薛、杞、邾及宿，兼又近魯，豈有卒而不赴之理？何以不書名？且書名者，晉侯夷吾、蔡侯肸、曹伯廬、曹伯負芻、杞伯成、薛伯定、薛伯夷、許男新臣、許男成之卒，則書時不書月。宋公王臣、蔡侯東國、陳侯款、曹伯射姑、曹伯襄、曹伯滕、曹伯須、曹伯午、杞伯益姑、邾子克、吴子承之卒，則書月不書日。而不書名者，成十六年「夏，四月，辛未，滕子卒」，則文公也。哀三年「冬，十月，癸卯，秦伯卒」，則惠公也。時、月、日並書，倘非赴告，何以如此之詳？然則謂「未同盟，以赴書名」者，亦非也。蓋《春秋》正名之書也。諸侯之立，生則以名達於天子，薨則以名赴於天子，故《春秋》非被弑之君，必書「卒」，卒必書名，所以尊王也。其有不名者，佚其名，不可得而書也。於何知之？於吴、楚之不書爵知之。《禮·坊記》曰：「《春秋》不稱楚、越之王喪，恐民之惑也。」宣十八年：「秋，七月，甲戌，楚子旅卒。」《公羊》曰：「何以不書葬，辟其號也。」何休注：「旅，即莊王也。葬從臣子辭，當稱王，故絶其葬，明當誅也。」且夫諸侯之爵，命自天子，惟天子得名之。故卑若邾、莒，以名進之，俾天下知邾、莒之非有異於諸侯也。僭若吴、楚，以名退之，俾天下知吴、楚之非有加於諸侯也。《春秋》正名之意，如是而已，豈可以同盟例聖人之書法哉！宋公御説，杜以爲「四同盟」，劉以爲「六同盟」，孔以爲「八同盟」，其意以爲，同盟少者，數先君之盟，或數大夫之盟，或數經不書盟而傳載盟者；若同盟多者，惟數今君大會盟之顯著者。劉不數檉及召陵，固是疏略，然以同盟書名求《春秋》，鑿矣！而復去留無定，增減自由，欲使後人安所準的？夫《春秋》非盟書也，信史也。

十五年，卜徒父筮之，吉。注：卜人而用筮，不能通三《易》之占，故據其所見雜占而言之。

規曰：其卦遇蠱，不引《易》文，是據其所見雜占而言之。案：成十六年筮卦遇復，云「南國蹙，射其元，王中厥目」，亦是雜占，則筮法亦用雜占，不必皆取《易》辭。

孔氏曰：徒父以卜冠名，知是掌龜卜者。卜人當卜而今用筮，知其本非所掌，不能通三《易》之占。此云「涉河，侯車敗」，又云「千乘三去，獲其雄狐」，了無《周易》片意。又，是卜人掌筮，故杜云「不能通三《易》」，而成十六年非卜人爲筮，且「南國蹙」，雖非《易》辭，還是《周易》之象，不與此同，劉君以彼難此，而規杜過，非也。

顧氏炎武曰：解非也。卜徒父，秦之卜人兼掌筮者。《周禮》太卜掌三《兆》、三《易》、三《夢》之法，是古之筮，皆兼掌於卜人也。

全氏祖望曰：陳潛室謂《易》卜筮所常用，然掌在太易，屬之太史。列國蓋無此書，故《左傳》所載卜筮繇辭，其見於列國者，各不與《周易》同，而别爲一種占書。獨周史及魯所筮，則皆《周易》正文，以此見《周易》惟周與魯有之，故韓宣子謂「《周禮》在魯」。然所考尚有未盡者。《漢書·藝文志》有《大次雜易》八十卷，即所謂自成一種占書者也，殆如今《易林》之流。杜預明言當時有雜占筮辭，故《左傳》載筮辭，其用《周易》者，則必曰以《周易》筮，不使與他筮混。莊二十二年周史有以《周易》見陳侯者，陳侯使筮，敬仲遇觀之否；昭五年叔孫穆子之生莊叔，以《周易》筮之，遇明夷之謙；哀九年陽虎爲趙鞅以《周易》筮救鄭，遇泰之需若；襄九年穆姜居西宮，筮得艮之隨；昭十二年南蒯之叛，筮得坤之比；則雖不言以《周易》筮，而其占皆引《周易》之文。乃昭七年孔成子立衛靈再筮，皆以《周易》；僖二十五年晉文公筮納王、襄二十五年崔杼筮納室，雖不以《周易》筮，而皆引《周易》之文，則不得謂「列國皆不用也」，特用之者少耳。閔元年畢萬筮仕於晉，遇屯之比；僖十五年秦穆公筮伐晉，遇蠱；晉伯姬之筮適秦，遇歸妹之睽；成十六年晉厲公筮伐楚，遇復；皆用雜占。乃閔公二年成季之生筮大有之乾，亦引雜占，則魯亦未嘗不兼用他書也，特用《周易》者多耳。

申曰：《周禮·春官·大卜》：「以八命者，贊三《兆》、三《易》、三《夢》之占。」注：鄭司農云：「以占八事，命卜筮蓍龜，參之以夢。《春秋傳》曰：『筮襲於夢，武王所用。』」占人掌占龜，以八簭占八頌，以八卦占簭之八故，以眡吉凶，是卜未始，不兼簭也。閔二年傳「成季之將生也，桓公使卜楚丘之父卜之」「又筮之，遇大有之乾」。卜徒父，猶之卜楚丘之父也，卜人通《三易》之占，此即其證。其義與成十六年筮卦遇復一例。孔以「『南國蹙』，雖非《易》辭，還是《周易》之象，不與此同」。按：杜彼注云「此卜者辭也」，孔彼疏云「此實筮也，而言卜者，卜筮通言耳。此既不用《易》，而别爲之辭，蓋卜筮之書，更有此類，筮者據而言耳」，義符劉説，全與此注疏自相違異。

涉河，侯車敗。詰之。注：秦伯之軍涉河，則晉侯車敗也。秦伯不解，謂敗在己，故詰之。

規曰：如杜此意，則下「千乘三去」，謂晉侯之乘車三度敗壞而去，三去之後，而獲晉君也。炫以爲，侯者，五等總名，國君大號。以「涉河，侯車敗」爲秦伯車敗。韓戰之前，秦、晉未有交兵，何得言晉侯車有三敗？以爲秦伯車三敗也。此謂車有敗壞，非兵壞也。三敗，及韓，杜言「晉侯車壞」者，成上「侯車敗」之文故也。且晉之車，總屬晉侯，亦得云「晉侯車」也。炫云此一句是史家序事，充卜人之語，言秦伯之車三經敗壞，乃至於韓，而晉始懼。

孔氏曰：今删定知不然者，以秦是伯爵，晉實是侯爵，既云「侯車敗」，故知是晉侯車敗。秦伯乍聞車敗，謂敗在己，不達其旨，故致詰問也。劉君數生異見以規杜，非也。

顧氏炎武曰：解非也。秦師及韓，晉尚未出，何得言「晉侯車敗」？當是秦伯之車敗，故穆公以爲不祥而詰之耳。「涉河侯車敗」五字，乃事實，非卜人之言也，如石門之盟，鄭伯之車僨于濟，春秋時故常有是事。今特泥下文「不敗何待」之語，謂是晉車敗，不知古人用字，自不相蒙，況下文又曰「愎諫，違卜，固敗是求」，豈亦是車敗乎？「三敗」「及韓」，當依劉炫之説，是秦伯之車三敗。

證曰：杜言「晉侯車敗」，劉氏規之，顧亭林依劉説謂「秦師及韓，晉尚未出，何得言晉侯車敗？當是秦伯之車敗」。竊以爲必得韓之所在，而後可以解「侯車」也。李吉甫《元和郡縣志·同州》：「韓城縣，古韓國及梁國。漢爲夏陽縣之地。韓國故城，今在縣理南十八里；梁國在今縣理南二十三里，有少梁故城。隋文帝分郃陽，於此置韓城縣。《春秋》『秦晉戰於韓原』，即此地也。」其説本之《詩·大雅·韓奕》。鄭康成箋云「梁山，今左馮翊，夏陽西北。韓，姬姓之國也。後爲晉所滅，故大夫韓氏以爲邑名焉」。杜但言「韓，晉地」，不詳其所在。考文十年「晉人伐秦，取少梁」。此時夏陽尚屬秦，不得爲晉地，其不然者一也。傳先言「涉河」，後言「及韓」，如鄭之説，當先「及韓」而後「涉河」，其不然者二也。晉侯謂慶鄭曰：「寇深矣，若之何？」韓近晉都可知。若在夏陽，則地隔大河，不可謂寇深，其不然者三也。然則今之韓城，不可以當晉之韓原矣。僖二十四年：「富辰諫曰：『邘、晉、應、韓，武之穆也。』」杜注：「韓國在河東郡界。」《續漢書·郡國志》「河東郡河北，《詩》魏國有韓亭」，《竹書紀年》周平王十四年「晉人滅韓」、威烈王七年「韓武子都平陽」，《水經·汾水注》「晉獻公滅耿，以封趙夙，後襄子與韓、魏分晉，韓康子居平陽，魏桓子都安邑，號爲三晉」。顧祖禹《方輿紀要》「故韓原當在河東，今山西芮城縣河北故城有韓亭，即秦晉戰處」。平陽於漢屬河東郡，三國魏分立平陽郡。芮城，漢、晉爲河東郡之河北縣，今屬解州直隸州。韓原在要之，韓國後爲韓氏采邑。晉侯之使韓簡視師，蓋以韓邑之大夫而使之也。韓原在大河之東無疑，夫秦既涉河而東已入晉境，豈有晉不出而交兵之理？由是言之，不得以「侯車敗」爲秦伯車敗也。若謂晉侯車敗，則國君豈應先出，亦不近情。案：

成十八年「張老爲候奄」，《晋語》悼公「知張老之知而不詐也，使爲元候」「始合諸侯於虚朾，以救宋，使張老延君譽於四方，且觀道逆者」。韋昭注「張老，晋大夫張孟也。元候，中軍候奄也」。「侯」「候」古字通，「侯」讀爲「候」。蓋候爲晋中軍之屬，在司馬之下，輿尉之上。意當曰晋侯使候前往迎敵，以秦師涉河交兵而車敗也。古以車戰，車敗即是兵敗，與下三敗一例。詰之者，乃詰問之詰，非詰讓之詰，言秦伯見己師涉河即敗晋侯車，喜而詰卜徒父之筮，何以知其吉也？對此吉非常，乃大吉也。一問一答，神氣宛然。侯車之敗，傳文有「車」字。或可言其軍壞，至三敗必獲晋軍，三敗，及韓，傳文併無「車」字，何以知其車壞，臆説不可通矣。千乘三去者，言晋車千乘，三戰而三却也，即三敗也。三敗可以言車壞，三去亦可以言車壞乎？顧復初《大事表》云「吉涉河」三字要連讀，是卜徒父口中語，以遷就韓原爲陝西韓城縣。侯車，謂秦探候之車，如後世哨騎相似，以申劉説。據《竹書紀年》襄王七年「秦伯涉河伐晋」，即韓之役也，其非筮語甚明。知韓在河東，侯車爲晋中軍元候之車，則於此戰之始末皆瞭然矣。

此一役也。注：言還惠公，使諸侯威服，復可當一事之功。

規曰：服虔云：「一役者，謂韓戰之役。」

孔氏曰：知不然者，吕甥之言勸秦伯而納晉侯，假稱君子之意。若納晉君，可以更當一役之功。欲深勸秦伯，若直論韓戰之役，於秦未有深利，何肯納也？故杜别爲其説。劉炫以服義規之，雖於理亦通，未爲殊絶。

齊氏召南曰：杜注不如服義直截，孔猶以劉規爲非，何哉？

申曰：《晉語》欒武子曰「昔韓之役，惠公不復舍」，以韓之戰爲韓之役。「此一役」猶言「此一舉」爾，於義劉氏爲長，杜氏爲短。

十六年，三月，壬申，公子季友卒。注：無傳。稱字者，貴之。公與小斂，故書曰。

規曰：季爲氏，季友、仲遂皆生賜族，非字也。

孔氏曰：季是其字，友是其名。猶如仲遂、叔肸之類，皆名字雙舉。劉炫以季爲氏而規杜過，非也。

朱子曰：季子賜族，亦只是時君恩意。

張氏洽曰：書季友，蓋公子友以立僖公之功生而賜之氏，俾世其卿也。故特書其氏，以著待大臣不以禮法，爲陰始凝之戒。

惠氏士奇曰：莊公疾，問後于叔牙。對曰：「慶父材。」問于季友，對曰：「臣以死奉般。」及慶父弑子般，季友力能誅叔牙，豈不能誅慶父，反出奔陳。季友素得國人之心，其來歸也，閔公請之齊桓，復之國人，皆喜以爲季氏既歸，慶父必去，乃久之不去。及弑閔公，然後加之以辠，縊而殺之，以説於國，則季友之心尚可問乎！其初，莊公以爲可以託孤也，而任之；其後，閔公以爲可以安國也，請于盟主而復之。季友一負莊公、再負閔公，人皆知其有大功于僖，莫知其有大辠於魯。蓋成風私事季友，以其子僖公屬之，故季友處心積慮欲立僖公，而魯國之亂遂釀而成矣。所謂「天生季氏以貳魯侯」者，實自此始。故其子孫遂分公室、逐昭公而全無顧忌者，皆其世傳之家法也。故表而出之，以戒後世人臣懷二心以事其君者。

申曰：公子季友之卒，《公》《穀》皆以爲賢，杜云「稱字者，貴之」，非也。劉氏規之，是矣。季，蓋以字爲氏；友，其名也。宣八年「夏，六月，公子遂如齊至黄乃復，辛巳，有事于大廟」「仲遂卒于垂」，與此同一書法。杜彼注云「仲遂卒與祭同日」，不言公子，因上行還閒無異事，省文從可知也。稱字時君所嘉，無義例也。夫仲遂稱字者，君命以字爲氏，即劉氏所謂「生而賜族」者也。上文言「公子遂」，故書「卒」；省文言「仲遂」，是《春秋》書公子仲遂與公子季友一也。以傳證之，公子仲遂即襄仲殺惡及視而立宣公者，魯之逆賊也，則稱字本無義例，援杜彼注以難此注，自相矛盾，不攻而自破矣。

十七年，夏，滅項。注：公在會，别遣師滅項，不言師，諱之。

規曰：案：傳「齊人以爲討」，討其滅國，非討用師。既不諱滅，何以諱師？炫謂將卑師少稱「人」，不可自言魯人，故不稱「師」。

孔氏曰：知非師少不言師，而言「諱之」者，沈云，襄十三年傳云「用大師焉曰滅」，此既稱「滅」，故知用大師。炫不達此旨，以爲將卑師少規杜過，非也。

黄氏仲炎曰：魯滅之也，二傳謂「齊滅之」，而經爲之諱者妄也。若齊實滅項而經爲之諱，遂以魯滅之辭書，則魯何罪哉？

毛氏奇齡曰：項本小國，近淮，公襲滅之，故齊執公焉。凡列國取滅，皆書國於上，其不書者，即是本國。

申曰：隱五年《公羊傳》曰：「將尊師衆稱某率師，將尊師少稱將，將卑師衆稱師，將卑師少稱人。」劉據以規杜，謂「非卿帥師，例不書於經」，以明不言師之故耳。孔以傳有「用大師曰滅」之文難劉，非也。宋家則堂謂「季孫行父，擅興兵」，是不然。考僖公時，繼季友秉政者爲公子遂。行父至文公時始見於《春秋》，卒在襄五年，上距僖十五年季友卒之歲，凡七十八年。於時行父未知生否，此必公子遂別遣師滅項也。《春秋》書魯滅者，惟此一國，既已書「滅」，則其用師不待言也，劉説近之。

十九年，邾人執鄫子用之。注：稱人以執，宋以罪及民告也。鄫雖失大國會盟之信，然宋用之，爲罰已虐，故直書「用之」，言若用畜産也。不書社，赴不及也。不書宋使邾，而以邾自用爲文，南面之君善惡自專，不得託之于他命。

規曰：「執蔡世子友用之」，不言「岡山」，此何須云「于社」？

孔氏曰：今删，定知不然者，以莊二十五年「鼓，用牲于社」。今鄫子既同畜牲而用，當云「邾人用鄫子于社」，今不云「于社」，故知赴不及，則昭十一年「執蔡世子友用之」，亦赴不及也。

高氏閌曰：宋公之盟曹南，怒鄫子不至，故欲用之，而子魚諫焉。邾人修鄫舊怨，遂承其意，執而用之也。不然，則宋修伯業，邾從宋盟，安敢輒戮鄫而不懼討乎！宋既不討，則意從可知矣。經書鄫子與蔡世子友皆曰「用之」，而不書用之迹，蓋聖人所不忍言。鄫子不名，史佚之。

毛氏奇齡曰：「用之」有二義，《公》《穀》謂「叩其鼻以血社」、謂「取鼻血釁祭禮器」，以畜禮辱之。若左氏載司馬子魚之言，則直謂「殺其人以當犧牲」，無道至此。但經書「邾人」不書「宋公」者，非諱宋惡。以前後一事，經文連書，則上承下接，書例如此。此如齊桓既救邢，則下文遷邢更不書齊侯；齊桓既伐鄭，則下文救許更不書齊侯，例同。案《周禮·肆師》注引《春秋》僖十九年「夏，邾人執鄫子用之」。傳曰「蓋叩其鼻以衈社也」。今本《公羊》作「血」，誤。《穀梁》作「衈社」，與鄭注合。此云「《公》《穀》作血社」，失之。上文云「宋公、曹人、邾人盟于曹南，鄫子會盟于邾」，則宋使邾用鄫子，非邾自用也，非《公》《穀》與經合、《左》與經異也。

申曰：何氏休曰「無惡道也。不言『社』者，本無用人之道，言『用之』已重矣，故絶其所用處也」，其説勝杜。例以楚用蔡世子友書法一也，劉意似本此。《釋例·執諸侯例第三十九》：「凡諸侯無加民之惡，而稱人以執，皆時之赴告，欲重其罪，以加民爲辭，國史承之，書之于策，而簡牘之記具存，夫子因示虚實。故《左傳》隨實而著其本末，以明其得失也。滕子、鄫子皆稱人見執，宋欲重二國之罪，故以不道赴，或名或不名，從所告之文也。傳具載子魚之辭，以虐二國之君見義，明非罪也。」

宋公使邾文公用鄫子于次睢之社。注：睢水受汴，東經陳留、梁、譙、沛、彭城縣入泗，此水次有妖神，東夷皆社祠之，蓋殺人而用祭。

規曰：案：昭十年「季平子伐莒，獻俘，始用人於亳社」。彼亳社，舊不用人，杜何以知此社殺人而用祭乎？

孔氏曰：今知不然者，彼傳云「始用人於亳社」，故知舊來不用。此既不言「始」，明知舊俗用之，劉取彼而規杜過，非也。

釋曰：司馬子魚言「民神之主也，用人，其誰饗之」、臧武仲言「周公其不饗魯祭乎」，周公饗義，魯無義，足明宋、魯前此俱未用人。然杜意本謂殺鄫子而用祭，非謂舊俗用人也。劉似未達杜旨，孔氏務違劉説以成杜謬，不亦誣乎！

二十三年，夏，五月，庚寅，宋公兹父卒。注：三同盟。

規曰：兹父以九年即位，其年盟于葵丘，十五年于牡丘，惟與魯同此二盟而已。而云「三」者，并數盟于薄，釋宋公也。案：經「盟于薄」，始云「釋宋公」，則盟薄之時宋公未得與盟。

孔氏曰：凡盟之法，皆舍其前惡，結其後好。故宣十五年楚人圍宋，圍後始盟，及城下之盟，皆是其事。今釋宋公之後，恐楚人伐宋，宋公恨楚，故盟以結之。劉炫以宋公不與薄盟而規杜過，非也。

申曰：僖二十一年經書「公會諸侯于薄」，先盟而後釋，如劉之説，則襄公再同盟，杜誤爲三爾。

公子賦《河水》，公賦《六月》。注：《河水》，逸詩。義取河水朝宗于海，海喻秦。《六月》，《詩·小雅》，道尹吉甫佐宣王征伐，喻公子還晉，必能匡王國。古者禮會，因古詩以見意，故言「賦」。《詩》，斷章也。其全稱《詩》篇者，多取首章之義，他皆放此。

規曰：杜言全引《詩》篇者，多取首章之義。炫案：《春秋》賦《詩》，有雖舉篇名，不取首章之義者。故襄二十七年公孫段賦《桑扈》，趙孟曰「匪交匪敖」，乃是卒章。又昭元年云令尹賦《大明》之首章，既特言首章，明知舉篇名者不是首章。

孔氏曰：今刪，定知不然者，以文四年賦《湛露》云「天子當陽」，又文十三年文子賦《四月》，是皆取首章。若取餘章者，傳皆指言其事，則賦《載馳》之四章，《緑衣》之卒章是也。所以令尹特言《大明》首章者，令尹意特取首章明德，故傳指言首章，與餘别也。杜言「多取首章」，言「多」則非是總皆如此。劉以《春秋》賦《詩》有不取首章以規杜氏，非也。

申曰：左氏所載賦《詩》共二十五，始於晉文公與秦穆公，杜云《六月》喻公子必能匡王國，以《六月》首章云「以匡王國」也。然趙衰言「君稱所以佐天子者命重耳」，實二章也。但解《六月》而杜意已與傳不合，光伯規之甚覈，而仲達曲護杜解，歷引所賦《湛露》《四月》《載馳》《緑衣》以證首章之説，是不可不辯。魯爲甯武子賦《湛露》及《彤弓》，此工歌也，與自賦者異。如孔所言，以「湛湛露斯，匪陽不晞」爲「天子當陽諸侯用命」似矣。《彤弓》三章一律，武子但能言其報功宴樂之意，即不可謂取首章也。且宴享合樂之意，歌必數篇，未有一數而畢者，復無斷章之事。據襄四年穆叔如晉，金奏《肆夏》三，工歌《文王》三、《鹿鳴》三，是賦詩凡九篇矣。司樂所屬，各有所宜，以其篇也，非以其章也。穆子之不拜《肆夏》《文王》，猶之武子之不答《湛露》《彤弓》也。所謂「當陽用命」者，舉二語以該一篇，猶之舉《文王》可該《大明》及《緜》也。《皇華》五善，禮所當歌，故穆叔備著其義。若《湛露》，武子方恐其干禮，而謂取其首章哉。棐之會，子家賦《鴻雁》、復賦《載馳》，文子賦《四月》、復賦《采薇》，於《載馳》《采薇》明言四章，則《鴻雁》《四月》爲全篇矣。杜以《鴻雁》爲取首章之哀恤鰥寡，《四月》爲取首章之思歸祭祀，然則傳家曷爲不言賦《鴻雁》《四月》之首章乎？杜之臆説，必不然矣。蓋自賦者，《詩》無定篇，篇無定章。有取首章者，令尹賦《大明》之首章是也；有取二章者，趙孟賦《小宛》之二章是也；有取三章者，荀林父賦《板》之三章是也；有取四章者，子家賦《載馳》之四章、文子賦《采薇》之四章、叔向賦《載馳》之四章、子西賦《黍苗》之四章是也；有取五章者，季文子賦《韓奕》之五章是也；有取七章者，季武子賦《棠棣》之七章是也；有取卒章者，穆姜賦《綠衣》之卒章、孫蒯使大師歌《巧言》之卒章、穆叔賦《鴻雁》之卒章、子皮賦《野有死麕》之卒章、季武子賦《緜》之卒章、又賦《節》之卒章是也；知取餘篇者，皆列章數，則但稱篇名者，皆取一篇矣。若夫賦者取一篇，聽者取餘章，亦有之。垂隴之享，趙孟於子産之賦《隰桑》曰「受其卒章」，於印段之賦《蟋蟀》曰「匪交匪敖」是也。其取首章者，惟范宣子賦《黍苗》，季武子以爲如百穀之仰膏雨是也。杜何以知其多取首章乎？夫賦《詩》，是志者借古之詩表己之志也。斷章取義者，取在《詩》中，義在《詩》外也。志之所託者微，而義之所包者廣。作詩者之意，不必爲賦詩者之意；賦詩者之意，不必爲受詩者之意。《春秋》敦盤酬答，非謂此事，即此詩也，非謂此詩，即此章也。善乎，吕成公之言曰：「《詩》因於事，不遷事而就詩；事寓於詩，不遷詩而就事。」斷章取義，可以神遇，而不可以言求，區區漏儒之義例訓詁，至是皆敗。《春秋》之時善用《詩》，蓋如此。儒者生千載之下，欲執章句懸揣于千載之上，未見其可。公子賦《河水》，韋昭注「《晋語》曰『河』當作『沔』，字相似誤也」。其《詩》曰「沔彼流水，朝宗於海」，言已反國，當朝事秦。杜以爲逸詩，又從韋注引「朝宗於海」，夫《詩》既逸矣，又何從知朝宗之義乎？是自歧其説也，此劉氏所未規者。

二十五年，昔趙衰以壺飱從徑，餒而弗食。注：徑，猶行也。

規曰：「以壺飱從」絶句，讀「徑」爲「經」，謂經歷飢餒，下屬爲句。

孔氏曰：杜以傳文爲「徑」，故釋爲「行」，上讀爲義。劉炫輒改其字以規杜氏，非也。

臧氏庸曰：梁履繩云：案顧氏《隸辨·徐氏紀産碑》「雖直徑管」，即經管也。《史記·高祖本紀》「夜徑澤中」，《索隱》曰「徑，舊音經」。《楚詞·招魂》「經堂入奥」。注「經，一作徑」。蓋古通用。案：當從劉光伯作「經」，下屬，杜氏訓「徑」爲「行」而屬上，非也。

申曰：王氏應麟《困學紀聞》云「韓非子曰：『晋文公出亡，箕鄭挈壺飧而從，迷而失道，與公相失，餓而不敢食。及文公反國，曰：「輕忍飢餒之患，而必全壺飧，是將不以原叛。」乃舉以爲原令。』此即趙衰事也」。案：此事見《韓非子·外儲説》，以「挈壺飧而從」爲句。《廣雅·釋詁》：「徑，過也。徑，與經同。」案：定四年杜氏注「畛，塗所徑也」。《釋文》音經，孔何不據以證此文乎？劉讀「徑」爲「經」，非改「徑」爲「經」。

二十六年，室如縣罄。注：如，而也。時夏四月，今之二月，野物未成，故言居室而資糧縣盡，在野則無蔬食之物。

規曰：服虔曰：「室居皆發撤，榱椽在，如縣罄。」炫以爲如罄在縣，下無粟帛。

孔氏曰：蓋杜以下云「在野無青草可食」，明此在室無資糧可噉，炫乃以服義規杜，非也。

王氏觀國曰：按《字書》：「如，而也、似也、往也、若也。」經書用「如」

字，各有一義。「室如」之「如」，當訓「似」。又，此「罄」字，非訓「盡」。許慎《説文》曰：「罄，器中空也。」室如縣罄者，如懸一器，其中空而無物耳。「罄」亦訓「盡」，《詩》曰「缾之罄矣」，是也。杜預以「如」訓「而」、以「罄」訓「盡」，則室而垂盡，語不成文。今以「如」字之義，考之莊公七年「夏，夜中，星隕如雨」，蓋言星隕而且雨也。此「如」字訓「而」者也。《左氏傳》曰「如火之燎于原」、又曰「如農夫之務去草」、又曰「今亦如之」、又曰「邑亦如之」，凡此「如」字訓「似」者也。「公如齊觀社」「公如齊納幣」「公如齊逆女」「公如晋至河乃復」「夫人姜氏如齊」，凡此「如」字訓「往」者也。《左氏傳》曰「同之不可也如是」，又曰「惟有德者能以寬服民，其次莫如猛」，凡此「如」字訓「若」者也。「室如縣罄」者，「如」，似也，似懸空器，若家徒四壁之義也。于意則順而成文。杜預所訓于字義雖通，而于文句則不順。蓋誤訓「如」爲「而」，故并與「罄」字訓誤也。

臧氏琳曰：《説文·缶部》「罄，器中空也」。《石部》「磬，樂石也。象縣虡之形」。依杜説，「縣」字費解。蓋「磬」「罄」字别而聲相近，故互誤。如《禮記·樂記》「石聲磬」，注云『「磬」當爲「罄」字之誤也』。此「磬」又爲「罄」之譌，杜氏改「如」爲「而」、又以「磬」爲「罄」，此好異於先儒耳。劉光伯規之，當也。

程氏瑶田曰：「室如縣罄」，字從「缶」與從「石」同意。「罄」有房室中空之象，室無資糧故曰「如縣罄」也。《國語》作「縣磬」，假借之。凡器中空皆謂之「罄」，如《詩》云「缾之罄矣」，是也。空則有「盡」義，故謂「盡」爲「罄」，《詩》云「罄無不宜」，是也。

申曰：古書「磬」「罄」互相假借。《釋文》：「罄，亦作磬。」《魯語》作「縣磬」。韋注「言魯府藏空虚，但有榱梁，如縣磬也」。疏引孔晁曰「縣磬，但有桷無覆」，均與服義同。《説文·五篇·缶部》：「罄，器中空也。」《皿部》：「盡，器中空也。」「罄」與「盡」同義。蓋借器之中空無物，以喻室之中空無物。故曰「室如縣罄」，若改「如」爲「而」，則物已盡矣，何縣之有？不可通矣。杜解非，劉之規杜，是也。

夔子不祀祝融與鬻熊。注：祝融，高辛氏之火正，楚之遠祖也。鬻熊，祝融之十二世孫。

規曰：《楚世家》云：「楚之先出自帝顓頊高陽。高陽生稱，稱生卷章，卷章生重黎。黎爲高辛氏火正，帝嚳命曰祝融。帝誅重黎，而以其弟吴回居火正爲祝融。吴回生陸終，陸終生季連。季連，芈姓，楚其後也。其後中微，或在中國，或在蠻夷，不能紀其世。周文王之時，季連之苗裔曰鬻熊，事文王。曾孫熊繹，成王封於楚。」是祝融、鬻熊皆爲楚之遠祖也。自祝融至鬻熊，司馬遷不能紀其世。杜言十二世，不知出何書。計其間出有一千二百年，略而言之，則百年爲一世，計父子爲十二世，何以得近千二百年乎？

孔氏曰：今删，定知不然者，以其間或兄弟、伯叔相及皆爲君，故年多而世少，或可轉寫誤。劉更無别文以意而規杜氏，未爲得也。

申曰：劉辨鬻熊不得爲祝融十二世孫，當矣！孔無别文以非劉，則杜此言爲無所據，即有所據，亦嚮壁虚造不可知之書也。善乎！歐陽子之論帝王世次也。其言曰：「以孔子之學，上述前世，止於堯、舜。遷遠出孔子之後，而乃上述黄帝以來，又詳悉其世次，其不量力而務勝，宜其失之多也。遷所作《本紀》，堯、舜、夏、商、周，皆同出於黄帝。堯下傳其四世孫舜，舜復傳其四世祖禹，而舜、禹皆壽百歲。稷、契於高辛爲子，乃同父異母之兄弟，今以世次而下之，湯與王季同世。湯下傳十六世而爲紂，王季下傳一世而爲文王，二世而爲武王。是文王以十五世祖臣事十五世孫紂，而武王以十四世祖伐十四世孫而代之王，何其謬哉！嗚呼！堯、舜、禹、湯、文、武之道，百王之取法也。其盛德大業見於行事，而後世所欲知者，孔子皆已論著之矣。其久遠難明之事，後世不必知，不知不害爲君子者，孔子皆不道也。」夫遷書之世次尚不足信，而況爲遷所不道者乎。

二十七年，先軫曰：「報施救患，取威定霸，於是乎在矣。」注：先軫，晋下軍之佐，原軫也。報宋贈馬之施。

規曰：下「蒐于被廬」，先軫始佐下軍，此時未爲下軍之佐。

孔氏曰：劉規杜氏，知不然者，以方欲救宋，即蒐被廬。先軫此語，與蒐相近，不知未蒐之前，先軫身作何官，故以蒐後下軍之佐明之。然先軫後年亦爲中軍帥；

不云中軍帥者，相去既遠，又隔下軍之佐，故杜不言之。

申曰：劉氏是也。杜當云「先軫，即下文晉下軍之佐」，則得之矣。二十八年傳「晉郤縠卒。原軫將中軍，胥臣將下軍」。不曰「原軫」而曰「先軫」，疑此時尚未食采於原也。

二十八年，夏，四月，己巳，晉侯、齊師、宋師、秦師及楚人戰于城濮，楚師敗績。注：子玉及陳、蔡之師不書，楚人恥敗，告文略也。

規曰：傳稱子玉及陳、蔡之師皆在於陳而不書者，炫以爲晉人告略。

孔氏曰：傳云：「宋公、齊國歸父、秦小子憖次于城濮。」及其交戰，惟言晉師陳于莘，此説晉之將帥與楚相敵〔二〕，都不言齊、宋公卿，知其既次城濮，以師屬晉，不與戰也。傳稱子玉及陳、蔡之師皆在於陳，而不書者，楚人恥敗，告辭略，故史不得書之。劉炫規過，今知不然者，但於此戰時，魯猶屬楚，凡禍福相告，必同好

〔一〕「此」字，底本原作「北」，兹據宋慶元六年紹興府刻宋元遞修本《春秋左傳正義》改。

之國，故知楚人來告也。楚人來告，不言陳、蔡者，恥其諸國皆在不能敵晉，故略言楚人而已。若其晉告，則應矜其勝事，以少敗多，何肯略其陳、蔡而不告也？劉以爲晉人來告而規杜氏，非也。

沈氏文阿曰：定四年「戰于柏舉」。傳稱蔡侯、吴子、唐侯伐楚。杜云「唐侯不書，兵屬於吴、蔡」。今宋、齊、秦屬晉而書之者，彼柏舉之戰，唐師共屬吴、蔡，與之同陳，故不書。此齊、宋師等雖屬晉，猶異陳，故得書之。

《權衡》曰：楚子玉恥敗，告文略，故稱人，非也。此下有楚殺其大夫得臣，此必楚人來告，其敗軍違命也，尚告子玉之罪，豈諱子玉之敗乎？足知子玉稱人，非從赴而已。

王氏沿曰：陳、蔡從楚而不書者，自以其師從楚，右師失位，故賤而不書，亦猶哀十年會吴伐齊不言邾、郯。

證曰：二十有六年「夏，公子遂如楚乞師」「冬，楚人伐宋，圍緡。公以楚師伐齊，取穀」。公至自伐齊」，二十有七年「冬，公會諸侯盟于宋」，以經證之，城濮未敗之前，魯方親於楚。此年敗楚後，公始從晉有踐土及温之會。元凱謂楚「恥敗告文略」，似勝劉説，吾謂不然。案：經此下書「楚殺其大夫得臣」，則知主戰者爲子玉，故不稱「楚子」，而稱「楚人」，不得以子玉收其卒不敗，别立書法也。《公羊》謂「大夫不敵君」是矣。成二年：「盟于蜀。」傳云：「蔡侯、許男不書，乘楚車也，謂之失位。君子曰：『位其不可不慎也乎！蔡、許之君，一失其位，不得列於諸侯，況其下乎！』」杜注：「乘楚王車爲左右，則失位也。」正義：「經書『楚師、鄭師侵衛』，於時蔡、許在矣。『公會楚子嬰齊於蜀』，蔡、許亦在也。及盟，又蔡、許之君在焉。侵也、會也、盟也，三事並失其位，經悉不書。」今「胥臣蒙馬以虎皮，先犯陳、蔡，陳、蔡奔，楚右師潰」，杜注「陳、蔡屬楚右師」，以諸侯而屬楚右師，失其位矣，故不書。定四年：「蔡侯、吴子、唐侯伐楚。」杜注：「唐侯不書，兵屬於吴、蔡。」哀十年：「公會吴子、邾子、郯子伐齊南鄙。」杜注：「邾、郯不書，兵并屬吴，不列於諸侯。」皆其例。以傳證經，杜、劉二説，皆非也。

晋中軍風于澤。注：牛馬因風而走，皆失之。

規曰：炫以爲放牛馬於澤，遺失大旆左旃，不失牛馬。

孔氏曰：今删定知不然者，若不失牛馬，惟亡左旃，罪未至重，何須殺之以徇？牛馬是軍之要用，於事尤重。故《費誓》云「馬牛其風，臣妾逋逃」，則有常刑。今既亡左旃，又失牛馬，爲罪至重，故殺之以徇。若牛馬不失，又大旆在軍，何得因放牛馬而亡左旃？故知「風於澤」者爲别失牛馬，又於軍中亡失大旆之左旃，故杜云「掌此二事而不修理」。劉以爲不失牛馬而規杜過，非也。

申曰：僖四年傳：「惟是風牛馬不相及也。」孔彼疏引服虔云：「風，放也。牝牡相誘謂之風。」《吕氏春秋·季春紀》：「是月也，乃合纍牛騰馬游牝于牧。」高誘注：「纍牛，父牛也。騰馬，父馬也。皆將羣遊從牝于牧之野，風合之。」是「風于澤」者，言放牛馬于澤爾，何失之有？《史記·魯世家》集解引鄭注《費誓》曰「風，走逸」。彼對「逋逃」而言，或可謂「風」爲「逸」。此則軍中放牧，乃事之常，何至皆失？蓋因放牛馬而失旆旃，爲亡大旆之左旃張本。旆、旃軍令之所寄，故司馬以祁瞞爲奸命而殺，以徇于諸侯。定十四年句踐「使罪人三行，屬劍於頸，而辭曰：『二軍有治，臣奸旗鼓，不敢逃刑。』」此其證。劉據傳文規杜，是也。

二十九年，在禮，卿不會公、侯，會伯、子、男可也。注：大國之卿當小國之君，故可以會伯、子、男。諸卿之見貶，亦兼有此闕，故傳重發之。

規曰：傳曰「卿不書，罪之也」。在禮，卿不會公、侯，惟言諸侯之卿會魯君罪耳，不言罪魯侯與王子虎。「諸卿見貶，兼有此闕」者，謂諸卿既上盟天子大夫，又上敵公侯，故云「兼」。案：杜上注經云「諸侯大夫違禮盟公侯」，又注傳云「諸侯大夫上敵公侯」，不責上盟天子之使，而言「兼有此闕」者，炫以爲直責其敵公侯，不責其盟王使。

孔氏曰：襄二十六年「公會晉人、鄭良霄、宋人、曹人于澶淵」，彼爲趙武敵公，貶之稱「人」，而文不没公。此没公不書，明公别有罪。五年「公及齊侯、宋公云云會王世子于首止」，王世子不盟也。九年「公會宰周公云云于葵丘」，宰周公不盟也。往年踐土之會，「王子虎盟諸侯于王庭」。宣七年黑壤之會，「王叔桓公臨之」。王之公卿皆不與諸侯共盟，則知諸侯不合盟王臣，王臣不合與於盟。今王子虎亦貶稱「人」，知魯侯會盟天子大夫，故没公不書也。以魯君上盟天子之使已諱而不書，則諸侯之臣罪在可悉。故傳云「卿不書，罪之」，略言其事。故杜經、傳二注惟言「敵公侯」，不云「盟王使」，以其可知故也。劉炫以規杜氏，必如劉義，則是君盟王使乃爲有罪，臣盟王使黜無貶責，便是君臣易位，尊卑失序，聖人垂訓，豈若是乎？

申曰：二十有九年「夏，六月，會王人、晋人、宋人、齊人、陳人、蔡人、秦人盟于翟泉」。傳云：「公會王子虎、晋狐偃、宋公孫固、齊國歸父、陳轅濤塗、秦小子慭盟于翟泉」。傳書公無異辭，則左氏所見之本有「公」字，可知《公羊》《穀梁》俱有「公」字，則會無「公」字，乃傳寫之脱漏，非關褒貶。杜氏以爲晋侯諱盟天子大夫、諸侯大夫，又違禮盟公侯，王子虎違禮下盟，故不言「公會」，又皆稱「人」，孔氏從而爲之辭，此没公不書明公别有罪，王子虎違禮下盟，故貶稱「人」。夫翟泉之盟，晋文方霸，狐偃以大夫主盟，不此之罪，而先罪公與王子虎，此與啖助之主不稱「天」何異？如杜之言，謂公不應盟王臣，則前八年公會王人、齊侯、宋公、衛侯、許男、曹伯、陳世子款盟于洮矣。謂公不應同諸侯之大夫盟，則襄二十六年公會晋人、鄭良霄、宋人、曹人于澶淵矣。未嘗没公，以示貶也。若莊十六年會齊侯、宋公、陳侯、衛侯、鄭伯、許男、滑伯、滕子同盟于幽，乃齊桓衣裳之會，經無「公」字，《公羊》有「公」字，《穀梁》亦無「公」字。傳稱「不言『公』，外内寮一疑之也」。范甯注「同官爲寮，謂諸侯也」。楊士勛疏「舊解謂會于北杏，不言『諸侯』，是外疑也。今此會不言『公』，是内疑之也。自此以後，内外不復疑之，故曰『一疑』也」，亦非謂貶而没公也。然《公羊》固有「公」字，則亦闕文耳。僖十九年「冬，會陳人、蔡人、楚人、鄭人盟于齊」，《公羊》亦有「公」字，此《春秋》一書會無不言「公」之確證也。無容杜氏鑿爲之説，知會不言「公」之爲闕文，則魯侯爲無罪矣，王子虎亦無罪矣。諸侯大夫之盟公侯，則有罪矣。不然傳何以不曰「公不書，罪之也」，而曰「卿不書，罪之也」哉？《春秋》大夫交政，始於翟泉之會，劉之規杜，傳意也，亦經意也。

三十二年，鄭伯捷卒。注：無傳。文公也。三同盟。

規曰：捷以莊二十二年即位，至此，與魯十餘同盟，言「三同盟」者謬。

孔氏曰：但杜數同盟不例，若同盟少者，數先君之盟，或數大夫之盟，或數經不書盟而傳載盟者；若同盟多者，惟數今君，或就今君之中數其大會盟之顯著者。

此言「三同盟」者，皆據王臣臨盟，則八年盟于洮、九年于葵丘、二十八年于踐土，劉炫不尋杜意而規其謬，非也。

申曰：孔云，杜數同盟例之也，例而不例，則意之所在難得而尋，其護注家，殆自相矛盾也。

三十三年，晋人敗狄于箕。注：郤缺稱「人」者，未爲卿。

規曰：案傳「晋侯親兵，先軫死敵」，則將帥非郤缺也，而稱「人」者，晋諱，而以微人告，與殽戰同。

孔氏曰：今知不然者，以戰于殽，文公未葬，故諱其背殯用兵。此則文公既葬之後，於禮得從戎事，又敗狄有功，有何恥諱而以微者告？故杜云「郤缺稱人，未爲卿」。劉以晋侯稱「人」同於殽諱而規杜氏，非也。

吴氏澂曰：秦晋同圍鄭，秦擅及鄭盟，晋文不忍伐其師；狄嘗侵齊，又圍衛，晋文俱不救。蓋出亡在狄，歸國受秦，皆嘗受其惠也。今晋襄紹伯惟恐伯威不立，而伯業遂衰，故汲汲焉以衰服從戎，既敗秦而又敗狄也。

申曰：晉人敗狄于箕，《春秋》書法與殽戰同。劉君據以規杜，是也。僖二十三年「狄人伐廧咎如，獲其二女叔隗、季隗」「公子取季隗，生伯儵、叔劉；以叔隗妻趙衰，生盾」「處狄十二年而行」；成十三年晉使呂相絶秦曰「白狄及君同州，君之仇讎，而我之昏姻也」。夫晉文之入，秦納之也。未入以前，狄最有德於晉文，與秦同爲昏姻之國。此之來伐，命一介喻之，不從，則命一將禦之可也。墳土未乾，遽虜其主，晉人負狄與負秦同。晉侯自將親行，先軫中軍主戰，亦與殽戰同。殽之敗秦，注稱「晉侯諱背喪用兵，故通以賤者告」，箕之敗狄，何獨不然？否則，晉侯，君也；先軫，卿也；豈有舍晉侯、先軫，而以未爲卿之郤缺稱「人」哉？杜預徒以附會既葬除喪之説，解與殽戰異，是不可不辯。《禮》曾子問子夏曰：「金革之事無辟也者，非與？」孔子曰：「吾聞諸老聃曰：『昔者魯公伯禽，有爲爲之也。今以三年之喪，從其利者吾弗知也。』」晉文卒於冬，十有二月己卯；葬於夏，四月癸巳。敗狄在八月戊子，計不及九月，豈得謂之非喪乎？昭十年九月，葬晉平公。既葬，諸侯之大夫欲因見新君。叔向辭曰：「大夫之事畢矣，而又以命孤。孤斬焉在衰絰之中，其以嘉禮見，則喪禮未畢；其以凶服見，是重受弔也。大夫將若之何？」此晋既葬，仍凶服之顯證。則此晋侯之稱「人」，同於殽諱可知。孔氏惑於預之謬説，以劉爲非，《序》云「殽戰在葬晋文公之前，故諱其背葬用兵。箕戰在葬晋文公之後，非是背喪用兵，何得與殽戰同？此則一年之中數行而已。曾不勘省上下，妄規得失」。夫晋平之喪，新君不以既葬而釋其衰絰；晋文之喪，晋襄亦必不以既葬而釋其墨衰。箕之戰不言墨衰者，省文耳。顧謂非有所諱，其誣古人，甚矣！疏家曲護注家，違背經傳，爲後世短喪者階之厲，孔穎達之妄，同於杜預。

春秋規過考信卷二之上

文公

二年，作僖公主。注：主者，殷人以柏，周人以栗。三年喪終，則遷入於廟。

規曰：《論語》：「哀公問主於宰我，宰我對曰：『夏后氏以松，殷人以柏，周人以栗。』」先儒舊解，或有以爲宗廟主者，故杜依用之。案：古《論語》及孔鄭皆以爲社主。

孔氏曰：社爲木主者，古《論》不行於世。且社主，《周禮》謂之「田主」，無單稱「主」者，以張、包、周等並爲廟主，故杜所依用。劉炫就此以規杜過，未爲得也。

《公羊傳》：「虞主用桑，練主用栗。用栗者，藏主也。」何休《解詁》：「主狀正方，穿中央，達四方。天子長尺二寸，諸侯長一尺。禮，平明而葬，日中而反虞，以陽求陰，謂之虞者，親喪已入壙，皇皇無所見，求而虞事之。虞，猶安也。用桑者，桑猶喪也，取其名與其麤觕，所以副孝子之心。」期年練祭，理虞主於兩楹之間，易用栗也。夏后以松，殷人以柏，周人以栗。松，猶容也，想見其容貌而事之，主人正之意也。柏，猶迫也，親而不遠，主地正之意也。栗，猶戰栗，謹敬貌，主天正之意也。《禮·士虞禮》曰：「喪主不文，吉主皆刻而謚之。」疏云：「皆《孝經說》文也。」卿大夫以下，正禮無主，故不言之。又云「出《論語》也」。而鄭氏注謂「社主」，以古文《論語》哀公問社於宰我故也。今文《論語》無「社」字，是以何氏以爲廟主耳。《穀梁傳》：「立主，喪主於虞，吉主於練。作僖公主，譏其後。」范甯注：「僖公薨，至此已十五月。」楊士勛疏：「麋信引衛次仲云：『宗廟主，皆用栗。右主八寸，左主七寸，廣厚三寸。若祀訖則内於西壁埳中，去地一尺六寸。右主謂父也，左主謂母也。』」

杜佑《通典·禮八》：《五經異義》曰：「主者，神象也。孝子既葬，心無所依，所以虞而立主以事之。惟天子、諸侯有主，卿大夫無主，尊卑之差也。卿大夫無主者，依神以几筵，故少牢之祭，但有尸無主。三王之代，小祥以前主用桑者，始死尚質，故不相變。既練易之，遂藏於廟，以爲祭主。凡虞主用桑。練主，夏后氏以松，殷人以柏。」《白虎通》曰：「魯哀公問主於宰我，我對曰：『夏后氏以松，所以自竦動。殷人以柏，所以自迫促。周人以栗，所以自戰栗。亦不相襲。廟主以木爲之，木有終始，與人相似，題之，欲令後可知。』」《春秋左氏傳》曰：「凡君薨，卒哭而祔。祔而作主，特祀於主，烝嘗祔於廟。」主之制，四方，穿中央，達四方。天子長尺二寸，諸侯一尺。皆刻謚於背。案：《通典》注所引《白虎通》今本不載，據此知何、邵公説所本。

臧氏琳曰：案：孔、徐兩疏，知古文《論語》作「問社於宰我」。孔安國、鄭康成皆以爲「社主」。《魯論語》作「問主於宰我」，張禹、包咸、周氏皆以爲「廟主」。何休、杜預依《魯論》爲「廟主」，劉光伯規杜氏以爲非。考《禮記·祭法》正義引《五經異義》云：《周禮》説「虞主用桑，練主用栗」，無夏后氏以松爲主之事。許君謹案，從《周禮》說。《論語》所云「謂社主也」，則一爲社主，一爲廟主，義各不同，何、杜言「廟主」而不用「社主」之説誤矣！即以爲本於先儒，然張、包、周等乃先儒之誤者，孔、許、鄭等乃先儒之不誤者，何杜捨其不誤者而從其誤者。劉氏規之，甚當。孔回護杜，故反以劉爲未得也。《穀梁傳》「立主，喪主於虞」。范解云「其主用桑」；「吉主於練」，范解云「其主用栗」；亦從《周禮》説而不用何、杜之義。

宋氏翔鳳曰：案：漢時《魯論》《古論》同作「問主」，故今文家以爲「廟主」，古文以爲「社主」。如《古論》本作「問社」，則鄭方解爲「社主」，文亦必從古讀，不得反作問主。蓋何晏集解采孔説，遂妄改作「問社」。公羊疏謂「古文作問社」，是約略言之而誤也。

又曰：《春秋》文二年：「丁丑，作僖公主。」傳曰：「主者曷用？虞主用桑，練主用栗。用栗者，藏主也。」作僖公主，何以書？譏不時也。其不時奈何？欲久喪而不能也。何氏曰：「禮，作練主當以十三月，練主又不能卒竟，故以十五月也。」按：文公欲爲久喪改練，蓋自是而魯之喪法遂闕。至哀公之世，問主於宰我，宰我陳用栗之義，曰「使民戰栗」，堯戒曰「戰戰栗栗，日慎一日」，敬謹之謂也。文公之改練，瀆亂禮經，蔑棄前典，不能敬謹於宗廟，則於使民之際，又惡能敬謹乎？戰栗者，使民之道，非謂民之戰栗也。孔子以喪禮之失，由於本之不立，以忠信之實不至，則戰栗之象不形，既徒事乎虚文，乃共流乎僭妄。自文公以來，匪一朝一夕之故矣。既失禮宗廟，則諸侯僭天子，大夫僭諸侯之事成，故曰「成事不説」。公患三桓之侈，三桓亦患公之妄，皆無戰栗之意。昭公、哀公共爲一轍，孔子燭之於微，知諫無益，故曰「遂事不諫」，然皆始於文公無君無天，政在大夫，其咎皆在於既往。此時但當明禮之本，故宰我戰栗之説，即孔子對定公君使臣以禮之説也。恐時人不察，故孔子爲明之，見《春秋》之所譏，非爲當時以救後世也。使依孔、鄭訓「主」爲「社主」，則大司徒設其社稷之壝，而樹之田主，各以社之所宜木，遂以名其社與其野。當如逸書所云，一代備有五社，不得以松、柏、栗分屬夏、殷、周，即謂周豐、鎬用栗，而魯在東方，不必同周人以栗，宰我不得以戰栗之義告哀公矣。

釋曰：杜以殷人以柏，周人以栗爲廟主，本何休。劉以古《論語》及孔、鄭皆以爲「社主」者，言孔、鄭之説本解《論語》，不可以解《春秋》也。何晏《論語集解》作「哀公問社於宰我」。孔安國曰：「凡建邦立社，各以其土所宜之木。」皇侃《論語義疏》：「鄭論本云『問主也』。」陸德明《釋文》「問社」，鄭本作「主」，云「主，田主，謂社」。據《周禮·大司徒》：「樹之田主，各以其社所宜木。」鄭注：「所宜木，謂若松、柏、栗。」則鄭説與孔説同。案《釋文》稱鄭以齊古讀正凡五十事，鄭既解「主」爲「社」，「主」必從古讀作「問社」。鄭既不然，是古《論》亦作「問主」可知。今《集解》作「問社」，殆後人誤改耳。光伯云古《論》及孔、鄭皆以爲「社主」，是劉所見本孔、鄭皆作「問主」也。按：《祭法》引《五經異義》「今《春秋公羊》説『祭有主者，孝子之主繫心。夏后氏以松，殷人以柏，周人以栗』，《周禮》説『虞主用桑，練主用栗』，無夏后氏以松爲主之事。謹案：從《周禮》説，《論語》所云謂『社主』也。鄭無駁，從許義。」劉之所規，根據許義，最確，未可非也。然以今考之《公羊》之説，未始不可通於《左氏》《論語》之主實廟主而非社主。案：《檀弓》疏引《異義》云「《公羊》説『虞而作主』，古《春秋左氏》説『既葬反虞，既虞，然後祔死者於先死者。祔而作主。謂桑主也。期年，然後作栗主』。許慎謹案：《左氏》説與《禮》同」。鄭注《檀弓》亦引《春秋傳》曰「虞主用桑，練主用栗」，《公羊》云「用栗者，藏主也」，何氏云「期年，練祭，埋虞主於兩楹之間易用栗」，則桑主非藏主，《晋語》「晋文公設桑主」，亦非入廟之主。今文公距僖公薨之時已十五月，過練之期，因八月將大事於太廟，故於二月作主。祔主，即虞主，非廟主。廟主乃練主，非祔主。傳云「烝嘗禘於廟」，言廟則主在其中矣。《曲禮》疏、《北堂書鈔》、《通典》引《白虎通》逸文曰：「《論語》云『魯哀公問主於宰我，宰我對曰：夏后氏以松，松者所以自竦動。殷人以柏，柏者所以自迫促。周人以栗，栗者所以自戰栗。亦不相襲。宗廟之主所以用木爲之者何，木有終始，又與人相似也。蓋題之以爲記，欲令後可知也。』」《説文·七篇·宀部》：「宔，宗廟宔祏也。」是「廟主」單稱「主」之證也。張禹、包咸、周生之説，雖不可考，亦可見先儒舊解皆以爲「廟主」也。哀公所問之「主」，未有明其故者，竊以爲即「作僖公主」之「主」。此年經書：「八月丁卯，大事於大廟，躋僖公。」傳曰：「逆祀也。」於是夏父弗忌爲宗伯，尊僖公。《公羊》曰：「其逆祀奈何，先禰而後祖也。」後祖者，僖公以臣繼閔公，猶子繼父，故閔公於文公亦猶祖也。《穀梁》曰「逆祀」，則是無昭穆也。無昭穆，則是無祖也。無祖，則無天也。故曰「文無天」。無天者，是無天而行也。定公八年經書「從祀先公」。傳曰「陽虎欲去三桓，以季寤更季氏，以叔孫輒更叔孫氏，已更孟氏。冬，十月，順祀先公而祈焉」。杜注「將作大事，於以順祀取媚」。《公羊傳》「從祀者，順祀也。文公逆祀，去者三人〔一〕。定公順祀，叛者五人」。魯自文公始亂宗廟之禮，失父子君臣之道，季孫行父柄政，魯之禮樂征伐自大夫出，實始於文公之世。至意如而僭恣横逆篡逐昭公，魯無君者八載。定五年，意如卒於東野。斯嗣爲卿，而陽虎之徒遂以陪臣執國命。定之於昭，猶僖之於閔也。季氏舍昭公之子而立其弟定公虎，遂欲廢桓子而更其弟季寤。順祀者，尊閔公，實以尊昭公并以慰桓子也。哀之於定，猶文之於僖也。是時，魯之羣臣必有言虎之順祀非所以尊僖公，即非所以尊定公者，故問主於宰我，宰我不敢顯言逆祀之失，惟申用栗之義，曰「使民戰栗」。案：《白虎通》曰「栗者，所以自戰栗，非謂民戰栗也」。何邵公曰「栗，猶戰栗，敬謹

〔一〕「三」字，底本原作「二」，兹據宋淳熙撫州公使庫刻紹熙四年重修本《春秋公羊傳解詁》定公八年之文改。

貌。言人君之使民也，敬謹不敢妄動」。見逆祀皆由文公不能敬謹於始，今若改從祀，非民心所服，不可不敬謹也。夫從祀之事，主之者陽虎，行之者定公也。定公從祀，後人從而變更之可乎？子聞之曰「成事不説，遂事不諫，既往不咎」。「説」謂説於衆，「諫」謂諫於君，「咎」謂咎陽虎。孔子恐魯人不察宰我之意，故以其事歸之定公，言先君已成之事，非臣不所當説，其事爲遂事，人主專之，無從諫止也。且人不敢咎從祀而咎虎，故渾其辭曰「既往」云爾。文公逆祀，臧文仲、夏父弗忌不得辭其罪。文公以後，歷宣、成、襄、昭諸公，魯之諸臣不能議之於禮官，争之於朝，宁抉文仲、弗忌之失，以定先後之序、明昭穆之義，至使一百二十二年之逆祀，正於竊寶玉大弓之盜之手，魯尚得謂之秉《周禮》乎？《公羊》稱閔公於文公猶祖，則昭公於哀公亦猶祖也。昭公之葬季孫溝公氏於諸墓外，則貶昭公之祀，亦事之所難料者，是又逆祀之續也。漢周舉曰「《春秋》『躋僖公』，傳曰『逆祀也』。及定公正其序，經曰『從祀先公』，爲萬世法也」，豈有事可爲萬世法而説之、諫之、咎之者乎？蓋文公之無父無天，爲尊親所宜諱而又不忍不言，辭婉而意嚴矣。厥後魯之祀事，不見經傳，此聖賢維禮之功也。或難曰「問主」之爲「廟主」

於古有徵。孔子之言，何以知其爲從祀而發乎？曰於「遂事不諫」知之。莊十九年《公羊傳》曰：「大夫無遂事諫者，施於君父之辭。」孔子於宰我安得稱「遂事」稱「諫」乎？且如宰我之對有失，哀公聽之孔子，方引人匡救之不暇，而謂不諫乎？

且明見曰：「吾見新鬼大，故鬼小。」注：新鬼，僖公，既爲兄，死時年又長；閔公，死時年少。弗忌明言其所見。

規曰：且明見者，既尊崇僖公，且明言其意之所見，見其順大小、升聖賢也。

孔氏曰：劉規杜氏，今删定知不然者，以傳云「新鬼大，故鬼小」，則大小之語，總該諸事，非直獨據兄弟，明知亦據年時也。

炫以爲直據兄弟大小爲義，不須云死之長幼。

申曰：下文云「先大後小，順也」。夏父弗忌，以先兄後弟躋僖公，則「大小」之語，直獨據兄弟，非據年時確然無疑。又云「子雖齊聖，不先父食」，蓋以父子明君臣。范氏甯曰「僖公雖長，已爲臣矣。閔公雖小，已爲君矣。臣不可以先君，猶子不可以先父」，見不以君臣分大小，而以兄弟分大小之非順也。明世宗繼武宗即位，躋興獻王於武宗之上，張璁、桂萼之失同於弗忌。

五年，甯嬴從之。注：甯，晉邑，汲郡，修武縣也。嬴，逆旅大夫。

規曰：《晉語》説此事云「舍於逆旅甯嬴氏」。注《國語》者賈逵、孔晁皆以甯嬴爲掌逆旅之大夫，故杜亦同之。炫以爲甯嬴直是逆旅之主，非大夫。

孔氏曰：今删，定知不然者，若是逆旅之主，是卑賤之人，猶如重館人告文仲、重丘人罵孫蒯，止應稱「人」而已，何得名氏見傳？杜以傳載名氏，故爲逆旅大夫。劉炫以爲客舍主人而規杜氏，非也。

申曰：《晉語》韋注：「甯，晉邑，今河内修武縣也。旅，客也，逆客而舍之也。嬴，其姓。」名未見傳，孔説非是。劉以外傳云「舍於逆旅甯嬴氏」，則爲所舍之主人可知，杜用賈逵之説，失之。

六年，季文子將聘於晉，使求遭喪之禮以行。注：聞晉侯疾故。

規曰：聘使之法，自須造遭喪之禮而行，防其未然也，非是聞晉侯有疾。

孔氏曰：今知不然者，依聘禮出使，惟以幣物而行，無別齎遭喪之禮。若主國有凶，則臨時辦備。今文子聘晉，特求遭喪之禮，出聘之後，晉侯遂卒。考其情事，有異尋常。聞晉侯之疾，何爲不可？劉炫以不聞晉侯之疾而規杜氏，非其義也。呂成公《博議》曰：天下之患，不發於人之所備，而發於人之所不備。季文子聘晉所備者，郊勞贈賄之儀耳、張旝展幣之節耳、專對答賦之辭耳。至於遭喪之事，衆人以爲必無，後其禮而不講者也。文子當暇豫之時，而汲汲然叩遭喪之禮，吾意魯之人竊笑文子之迂闊者多矣。至晉而果遭襄公之喪，使未嘗講喪者處之，其搶攘顛錯爲何如？及是時，始笑文子之迂闊者，未必不反服文子之精審也。

閻氏若璩曰：季文子將聘於晉，使求遭喪之禮以行。是禮也，即《聘禮》所載「聘遭喪，入竟則遂也，不郊勞，不筵几，不禮賓，主人畢歸禮，賓唯饔餼之受。不賄，不禮玉，不贈」。又曰「遭喪，將命於大夫，主人長衣練冠以受」。孔穎達疏號詳博，亦未及此語，特爲補之云爾。案：哀十五年傳，陳上介芋尹蓋稱「有朝聘而終，以尸將事之禮」，又有朝聘而遭喪之禮。正義曰：「《聘禮》又曰『聘遭喪，入竟則遂也。不郊勞，不筵几，主人畢歸禮，賓惟饔餼之受』。」是聘而遭喪之禮，其朝禮雖亡，賓終及主遭喪，必亦有禮。

文六年「季文子聘於晉，求遭喪之禮」，是也。則是孔氏非不見聘禮，百詩檢未及此。

申曰：劉以文子聘，求遭喪之禮，非聞晉侯疾故以規杜，孔氏非之。今知然者，蓋文子防未然求遭喪之禮以行，而遭喪之禮不可盡於主國之君。《周禮·秋官·掌客》「賓客有喪，惟芻稍之受。遭王國之喪，不受饗命，受牲禮」。考之《儀禮·聘禮》有遭主國君之喪，有遭夫人、世子之喪，有遭己君之喪，有遭己父母之私喪，有遭賓介之喪。以傳考之則固有可得而證者。其禮曰「聘遭喪，入竟則遂也。不郊勞，不筵几，不禮賓，主人畢歸禮。賓惟饗餼之受。不賄，不禮玉，不贈」「遭喪，將命于大夫，主人長衣練冠以受」，此遭主國君之喪也。晉襄之喪，文子蓋依此禮行之。遭夫人、世子之喪，君不受，使大夫受於廟。他如遭君喪，於《春秋》無所見。聘，君若薨于後，入竟則遂。赴者未至，則哭于巷，衰于館，受禮，不受饗食。赴者至，則衰而出，惟稍受之。歸，執圭復命于殯，升自階，不升堂。子即位不哭，辯復命，如聘，子臣皆哭。與介入，北鄉哭。出，袒，括髮。入門右，即位踊。此遭己君之喪也。宣八年公孫歸父以襄仲之立公也有寵，欲去三桓，以張公室，與公謀而聘于晉，欲以晉人去之。冬，公薨，遂逐東門氏。子家還，及笙，壇帷，復命于介。既復命，袒，括髮，即位哭，三踊而出。遂奔齊。書曰「歸父還自晋」，善之也。歸父之至晋，即《禮》之「入竟則遂」，歸父不得歸，故爲壇帷，、復命于介、括髮、哭踊與《禮》無以異。若有私喪，則哭于館，衰而居，不饗食，歸使衆介先衰而從之。此遭己父母之私喪也。宣八年「公子遂如齊，至黄乃復」。《公羊傳》曰「大夫以君命出，聞喪徐行而不反」。康成《禮》注引之，夫出使有喪尚不當復，況於疾乎？《春秋》之不行是禮久矣。賓入竟而死，遂也。主人爲之具而殯。介攝其命。君弔，介爲主人。主人歸禮幣，必以用，介受賓禮，無辭也。不饗食。歸，介復命，柩止于門外。介卒復命，出，奉柩送之。君弔，卒殯。若大夫介，卒亦如之。士介死，爲之棺斂之。若殯死，未將命，則既斂于棺，造于朝，介將命。若介死，歸復命，惟上介造于朝。若介死，雖士介，賓既復命，往，卒殯乃歸。此遭賓介之喪也。哀十五年：「楚子西、子期伐吴，及桐汭。陳侯使公孫貞子弔焉，及良而卒。將以尸入，吴子使大宰嚭勞，且辭。上介芋尹蓋對曰：『寡君使蓋備使，弔君之下吏。無禄，使人逢天之慼，大命隕隊，絶世于良，廢日共積，一日遷次。今君命逆使人曰：「無以尸造于門。」是我寡君之命委于草莽也。且臣聞之曰：「事死如事生[一]，禮也。」於是乎有朝聘而終，以尸將事之禮，又有朝聘而遭喪之禮。若不以尸將命，是遭喪而還也，無乃不可乎！』」以尸將事，即《禮》所謂「斂棺而造朝」者也。夫所遭之喪不一，則所求之禮亦非一也。謂文子求遭喪之禮，適當晉襄之喪可也，謂文子求遭喪之禮必爲晉襄之喪不可也。且使文子果聞晉侯有疾，未有聘者聞而從者不聞之理。今其人曰「將焉用之」，則其人未嘗聞晉侯有疾也。文子曰「過求何害」，則文子並未嘗聞晉侯有疾也。傳無明文而杜云然，毋乃與左氏相戾歟！或曰隱元年使宰咺來歸賵時，仲子尚存，傳以爲豫凶事，稱名示貶文子之往聘也。晉襄即位甫七年，逆料其死而豫凶事，不慮其獲咎于大國乎？是不然，事可猝辦於臨時，禮必豫講於平日。備豫不虞者，豫喪之禮，非豫喪之具也。孔氏謂「出使，惟以幣物而行，無別齎遭喪之禮」，此誤以喪具爲喪禮，失其義矣。哀十五年疏得之。近顧氏棟高以左氏引經不及《周官·儀禮》爲疑，今聘而遭喪之禮見於掌客，詳於聘禮，按之《春秋》皆與之合，不可謂非文字講求之力也。故備

[一]「事」字，底本原作「死」，誤，兹據清阮元校刻《十三經注疏》之《春秋左傳正義》改。

論之，俾學者知左氏之善於禮焉。

七年，宣子説之。注：爲明年晉歸鄭、衛田張本。

規曰：炫以爲歸鄭及歸衛田，經傳文歸衛不歸鄭。

孔氏曰：鄭往前侵衛田，今晉令鄭歸還衛田也。言「歸鄭衛田」者，謂晉歸以鄭所取衛田，故杜下注云「匡，本衛邑，中屬鄭。今晉令鄭還衛」，是也。然晉亦還衛田，獨言「鄭還衛田」者，以鄭歸衛田爲主，遂略之。劉炫以規杜氏，非也。

馬氏宗璉曰：杜言「爲明年歸鄭、衛田張本」，明以匡、戚爲衛地，申虎牢爲鄭地。何以此言「并還衛」？《正義》言「晉令鄭歸衛田」更謬。

釋曰：上文郤缺言曰「衛不睦，故取其地」。今已睦矣，可以歸之，並未言鄭。此劉所謂「經傳文歸衛不歸鄭」也。八年傳「歸匡、戚之田於衛」，歸衛田也；自申至於虎牢，致鄭地也；劉所謂「歸鄭及歸衛田」也。云「且復致公壻池之封」。「且復」二字，明是郤缺之所未言，因歸衛田而及鄭也。杜此解不誤，劉規之者，以郤缺口中無歸鄭地語耳。

八年，且復致公壻池之封，自申至于虎牢之竟。注：公壻池，晋君女壻[一]，又取衛地以封之，令并還衛也。申，鄭地。

規曰：服虔以爲「致之于鄭」，服言是。

孔氏曰：劉炫以「服言是」規杜，已釋之。

傅氏遜曰：自申至于虎牢，皆鄭地也，不得致之于衛。竊以上文言「匡、戚」，歸衛田也；此言「自申至虎牢」，歸鄭田也。故杜於上年解云「爲晋歸鄭、衛田張本」，而此則專言歸衛，此杜氏之闕漏爾。按：自申至于虎牢，鄭地，晋取之，以封公壻池，今乃歸之，傳文不言鄭，言申、虎牢，則鄭可知矣。

申曰：傅氏之説，闡明服義最晰。文十七年「晋鞏朔行成於鄭，趙穿、公壻池爲質焉」、定五年「又戰于公壻之谿，吴師大敗」，杜注「楚地名」，蓋以地爲氏者也。朱氏鶴齡以爲非晋侯之壻，儻或然歟。

[一]「女」字，底本原無，兹據宋慶元六年紹興府刻宋元遞修本《春秋左傳正義》補。

十年，楚子、蔡侯次于厥貉。注：陳、鄭及宋麇子不書者，宋、鄭執卑，苟免爲楚僕任，受役於司馬，麇子耻之，遂逃而歸。《釋例・土地名》：文十年厥貉，未閒古屬何國。

規曰：杜以陳、鄭會楚子于息，遂與蔡侯次于厥貉，則陳、鄭當在次也。傳稱「厥貉之會，麇子逃歸」，則麇子當在也。宋公逆楚子，則宋公亦在也。獨書「楚子、蔡侯」，不言陳、鄭、宋、麇，故迹其事而爲之説。言宋、陳、鄭三君降爵，麇子逃歸，故不書也。炫以爲告文略，故不書陳、鄭、宋。

孔氏曰：今知不然者，此楚會諸侯，必是楚人來告。若楚人來告，當以得諸侯爲榮，何以略其宋、鄭、陳乎？麇子不會，傳云「逃歸」。宋、鄭二國爲楚僕役，猶如許、蔡二君降乘楚車。許、蔡既不書於經，故知宋、鄭失位不見，此乃傳事分明，故杜爲此解。劉炫直以「告文略」以規杜氏，非也。

證曰：傳稱「陳侯、鄭伯會楚子于息。冬，遂及蔡侯次于厥貉，將以伐宋」。又曰「厥貉之會，麇子逃歸」。是宋公麇子本不與會，陳侯、鄭伯與會，而不與次。與次者，惟有蔡侯。聖人據實而書，不關降爵，告者亦非有所略也。由此言之，杜劉二説，皆非也。《釋例·書次例第二十九》「楚子、蔡侯次于厥貉。宋公、鄭伯、陳侯、麇子不書于經者，陳、鄭自息而從楚子，宋公勢卑，以苟免在列。鄭伯爲楚僕任，受令于司馬，麇子恥之，遂逃而歸。三君失位降爵，故不列諸侯。宋、鄭猶然，則陳侯必同也」。孔據《釋例》以宋、鄭二國爲楚僕役，例之失位，不知宋公爲右盂，鄭伯爲左盂，在宋逆楚子田孟諸之後，並不在次厥貉之時。且宋聽命，尋即違命。十三年「公還自晉，鄭伯會公于棐」，貳于楚，而請平于晉；十四年「公會宋公、陳侯、衛侯、鄭伯、許男、曹伯、晉趙盾，同盟于新城」。宋、陳、鄭，從於楚者皆服於晉，是楚未能得志於宋、陳、鄭也。疏家附會杜義，舛之甚矣！

十三年，邾子蘧蒢卒。注：未同盟而赴以名。

規曰：蘧蒢，邾子瑣之子也。莊二十九年即位，僖元年與魯盟于犖，而云「未同盟」。

孔氏曰：蓋據文公爲言，故云「未同盟」。劉炫以犖盟規之，非也。

申曰：《春秋》邾君書「卒」者七，書「葬」者二，不書「葬」者五。始莊十六年郳子克，終定三年郳子穿，皆書其名。以地近爲魯附庸，非必盡由同盟也。莊二十八年郳子瑣云「未同盟」，誠如杜説，若郳子蘧蒢，則僖元年與魯盟于犖，不應云「未同盟」，此杜之誤，劉規之，是也。孔乃以犖盟在僖公時，不在文公時非之。今知然者，案隱八年：「夏，六月，己亥，蔡侯考父卒。」杜注：「諸侯同盟稱名者，非惟見在位二君也。嘗與其父同盟，則亦以名赴其子，亦所以繼好也。蔡未與隱盟，蓋春秋前與惠公盟，故赴以名。」夫惠公在春秋前與蔡侯考父曾否同盟無從而知，杜尚以書名之故謂「其與父同盟」，今郳子蘧蒢與文公之父僖公盟于犖，聖經炳然，豈得據文公爲言，而置僖公之盟於不數乎，以此難杜，杜將何辭以對？

十五年，惠叔猶毁以爲請。注：惠叔請之，至今期年而猶未已。毁，過喪禮。

規曰：敖去年九月卒，至今年夏，據月未帀，不得稱期年。

孔氏曰：杜以傳云「惠叔猶毁」，據日月之久，欲盛言其遠，故云「期年」。但首尾二年亦得爲「期年」之義，劉以未周十二月而規杜氏，非也。

申曰：公孫敖之卒在十四年九月甲申。是月，甲戌朔，甲申乃月之十一日。至十五年夏，計七月餘，「期年」二字，傳無明文。劉之規杜，是也。《釋例·世族譜》仲孫氏，慶父，桓公子共仲也。公孫敖，穆伯，慶父之子也。難惠叔，敖之子；穀，文伯，亦敖之子也。孟獻子，穀之子，仲孫蔑，即孟孫也。孟孺子速，獻子之子，莊子。孺子秩，莊子之子。《通典·禮六十》「東晉孝武皇帝寧康二年七月，簡文帝崩，再周而遇閏。尚書右丞戴謐議『禮稱三年之喪，十三月而小祥，二十五月而畢。此喪月之大數，周月之正文也』，又云『喪以月者數閏，以歲者不數閏，是爲有閏則十四月而祥，二十六月而除，不用喪月之常數，所以重周忌之正也』。尚書僕射謝安等參詳『宜推經典，三年之喪，祥除必正周月，請依禮用七月晦』，詔可。」此喪服據帀月而言之明證也，謝安諸人賢於杜預遠矣。

十六年，師叔曰：「先君蚡冒所以服陘隰也。」注：蚡冒，楚武王父。

規曰：案《楚世家》：「蚡冒卒，弟熊達殺蚡冒子而代立，是爲楚武王。」則蚡冒爲兄，不得爲父。

孔氏曰：今知不然者，《世家》之文多有紕繆，杜氏非不見其文，但見而不用耳。劉以規杜，非也。《釋例》「陘隰」與僖四年「次于陘」爲一地。「潁川召陵縣南有陘亭」。楚自武王始居江漢之間，則蚡冒之時未至中土，不應已能越申、息遠服潁川之邑，疑非也。

申曰：《鄭語》「楚蚡冒於是乎始啓濮」。韋昭注「蚡冒，楚季紃之孫，若敖之子熊率」。考《楚世家》熊繹當周成王之時，封以子男之田，居丹陽。熊繹生熊艾，熊艾生熊䵣，熊䵣生熊勝。熊勝以弟熊楊爲後，熊楊生熊渠。熊渠卒，子熊摯紅立。摯紅卒，其弟弒而代立，曰熊延。熊延生熊勇。熊勇卒，弟熊嚴爲後。熊嚴卒有子四人：伯霜、仲雪、叔堪、季徇。熊嚴卒，伯霜代立，是爲熊霜。熊霜卒，仲雪死，叔堪亡，避難於濮，而少弟季徇立，是爲熊徇。熊徇卒，子熊咢立。熊咢卒，子熊儀立，是爲若敖。若敖卒，子熊坎立，是爲霄敖。霄敖卒，子熊眴立，是爲蚡冒。蚡冒卒，弟熊通弒蚡冒子而代立，是爲楚武王。蚡冒乃季徇之玄孫，若敖之孫，與韋注不合。「季紃」作「季徇」，「率」作「眴」，字亦不同，今杜以蚡冒爲武王父，未知所據。《釋例·土地名》：「楚地，僖四年陘。」陘、隰二名，潁川召陵縣南有陘亭。

十七年，鹿死不擇音。注：音，所莊蔭之處。古字聲同，皆相假借。

規曰：服虔云「鹿得美草，呦呦相呼。至於困迫將死，不暇復擇善音，急之至也」。炫從服説，以爲音聲，謂不擇音聲而出之。

孔氏曰：鋌而走險，急何能擇？傳文所論，止言其出處所在，不論音聲好惡，劉以規杜，非也。

顧氏炎武曰：言其鳴急切，當從服虔之説。

申曰：《莊子·人間世》「獸死不擇音，氣息茀然，於是並生心厲」。郭象注「譬之野獸，蹴之窮地，意急情盡，則和聲不至，而氣息不理，茀然暴怒，俱生疪疵，以相對之」。左思《魏都賦》「棲者擇木，雊者擇音」，皆同服義。若如杜解釋，言陪，闇也。錢氏大昕曰：「陪，本當爲陰。《論語》『高宗諒陰』，鄭訓『陰』爲『闇』。《説文》亦訓『陰』爲『闇』，皆據此文。古書『音』與『陰』通，《左傳》『鹿死不擇音』，是也。本借音爲『陰』，後人妄加𨸏旁，景純望文生義，由於未通六書之旨，於義亦通，然究無確證。」

春秋規過考信卷二之中

宣公

元年，宋及晉平，宋文公受盟于晉。又會諸侯于扈，將爲魯討齊，皆取賂而還。注：文十五年、十七年，二扈之盟皆受賂。

規曰：杜以傳言「皆取賂而還」，必有二事，乃得稱「皆」，故指二扈之盟以充「皆」義。炫案：「傳數晉罪，近發宋弑昭公前扈之盟，文所不及，何當虚指其事？言皆取賂，故謂宋及晉平，取宋賂，爲魯討齊，取齊賂也。」案：此言會諸侯于扈，文承「宋人之弑昭公」下，知非十七年會于扈，既取宋賂，又取齊賂，而稱「皆」，必爲十七年、十五年二扈之盟者。傳文先後顛倒。案：十七年會于扈，尋檢經傳全無爲魯討齊之事，豈得違背經傳妄指十七年乎？

孔氏曰：但宋弑昭公，其罪既大，故先言之；爲魯討齊，其失小，故後言之。劉炫以傳文先後顛倒，又以會于扈爲十七年之事，違背經傳而規杜氏，非也。「取賂而還」書本或云「取齊賂而還」。檢勘古本及杜注意，並無「齊」字。文十七年，宋及晋平，惟受宋賂。十五年會扈，受齊賂耳。傳言「皆」者，皆齊、宋也。故知皆取齊賂者非也。

申曰：杜以二扈前之盟，齊公子商人弑其君舍，齊人賂晋侯，不克而還；後之會，宋公子鮑弑其君杵臼，晋侯合諸侯平宋。如杜所解，不應傳文先後顛倒。案：十七年傳「春，荀林父伐宋，立文公而還。秋，晋侯合諸侯于扈」。此年宋及晋平又會諸侯于扈，非取宋賂而何？十八年齊弑其君商人，此時不聲其弑君之罪，而曰「爲魯討齊」，非取齊賂何？爲舍其大而責其細也，且將者不果討也，故不見於經。杜以爲十五年、十七年二扈之盟，謬矣！劉君規之最當。《春秋》大夫涖諸侯之盟，自文七年趙盾之盟扈始。時晋靈初立，諸侯畏之，宋齊取賂，主之者盾也。夫《春秋》之作，所以誅亂賊也，而盾則縱亂賊以爲例，以爲已篡弒之地，踰年而盾遂弒靈公。若盾者，亂賊之尤也。故始之以賊討賊，繼之以賊賂賊，究之以賊庇賊。

三年，冬，十月，丙戌，鄭伯蘭卒。注：再與文同盟。

規曰：蘭以僖三十三年即位，文二年盟于垂隴，七年于扈，十四年于新城，魯、鄭俱在，當言三同盟，云「再」者非。

孔氏曰：以扈之盟，經文不序諸侯，故不數。劉炫規之，非也。

申曰：文九年「曹伯襄卒」，杜云「七年，同盟于扈」。十四年「齊侯潘卒」，杜云「七年盟于扈」。宣九年「衛侯鄭卒」，孔云「文七年于扈」。十七年「許男錫我卒」，孔云「七年盟于扈」。據文七年經書「公會諸侯、晋大夫盟于扈」，傳稱「諸侯，宋公、衛侯、鄭伯、許男、曹伯會晋趙盾，盟于扈，晋侯立故也。公後至，故不書所會」。案：與盟之諸侯凡七，書「卒」者五；惟宋公杵臼以文十六年爲公子鮑所弒，不書「卒」。彼曹伯、齊侯、衛侯、許男之書名，杜、孔皆數扈盟。此名鄭伯，獨不數扈盟，孔氏意在抑劉不顧前後之自相矛盾也。

六年，使疾其民，以盈其貫。將可殪也。注：貫，猶習也。

規曰：案《尚書·泰誓》武王數紂之惡云「商罪貫盈」，言紂之爲惡，如物在繩索之貫，不得爲習也。

孔氏曰：以《詩》稱「射則貫兮」，先儒亦以爲習，故杜用焉，義得兩通，劉規杜過，恐非也。

錢氏時曰：紂之罪，如繩之穿物，其貫已滿，不可復加。

顧氏炎武曰：劉炫曰「以繩穿物謂之貫。《書》云『商罪貫盈』，言紂爲惡，如物之滿於貫也」。

申曰：《韓非子·説林下》有「與悍者鄰，欲賣宅而避之，曰：『是其貫將滿也。』遂去之。或曰：『忽之矣，子姑待之。』答曰：『吾恐其以我滿貫也。』遂去。」「滿」「貫」二字本此，《一切經音義》引《倉頡篇》曰：「貫，穿也。以繩穿物曰貫也。」光伯信《古文尚書》，故引以規杜，杜未見《古文·泰誓》也。孔彼疏曰「紂之爲惡，如物在繩索之貫，一以貫之，其惡貫已滿矣」，蓋用劉説。

八年，楚爲衆舒叛故，伐舒蓼。滅之。注：舒、蓼，二國名。

規曰：杜以舒、蓼爲二國。炫案：《釋例·土地名》有「舒、羣舒、舒蓼、舒庸、舒鳩」，以爲五名，當云一國名。

孔氏曰：「舒、蓼，二國名」者，蓋轉寫誤，與文五年滅蓼同。蓋蓼滅後更復，故楚今更滅之。劉炫以杜爲二國而規之，非也。

羅氏泌曰：僖三年「徐取舒」，文五年「楚滅蓼」，今云「舒蓼」者，當自是一國名。

徐氏文靖曰：按《漢·五行志》：「宣八年，七月，甲子，日有食之。」董仲舒、劉向以爲楚乘弱横行六侵弱而一滅國。師古曰「一滅國者，謂八年滅舒蓼也」，則「舒蓼」不爲二國明矣。僖三年「齊人取舒」，至是五十六年。文五年「楚公子燮滅蓼」，至是二十有一年。此「舒蓼」，蓋羣舒之一耳。《世本·偃姓》有舒庸、鳩舒、舒蓼，是也。舒庸，見成十七年；舒鳩，見襄二十四年。

申曰：舒、蓼本一國，而杜云二國，孔氏以爲轉寫之誤，則劉氏之説當矣。乃又引文五年滅蓼之事，似爲「二國」解者，孔之歧説，往往如此。《穀梁》此年經

「楚人滅舒蓼」，《小雅·漸漸之石》詩序「舒鳩、舒蓼、舒庸」之屬。「蓼」，《釋文》俱云又作「蓼」，文十二年疏引《世本·偃姓》「舒庸、舒蓼、舒鳩、舒龍、舒鮑、舒龔」。

九年，九月，辛酉，晉侯黑臀卒于扈。注：卒於竟外，故書地。四與文同盟。九月無辛酉，日誤。

規曰：黑臀以二年始立，而云「四與文同盟」者，誤。其君卒，或書地，或不書地，皆從赴。今云「卒於竟外，故書地」者，據晉侯實在竟外卒，非以爲例也。炫云：襄七年鄭伯髡頑卒于鄵、昭二十五年宋公佐卒于曲棘，竟内亦書地，非竟外。

孔氏曰：《釋例》扈是鄭地，故云「卒於竟外」。杜注《春秋》又爲《釋例》，前後經、傳勘當備盡，豈晉侯二年始立，不於文公之世而云「四與文同盟」？必是後寫之誤。蘇氏亦以爲然。劉炫以此規杜，非也。

高氏澍然曰：外侯卒不地，於外則地，而卒於事，即封内亦地，是扈無論晉邑、鄭邑，皆宜書。惟會未畢，乃書卒于會耳，則知此會已畢也。

申曰：疏家既言杜誤，不應尚説劉非。然則必踵訛襲謬，而始謂之是歟！《釋例·土地名》，鄭地。莊公二十三年，扈，滎陽卷縣西北有扈亭。《長歷》宣公九年，辛酉，八月己未大，九月己丑小，十月戊午大，九月無辛酉，上有八月，下有十月，誤在日。

冬，十月，癸酉，衛侯鄭卒。注：無傳，三與文同盟。

規曰：鄭父燬以僖二十五年卒，鄭代立，其年盟于洮，二十六年于向，二十八年于踐土，文七年于扈，十四年于新城。惟二與文同盟，云「三」者，誤。

孔氏曰：以「二」「三」字體相近，轉寫之誤耳。若其不然，杜無容不委。劉炫以此規杜，非也。

申曰：衛侯鄭五同盟，當云「三與僖同盟，二與文同盟」。杜但稱「文」不稱「僖」者，不數先君之盟也。夫書盟以魯爲主，以「文」言之，則「僖」先君，以「成」言之，則「文」亦先君也，何爲或數或不數乎？即使不誤，其例亦不可通。既已誤「二」爲「三」，縱由轉寫之誤，劉無容不規，孔以此非劉，殆疏家代注家文過也。衛君書「卒」者九，書「葬」者七，不書「葬」者二，弑而書「葬」者一。

十二年，荀林父將中軍，先穀佐之。注：彘季代林父。

規曰：案：傳文皆稱「彘子」，無彘季，今注云「彘季」者，杜何以知是「彘季」？炫以「穀非彘季」。

孔氏曰：文十二年河曲之戰，荀林父佐中軍，臾駢佐上軍，欒盾將下軍。自爾以來，傳無其代，知先穀代林父，郤克伐臾駢，趙朔代欒盾也。八年傳，趙朔佐下軍，知欒書代趙朔也。勘《譜》亦以「彘子」「彘季」爲一人，則杜君別有所據。書傳殘缺不可得而知也。劉以「穀非彘季」，今知非者，杜以「子」爲「男子之稱」，「季」是「幼小之辭」。「季」之與「子」，是得通稱。子路或爲季路，故公子友或稱季友，而劉以傳惟稱「彘子，無彘季」而規杜，非也。

申曰：「彘子」「彘季」，乃二人。下文杜注「原穀，先穀」。孔疏「先軫，或稱原軫」。此蓋先軫之後也。上文稱爲「彘子」，服虔以爲「食采於彘」；今復稱

「原」，「原」其上世所食也。時趙氏有「原同」，蓋分原邑共食之也。此劉所謂「惟稱彘子，無彘季」者也。成十八年傳：「今彘季亦佐下軍。」杜注：「彘季，士魴。」《晉語》：「欒武子使知武子、彘恭子如周迎悼公。」「公使彘恭子將新軍，曰：『武子之季，文子之母弟也。』」「故以彘季，屏其宗。」韋昭注：「彘，恭子，士魴也，食邑於彘。季，少子也。武子，士會也。文子，士燮也。」此劉所謂「縠非彘季」者也。彘子先氏亦曰「原氏」，彘季士氏，亦曰「范氏」，而先後食邑於彘。其諸縠被殺後，魴始食其地歟！杜《世族譜》誤以「彘子」「彘季」爲一人，馮繼先《春秋名號歸一圖》以「先縠」與「士魴」同字，亦承杜之誤。孔於内外傳，曾不檢勘，以非劉之此説，甚爲疏舛。

老有加惠。注：賜老則不計勞。

規曰：老者當有恩惠之賜，非勞役之限。但恩惠則賞賜之。

孔氏曰：「老有加惠」，當謂年老有加增恩惠，不論有勞與無勞也。以文連「賞不失勞」之下，故杜云「賜老則不計勞」。劉炫以「不計勞」之文而規杜氏，一何煩碎！

申曰：孔譏劉之煩碎，而特引伸其説，緣杜以文連「賞不失勞」之下而誤也。劉之此規，孔從而不駁。

又作《武》，其卒章曰：「耆定爾功。」其三曰：「鋪時繹思，我徂惟求定。」其六曰：「綏萬邦，屢豐年。」注：《武》《頌》篇名。其三，三篇；其六，六篇。此三、六之數，與今《詩·頌》篇次不同，蓋楚樂歌之次第。

規曰：杜以其三、其六，與今《詩·頌》篇次不同，故爲疑辭。蓋楚樂歌之第，言楚之樂人歌《周頌》者别爲次第，故《賚》第三，《桓》第六也。炫以爲其三、其六者，是楚子第三引「鋪時繹思」、第六引「綏萬邦」。

孔氏曰：今删，定知非者，此傳若是舊文及傳家敘事，容可言楚子第三引「鋪時繹思」，第六引「綏萬邦」。此既引楚子之言，明知先有三、六之語，故楚子引之，得云「其三」「其六」。若楚子始第三引《詩》，第六引《詩》，豈得自言「其三曰」「其六曰」？劉以其三、其六爲楚子引《詩》次第，以規杜過，何辟之甚！沈氏難云：「襄二十九年季札觀樂，篇次不同，杜云『仲尼未删定』。此亦不同，而云『楚樂歌之次』者，襄二十九年雖少有篇次不同，大略不甚乖越，故云『仲尼未删定』以前，此之三、六全與《詩》次不同，故云『楚樂歌之第』。今《周頌》篇次《桓》第八、《賚》第九也。」

王氏應麟曰：季札觀魯樂，以《小雅》爲周德之衰，《大雅》爲文王之德。楚莊王言，武王克商而作《頌》，以《時邁》爲首，而《武》次之，《賚》爲第三，《桓》爲第六。以此考之，《雅》以正變爲大小，《頌》以所作爲先後者，《詩》未删之序也。論政事之廢興，而以所陳者爲大小；推功德之形容，而以所告者爲先後者，删詩之序也。

嚴氏粲曰：傳以《武頌》爲《武》之卒章，以《賚》爲《武》之三，以《桓》爲《武》之六。朱氏謂《桓》《賚》二篇，皆《大武》篇中之一章。又以《酌》及《賚》《般》皆不用詩中字名篇，疑取樂節之名，如曰「武宿夜」云耳。然則《酌》與《賚》《般》一體，亦《大武》篇中之一章明矣。

孔氏廣森曰：愚謂未必非周樂之正次也。

證曰：孔沖遠以爲既作《時邁》又作《武》篇也。《頌》皆一章，言其卒章者，謂終章之句也。朱子以此爲《大武》之首章，而於《賚》《桓》云「《春秋傳》以此爲《大武》之三章、六章」，則今之篇次蓋已失其舊矣。是《春秋》樂歌之次第，與今《詩》次不同，杜解既謬，劉規亦舛，從朱子説爲是。疏家引沈文阿難劉之語，則糾光伯者不始於孔氏矣。

故使子孫無忘其章。注：著之篇章，使子孫不忘。

規曰：能有七德，故子孫不忘章明功業。下文「京觀」爲無忘其章明武功。

孔氏曰：杜以「不忘其章」，謂子孫不忘上四篇之詩。必知然者，以文承「武王克商作《頌》」之後，文連四篇詩義，故以爲著之篇章。劉炫横取下文「京觀」以規杜失，非也。

王氏引之曰：劉以「章」爲「章明功業」，是也。凡功之顯著者謂之章。《魯語》曰：「今一言而辟境，其章大矣。」《晉語》曰：「以德紀民，其章大矣。」韋注並云：「章，著也。」義與此「章」字同。「使子孫無忘其章」，即上文所云「示子孫以無忘武功」，則「章」者，正「章明功業」之謂，非謂「篇章」也。

申曰：杜以爲「著之篇章」，與傳意不合。劉以「章」爲「章明功業」，即禁暴、戢兵、保大、定功、安民、和衆、豐財之七德也，義長於杜。

十四年，衛人以爲成勞，復室其子，使復其位。注：以有平國之功，復以女妻之，襲父禄位。

規曰：《釋詁》以「平」爲「成」，則「成」亦「平」也。男子謂妻爲室，故杜以爲衛人以其父有平定國家之勞，復以女妻之。言衛侯以女妻之也。炫以爲傳文無衛侯之女爲孔達之妻，「復室其子」，謂復以室家還其子。謂達既被誅，家當没入官，復以孔達財物家室還其子。

孔氏曰：今知非者。案檢傳文，上孔達云「苟利社稷，請以我説」，是孔達忠於衛國，本實無罪。所以告於諸侯，祇欲虚以説晉。衛人荷其功力，何得没其家資？「男子謂妻爲室」，則「室」者對「夫」之言，故傳云「女有家，男有室」。今若以孔達之妻而還其子，便則以母還子，不得云「復室其子」。又，諸侯大夫之妻，傳皆不載其氏姓，何得獨責孔達之妻須言「衛侯之女」？既言「復室其子」，明孔達之妻則衛侯之女。可知劉以孔達之妻爲衛侯之女，於傳無文，以規杜過，其義非也。

釋曰：傳稱「孔達縊而死，衛人以説于晉而免」。杜注「以殺告，故免于伐」。達蓋自殺以利社稷者，與被誅者不同，孔氏糾正劉説，甚當。惠定宇以《周書》有「一室之禄，謂禄其子」，殊屬費解；且下文使復其位，於文爲贅矣。定九年：「齊侯伐晉夷儀，敝無存之父將室之。辭，以與其弟。曰：『此役也，不死，反，必娶於高、國。』」「室其弟」與「室其子」一例。《魯語》「公父文伯之母欲室文伯」，韋昭注「室，妻也」，尤爲「室其子」之顯證。

聘而獻物，於是有庭實旅百。朝而獻功，於是有容貌、采章、嘉淑，而有加貨。注：物，玉帛皮幣也。主人亦設籩豆百品，實於庭以答賓。獻其治國，若征伐之功於牧伯。容貌，威儀容顔也。采章，車服文章也。嘉淑，令辭稱讚也。加貨，命宥幣帛也。言往共則來報亦備。

規曰：杜謂「於是有」者，皆主人之事。臣聞小國之免罪於大國也，使卿往聘大國，而獻其玉帛皮幣之物。於是主人亦禮待之，庭前所實籩、豆、醯、醢有百品也。君自親朝於牧伯之國，而獻其治國之功，若征伐之功，於是主人敬以待之。主人之身，有威儀、容貌、車服之飾，有物采、文章、嘉淑，皆善也，有善言辭、善稱讚。燕而送賓，有加增賄貨。言賓往既共，則主報亦厚禮。使小國如此朝聘大國者，謀其不免於罪也。若不往朝聘，待其被誅責而始薦賄貨，則無及於好事矣。今「楚子在宋，君其圖之」，勸君使往聘也。炫以爲皆是賓事。聘而獻物，謂獻其國内之物。於是所獻之物，庭中賓之，有百品，謂聘享之禮，龜金竹箭之屬有百品也。以杜注莊二十二年「庭實旅百，奉之以玉帛」，諸侯朝王陳贄幣之象，則此聘陳幣亦實百品於庭，非謂主人也。「朝而獻功」，言治國有功，故土饒物産，於是玄纁璣組，羽毛齒革，乃得爲容貌之物采文章。嘉淑，謂美善之物。加貨，謂賄賂之多。多獻賄賂，以謀其不免於罪也。案：此勸君行聘，惟當論聘之義深，不宜言主之禮備，豈慮楚不禮而言此也？君之威儀無時可舍，豈待朝聘賓至，乃始審威儀、正顔色，無賓客則驕容儀？容儀非報賓之物，何言報禮備？又「獻其治國」，炫云「傳稱朝以正班爵之儀，率長幼之序，則不名獻功。成二年王禮鞏伯，『如侯伯克敵，使大夫告慶之禮』，則侯伯克敵，衹合使大夫告王征伐之功，何故親朝獻牧伯？禮小朝大。小國不合專征，復有何功可獻？采章、加貨，則聘享獻國所有。玄纁璣組，羽毛齒革，皆充衣服旌旗之色，可以爲容貌、物采、文章。嘉淑，謂美善之物。加貨，言賄賂之多皆賓所獻，亦庭實也。案：莊二十二年傳『庭實旅百』，則朝者庭實。又成二年傳云：『侯伯克敵，使大夫告慶之禮。』據此文，則聘賓有庭實。又『庭實旅百』與『容貌采章』相對，杜何知『庭實』『容貌』之等，非是賓之所有，必爲主人之物？又君無獻征伐之功，何以知獻功於牧伯？」

孔氏曰：此傳云「嘉淑，而有加貨」，故知加貨、庭實之等，皆是主人待賓之物。《禮》傳，賓之於主，無「加貨」之文，故杜爲此解。襄八年鄭伯親獻蔡捷于邢丘，是獻征伐之功於牧伯也。劉苟違杜義，以規杜氏，非也。

秦氏蕙田曰：「庭實旅百，容貌采章」，杜謂「主人待賓」，劉炫以爲「賓所獻」。以上下文義求之，劉義爲長。疏家曲護杜氏，殊未安。

孔氏廣森曰：按「聘而獻物，於是有庭實旅百。朝而獻功，於是有容貌、采章」，此二句自相偶，庭實、采章，皆所謂「加貨」也。言於彼此嘉好無事之時而薦此加貨者，乃所以謀免於誅也。「既不免而後賄之，則無及也」，此二句又相偶。劉規杜解，似矣，然劉讀尚小疏。

申曰：杜以「聘而獻物，朝而獻功」謂朝聘於大國，於是以下謂主人答賓，故言「往共而來報備」，然與上下文語氣不相應。劉以爲皆是賓事，是也。孔顨軒以「嘉淑而有加貨」與「誅而加賄」相對，蓋「庭實旅百，容貌采章」，分朝聘析言之；「嘉淑而有加貨」，合朝聘總言之也，足補劉説未逮。

十五年，山藪藏疾。注：山之有林藪，毒害者居之。

規曰：《周禮》澤虞之官有大澤大藪，小澤小藪。《爾雅》十藪，皆是大澤，則「藪」是澤類。鄭玄《周禮》注云：「澤，水所鍾也。水希曰藪。」是「藪」者，澤之少水之名也。「川澤」「山藪」，相配爲文者，「川」是流水，「澤」是委水，但是水，故總云「納汙」，言其納汙濁也。山有木，藪有草，毒螫之蟲，在草在木，故俱云「藏疾」，言其藏毒害也。藪是澤旁之藪。

孔氏曰：藪雖澤類，傳文與「山」相連。藪是草木積聚之處，近山近澤，皆得

稱「藪」。劉以規杜，非也。

申曰：《周語》靈王二十二年「穀、洛鬭，將毁王宫，王欲壅之。太子晋諫曰：『不可。晋聞古之長民者，不墮山、不崇藪、不防川、不竇澤。夫山，土之聚也。藪，物之歸也。川，氣之導也。澤，水之鍾也。』」韋昭注：「澤無水曰藪，流曰川。澤，居水也。」劉説本此。川澤山藪，四字平列，杜解自相歧異，光伯規之，是也。

成公

二年，齊侯免，求丑父，三入三出。每出齊師以帥退，入于狄卒。

注：或連下入於衛師，衛師免之，爲三出，非也。「三入三出」之文，在入于狄卒。上明入于狄卒之前，已有三入三出矣。重其待己，故三入晋軍求之。齊師大敗，皆有退心，故齊侯輕出其衆，以帥厲退者，遂进入狄卒。狄卒者，狄人從晋討齊者。

規曰：炫以齊侯三入齊軍，又三出齊軍。每出之時，齊之將帥敗而怖懼，以師而退，不待齊侯，致使齊侯入于狄卒。

孔氏曰：今知不然者，以傳文三入在前，三出在後。若用此説，齊侯先在晉軍，今入齊軍，得以三入在前。今齊侯既先在齊軍，欲出求丑父，應先出後入，不應先入後出。且初時二出容有二入，在後之出，遂入狄卒，有出無入，何得云三入？又以傳文「師」「帥」兩字分明，故杜以爲齊侯每出齊師，以帥厲退者。「每出」之文，别自爲義，不計上之三出。劉君妄規杜失，非也。

臧氏琳曰：案「三入三出」，當從劉光伯説。齊侯本在陳與晉戰，因敗而下，如華泉取飲以免，此一入齊軍也。既免後，即出齊軍，至晉求丑父，此一出齊軍也。丑父不可得，而仍入於齊方，入而又出求之，此二入二出也。丑父終不可得，故三入齊軍，然必欲求免之，因三出齊軍，而忽誤入於狄卒，遂不得復入矣。劉氏三入三出，皆主齊軍言之，既於傳文爲順，而出入之數又合。若杜以爲三入晉軍，則第三次入晉軍，即入于狄卒，不得復出，止有二出矣。若謂入于狄卒之前已有三出，則當有四入矣。孔氏反誤解劉説，爲二入三出，因爲杜注作疏故也。據劉説，則下傳本作「齊帥以師退」，言齊之帥以衆兵退也。杜改作「齊師以帥退」，則權不在元帥而在士卒矣。

申曰：三入三出，杜以爲三入晉軍，三出晉軍。每出齊師以帥退，入于狄卒。杜以「每出齊師」絶句，以「齊帥以師退」絶句，每出緊承三出。謂求逢丑父者，惟齊侯、齊之將帥敗，而以衆退，不顧齊侯，齊侯因遂入狄卒也。臧玉林引伸劉意甚晰，劉勝杜遠甚。

敝邑之幸，亦云從也，況其不幸，敢不惟命是聽？注：言完全之時，尚不敢違晉，今若不幸，則從命。

規曰：杜言於先完全福幸之時，尚不違晉，故言「亦云從也」，是指其實事。炫以爲虚稱未然之事，齊人請戰，言敝邑脱或有幸戰勝，亦云從也。

孔氏曰：劉炫乖違文勢上下，苟異杜氏，而規其過，非也。

顧氏炎武曰：言即幸而勝，亦從晉命，況於不幸？

申曰：此承上文「背城借一」而言，以戰之勝敗爲幸不幸，言勝敗皆從晉命也。

如劉所云，上下文勢方合，杜解殊爲迂遠。

賜三帥先路三命之服。注：三帥，郤克、士燮、欒書。已嘗受王先路之賜，今改而易新，并此車所建、所服之物。

規曰：案《釋例》「先路者，革路，若木路。或云先，或云次，蓋以就數爲差。其受之於王則稱大」，是也。先言「先路」，則是晉君之賜。杜云「受王先路之賜」，非其義也。案《爵命例》《永樂大典》本闕。

孔氏曰：魯君之賜晉臣，正可知其法所得服，改新以與之耳，不得特命他臣發初賜以此物。且彼若先無此物，則無由敢受魯賜。《釋例》應云「受王大路之賜」。言「先路」者，順傳「先路」之文故也。劉以爲嘗受晉君賜而規杜氏，非也。

申曰：宣十六年「晉侯請于王，以黻冕命士會將中軍，且爲太傅」。此不言「請于王」，則先路爲晉君之賜可知。據襄十九年「王賜鄭子蟜以大路」、二十四年「王賜叔孫豹以大路」，二注皆云「大路，天子所賜車之總名」。孔氏云「《周禮》：『孤乘夏篆，卿乘夏縵。』《釋例》以所賜穆叔子蟜，當是革、木二路」。若受王所賜當曰「大路」，不得稱「先路」。今《集解》以「先路」爲受王之賜，與《釋例》自違，《集解》非，《釋例》是也。襄二十六年「鄭賜子展先路，三命之服。賜子産次路，再命之服」。杜注「革路、次路，皆王所賜車之總名」。蓋請於王。證之《釋例》，誤與此同。劉君於此有規，可例彼也。鄭康成注《書·顧命》云「先路，象路。次路，象路之貳」。此則革、木二路。

用蜃炭。注：燒蛤爲炭，以瘞壙。

規曰：「用蜃炭」者，用蜃，復用炭。

孔氏曰：《晉語》云「雀入于海爲蛤，雉入于淮爲蜃」。《月令·孟冬》「雉入大水爲蜃」。鄭玄云「大水謂淮也」。大蛤曰蜃，則蜃者，蛤之類也。《周禮·掌蜃》：「掌斂互物、蜃物，以共闉壙之蜃。」鄭玄云：「互物，蚌蛤之屬。闉，猶塞也。將井椁先塞下，以蜃禦濕也。」是用蜃以瘞壙也。杜以傳用蜃、炭共文，故知燒蛤爲炭。又且炭亦灰之類，雖灰亦得稱炭。劉君以爲用蜃、復用炭而規杜氏，非也。

馬氏宗璉曰：劉光伯云「用蜃，復用炭」，是乃天子之制，故言「死又益其侈」。《考工記》鄭司農注云「蜃，謂灰也」。

惠氏士奇曰：掌炭、掌荼、掌蜃，皆豫其凶事。

申曰：《周禮·地官》：「掌炭，掌灰物、炭物之徵，令以時入，以權量受之，以供邦國之用。凡炭灰之事。」注：「灰給澣練，炭之所用多。」「掌蜃，掌斂互物、蜃物。」注：鄭司農説「以《春秋》傳曰：『始用蜃炭。』言僭天子也。」賈疏：案《士喪禮》：「筮宅還井椁於殯門之外。」注云：「既哭之，則往施之竁中。」是未葬時，井椁乃往施之壙中，則未施椁前已施蜃於椁下，以擬禦濕也。據《周禮》掌蜃、掌炭既異其官，炭物、灰物亦殊其用。蜃、炭二物，非一物。《漢書·酷吏·田延年傳》：「茂陵富人焦氏、賈氏，以數千萬陰積貯炭葦諸下里物。昭帝大行時，方上事暴起，用度未辦。延年奏言商賈或豫收，方上事不祥，冀其疾用，欲以求利，非民臣所當爲，請没入縣官。奏可。」此葬用炭之確證。必如孔言蜃、炭共文，以爲燒蜃爲炭，則下文車、馬共文，又將何説乎？

何臣之爲？注：若言何用爲臣？

規曰：杜言何用爲臣？炫以爲不成臣。

孔氏曰：「言何用爲臣」，是不成臣也。言雖有若無。劉君與杜義無別而規杜氏，非也。

朱氏彬曰：爲，有也。《孟子》：「將爲君子焉，將爲小人焉？」趙注：「爲，有也。」

申曰：杜爲此解，即《論語》「焉用彼相」之意。據君用臣而言，劉以爲不成臣，言不得爲臣也，猶言何臣之有？據臣事君而言，兩説各立一義，並非無別。案：上文云「君子謂『華元、樂舉，於是乎不臣』」，此《論語》謂「臣不臣也」，於義劉説爲長。孔氏舍杜從劉，而云「劉與杜義無別」，夫豈其然？

三年，晉郤克、衛孫良夫伐廧咎如，討赤狄之餘焉。注：赤狄別種。宣十五年，晉滅赤狄潞氏，其餘民散入廧咎如，故討之。

規曰：杜謂「赤狄餘民散入咎如之内」，今伐咎如者，來就咎如之内討彼赤狄餘黨」，然廧咎如容赤狄餘民，則咎如亦赤狄矣。炫以爲廧咎如之國，即是赤狄之餘。

孔氏曰：今知不然者，以赤狄種類極多，潞氏、甲氏、鐸辰皋落氏等，皆是其類，並爲建國。假令潞氏、甲氏、鐸辰皋落雖滅，自外猶存，則是不滅者多，止應言討赤狄之類，不得稱「餘」。且伐者，聲其鐘鼓；討者責其罪狀。以廧咎如容受赤狄餘黨，故伐而討責。若以廧咎如即是赤狄之餘，應取土地，興兵絶滅，何當惟伐討而已？劉以規杜，非也。

申曰：成十三年傳注云：「季隗廧咎如赤狄之女也，白狄伐而獲之，納諸公。」疏曰：「三年，晋衛伐廧咎如。」傳曰：「討赤狄之餘焉。」知咎如是赤狄也。文公所奔之狄，不言赤白，以其伐赤，不應赤自相伐，知白狄伐之也。杜、孔俱自相矛盾。

六年，立武宮。注：魯人自搴之功，至今無患，故築武軍，又作先君武公宮，以告成事，欲以示後世。

規曰：杜以傳稱季文子，以搴之功立武宮，故云「魯人自搴之功，至今無患」，追思牽戰，以爲己功，故築武軍，又作先君武公之廟，以告戰勝之事，欲以章示後世，明己之功也。炫以爲直立武公之宫，不築武軍。

孔氏曰：今知不然者，以下傳是丘明譏魯立武，以章武功，明非徒築宫而已，亦築武軍也。若其惟築武宫，傳應云「不可以立武宫」，不得單稱「武」也。劉以規杜，非也。

萬氏斯大曰：《左氏》以武宫爲武軍，《公羊》則曰「武公之宫也」。據昭十五年經書「有事于武宫」，即此武宫，則《公羊》之説爲是。蓋牽戰時，禱于武公而得勝，故立其宫也。《明堂位篇》亦遂侈言之曰「魯公之廟，文世室也；武公之廟，武世室也」。噫！曷亦顧名而思義乎！夫所謂「世室」者，如周文武、魯伯禽子孫，親未盡，其廟在六廟四廟之中；親既盡，其廟在六廟四廟之上，世世不毁，故曰「世室」也。武公之廟，在懿孝爲禰，在惠公爲祖，在隱、桓爲曾，在莊公爲高，至閔公則親盡而從毁矣。閔公至今，幾八十年，中斷者三世，一旦忽然更立，違禮背制，而猶稱之曰「世室」，於「世」字之義，何居甚矣，記禮者之昧昧也。

毛氏奇齡曰：武公之宫也。諸侯事四親，自高祖而上則皆祧之。魯惟伯禽不祧，今魯以尚武功之際，特立武公一宫，爲不祧之廟。其名宫者，以太廟稱廟，羣公稱宫也。其名武公者，以晋曲沃武公爲不祧之廟，亦名武宫，今效之，一以著謚，一以崇武也。以世世不祧主，則世世不毁室。《明堂位》曰：「魯公之廟，文世室；武公之廟，武世室也。」左氏斷以己意，謂以搴之功立武宫。夫搴非魯功，雖旁人皆知之，豈有魯君臣親受晋辱而肯貪晋功爲己功者！若如宣十二年楚子云「爲先君之宫，以告成事」，則此係行軍之際，各載遷主以出戰，及戰勝則就其戰地設宫告主。如《大傳》所稱「牧室」，爲牧野告勝之處，何嘗在國中特立一廟，其于武公何與焉？

齊氏召南曰：按《左傳》亦不謂立武軍，杜氏傅會宣十二年傳有「潘黨勸楚子立武軍」之文，遂據爲説耳。傳下文言「不可以立武」及「立武由己」，皆言誇耀戰功之非，非謂立武軍也。

申曰：杜注經云「築武軍，又作先君武公宫」，兩者並列；注傳云「宣十二年潘黨勸楚子立武軍」；今魯倚晋之功，又非霸主而立武宫，故譏之。蓋以楚子之不立軍，證其立宫已與經注異矣。昭十五年：「二月，癸酉，有事于武宫。」注：

「武宫，魯武公廟。成六年復立之。」則立武，爲立武公之廟，非築武軍也。疏引服虔云「鞌之戰，禱武公以求勝，故立其宫」，然則《公》《穀》及《左氏》舊説皆以「武宫」爲「武公之宫」也。所謂「立武由己」者，言武者，己之祖，立己之祖廟，須由己也。且築軍與立宫不同，宣十二年潘黨曰「君盍築武軍，而收晋尸，以爲京觀」，二十二年「齊侯張武軍於熒庭」，昭十三年「楚公子比，帥陳蔡，不羹、許、葉之師，以入楚。及郊，陳蔡欲爲名，故請爲『武軍』。蔡公知之，曰：『欲速且役病矣，請藩而已。』乃藩爲軍」。軍者，辟壘之名，豈有所謂宫者？夫武軍不可以稱宫，武宫不可以稱軍，武宫之立，傳有其事；武軍之築，傳無其文，杜無所據，劉説是也。

十年，居肓之上膏之下。注：肓，鬲也，心下爲肓。

規曰：釋者爲膏，連心之脂不得稱膏，以爲「膏」當爲「鬲」。

孔氏曰：此賈逵之言，杜依用之。今傳文皆以爲「膏之下」，賈、服、何休諸儒等亦皆以爲膏。雖凝者爲脂，釋者爲膏，其實凝者亦曰膏。故《内則》云「小切狼屬膏」，則此膏謂連心脂膏也。劉炫改易傳文，而規杜氏，非也。

證曰：《說文·四篇·肉部》：「肓，心下鬲上也。」《禮·内則》鄭注：「脂肥凝者爲脂，釋者爲膏。」蕭吉《五行大義》引《八十一問》曰：「五藏俱等，心肺獨在鬲上何？」對曰：「心主血，肺主氣，血行脈中，氣行脈外，相隨上下，故曰『營衛』，故令心肺在鬲上也。」蓋析言之，心下爲膏，膏下爲肓，肓下爲鬲；總言之，則膏肓相連，俱在心下鬲上，當曰「心下爲膏，鬲上爲肓」。膏肓非要害，而横上下之要害，爲心鬲之患，故攻之不可，達之不及，杜以肓爲鬲，則與膏不相類矣。杜訓膏本確，以其連心而言，不論凝與釋也。劉改「膏」爲「鬲」，則與「肓」不相類矣。許義最精，杜解未盡是，劉規非是。

十三年，諸侯疾之，將致命于秦。注：致死命而討秦，時無諸侯，蓋諸侯遥致此意。

規曰：實無諸侯，炫以爲誣秦。

孔氏曰：若無諸侯，何得稱爲大造？且秦師襲鄭，鄭亦疾秦，劉規杜過，非也。

洪氏邁曰：晉厲公絶秦，數其五罪，書詞鏗訇，極文章鼓吹之妙，然其實皆誣秦。

申曰：杜既稱「時無諸侯」，何以知諸侯遥致此意？

我寡君是以有令狐之會。注：令狐會在十一年，申厲公之命，宜言寡人，稱君，誤也。

規曰：炫以爲臣之出使，自稱己君皆曰寡君。今吕相雖奉君命，兼有己語，稱寡君正是其理，杜何知宜爲寡人稱君爲誤？

孔氏曰：今删，定知劉説非者，以吕相絶秦，則皆是厲公之言，不得兼有己語。案：隱十一年鄭伯告許大夫云「假手於我寡人」，今吕相稱厲公之命，還與自稱無異，亦當云「我寡人」，故知稱「君」爲誤。劉以稱「寡君」爲是，以規杜過，非也。

馬氏宗璉曰：案：自「昔逮我先公」至「寡君不敢顧昏姻」，皆吕相使臣之辭；自「君有二心於狄」至「實圖利之」，乃吕相代晉厲公詰秦之辭，故稱「寡人」。

申曰：前三稱「寡君」，後五稱「寡人」，傳文本自分明，杜氏誤解，劉説是也。疏家直言傳誤，不言注誤，殊爲顛倒。

十六年，欒、范以其族夾公行。注：二族强，故在公左右。

規曰：族者，屬也，屬謂中軍。以中軍夾公耳，非謂宗族之兵。

孔氏曰：今知非者，杜云「二族」者，順傳之文，無明言宗族之事，劉誣杜以爲宗族，妄規其過，非也。

申曰：《楚語》：「雍子與於軍事，謂欒書曰：『楚師可料也，在中軍王族而已。』」韋昭注：「唐云族，親族，同姓也；昭謂族，部屬也。」傳曰「欒、范以其族夾公車，時二子將中軍，中軍非二子之親也」，劉用韋説爲是。宣二年「使屏季以其故族爲公族大夫」。杜云「盾以其故官屬與屏季」，得之。襄二十四年：「陳文子曰：『兵不戢，必取其族。』」亦謂部屬也。杜云「族，類也」，失之。孔氏名則抑劉而申杜，實乃强杜以就劉。

敢告不寧。注：以君辱賜命，故不敢自安。

規曰：楚王云「無乃傷乎，恐其傷也」，答云「敢告不寧」，告其身不傷耳。魏犨云「不有寧也」，以「傷」爲「寧」，此與魏犨相似。

孔氏曰：今知不然者。案：僖二十八年魏犨云「以君之靈，不有寧也」。知不與彼同者，以彼云「不有寧」，謂不有損傷。此直云「不寧」，既無「有」字，又先無被傷之狀，與魏犨不同也。案：檢杜注「敢告不寧君命之辱」，宜連讀之。若「敢告不寧」别自爲句，零行無所依附。劉君不尋此意，以爲與魏犨相似而規杜，非也。

臧氏琳曰：案：此傳當從劉説。若依杜注，則傳止應云「不寧君命之辱」，不當於「不寧」之上贅「敢告」之言。今既「敢告不寧」連文，則知與「無乃傷乎」相應矣。此是杜改先儒舊義，劉光伯據以規之，其言甚當，正義曲爲回護，非也。

惠氏棟曰：古人多反語，如「甘」爲「苦」、「治」爲「亂」，皆是；以「傷」爲「寧」，亦有理。

申曰：以「傷」爲「寧」，與僖二十八年「不有寧也」同。杜彼注云「言不以病故自安寧」，此引「不有寧」謂「不有損傷」，寧光伯説也，沖遠誤憶爲杜注耳。

十七年，邾子貜且卒。注：無傳。五同盟。

規曰：貜且以文十四年即位，宣十七年盟于斷道，成二年于蜀，五年于蟲牢，七年于馬陵，九年于蒲，十五年于戚，此年于柯陵，凡七同盟，炫以爲杜誤。

孔氏曰：沈以杜數同盟之例，但有君盟者，不數大夫之盟。此二年盟蜀、十七年盟柯陵，皆邾之大夫，故不數之，劉炫并數二盟而規其過，非也。

申曰：隱八年「辛亥，宿男卒」。杜注「元年，宋魯大夫盟於宿」。宿與盟也。晉荀偃禱河稱齊晉君名，然後自稱名，知雖大夫出盟，亦當先稱己君之名，以啓神明，故薨皆從身盟之例，當告以名也。孔疏「盟、禱雖異，俱是告神」。荀偃之禱，先稱君名，知大夫聚盟亦各稱君名，君薨得以名赴。今宿男不名，自不以名赴，非法不得也。夫宿男本不書名，杜以隱元年宋魯大夫盟於宿，謂大夫之盟亦稱君名，以爲宿非不可以名赴，據此而言，蜀與柯陵并數大夫之盟，何爲不可？杜、孔並自矛盾。

六月，戊辰，士燮卒。注：傳言厲公無道，故賢臣憂懼，因禱自裁。

規曰：士燮及昭子之卒，適與死會，炫以爲偶然而死，非自裁。

孔氏曰：春秋之内，惟有兩人願死，何得身死皆與相當，劉以規杜失，非也。

柳氏宗元曰：死之長短，而在宗祝，則誰不擇良宗祝而祈壽焉？祈死而得，亦妄之大者。

焦氏循曰：觀其云「愛我者惟祝我，使我速死」，則是因有疾，而其家禱之，而文子轉使禱者祈死耳。若自殺，則自殺而已，何必先祈死。

申曰：何氏《膏肓》曰：「人生有三命，有壽命以保度，有隨命以督行，有遭命以摘暴。未聞死可祈也。昔周之隆，天不出妖，地不出孽，陰陽和調，災害不生。武王有疾，周公植璧屏圭，願以身代；武王疾愈，周公不夭。由此言之，死不可請，偶自天禄欲盡矣，非果死。今左氏以爲果死，因著其事，以爲信然，於義左氏爲短。」孔氏既非劉説，復引何言，兩者自相矛盾。叔孫昭子之卒在昭二十五年冬十月戊辰，書法與士燮同，杜言「恥爲平子所欺，因祈而自殺」，而説者不同。按：傳是年春，叔孫婼聘于宋，「宴，飲酒，樂，宋公使昭子右坐，語相泣也。樂祁佐，退而告人曰：『今兹君與叔孫其皆死乎。吾聞之：「哀樂而樂哀，皆喪心也。」心之精爽，是謂魂魄，魂魄去之，何以能久？』」冬，叔孫婼卒，宋公佐卒于曲棘，必謂昭子之卒由自殺，將宋公之卒亦有他故乎？斯不然矣。李氏廉以婼不能正鬷戾之罪，爲不及甯俞固也。若惠氏士奇以婼爲大奸慝，則殊不然。當時公所與謀去季氏者，公若郈孫之徒，以私怨欲殺季氏，非以公義也，登臺而請緩死延救之辭耳。不即以其時誅之，豈能晏然而已乎？日入慝作，子家子早料之矣。雖微鬷戾，亦必敗。蓋公徒名爲從公，實附季氏。入季氏之門而釋甲執冰而踞，徘徊觀望以示不欲戰之意。故郈孫曰「必殺之」，而得不殺者，公徒無意於殺季氏也。不然意如授首，一夫之力耳。鬷戾即入，何救於事哉！故公徒之罪浮於鬷戾，然則鬷戾之計，婼與聞乎？曰：「否。」於何知之？於婼之如闞知之。公之告子家懿伯也，懿伯曰「言若洩，臣不獲死，乃館於公」，下文即接叔孫昭子如闞，以昭子與懿伯俱與聞命，辟於闞以明己之不與季氏也。公使郈孫逆孟懿子，不使人逆叔孫昭子，以昭子忠於公室故也。使叔孫指使鬷戾，豈有不告季氏之理？季氏早爲之備，恐公徒未入，季氏之衆已出矣，何必鬷戾？然則叔孫曷爲不戮鬷戾以請罪於公乎？曰豎牛以計殺孟丙、逐仲壬而立婼。婼即位不以豎牛立己而緩其誅，何有於郈戾？叔仲小、南蒯、公子憖謀季氏，平子欲使昭子逐叔仲小，昭子命吏謂小待政於朝曰「吾不爲怨府」。昭子不能爲季氏罪叔仲小，豈能爲季氏不罪郈戾？此非昭子之不罪郈戾，殆由昭子從公于齊，歸甫一月而卒，無由罪郈戾歟！二十六年，齊師圍成，師及齊師戰于炊鼻。齊子淵捷從洩聲子，射之，中楯瓦，繇朐汰輈，匕入者三寸，聲子射其馬，斬鞅，殪，改駕，人以爲郈戾也，而助之。子車曰「齊人也」。夫齊之圍成，距公之孫齊纔數月耳。成孟氏邑，當是郈戾助季氏後，即爲孟氏之屬，故魯人誤以淵捷爲郈戾也，必以誅郈戾責昭子，過矣。至趙氏汸責昭子不能以己邑爲公邑，外請齊、晉、宋、衛以討季氏而納公，則又不切事情之甚者。夫使昭子以己邑爲公邑，公已孫于齊矣，末由致之於公。致之於公，是益季氏也。齊子猶曰「宋元公爲魯君如晉，卒于曲棘，叔孫昭子求納其君，無疾而死，不知天之棄魯耶」。夫公孫齊之後，魯未請於宋元，公曷由爲魯如晉哉？緣昭子聘宋時以魯將逐公聞於宋元，樂祁已知魯君之必出矣，故聞公之逐，即有如晉之行，此不啻昭子請之也。夫請師者，請於既事之後，而昭子請於未事之先，其謀深矣。然卒不能納公者，公徒爲之也。何則？公徒陽奉公出，陰忌公入，不敢殺逐公之季氏，而敢殺納公之昭子，非公使自鑄歸，昭子幾不免，昭子之死，不死於公徒之手而死於公徒之心。使昭子不及甯俞者，公徒爲之也。厥後左師展將以公乘馬而歸，執左師展者，公徒也。公使子家子如晋敗于且知者，公徒也。公居鄆而鄆潰者，公徒也。公欲從子家子以一乘入魯師與季孫歸脅公不得歸者，亦公徒也。是故公子祖之帥師齊將納公矣，扈之會晋謀納公矣，宋、衛亦利納公矣，然而公竟以乾侯終者，季氏梗其中，公徒錮其外也。嗚呼，此昭子之所以祈死也歟！

春秋規過考信卷二之下

襄公

四年，金奏《肆夏》之三。注：《肆夏》，樂曲名。《周禮》以鐘鼓奏九《夏》。其二曰《肆夏》，一名《樊》；三曰《韶夏》，一名《遏》；四曰《納夏》，一名《渠》；蓋擊鐘而奏此三夏曲。

規曰：杜爲此解頗允三《夏》之名，而分字配篇，不甚愜當。何則？《文王》之三，即《文王》是其一，《大明》《緜》是其二。《鹿鳴》之三，則《鹿鳴》是其一，《四牡》《皇皇者華》是其二。然則《肆夏》之三，亦當《肆夏》是其一，《樊遏》《渠》是其二，安得復以《樊》爲《肆夏》之别名也？若《樊》即是《肆夏》，何須重舉二名？雖恥習前蹤，亦未踰先哲。

孔氏曰：今删，定知不然者，以此文云「《肆夏》之三」，是自《肆夏》以下有三，故爲《韶夏》《納夏》，凡爲三夏。但此三夏，各有别名，故《國語》謂之《繁》《遏》《渠》，是一字以當一夏。若《國語》直云「金奏《繁》《遏》《渠》」，則三夏之名没而不顯，故於繁字之上，特以《肆夏》冠之，云「肆夏繁」。《樊》既是《肆夏》，明《遏》是《韶夏》、《渠》是《納夏》也。《國語》舉其難明以會《左氏》三夏之義。劉不曉杜之深意，遂欲妄從先儒。先儒二説何所馮？準先儒以「繁」「遏」二字共爲《執競》，以「渠」之一字獨爲《思文》，分字既無定限，文句多少任意，則杜以「樊」共「肆夏」爲句，何爲不可？劉君乃與奪恣情，不顧曲直，妄規杜過，於義深非也。

《周禮·春官·鐘師》：「掌金奏，凡樂事以鐘鼓奏九《夏》：《王夏》《肆夏》《昭夏》《納夏》《章夏》《齊夏》《族夏》《祴夏》《驁夏》。」鄭康成注：「金奏，擊金以爲奏樂之節。『金』謂鐘及鎛。『以鐘鼓』者，先擊鐘，次擊鼓。『以奏九夏』，夏，大也。樂之大歌有九，故書『納』作『内』。杜子春云『内當爲納』，『祴讀爲陔鼓之陔』。王出入，奏《王夏》；尸出入奏《肆夏》；牲出入，奏《昭夏》；四方賓來，奏《納夏》；臣有功，奏《章夏》；夫人祭，奏《齊夏》；族人侍，奏《族夏》；客醉而出，奏《陔夏》；公出入，奏《驁夏》。《肆夏》，詩也。《春秋傳》曰：『穆叔如晉，晉侯享之，金奏《肆夏》之三，不拜；工歌《文王》之三，又不拜；歌《鹿鳴》之三，三拜。』曰：『三夏，天子所以享元侯也，使臣不敢與聞。』」《肆夏》與《文王》《鹿鳴》俱稱三，謂其三章也，以此知《肆夏》詩也。《國語》曰：「金奏《肆夏》《繁遏》《渠》，天子所以享元侯。」《肆夏》《繁遏》《渠》所謂三夏矣。吕叔玉云《肆夏》《繁遏》《渠》皆《周頌》也。《肆夏》，《時邁》也；《繁遏》，《執競》也；《渠》，《思文》也。肆，遂也；夏，大也。言遂於大位，謂王位也。故《時邁》曰「肆于時夏，允王保之」。繁，多也；遏，止也。言福禄止於周之多也，故《執競》曰「降福穰穰，降福簡簡，福禄來反」。渠，大也，言以后稷配天，王道之大也，故《思文》曰「思文后稷，克配彼天」。故《國語》謂之曰「皆昭令德，以合好也」。玄謂「以《文王》《鹿鳴》言之，則九《夏》

皆詩篇名，頌之族類也。此歌之大者，載在樂章，樂崩亦從而亡，是以頌不能具」。賈公彦疏「鐘師直擊鐘不擊鼓」，欲見鼓鐘先後次第，故兼言之也；謂堂上歌之，堂下以鐘鼓應之。吕叔玉者是，子春引之者，子春之意與叔玉同，後鄭不從者，見《文王》《大明》《緜》及《鹿鳴》《四牧》《皇皇者華》皆舉見在詩篇名及《肆夏》《繁遏》《渠》舉篇中義意，故知義非也。以襄四年晉侯享穆叔奏《肆夏》，與《文王》《鹿鳴》同時而作，以類而言，《文王》《鹿鳴》等既是詩，明《肆夏》之三亦是詩也。《肆夏》既是詩，則九《夏》皆詩篇名也。此九《夏》本是頌，以其大而配樂歌之，則爲樂章，樂崩在秦始皇之世，隨樂而亡，頌内無，故云「頌不能具也」。

《魯語》：「夫先樂金奏《肆夏》《繁遏》《渠》，天子所以饗元侯也。」韋昭注：「金奏，以鐘奏樂也。《肆夏》一名《樊》，《韶夏》一名《遏》，《納夏》一名《渠》，此三《夏》曲也。」「元侯，牧伯也。」案：《鐘師》注「樊」作「繁」、「韶」作「昭」，杜解本之韋注，故與此同。

黄氏宗義曰：劉公是曰《肆夏》云金，奏《文王》云工，歌則九夏，乃有聲無辭者也。案：樂有閒、有合閒者，堂上堂下，一歌一奏，更遞而作，合者上下之樂並作，歌者人聲，奏者樂聲，歌奏皆有辭，此之金奏，亦如琴之有操，笙之有詩焉，可謂之無辭哉？但奏與歌不同，孔穎達於「金奏工歌」渾而爲一，云「晉人作樂，先歌《肆夏》，次歌《文王》則非也」。

金氏榜曰：樂有金奏，有升歌。《儀禮》及《仲尼燕居》《郊特牲》《左傳》《國語》所載甚分明。金奏主器聲，升歌主人聲。《詩譜》以升歌與金奏混合爲一，誤也。《仲尼燕居》云「入門而金作此奏《肆夏》也，升歌則用《清廟》，何嘗奏《肆夏》乎」？案：升歌職於大師、小師、聲矇，金奏職於鐘師、鎛師，既殊事異職。《大射禮》主人獻大夫後，乃納工升歌。先時獻賓、獻公，奏《肆夏》，工尚未入，明金奏不得有工歌。《國語》言「伶簫詠歌」者謂合樂也。晉侯享穆叔，蓋用兩君相見之樂，升歌《文王》，合《鹿鳴》，然則升清廟者，合《文王》可類推矣。天子享元侯與元侯自相享，皆升歌《頌》，合《大雅》；天子享諸侯與諸侯相享升歌《大雅》，合《小雅》；天子諸侯燕羣臣及聘問之賓升歌《小雅》，合《鄉》樂，其用金奏也，惟天子享元侯備三《夏》，餘皆《肆夏》而已，是其尊卑用樂之差。

孔氏廣森曰：《儀禮》燕大射以樂，納賓並奏《肆夏》，而此言「僭」者，蓋諸侯惟用《肆夏》一章，天子享元侯乃得備《昭夏》《納夏》，非謂僭《肆夏》，謂僭《肆夏》之三耳。正義以此爲升歌《肆夏》，與燕射納賓異，强説也。堂上之樂，大瑟達越，有拊磬而無鐘鼓，既言金奏，非升歌明矣。下文「工歌《文王》之三」，乃升歌也。本合奏《肆夏》，今併奏《繁遏》《渠》；本合升歌《鹿鳴》，今加歌《文王》，皆晋見魯有王樂，欲以相傲，穆子乃從而譏之，「使乎，使乎」！

劉氏台拱曰：古之樂章皆三篇爲一，傳曰「《肆夏》之三」「《文王》之三」「《鹿鳴》之三」，《記》曰「《宵雅》肆三」，《鄉飲酒》「禮工入升歌三終，笙入三終，閒歌三終，合樂三終」，蓋樂章之通例如此。

申曰：《周禮·鐘師·九夏》，杜子春引吕叔玉之説，以《頌》之《時邁》當《肆夏》，《執競》《思文》當《樊遏》及《渠》。鄭康成以爲樂章頌不能具，其説本之先鄭《樂師》注引鄭司農云「《肆夏》，樂名，或曰逸詩」。蓋以《肆夏》别是樂章，非頌也。杜之此解出韋昭《外傳》注，以《繁》《遏》《渠》爲三夏之别名，亦因鄭後司農「頌不能具之説」而爲是言，然以「樊」共「肆夏」爲句，則不可。夫

《肆夏》《繁遏》《渠》之爲三，猶《文王》《大明》《緜》之爲三，字之定限無差，文之多少相準。《樊》果《肆夏》别名，以一字當一夏，則《外傳》文當云「金奏《肆夏》《樊》、《韶夏》《遏》、《納夏》《渠》」矣，今既不然，《樊》非《肆夏》可知。據吕叔玉以《樊遏》共爲《執競》，《渠》之一字獨爲《思文》，《樊遏》之不可析爲二，猶《肆夏》之不可析而爲二也。孔以劉從先儒爲妄，妄其舍鄭而從吕也。以今考之，鄭亦何嘗不從吕乎？《儀禮·大射儀》注稱「《肆夏》今亡」，吕叔玉云「《肆夏》，《時邁》也」。《時邁》者，太平巡守祭山川之樂歌，其詩曰「明昭有周，式序在位」，又曰「我求懿德，肆于時夏」。奏此以延賓，言其著宣王得勸賢，與《周禮》曰「賓出入奏《肆夏》」，賈疏鄭彼注破叔玉，此引叔玉於下，以無正文，叔玉或爲一義，故鄭於此兩解之也。其訓《肆夏》視叔玉爲詳，至康成箋詩，尤與禮不同，於《時邁》「我求懿德，肆于時夏」，箋云「我武王求有美德之士而任用之，故陳其功，於是夏而歌之，樂歌大者稱夏」。於《思文》「無此疆爾界，陳常于《時夏》」，箋云「無此封竟於女今之經界，乃大有天下也，用是故陳其久常之功，於是夏而歌之」。《夏》之屬有九，夫鄭以《時邁》《思文》爲九《夏》之二，不述先鄭之言，惟申叔玉之意，《執競》雖不言《夏》，以篇相次，其必無異於吕説，可知宋儒朱子、吕成公、范逸齋均引叔玉之説。是用叔玉説者，自康成始，韋氏之説非鄭義，是無所憑準者也。康成謂以《文王》《鹿鳴》言之，則九《夏》皆詩篇名，即光伯之以《文王》《鹿鳴》喻肆夏也，安得以《樊》與《肆夏》爲一乎？孔云《文王》之三，蓋《文王》《大明》《緜》，以《文王》爲首，并取其次二篇，以爲三，則知《肆夏》之三，亦以《肆夏》爲首，并取次二《夏》以爲三也。且下云「三夏，天子所以享元侯也」。三者皆名爲《夏》，知是其次二《夏》並《肆夏》爲三也，尤與劉氏之説相發明，足證破《樊遏》爲二之説之非，然則沖遠名則奪劉與杜，實則奪杜與劉也。

九年，使西鉏吾庀府守。注：鉏吾，大宰也。府，六官之典。

規曰：鉏吾，大宰。傳無其文，賈逵云然，相傳説耳，不知其本何所出也。杜以府爲六官之典，當謂六官之典其事，載之於書，故使具其守，炫以爲府守，謂府庫守藏。

孔氏曰：《周禮》「大宰之職掌建邦之六典：一曰《治典》，二曰《教典》，三曰《禮典》，四曰《政典》，五曰《刑典》，六曰《事典》」。六官之典謂此也。劉炫謂府庫守藏。今知不然者，以百司府藏，已屬左右二師，上華閱討右官，官庀其司。向戌討左，亦如之。則是府庫之物，二師總合羣官所主。案，哀三年「魯遭火災，出禮書、御書藏象魏」，皆以典籍爲重，明此府守是六官之典。若以爲府庫財物，便是不重六典，惟貴財物，劉以爲府庫而規杜，非也。

申曰：昭十八年，火作，「子産使府人、庫人各儆其事」。孔彼疏曰「《曲禮》曰，在府言府，在庫言庫，皆是藏財賄之處，故使其人各自儆守以防火也」。《周官》有大府、内府、外府、天府、玉府、泉府，而無掌庫之官，蓋府庫通言，庫亦謂之府也。是防火者必重府庫之收藏也。文八年「司城蕩意諸來奔，效節於府人而出」，宋固有府人矣。宋之府，府人守之，「使西鉏吾庀府守」，與上文「庀武守」同一字法，猶子産之儆府人、庫人也。疏家曲護杜解，引哀三年「魯遭火災，出禮書、御書藏象魏」，明重典籍之意，不知彼傳所謂百官官備，府庫慎守，官人肅給，固未嘗不重府庫之守矣。杜彼注云：「國有火災，恐有變難，故慎爲備。」此庀府守，即慎備變難之意也。且以府爲六官之典，尤爲無據。傳家言宋灾，樂喜爲司城，以爲政。注「樂喜，子罕也」。孔疏：文七年及成十五年，傳言宋六卿之次，皆云右師、左師、司徒、司城、司寇，其右師最貴。今言司城爲政卿者，子罕賢知，故特使爲政。齊任管夷吾、魯任叔孫婼，皆位卑而執國政，此亦當然也。惟桓二年「督爲大宰，遂相宋公」，蓋非常制。大宰實在六卿之下，與《周禮》不合。《曲禮》：「天子建天官，先六大，曰：大宰、大宗、大史、大祝、大士、大卜，典司六典。」鄭注：「典，法也。」此蓋殷時制也。周則大宰爲天官；大宗曰宗伯，爲春官，大史以下屬焉；與宋官制亦不合。稽之《周禮》「大史掌建邦之六典」，則六官之典，大史所掌，孔子適周，觀書於柱下史；韓宣子至魯，觀書於大史氏；然則典册掌於史官，未必屬大宰也。天官宰夫八職，五曰府，掌官契以治藏。鄭注：「藏，文書及器物。」是藏文書者，亦曰府。以府與史胥徒並列，非卿大夫所掌。西鉏吾之爲大宰，傳無明文，成十八年，杜注「西鉏吾，宋大夫」，此何以知其爲大宰乎？上文云「官庀其司」，則六官載籍已屬左右二師，斷無置典章於不問之理，故府守之爲府庫，無可疑者，以左證左，以杜證杜，以孔證孔，劉氏説最可依。

十一年，公會晋侯、宋公、衛侯、曹伯、齊世子光、莒子、邾子、滕子、薛伯、杞伯、小邾子伐鄭。注：世子至復在莒子之先，故晋悼亦進之。

規曰：世子光序莒上者，直是先至更長之，非爲先莒。

孔氏曰：今知不然者。往年傳云「齊太子光先至于師，故長於滕」，是前經爲先滕至，序在滕子之上。今經序在莒子之先，明知亦先莒而至也。若非先莒而至，惟當還序滕子上耳。劉炫無所依馮，直云「先至更長之」而規杜氏，非也。

證曰：十年，「公會晋侯、宋公、衛侯、曹伯、莒子、邾子、齊世子光、滕子、薛伯、杞伯、小邾子，伐鄭」。注「齊世子光先至於師，爲盟主所尊，故在滕上」。《釋例·會盟朝聘例第二》：「《周禮》諸侯之適子，誓于天子，則下其君禮一等；未誓，則以皮帛繼子男。」此謂公、侯、伯、子、男之世子出會朝聘之儀也。誓者，告于天子，正以爲世子受天子報命者也。未誓，爲在國正之而未告天子者也。曹之世子，未誓而來，故賓之以上卿，繼子男之末。光之立也，聞於諸侯，則亦是未誓天子之文，于次亦當賓之以上卿，繼子男之末。晋侯嘉其先至，故特進之，令在滕、薛之上，此謂霸主臨時之宜，非常例也。是世子光以先至在滕上，非以先滕而至在滕上也。今序在莒上，亦以先至，非以先莒而至在莒上也。劉依杜説以難杜，其説較長。惠半農曰：「襄三年，盟于雞澤，齊世子光序於莒、邾下，其後會于戚、盟于戲、會于相皆然。至十年，秋，公會諸侯伐鄭，稍進在滕、薛上，其後復伐鄭及會于蕭魚，直進在莒、邾上，齊本侯下一等，則列於伯。世子光前在莒、邾下者，未誓於天子也；後在莒、邾上者，已誓於天子也。孰請於天子而誓之？晉悼請之。曷爲晉悼請之？齊世子三從諸侯伐鄭，故晉悼請於天子而誓之。」案：十九年傳，齊靈欲廢光而立其妾子牙。牙母仲子曰：「不可。光之立也，列於諸侯矣。」未誓於天子，安得列於諸侯哉？《公羊》乃云「齊侯驕蹇，使其世子處乎諸侯之上」，其不然乎？會盟之先後，盟主序之，齊侯焉能使其世子處乎諸侯之上也？較劉所規，尤爲詳覈。

十一年，公至自會。注：無傳，以會至者，觀兵而不果侵伐。

規曰：杜《釋例》自言事勢相接，或以始致，或以終致，是時史異辭，何爲此注而云「不果侵伐」？

孔氏曰：今知劉説非者，凡云「或以始致，或以終致」，皆據實有伐事。今據傳文云「觀兵于鄭東門」，是則實無伐事，故云「不果侵伐」。劉不達此意而規杜，非也。

申曰：今知劉説然者，此經文云「公會晉侯」云云，「伐鄭同盟于亳城北，公至自伐鄭，公會晉侯」云云，「伐鄭，會于蕭魚，公至自會」，始終皆伐鄭之事。傳文云「四月，諸侯伐鄭。齊太子光、宋向戌門于東門，晉荀罃東侵舊許，衛孫林父侵其北鄙」「圍鄭，觀兵于南門，西濟于濟隧。鄭人懼，乃行成」。又「九月，諸侯悉師以復伐鄭」，何得謂實無伐事？公至自會，猶公至自伐鄭云爾。孔不達經、傳意而庇杜，非也。《釋例·公行例第二十三》：「公行一百七十六，書至者八十二，錯綜其二十九，以包通之。」桓二年：「公至自唐。」傳曰：「告于廟也。」公行，或朝或會，或盟或伐，得禮失禮，其事非一，故傳隨而釋之。于盟釋告廟也，嫌他例不通，故復總曰「凡公行告于宗廟，反行飲至，舍爵策勳焉，禮也」。故公至自伐鄭，傳重言以飲至之禮；孟獻子書勞于廟，傳復云得禮，所以反覆凡例也。僖十七年，傳曰「公至自會，猶有諸侯之事，諱之也」，明以諸侯之事越竟，還至用飲至之禮，正也。公以滅項爲齊所止，會事既畢，踰年乃還，非公所終，而終書至自會，故傳特釋曰「猶有諸侯之事，且諱之也」。温之會，遂圍許，書「公至自圍許」，相之會，「遂滅偪陽」，書「公至自會」。諸若此類，事勢相接，或以終致，蓋史之異耳，無他義也。劉以蕭魚之會，在伐鄭，不異温之會、相之會，皆據實有伐事，何以注云「不果侵伐」，矛盾顯然，孔氏非之。

十二年，吴子乘卒。注：五年會于戚，公不與盟，而赴以名。

規曰：杜公五年注，以爲「公及其盟，還而不以盟告廟也」。今注云「會于戚，公不與盟而赴以名」，何爲兩注自相矛盾？

孔氏曰：今知劉難非者，以戚盟經既不書公之與否，又傳無其事，杜宏通其義，故爲兩解。劉不尋杜旨而規其過，非也。

申曰：孔氏彼疏引《釋例》曰「盟于鄧」「盟于犖」「盟于戚」，公既在會而不書其盟者，以理推之，會在盟前，知非後盟也。蓋公還告會，而不告盟也。傳之稱盟，既有明文，何得云「公不與盟」？兩解必無兩是，彼注是，此注非。

十四年，遒人以木鐸徇于路。注：逸《書》遒人，行人之官也。木鐸，木舌金鈴。徇於路，求歌謡之言。

規曰：此在《胤征》之篇，其本文云「每歲孟春，遒人以木鐸徇于路，官師相規，工執藝事以諫，其或不共，邦有常刑」。此傳引彼，略去「每歲孟春」，直引「遒人」以下，乃以「正月孟春」結之，殷勤以示歲首，恒必然也。孔安國云「遒人，宣令之官。木鐸，金鈴木舌，所以振文教也」。《周禮》無遒人之官，彼云「其或不共，邦有常刑」，是號令羣臣百工，使之諫也。木鐸徇路，是號令之事。孔言「宣令之官」，杜必以爲「行人之官」者，炫以爲杜不見古文。

孔氏曰：杜以其云「徇于道路」，故以爲行人之官，采訪歌謡者。與孔「宣令之官」，其事不異。炫規杜氏「不見古文」，誠如劉説。然杜之所解，於義自通。苟生異見，其義非也。

釋曰：孔氏《尚書·胤征》疏云「遒人，《周禮》無此官。惟《小宰》云『正歲帥理官之屬』。而觀治象之灋，徇以木鐸，曰不用灋者，國有常刑，宣令之官，略與此同」。此是別置其官，非如周之小宰名曰「遒人」，不知其意。蓋訓遒爲聚，聚人而令之，故以爲名也。主孔傳以遒人爲宣令之官，不以爲行人之官，全襲劉説。此云行人與宣令之官不異，蓋護注家而爲之辭爾。然以愚考之，則遒人本行人，非宣令之官。劉君所見梅賾古文僞孔此傳，不可執以爲據而規杜也。《漢書·食貨志》曰：「冬，民既入，男女有不得其所者，因相與歌詠，各言其傷。孟春之月，羣居者將散，行人振木鐸，徇于路，以采詩，獻之大師，比其音律，以聞于天子，故曰『王者不出牖户，而知天下。』」顔師古注：「行人，遒人也。」《説文·五篇·丌部》：「『近，古之遒人，以木鐸記詩言。从辵、丌，丌亦聲。讀與記同。』」案：劉歆《與楊雄書》云：「三代、周、秦軒車使者，逌人使者，以歲八月巡路，宋代語、僮謡、歌戲。」楊答劉書云：「嘗聞先代輶軒之使奏籍之書，皆藏於周秦之室。」逌、輶、遒，三字同音。逌人，即遒人。杜采歌謡之言，殆孟堅所謂振木鐸以采詩、叔重所謂以木鐸記詩言歟？其在《周禮·秋官·大行人》屬象胥，諭言語，協辭命屬。瞽史諭書，名聽音聲，如杜之意，遒人之職亦與大行人相近歟？若僞孔謂「宣令之官」，則臆説也。孔安國《論語注》曰：「木鐸，施政教時所振也。言天將命孔子制作法度以號令於天下也。」是主號令之事，非别有主號令之官，與《書傳》自相違異。《禮·明堂位》曰「振木鐸于朝」，則號令於朝矣。《檀弓》曰「宰夫執木鐸以命于宫」，則號令于宫矣。《宰夫》「帥治官之屬，徇以木鐸」，則號令於官矣。《月令》「奮木鐸以令兆民」，則號令於國矣。鄭後司農云：「古者將有新令，必奮木鐸以警衆，使明聽也。」木鐸，木舌。文事奮木鐸，武事奮金鐸。凡官皆有號令，官自主之，官自宣之。遒人所令者，采歌謡之言而已。爲采言置遒人，非爲宣令置遒人也。審是，則遒人爲行人之官，非宣令之官，杜解確有據依，更無疑義。疏家於注家，全無發明，不知遒人所掌何事，雖非劉説，其意則與劉同、與杜異。

十七年，邾子貜卒。注：無傳。宣公也，四同盟。

規曰：貜以成十八年即位，其年盟于虚朾，襄三年于雞澤，五年于戚，九年于戲，十一年于亳城北，十六年于溴梁，皆魯、邾俱在，凡六同盟，炫以爲杜氏誤。

孔氏曰：沈氏云「去虚朾之盟，又不數溴梁」，故爲四，劉以爲杜氏誤，非也。

申曰：沈氏云「去虚朾之盟，又不數溴梁」者，以二盟爲大夫。然成十六年，鄭伯突卒。杜注：十六年，與魯大夫盟于幽。四年，鄭伯堅卒。杜注：二年，大夫盟于蜀。十九年，齊侯環卒。杜注：世子光，三與魯同盟。其中，襄十一年，盟于亳城北。宋向戌、晉荀罃皆大夫也，何以併數？可知杜氏之例，皆以意爲之，孔氏亦以意説之也。沈文阿附會杜氏，不及光伯遠矣。

十八年，曹伯負芻卒于師。注：無傳。《禮》當與許男同，三同盟。

規曰：負芻以成十四年即位，十五年盟于戚，十七年于柯陵，襄五年于戚，九年于戲，十一年于亳城北，十六年于溴梁，凡六同盟，炫以杜爲誤。

孔氏曰：不數成公之盟溴梁，是大夫，去之，是爲三。劉以杜爲誤，非也。

申曰：曹君書卒、書葬者十一，不書卒、葬者三，孔以不數成公之盟及大夫之盟，其實繩以杜氏之例，亦有不可通者。説在成十三年及十七年。

齊侯禦諸平陰，塹防門而守之，廣里。注：平陰在濟北盧縣故城東北。其城南有防，防有門。於門外作塹橫行，廣一里，故經書「圍」。

規曰：案下傳范鞅門于雍門，又門于揚門，州綽門于東閭。既門其三門，既是圍事。杜何知不以門于三門爲圍，必以禦諸平陰爲圍乎？

孔氏曰：今删定知不然者。案上九年，諸侯伐鄭。傳稱門其三門，而經不稱圍，則攻門非圍也。劉以門其三門爲圍而規杜氏，非也。

趙氏汸曰：此言齊人守平陸之功，於書圍齊何與？後十二月，門其三門，焚其四郭，乃圍齊之事，杜説非。

顧氏炎武曰：解云「故經書圍」非也。圍者，圍齊也，非圍防門也。

錢氏大昕曰：「同圍齊」，當指齊都城而言。杜據傳「禦諸平陰，塹防門而守之」，遂謂「所圍者，平陰城耳」，則經當書「圍齊平陰」，如「圍宋彭城」之例矣，何以書「圍齊」？杜氏之失，劉炫已言之矣，疏家曲爲杜解，於義終有未安。經先書圍，而後書伐，以其不成圍也。諸侯之師，已門其三門，故先書圍，圍未合而即略地，故後書伐。若平陰，不過齊之一城，即使之塹門固守，猶不足書，況又不能守而遁乎？且杜解「防門廣里」，全是臆説。考《續漢書·郡國志》濟北國盧縣有平陰城、有防門、有光里、有景兹山。光里，即此傳之廣里也。景兹，即此傳之京兹也。《水經注·濟水篇》引京相璠云「平陰城南有長城，東至海，西至濟，河道所由名防門，去平陰三里，齊侯塹防門，即此也」。防門北有光里，齊人言「廣」音與「光」同，即《春秋》所謂「守之廣里」者也。防門、廣里皆地名，與平陰相近，杜以爲「門外作塹，廣一里」，其不然乎？

申曰：顧氏前言，圍齊本趙東山、錢竹汀；後言廣里本惠定宇；劉君此説，信而有徵。

十九年，齊侯環卒。注：世子光，三與魯同盟。

規曰：環以成十年即位，十五年國佐盟于戚，十七年盟于柯陵，十八年崔杼于虚朾，襄三年世子光于雞澤，五年世子光于戚，九年世子光于戲，十一年世子光于亳城北。不數成公之世，世子光猶四同盟，炫以爲杜誤。

孔氏曰：言「三」者，襄五年戚盟不書經，故杜不數，劉以爲杜誤，非也。

申曰：襄十五年，晋侯周卒。杜注：「四同盟。」疏引「五年于戚」，彼既數戚之盟，何獨于此以經不書而不數？如劉之説當云「七同盟」。《春秋》齊侯書卒者九，書葬者八，不書葬者一；弑而書葬者一，不書葬者四。始桓十四年齊侯禄父，終哀五年齊侯陽生。

二十一年，邾庶其以漆閭丘來奔，季武子以公姑姊妻之。注：計公年不得有未嫁姑姊，蓋寡者二人。

規曰：杜以公之姑及姊是二人也。炫案：二十年，傳云「無女，而有姊妹及姑姊妹」，則古人謂姑爲姑姊妹也。而知此姑姊，是襄公之姑，成公之姊。《列女傳》稱梁有節姑妹，謂父之妹也。此云姑姊，是父之姊也，止一人耳，不得云「寡者二人」，炫以杜氏爲誤。

孔氏曰：成公二年，已令太子公衡爲質於楚，及宋逃歸，則公衡年十五六矣。成公即位之初，已三十有餘，計至於今，七十許歲。其姊雖存，年極老矣，安可以妻庶其？劉以規杜氏，非也。案：《公羊》云「宣公死，成公幼」，安得即位之初已三十有餘乎？公衡當是成公之庶兄。

陸氏德明曰：案成二年，楚侵及陽橋，孟孫往賂，以公衡爲質。杜云「衡，成公子也」。楚師及宋，公衡逃歸，臧宣叔云「衡父不忍數年之不宴，以棄魯國」，則公衡之年，下計猶十七八。成公是其父，固當三十有餘矣。成二年至此，三十八歲，姑又成公之姊，則年近七十矣。假令公衡非成公之子，猶是成公之弟。成九年，伯姬歸于宋。伯者，長稱。九年始嫁，則爲成公之妹，成公不得有姊矣。若成公別有庶長之妹，以成公、公衡之年推之，亦不復堪嫁，故知二人也。惟《公羊》以成公即位年幼，據《左氏》成四年傳云「公如晉，晉侯見公不敬。公欲歸，求成于楚，得季文子諫而止」，此非年幼也。反覆推之，杜氏不誤。陸以姑姊果爲成公之姊，於時年近七十，不復堪嫁。如杜之説，文公之卒，至此已五十八年，宣公之卒，至此已四十年。即以垂卒之年生即寡，恐不堪嫁。襄公此年二十三，有姊而嫁，未爲不可，何必寡？未見杜氏之不誤也。

邵氏寶曰：姑姊一人，其殆魯之宗女，於成爲妹者乎？故曰「以姬氏妻之」，稱姊，尊之也。

孫氏應鰲曰：姑姊不同分位，豈可同室而處，並事其夫？武仲徒知賞盜不足以止盜，而不知滅禮不足以爲國也。

馬氏宗璉曰：諸侯一娶九女之數，姪娣有左娣、右娣，《詩》所謂「問我諸姑，遂及伯姊」。備九女之數，而以伯姊爲姪娣也。魯以諸侯之禮待邾庶，其故以公之姑爲正配，而以公之姊爲姪娣也。

證曰：《列女傳》「梁節姑姊」，《釋文》引之作「妹」，即劉氏說也。傳稱因失火欲取兄子，輒得其子妹字，良是。考洪适《隸釋・武梁祠堂畫象碑》作「梁節姑姊」，蓋言姑姊者，只是尊之之辭。邵二泉以爲「魯之宗女，於成爲妹」，說未可非也。近孔氏廣森曰「此公姑姊，則季氏女也。季氏出自桓公，至武子四世，於左氏說爲公族祖父，其女子則公之族姑，其女孫則公之族姊。季氏之女而稱公姑姊，以嫁者，所以寵庶其耳。尋下文臧武仲斥稱姬氏，可知非公女矣。古人立言有體，趙盾稱公之女，則曰君姬氏，以此說規杜，勝劉氏矣。

二十三年，夏，邾畀我來奔。注：無傳。畀我是庶其之黨，同有竊邑叛君之

罪。來奔，故書。

規曰：杜此注云「庶其之黨」。庶其奔魯三年，若是其黨，邾人即應討之，何因至今始奔？庶其以邑奔魯，魯人還以賜之；畀我不得彼邑，竊邑之狀，復何在焉？《釋例》又曰「小國之卿，或命而禮儀不備，或未加命數，故不書之」。邾畀我之等，其奔亡亦多，所書惟數人而已，知其合制者少也。如彼所説，又以畀我是卿，何爲兩説自相矛盾乎？炫以爲《釋例》是，集解非。

孔氏曰：杜從賈説，以爲庶其之黨，同有竊邑叛君之罪。劉炫規過，今删定知不然者，原杜之意，以二十一年，邾庶其竊邑來奔，去此既近，邾更無事。《春秋》之例，命卿有罪出奔，皆書名。畀我書名，罪其與庶其同黨，非謂畀我非命卿，與《釋例》不違，劉不曉杜旨妄爲規，非也。

申曰：《公羊》云「邾婁鼻我來奔，以近書也」，何休以爲本無他義。《穀梁》無傳，亦無他義。可知杜以畀我爲庶其之黨，説本賈逵，傳無明文，殆因庶其非卿，而意畀我亦非卿耳。疏載杜《釋爵命例》云「國之大小，皆據當時土地人民，不復依爵。故書齊、楚之卿，而略於滕、薛也。大國之卿，皆必有命，其總名亦曰大夫也。晉殺三卿，而經書大夫邢丘之會，傳稱大夫亦皆卿也。蜀之盟，齊國之大夫；溴梁之盟，小邾之大夫，此不命一命之大夫，故不書也。衛之於晉，不得比次，國則邾、莒、杞、鄫之屬，固已微矣。此等諸國，當時附隨大國，不得列於會者甚多。及其得列，或命而禮儀不備，或未加命數，故皆不書之。邾畀我之等，其奔亡亦多，所書惟數人而已，知其合制者少也。又邾庶其等，傳皆言非卿以地來，雖賤必書。紀裂繻來逆女，傳曰「卿爲君逆」，知此等微國，亦應有卿；有卿則應書於經。至於此等卿不備禮，亦所以見其略賤也。諸儒以爲邾、莒無命卿，既自違傳。劉、賈又云「《春秋》之序，三命以上乃書於經」。昭公十年，昭子始加三命而先此「叔孫、昭子三命踰父兄。」穎氏以爲，再命稱人。傳曰「叔孫」，皆自見經，知所書皆再命也。如賈之説，則邾不得有三命之卿，畀我非卿而書，故疑爲庶其之黨。如杜之説，則所書皆再命之卿，則畀我以卿而書，不得與庶其同科。以紀裂繻例之，賈乃違傳，杜於《釋例》則以賈爲非；於《集解》則以賈爲是，自相矛盾。今孔氏謂「杜意與《釋例》不違」，是不可不辨。夫畀我爲卿，庶其非卿也。謂庶其爲畀我之黨可，謂畀我爲庶其之黨不可，曷爲畀我不以地奔，而庶其以地奔乎？其不然者，一也。畀我果以叛奔，則竊邑者庶其；主之者，畀我也。魯之禮畀我者，必當倍於庶其，傳不容不書。今傳無之，是魯之禮畀我者，不如庶其也。其不然者，二也。畀我之來奔，後於庶其三年，必謂其非叛君，傳無可徵；若謂其竊邑，不知所竊何邑。其不然者，三也。孔氏求其説，不得謂畀我書名罪，其與庶其同黨，則尤謬之甚者。《春秋》書大夫奔四十七，不名者，文八年，宋司城；十四年，宋子哀之來；宣十二年，崔氏出奔衛，三人而已。如孔之意，將《春秋》書名者皆叛黨乎，以書法言之，宋司城蕩意諸避襄夫人之難而出，宋子哀不義宋公而出，故爲《春秋》所貴。若崔氏者，齊弑君之逆也，何以不名乎？必不然矣。邾大夫來奔者四，庶其、畀我外，昭二十七年邾快來奔，三十一年黑肱以濫來奔，是也。庶其與黑肱同，畀我與邾快同，不與庶其同，畀我被誣大矣，賴劉君始雪之。

知悼子少而聽於中行氏。注：悼子，知罃之子，荀盈也。少，年十七，知氏、中行氏同祖，故相聽從。

規曰：十三年傳云「荀罃卒」，十四年傳言「盈生六年，而武子卒」，是其少也。

計悼子年十六，不得爲十七。

孔氏曰：知悼子，荀首之孫，中行吴荀林父之曾孫。首是林父之弟，首爲知氏，林父爲中行氏，是同祖也。悼子是荀吴二從叔父，故相聽從。計悼子年十六，不得爲十七，是故沈氏云「後人傳寫誤」，劉炫以此而規杜氏，非也。

申曰：知悼子年本十六，而云十七，杜氏非，劉氏規之，是也。孔氏藉辭沈氏以爲誤由後人傳寫，非由杜氏，而以劉氏爲非，將必遂非而後爲是也歟！

二十四年，在周爲唐杜氏。注：唐、杜，二國名。殷末豕韋國於唐。周成王滅唐，遷之於杜，爲杜伯。杜伯之子隰叔奔晉，四世及士會，食邑於范氏。杜，今京兆杜縣。

規曰：杜於昭元年傳稱「堯遷實沈于大夏。唐人是因，以服事夏、商。其繼世曰唐叔虞。及成王滅唐，而封大叔」，是言周成王滅唐也。《周語》曰「周之衰也，杜伯射宣王於鎬」，是周有杜國。故杜以爲成王滅唐，遷之於杜爲杜伯也。《晉語》訾祏封范宣子云：「昔隰叔子違周難奔於晉，生子輿爲司空。世及武子，佐文、襄爲卿，以輔成、景。後之人可則，是以受隨、范。」賈逵云：「宣王殺杜伯，其子逃而奔晉。子輿，士蔿字。武子，士會也。」會，士蔿之孫，是隰叔四世及士會，食邑於范，爲范氏也。炫案：杜於昭元年注云：「唐人若劉累之等。累遷魯縣，此在大夏。」即如彼言，則居唐之人，非累之裔，此注何云「豕韋國於唐」也？又據何文，知初封於唐，後封於杜乎？唐非豕韋之胤，杜亦未必是後，安知滅唐遷於杜也？賈逵注《國語》云「武王封堯後爲唐、杜二國」，以爲並時爲國，非滅唐封杜。唐非劉累之後，宣子歷言己之宗族，於上世有國有家，未必繼體相承，炫謂處秦爲劉，非丘明之筆。

孔氏曰：今知劉説非者，彼注雖似有異，其義與此不殊。後傳云「唐人是因」，杜以唐人非一人之稱，故云「劉累之等」，謂累之子孫，故云「之等」也。累遷魯縣，傳云「唐人是因」，因居大夏，則累之子孫遷居大夏也。杜知殷末封之於唐者，以周成王滅唐故也；知後封於杜者，以宣王時有杜伯故也。是成王之時有唐無杜，宣王之時有杜無唐，故杜爲此解。劉取賈逵注《國語》武王封堯後爲唐、杜二國，以爲二國並封，而規杜氏，非也。炫於豕韋、唐、杜，不信元凱之言，己之遠祖，數自譏訐，或聞此義，必將見嗤。但傳言於人，懼誤後學，意之所見，不敢有隱，惟賢者裁之。

馬氏宗璉曰：案，杜解本《竹書紀年》「成王八年，十月，王師滅唐，遷其民於杜」而誤，《紀年》但言遷唐之民於杜，亦未言封唐之後於杜也，當以賈逵《國語》注爲據，光伯規之，善矣。

申曰：元凱之注唐、杜，附會失實，光伯據賈逵《國語》注規之，覈矣。若處秦爲劉，乃逵所爲也。文十三年「秦人歸其帑」，其處者爲劉氏。孔彼疏云「伍員屬其子於齊，使爲王孫氏者，知己將死，豫令改族」，其傳有爲而發之。士會之帑，在秦不顯，於會之身復無所辟，傳説「處秦者爲劉氏」，未知何意。言此討尋上下，其文不類，深疑此句或非本旨。蓋爲漢室初興，捐棄古學，左氏不顯於世，先儒無以自申，劉氏從秦、從魏，其源未出劉累，插注此辭，以媚於世。明帝時，賈逵上疏云「五經皆無證圖讖明劉氏爲堯後者，而左氏獨有明文，竊謂前世藉此，以求道通，故後引之，以爲證耳」。蓋即光伯之説，此疏則非其己之遠祖，數自譏訐，或聞此義，必將見嗤，前後自相矛盾。

二十五年，同盟于重丘。注：夷儀之諸侯也。重丘，齊地。伐齊而稱同盟，以明齊亦同盟。

規曰：定四年，公會劉子云云于召陵，五月公及諸侯盟于皋鼬。杜云「復稱公者，會盟異處故」。此亦異處，而不言公者，炫謂「史異辭」，於彼有規，杜以經言同盟，傳言伐齊，齊人不序於列，故據同盟之言，以明齊亦與盟。炫以爲齊直遣慶封如師，齊侯不與盟。

孔氏曰：今知非者，以五月齊弑莊公之後即立景公，及七月始盟。傳言「齊成故也」，明齊侯在。魯莊十六年，同盟于幽，傳云「鄭成也」。二十七年，同盟于幽，傳云「陳、鄭服也」，並與此文同。又傳稱「重丘之盟，未可忘也」，故知齊亦同盟。劉規杜氏，非也。

黄氏《日鈔》曰：案，晉此行欲報朝歌之師也。重丘之盟，列弑君之齊，不惟不克伐齊，適以成其亂爾。

釋曰：僖十九年，冬，會陳人、蔡人、鄭人盟于齊。杜注「地於齊，齊亦與盟」。今重丘，齊地，故不序齊人。是時，晉納齊賂，未有不列齊於盟者。劉説非，孔駁劉説，是也。

晋侯許之。注：晋侯受賂還，不譏者，齊有喪，師自宜退。

規曰：齊弑君之後，晋始來伐。

孔氏曰：案，傳「會于夷儀，伐齊，以報朝歌之役，齊人以莊公説」。則晋初伐齊之日，未知莊公已死，齊人以説，方始知之。齊既有喪，師自須退。縱令受賂，未合致譏，故杜爲此解。而劉以規杜氏，非也。

劉氏《權衡》曰：杜氏曰「不譏受賂者，齊有喪，師自宜退」，非也。若齊侯以壽没，師退可也。今臣弑其君，爲惡大矣。假使晋遂計，齊破其城，殺其賊，汙其宫，未可謂之伐喪也。且夫弑君而謂之喪，諸侯其無討賊者矣！

萬氏斯大曰：齊莊存，則朝歌之役當報。齊莊弑，則朝歌之報當轉爲討賊之師。乃反惑弑莊之説，受賂而退，其爲滅天理、昧人倫，孰有甚於此者乎！故是會本以伐齊出而經不書，蓋書伐齊，則疑於能討賊也，此聖人之微意也。

申曰：嗚呼，以討賊爲伐喪，則《春秋》無討賊之人矣！以受賊之賂爲不譏，則弑君之賊亦不譏矣！《春秋》經書齊弑君者五：莊八年，齊無知弑其君諸兒；文十四年，齊公子商人弑其君舍；十八年，齊人弑其君商人；此年，齊崔杼弑其君光；哀六年，齊陳乞弑其君荼。傳書齊弑君者二：哀十年，齊人弑悼公。十四年，齊陳恒弑其君壬。而舍之弑，納賂者晉靈公。商人之弑，取賂者晉荀林父。今光之弑，受賂者晉平公。厥後晉分爲三，而齊遂移於田氏，可畏哉！劉君言「弑君之後，晉始來伐」，所以罪盟主也。孔氏乃非劉而是杜，悖矣！預之獎篡弑，爲司馬氏地；穎達附王世充，亦非知逆順之理者，殆《春秋》之罪人與！

二十六年，先八邑。注：以路及命服爲邑先。八邑，三十二井。

規曰：《周禮·小司徒》：「四井爲邑。」故杜以八邑爲三十二井。炫案：《論語》有「十室之邑」，又杜注「免餘邑爲一乘之邑」，又「宋鄭之間六邑……嵒、戈、鍚」等，杜何以知此邑非彼等之邑？必以爲四井之邑。八邑，炫以爲大邑。

孔氏曰：今知不然者，邑之爲名，大小無定。子展、子産爲卿日久，先有采邑。今以入陳有功，不應更以八箇大邑而又與之。至於免餘辭邑，云「惟卿備百邑」，故杜以爲一乘之邑合《論語》百乘之家。其實一乘稱邑，文無所出。《周禮》「四井爲邑」，杜以正邑解之。又八邑、六邑爲節級之差。劉以爲大邑而規杜氏，非也。

《周禮·地官》：小司徒之職，乃經土地而井牧其田野。九夫爲井，四井爲邑，四邑爲丘，四丘爲甸，四甸爲縣，四縣爲都。注：九夫爲井者，方一里，九夫所治之田也。四井爲邑，方二里。四邑爲丘，方四里。四丘爲甸，方八里。旁加一里，則方十里，爲一成。四甸爲縣，方三十里。四縣爲都，方四十里。四都方八十里，旁加十里，乃得百里之一同也。

《尚書·大傳》：古之處師，八家而爲鄰，三鄰而爲朋，三朋而爲里，五里而爲邑，十邑而爲都，十都而爲師，州十有二師焉。

皇氏侃《論語義疏》曰：天子畿千里。既以百里爲三公采，五十里爲卿采，二十五里爲大夫采地，故畿外準之。上公地方五百里，其臣大采方五十里，中采方二十五里，小采方十二里半。侯方四百里，其臣大采方四十里，次采方二十里，小采方十里也。伯方三百里，其臣大采方三十里，中采方十五里，小采方七里半。子方二百里，其臣大采方二十里，次采方十里，小采方五里。男方百里，其臣大采方十里，次采方五里，小采方二里半也。凡制地方一里爲井，井有三家。若方二里半，有方一里者六，又方半里者一，則合十八家有餘，故《論語》云「十室之邑」也。其中大小，各隨其君，故或有三百户，是方十里者一，或有千室，是方十里者三有餘也。

惠氏棟曰：案，熊安生《禮記義疏》云「卿備百邑者」，鄭志以爲邑方二里，與百乘别。案，熊説見《坊記》。

崔氏述曰：杜氏既以四井爲一邑矣，而又以一乘爲一邑，名實眢亂，聞者何所適從？且積四邑爲丘，積數丘而又名之曰邑，從來豈有如是之制度乎？蓋邑之始，本以號夫建國之地。其後凡民所聚居之地，通謂之邑。然則邑也者，但以民所聚居得名，非以人數多寡定之爲經制也。故傳曰「謀於野則獲，謀於邑則否」。對野而言，則皆謂之邑也。故聚人多，則爲大邑；聚人少，則爲小邑。千室、百室、十室皆自其邑之大小而言之也。若衛免餘所稱「唯卿備百邑」者，則通大小、截長補短而計之者也。然小邑又多統屬於大邑，故傳云齊「與晏子邶殿，其鄙六十」。邶殿其大邑，而六十其所屬之小邑也。楚薳啓疆曰「韓氏七邑，皆成縣也」。卿大夫七人，而皆各一邑，則是但舉大邑言之，小邑固不計其數也。蓋自周室東遷以來，諸侯之國漸大，故其卿之采邑亦復别有屬邑。故晋郤至與周争鄇田，而曰「温吾故也」。士匄、趙武、韓起欲得州田，而趙武曰「温吾縣也」。二子曰「自郤稱以别三傳矣」。然則温其大邑，而鄇與州其屬邑也。先儒未嘗考詳古制，乃以意揣度之，誤矣。

申曰：《晋語》「公食貢，大夫食邑，士食田，又官宰食加」。韋昭注「加，大夫之家田也」。考之《夏官·司勳》：「凡賞無常，輕重眡功，凡頒賞地，參之一食，惟加田無國正。」注：鄭司農云「不以美田爲采邑。玄謂賞地之税，參分計税，王食其一也，二全入於臣。加田，既賞之，又加賜以田，所以厚恩也」。鄭司農云「正，謂税也。子展、子産位爲鄭卿，本有采邑，以入陳功而賜之八邑、六邑，其諸司勳之加田歟」。杜據《小司徒》「四井爲邑」，以爲八邑者，三十二井；六邑者，二十四井，傳既無文，徒以意説。《王制》曰：「凡居民量地以制邑，度地以居民，地邑、民居必參相得也。」民之多寡無定，則邑之大小亦無定也。《説文·六篇·邑部》「邑，國也」；《詩》云「商邑翼翼」；《書》云「天其永我命於兹新邑」；《春秋》於他國稱大國，於本國稱敝邑，是也。《爾雅·釋言》：「里，邑也。」郭璞

注：「邑，謂邑居。」《里宰》云：「掌比其邑之衆寡。」鄭注：「邑，猶里也。」是國與里皆可謂之邑。國有大小，里亦有大小也。襄二十七年「公與免餘邑六十，辭曰『惟卿備百邑』」。杜彼注云「此一乘之邑，非四井之邑。《論語》稱十室，又云千室，明通稱」。夫大而千室，小而十室。杜既以爲邑之通稱，則四井邑也，一乘亦邑也，杜何以知此邑非彼等之邑，必以爲四井之邑，以杜難杜，不攻自破矣！劉以八邑爲大邑者，言不即爲一乘之邑，必非十室之邑可知也。哀十二年「宋、鄭之間有隙地焉，曰彌作、頃丘、玉暢、嵒、戈、錫」。杜注「凡六邑」。不曰「四井」也，不曰「一乘」也，此之八邑、六邑，何以異是？《釋名・釋州國》：「四井爲邑。」邑，猶俋也，邑人聚會之稱也。一井八家，四井合三十二家。《齊語》謂「都鄙三十家爲邑」，舉成數也。鄭注《小司徒》引《司馬法》曰「六尺爲步，步百爲畮，畮百爲夫，夫三爲屋，屋三爲井，井十爲通，通十爲成，成百井，三百家革車一乘。夫一成之地，以四井爲邑，計之百井，當二十五邑」。《易・訟・九二》「歸而逋，其邑人三百户，无眚」。鄭注「小國之下大夫，采地方一成，其定税三百家，故三百户也」。八井計八百家，而云「三百家」者，一井税三家也。《論語》「奪伯

氏駢邑三百」。集解孔曰「駢邑，地名，伯氏食邑三百家」。《荀子·禮論篇》「有五乘之地者，事三世；有三乘之地者，事二世」。楊倞注「古者十里爲成，成出革車一乘。五乘之地，謂大夫有采地者，得立三廟也」。然則謂八邑爲八乘之地，未始不可，孔氏謂「文無所出」者，非也。

取衛西鄙懿氏六十以與孫氏。注：戚城西北五十里有懿城，因姓以名城。取田六十井也。 案《釋例·土地名》戚城西北五十里有懿氏城，此脱「氏」字。

規曰：杜以懿氏既爲邑名，而云「取其六十」，故以爲取田六十井。服虔云「六十邑」，炫以服言爲是。

孔氏曰：傳言西鄙懿氏，則西鄙之地，蓋上世有大夫姓懿氏食邑於此，地因以其姓名其城也。此「六十」之文總屬懿氏，懿氏不見經、傳，則卑細可知。既非卿大夫，何得廣有土地？分六十之邑而與孫氏，且直言六十本無「邑」文，故杜以爲六十井，劉從服説而規杜氏，非也。

申曰：襄二十七年「公與免餘邑六十」。此何以知其不爲衛之六十邑，而爲六十井乎？又宋左師請賞，公與之邑六十。二十八年，與晏子邶殿，其鄙六十，弗受。與北郭佐邑六十，受之。邶殿亦無「邑」文，杜彼注云「以邶殿鄙六十邑與晏嬰」，則此爲衛西鄙之六十邑也。杜前後自相歧異。其義服長於杜。錢氏坫曰：《左傳》「惟卿備百邑」、《論語》「十室之邑」，千室爲百邑，千室之邑，惟卿能有之；大夫則六十邑。殆以意度之。懿氏乃食邑之大夫，「取懿氏西鄙六十以與孫氏」猶《論語》「奪伯氏駢邑三百以與管仲」也，杜以爲名，亦誤。

二十七年，伯有賦《鶉之賁賁》。注：義取「人之無良，我以爲兄，我以爲君」也。

規曰：伯有賦此詩者，義取人之無善行者，我以此爲君，是有嫌君之意。於時，鄭簡公是穆公之玄孫，良霄是穆公之曾孫，君非良霄之兄。

孔氏曰：并取「人之無良，我以爲兄」者，因《詩》成文，故連言之。劉君以爲非兄而規杜，非也。

何氏焯曰：伯有憒于晋執衛侯，鄭伯爲請而不獲命，必待納衛姬而後釋之，故賦《鶉奔》以刺趙武，言雖執政而不辨姓也。趙武恥之，故若不知其刺晋，而謂伯有自誣其上。

申曰：昭七年傳子産稱「良霄，我先君穆公之冑，子良之孫，子耳之子」也。《釋例·世族譜第四十五》鄭良氏：子良，公子去疾，穆公子；子耳，公孫輒；良霄，伯有；良止，伯有子。《史記·鄭世家》繆公卒，子夷立，是爲靈公。子公弒靈公，乃立子堅。堅者，靈公庶弟，是爲襄公。襄公卒，子悼公費立。悼公卒，立其弟睔，是爲成公。成公卒，子惲立，是爲釐公。子駟藥殺釐公，立釐公子嘉，時年五歲，是爲簡公。然則良霄於簡公爲諸父君，非良霄之兄也。

二十八年，且觀優，至於魚里。注：魚里，里名。優在魚里，就觀之。規曰：杜以優在魚里，士往觀之。炫以爲國人從旁爲優引行以至魚里。

孔氏曰：傳文不顯，古事難知，劉輒以爲規，一何煩碎！

申曰：劉以上文有「陳氏、鮑氏之圉人爲優」，是魚里之爲優者，即圉人也。傳文顯然，非難知也。

二十九年，庚午，衛侯衎卒。注：無傳，四同盟。

規曰：衎以成十五年即位。其年盟于戚，十七年于柯陵，十八年于虚朾，襄三年于雞澤，五年于戚，七年及孫林父盟，九年于戲，十一年于亳城北，二十七年于宋。衎自前即位及後復歸，凡與魯九同盟。炫以爲杜云「四同盟」者誤。

孔氏曰：以其與成公三盟不數；五年，盟戚，經不書，不數；七年，林父是大夫，又特共魯盟，亦不數，故爲四同盟也。劉不尋此理而規杜過，非也。

證曰：據襄五年傳「九月，丙午，盟于戚，會吴，且命戍陳」。疏引《釋例》曰「盟于鄧、盟于犖、盟于戚，公既在會，而不書其盟者，會在盟前，知非後盟也。蓋公還告會，而不告盟也」。則經不書者，不但戚之盟矣，加以于鄧、于犖是十一同盟也。

其周德之衰乎！猶有先王之遺民焉。注：衰，小也。謂有殷王餘俗，故未大衰。

規曰：杜以此言，皆歎正小雅也。言其時之民，思文、武之德，不有二心也。雖怨時政，而能忍而不言，其是周德衰小之時乎！猶有殷先王之遺民，故使周德未得大也。服虔以爲此歎變小雅也。其意言思上世之明聖，而不貳於當時之王；怨當時之政，而不有背叛之志也，其周德之衰微乎！疑其幽、厲之政也。炫以服言爲是，杜解錯謬。

孔氏曰：今知不然者，以《小雅》《大雅》二詩相對。今歌《大雅》云「其文王之德乎」，是歌其善者。以《大雅》準之，明知歌《小雅》，亦歌其善者也。若其不然，何意《大雅》歌善、《小雅》歌不善？且魯爲季札歌《詩》，不應揚先王之惡，以示遠夷。劉不達此旨，以服意而規杜，非也。

范氏處義曰：春秋之時，禮廢樂壞，未經聖人之手，《雅》《頌》未得其所。季札觀周樂，歌《大雅》則曰「文王之德」，歌《小雅》則曰「周衰有遺民」，意其一時觀樂，豈能盡歌？工人於大、小雅取一二以審其音耳。《大雅》所歌者，必《受命》等篇，故曰「文王之德」；《小雅》所歌必《思古》等篇，故曰「周衰有遺民」。

葉氏夢得曰：吴札觀樂，以《大雅》爲「文王之德」，以《小雅》爲「周德之衰，猶有先王之遺風」。則是所奏之《小雅》皆變雅，蓋并《板》《蕩》等詩，凡變雅皆誤合之，以爲《小雅》；所奏之《大雅》皆正雅，并《鹿鳴》《伐木》等詩，凡正雅皆誤合之，以爲《大雅》；是失次之尤者也。

袁氏桷曰：《小雅》而曰「周德之衰」，是歌《六月》至於《何草不黄》矣；《鹿鳴》至於《菁莪》皆美詩，何言乎「周德之衰」乎？《大雅》誠文王之德矣。然《民勞》至於《召旻》，刺亂也，何「文王之德」乎？故可以合樂者，《小雅》至《菁莪》而止；《大雅》至《卷阿》而止。

全氏祖望曰：石林葉氏之言，前人所未發。此蓋本於劉炫，以正杜預之謬，而以解「雅」之失所最精，清容似未見石林之説，而適與之合。然諸書所言，皆是「雅」之失所。若《頌》之失所，則石林亦頗鶻突。愚以《毛傳》考之，《絲衣》繹賓尸也，而高子以爲祭靈星之尸，則必是時有用之靈星者。楚莊述《大武》之三章曰《賚》、六章曰《桓》、卒章曰《武》，而今所傳則《桓》先於《賚》，《武》又先於《桓》，故杜預曰「是楚樂歌之次第，是皆《頌》之失所也」。而尤善者竹村馬氏之言，謂穆叔不拜《肆夏》，以爲是天子所以享元侯。夫《肆夏》，《頌》也，而何以溷入於《雅》，天子取以享元侯乎？是必舊時沿習如此。故穆叔雖知禮，不如其非。穆叔尚然，況其餘乎？蓋魯以禘樂享賓，則凡《頌》皆以充《雅》而用之，燕禮至孔子始正之。

申曰：孔氏《詩》疏引《左傳》「爲吴季札歌《小雅》」。服虔云「自《鹿鳴》至《菁菁者莪》，道文武，修小政，定大亂，致太平樂，且有儀，是爲正《小雅》」。《左傳》又曰「爲之歌《大雅》」。服虔云「陳文王之德，武王之功。自《文王》以下至《鳧鷖》，是爲正《大雅》」。則服以大雅《民勞》、小雅《六月》之後皆變雅也。《論語》「子曰『吾自衛反魯，然後樂正，《雅》《頌》各得其所』」。當季札觀樂時，夫子年甫九歲，《雅》《頌》未經編次，所謂《小雅》者〔一〕，乃《小雅》之變雅兼《大雅》之變雅，故以爲「周德之衰」。「先王」，謂文王，非殷王也。所謂《大雅》者，乃《大雅》之正雅兼《小雅》之正雅，是以爲「文王之德」，周之德統於文王也。杜以「先王」爲殷王，與「周德之衰」不相應，訓「衰」爲「小」，文無所據。蓋由不知所歌皆變雅也。孔氏復云「衰者，差也。《九章算術》謂『差分爲衰分』，言從大漸差而小，故杜以『衰』爲『小』也。服虔讀爲『衰微』之『衰』，

〔一〕「謂」字，底本原作「請」，兹據文義及下文「所謂《大雅》者」文例改。

謂幽、厲之時也」，殆以杜解未安，而折爲服義歟！

盛德之所同也。注：《頌》有殷魯，故曰盛德之所同。

規曰：杜以爲之歌頌，言其亦歌商、魯，故以「盛德之所同」謂商、魯與周，其德俱盛也。炫以爲《魯頌》只美僖公之德，本非德洽之歌，不得與《周頌》同，何知不直據《周頌》而云《頌》有商、魯乎？

孔氏曰：今知不然者，但《頌》之大體皆述其太平、祭祀、告神之事。《魯頌》雖非太平，經稱「皇皇后帝，皇祖后稷」，又云「周公皇祖，亦其福女」，美其祭神獲福，與《周頌》相似。且季文子請周作頌，取其美名。又季札至魯，欲褒崇魯德，取其一善，故云「盛德所同」。若直歌《周頌》，宜加「周」字，不得惟云「歌《頌》」，故杜爲此解。劉以爲《魯頌》不得與《周頌》同而規杜氏，非也。

歐陽子曰：魯《詩》之頌僖公盛矣。如《詩》所陳，五霸不及也。然魯在春秋時，當爲弱國。案《春秋》僖公在位三十三年，其自主兵所伐邾、莒、項皆小國；雖能滅項，反見執於齊；其所伐大國，皆齊、晉主兵；其所救者，又力不勝而輒敗；烏有詩人所頌威武之功乎？其所侵伐小國，《春秋》必書，烏有所謂「克服淮夷」之事乎？惟十六年，一會齊侯于淮爾。是會也，淮夷侵鄫，齊侯來會，謀救鄫爾，淮夷未嘗服於魯也。其曰「戎狄是膺，荆舒是懲」者，鄭氏謂僖公與齊桓舉義兵北當戎與狄、南艾荆及羣舒。案：僖元年，齊桓二十七年也。齊桓十七年，伐山戎，遠在僖公未即位之前。至僖十年，齊侯、許男伐北戎，魯又不與。而《詩》所謂「戎狄是膺」者，《孟子》又曰「周公方且膺之」。如《孟子》之説，豈僖公事也？僖之元年，楚成王之十三年也。僖之四年，從齊桓伐楚，而楚遂與齊盟於召陵，此豈魯僖得以爲功哉？六年，楚伐許，又從齊桓救許，許男卒降於楚。十五年，楚伐徐，又從齊桓救徐，楚卒敗。徐、舒在僖公之世，未嘗與魯通。惟三年，徐人取舒一見爾。蓋舒爲徐取之矣。楚之伐徐，取婁林；齊人、徐人伐楚，英氏以報之。蓋徐人之有楚伐也，不求助於魯，而求助於齊，以此見徐非魯之與國也。則所謂「遂荒徐宅」者，亦不合於《春秋》矣。《詩》之言不妄，則《春秋》疎謬矣。《春秋》可信，則《詩》妄作也。

朱子曰：夫子云：「魯之郊祀，非禮也，周公其衰矣！」然則删《詩》之際，何取乎此而著於篇乎？曰：「著之，以見其僭也；削之，則没其實矣。」抑魯於天子有得用之文，而是《頌》之作又嘗請命於天子而爲之，其辭特以贊美當時之事，其體猶列國之風，非若商、周天子之頌，用於祭祀以詠歌先祖之功烈也。

范氏處義曰：《魯頌》之異於商、周者四：商、周天下頌之，魯國人頌之，一也；商、周以告神明，而魯用以燕樂，二也；商、周子孫頌其先，魯臣下頌其君，三也；商、周多事實，魯多禱頌，四也。案：此條見許白雲《詩集傳名物鈔》引《解頤新語》，今范氏補傳無之。

朱子曰：宋襄一伐楚而已，安有莫敢不來享等事？《周頌》雖簡，文自平易，《商頌》自是奥古，非宋人所能作。

王氏應麟曰：考之《左傳》「正考父佐戴武宣」；《世本》正考父生孔父嘉，爲宋司馬華督殺之，而絶其世；皆在襄公之前，安得作《頌》於襄公之時乎？

顧氏炎武曰：商、周同此盛德，非必及魯。

申曰：僖公非盛德之主，史克豈盛德之士？《魯頌》作於周之既衰，爲後世導諛之先路，與《周頌》異，亦與《商頌》異。季子於歌頌，歎盛德之所同，謂文、武、周公也。而杜氏以《頌》有殷、魯當之，是僖公同文武、史克比周公也。嗚呼！季子非賢者，則可；季子而賢者也，其必有以辨此矣。劉氏繩《魯頌》以規杜氏，不易之論。孔氏顧非之，則欲據劉以難杜，請借孔以申劉。孔既以非在劉，必所主在杜，乃於爲之歌頌句下無一語發揮杜旨，但引光伯之説，曰「王者以成功告神明」之意，止謂《周頌》也。其《商頌》雖是祭祀之歌，乃是死後頌德，非以成功告神，意同《大雅》，魯則止頌僖公，纔如變風之美者，文體類《小雅》。此當是歌《周頌》，蓋録自述義也。直等殷、魯於風雅，不得謂之頌，疏家轉無異辭。夫以光伯一人之説，於規過則駁而不從，於述義則從而不駁，吾不知其所主。何説也？若孔以直歌《周頌》宜加「周」字，不得惟云「歌頌」，則殊不然。且夫工之歌《周南》《召南》也，以其南非一地，不惟云「歌南」也；歌《邶》《鄘》《衛》諸風也，以其風非一國，不惟云「歌風」也；歌大、小雅也，以其雅非一體，不惟云「歌雅」也。如其三頌均列周樂，豐、鎬、兖、豫，非一地也；周及魯、宋非一國也；祭祀、燕享非一體也，豈有不加「周」與「商」「魯」之名者？今惟云「歌頌」，是止有一頌，而無商、魯之顯證也。鄭康成《詩譜》曰「商、魯附頌」。孔氏

《詩》疏曰「《雅》不言周，頌言周者以别商、魯也」。「周」蓋孔子所加也。其時商、魯之《詩》未録頌，奚爲加以「周」哉？又引服虔注曰「哀公十一年，孔子自衛反魯，然後樂正，《雅》《頌》各得其所」，距此六十二歲。當時雅、頌未定，而云爲之歌《小雅》《大雅》《頌》者，傳家據已定録之。此説似矣，而未盡也。《國語》曰「有正考父者，校商之名頌十二篇於周之太師，以《那》爲首」。孔謂「若在周《詩》之中，則天下所共，不須獨校於周之太師也，明不與周《詩》同處矣」。《詩序》曰「僖公能遵伯禽之法，於是季孫行父請命於周，史克作頌」。孔以爲文六年行父始見於經，十八年史克名見於傳，《詩》之作當在文公之世。案：行父卒於襄五年，距僖公世凡六十年。以七十計之，文公初，行父年尚少，請命當在文末年，或宣成間。夫齊、晋不作頌，而魯獨作頌，雖請命，必未頒之列國，以故《春秋》賦《詩》無及《魯頌》者。由是言之，「周」之一字題，是孔子。孔子以前商、魯二《頌》，本自孤行，並未合樂，頌一而已，何所爲三？季子所歎之盛德，不兼商、魯明矣。至孔氏引「皇皇后帝，皇祖后稷」、又「周公皇祖，亦其福女」爲祭神獲福，似《周頌》，則又謬之甚者。孔子曰：「魯之郊禘，非禮也。周公其衰矣！」夫孔子以郊禘爲周公是衰，則累周公之盛德者，僖公也。皇皇后帝，律以周公之「昊天有成命」，兹謂僭；皇祖后稷，律以《周頌》之「思文后稷」，兹謂罔；周公皇祖，律以《周頌》之「載見辟王」，兹謂誣；謂祭神獲戾可也，而云獲福乎？然孔於《詩》疏則曰「僖公能遵伯禽之法，尚爲魯人所頌」，則伯禽之德，自然堪爲頌矣。伯禽受封於魯，於時雅頌之作，事歸天子，列國未有變風，魯人不當作頌。又曰「祖父未太平而子孫太平，頌聲之興，係於子孫」，《周頌》是也。若祖父太平，而子孫未太平，則所頌之《詩》係其父祖，《商頌》是也。《駉頌》僖公，止頌德政之容，無復告神之事，比於《商頌》體制又異。其説全依劉旨。夫《詩》與《春秋》均孔氏所疏，在此則力攻劉説，在彼則轉襲劉言，豈疏家曲護注家，固如是邪！移《詩》疏以通傳解，則是非定矣。吾之據《周頌》以非杜氏者，據劉氏也、并據孔氏也。

三十年，降婁中而旦。注：降婁，奎婁也。周七月，今五月。降婁中而天明。

規曰：杜以周七月，今五月，降婁中而天明。炫以爲《月令》之文「五月降婁未中」。

孔氏曰：降婁，奎婁，《釋天》文也。孫炎曰「降，下也」。奎爲溝瀆，故稱降也。以二月諸星復位，合昏奎婁在戌，以衡反之，平旦在辰。又三月，日體在胃，平旦之時，奎婁在胃昴之前，亦當在辰。既三月，平旦在辰，則四月在巳，五月在午。《月令》「旦危中」者，據夜有長短及星度有廣狹，是細計之數。杜據大略而言，故與《月令》不同，劉以規杜氏，非也。

申曰：杜解，非也。《月令》「仲秋之月，旦危中。季夏之月，旦奎中」，當云「周八月，今六月，降婁中而天明」。據傳上文言子蟜之卒葬。考子蟜卒於前十九年之四月丁未，大夫三月而葬，當以七月葬，證以子羽之言，殆緩至八月葬也，劉之規杜，是也。

春秋規過考信卷三之上

昭公

元年，三月，取鄆。注：不稱將帥，將卑師少。書「取」，言易也。兵未加莒而鄆服，故書「取」，而不言「伐」。

規曰：將卑師少，例當稱人。魯史不得自言魯人，直書所爲之事，明其有人取之也。若將卑師衆，則言「師取某」。襄十三年《傳例》云「凡書『取』，言易也」，故杜以此爲易耳。案，傳「武子伐莒」，知非將卑師少也。稱「伐」，則是非易也。杜何得以爲「易」「將卑師少」乎?賈逵云「楚以伐莒來討，故諱伐不諱取」。炫以賈説爲是。

孔氏曰：今删定知不然者，以諸稱「取」，傳皆以「易」釋之，故以爲易也。若以武子伐而取之，則致力難重，當以「滅」爲文，與「滅項」同也。案：滅項，被討不諱滅，此亦被討，何以諱「滅」而言「取」？若必有所諱，當傳有其事。今傳云「莒、魯争鄆，爲日久矣」，魯無大罪，亦何所諱也？傳云「武子伐莒」者，武子爲伐莒之主耳，别遣小將而行，故不書武子。猶如成二年傳言「楚子重侵衛」，經書「楚師」，杜云「子重不書，不親兵」之類，是也。不書「伐」者，以兵未加鄆，鄆人逆服，與襄九年傳稱「諸侯圍鄆」，經不書，杜云「鄭人逆服不成圍」相似。劉以賈氏之注而規杜氏，非也。

方氏苞曰：魯兼國，書「滅」者，絶其祀也；書「取」者，取爲附庸也。根牟、鄟、邿、闞是也。凡取邑外，必先書「伐某國」「敗某師」，而根牟、鄟、邿、闞無所繫也。凡小國爲鄰所并，而魯復取之，則與取邑同文者。其國已邑之也，須句、鄫、鄆已邑於莒，而取鄫、取鄆，與取根牟、鄟、邿同文，而不言「伐莒」何也？魯嘗請於晋以屬鄫，而莒滅之，魯嘗城鄆，而其後爲莒所得，魯人蓋曰吾取鄟、鄆，而非取之於莒也，與向之本并於莒、須句之本并于邾者異矣。季孫宿救台，遂入鄆，不言伐莒，亦此意也。

顧氏棟高曰：魯南則邾，東則莒，地小而偪。莒差倔彊，非若邾之附庸，能卑屈於魯。故始而争向，繼而争鄆、争鄟，中間附於齊；更愬於晉、楚，致叔孫見執、意如爲囚，兵端與《春秋》相終始。共公以後，不復見矣。山東沂州府沂水縣西北四十里有古鄆城，爲魯之東鄆，莒、魯所争者。曹州府鄆城縣，爲魯西鄆。成四年「城鄆」，杜注「公欲叛晉，故城之以爲備」。蓋與晉接界。昭二十六年，齊取之，以居公者。

申曰：《公羊》曰：「運者何？内之邑也。其言『取之』何？不聽也。」何氏《解詁》：「不聽者，叛也。不言『叛』者，爲内諱。」《穀梁》無明文。范氏《集解》曰「鄆，魯邑。言『取』者，叛戾不服」，蓋本《公羊》所説。據《左氏》則鄆固莒邑也。杜言「兵未加莒，而鄆服」，顯違《左氏》意。賈言「楚以伐莒來討，故諱伐，不諱取」，與《左氏》合，得其實。案：襄三十一年十一月，莒展輿弑犂比公而自立，季武子以三月伐莒討賊，義應書「伐」，今書「取」

者，季氏意在得鄆取地而已，非討賊也。是時楚公子圍主齊盟，距弑其王時曾不數月，不惟不討賊，反聽賊之愬，欲討討賊者，此豈可以討賊告？然而季孫當日則本無意於討賊，而非有所諱也。何則？聲罪致討之謂「伐」，乘亂掩襲之謂「取」。有討賊之志，雖取亦伐，無討賊之志，雖伐亦取，非必謂「伐者，將尊而師衆」「取者，將卑而師少」，亦非必謂「伐者難，而取者易」也。觀叔孫之言曰「莒、魯争鄆，爲日久矣」、又曰「疆場之邑，一彼一此，何常之有」。於時季氏之帥師也，必曰「此吾之鄆也，不得爲莒有也」、莒人之奔告也，必曰「此吾莒之鄆也，不當爲魯有也」。置亂臣賊子於不問，而甘心如盜竊之所爲，以逞其封殖私邑之計，去伐之名而圖取其實，興問罪之師，轉虞大國之反而問罪也，則謂之「諱伐不諱取」，固宜。

吾代二子愍矣。注：二子，謂王子圍及伯州犂。圍此冬便簒位，不能自終。州犂亦尋爲圍所殺，故言可愍。

規曰：服虔云「愍，憂也。代伯州犂憂公子圍；代子羽憂子晳也」。炫從服言而規杜失。

孔氏曰：今知不然者，以圍、伯州犁皆遇凶害，故云「吾代二子愍矣」。若以二子爲伯州犁、子羽，子羽則卒無禍害，又何可愍而代之乎？劉以服意而規杜過，非也。

《漢書·五行志》曰：齊國子曰「吾代二子閔矣。」注：應劭曰：「閔，憂也。二子，伯州犁，行人子羽也。」師古曰：「二子，謂王子圍及伯州犁也。圍以是年篡位，而不能令終；州犁亦爲圍所殺，故言可閔。應説非也。」

臧氏琳曰：服、應以二子爲伯州犁、子羽，與上文甚合。蓋國子特言代二子憂之，亦不論二子之被禍害與否，乃杜氏必欲言王子圍，以見國子之言一一有驗。此後人所以疑《左傳》爲誣矣。取意既迂遠，又與上伯州犁之言文氣間隔，而輕改先儒舊義，此杜氏之失也。劉光伯據服言而規杜，當矣。孔仲達、顔師古反從杜而違先儒，唐人之識，固如是耳。

申曰：以上下文義求之，杜解非，劉君規之，是也。上文伯州犁曰：「子姑憂子晳之背誕也。」子羽曰：「當璧猶在，假而不反，子其無憂乎？」蓋二子不自憂，故國子代二子憂也。下文陳公子招曰：「不憂何成？二子樂矣。」衛齊子曰：「苟或知之，雖憂何害？」」分明是慰伯州犂、子羽之語，公子圍不與焉。如孔之説，但係一時之論，豈必人人符驗？且子羽曰「齊、衛、陳大夫，其不免乎？國子代人憂，子招樂憂，齊子雖憂弗害。夫弗及而憂，與可憂而樂，與憂而弗害，皆取憂之道也，憂必及之」。其後陳招於昭八年殺太子，國弱、齊惡卒無禍害，豈可以憂必及惟指子昭，不指國子、齊子乎？斯不然矣，孔失之。

十一月，己酉。注：《長曆》推己酉，十二月六日。經、傳皆言十一月，月誤也。

規曰：杜謂十一月誤者，止謂十一月不得有己酉，以己酉爲誤，十一月非誤也。炫以爲杜言十一月誤，當爲十二月。

孔氏曰：下有「十二月甲辰朔」，甲辰後五日得己酉，故杜以《長曆》推己酉是十二月六日。而此郟敖之卒，經、傳皆云「十一月己酉」。杜謂「十一月不得有己酉」，若以爲十二月己酉，則六日己酉子干奔晉，至晉猶見趙孟，七日庚戌趙孟卒，便是日相切迫，無相見之理。故知十一月爲是，己酉爲誤。劉炫以爲杜云誤者，以十一月爲誤，當云十二月，而規杜氏，非也。

釋曰：杜言月誤，則以十一月爲誤，己酉非誤。劉君不悉杜意，規杜乃是申杜。孔以下文趙孟庚戌卒，便是郟敖今日死〔一〕，趙孟明日卒。則子干奔晉，不得見趙孟，而議其禄，難劉此説。案：子干奔晉，猶見趙孟，當以公子圍未弑君之前出奔，不得以傳文相接，謂在己酉也，實非杜義。據《釋例·長曆第四十五》十二月有甲辰朔，則十一月不得有己酉，己酉十二月六日也。經、傳言十一月誤也。又晉烝及趙孟適南陽，皆在甲辰朔之前，即是十一月也。然則傳文十二月，誤也。傳先釋經十二月事，下乃更言十一月也。劉云己酉在十二月者，依《長曆》，是年閏十二月也，與杜解正同。顧棟高移閏於十月，則經、傳十一月己酉均不誤，恐未可信。

〔一〕「便」字，底本原作「彼」，兹據宋慶元六年紹興府刻宋元遞修本《春秋左傳正義》改。

十二月，晉既烝，趙孟適南陽，將會孟子餘，甲辰，朔，烝于温。注：烝，冬祭也。孟子餘，趙衰、趙武之曾祖。其廟在晉之南陽温縣，往會祭之。趙氏烝祭，甲辰十二月朔，晉既烝趙武，乃烝其家廟，則晉烝當在甲辰之前，傳言十二月，誤。

規曰：杜以十二月晉既烝，趙孟始適南陽，則趙孟初行，已是十二月也。此句乃云「甲辰，朔，烝于温」。案文言之，則是來年正月朔也。服虔云「甲辰朔，夏十一月朔也」。若是夏十一月朔，當於明年言之，而此年説之何也？炫以爲晉烝及趙孟適南陽，並在十二月之前，文繫十二月者，欲見烝後即行，先公後私。十二月之文，爲下甲辰朔起本。舉月遥屬下，明晉烝猶在朔前，十二月非誤也。

孔氏曰：杜以服言不通，故爲此解，云「晉既烝，趙孟乃烝其家廟」。則晉烝當在甲辰之前，當言十一月，傳言十二月，月誤也。若必如劉言，傳當云「晉既烝，趙孟適南陽，將會孟子餘。十二月甲辰朔，烝于温」，足明先公後私之義，何須虚張十二月於上，遥爲甲辰朔起本？傳文上下，未有此例。劉炫之言，非也。

申曰：《釋例·長曆第四十五》：「昭公元年，庚申，十二月，甲辰大；閏十二月，甲戌大；二月，辛酉，甲辰小。甲辰爲周之來年正月朔，實夏十一月朔，劉以以甲辰爲來年正月朔，則十二月不得有誤，杜解非。

三年，春，王正月，丁未，滕子原卒。注：襄二十五年盟重丘。

規曰：《杜氏族譜》滕成公，是文公之子。成十六年滕子卒。自爾以來，襄五年盟于戚，九年于戲，十一年于亳城北，十九年于祝柯，二十年于澶淵，二十五年于重丘，皆魯、滕俱在，凡六同盟，皆是滕成公。

孔氏曰：但經、傳更無明文，未知皆是滕成公以否？杜氏之意疑，故指重丘近者而言，炫規杜氏，非也。

申曰：成十三年，夏，四月辛未，滕子卒。杜注「不書名，未同盟」，傳曰「滕文公卒」，成公當以是年立。計至昭三年，凡三十六年。下書「夏叔弓如滕。五月，葬滕成公」。據經、傳而論，二十年餘前後六同盟，不應獨數重丘。若云是否成公不可知，杜何以知重丘之盟爲成公乎？此杜注之不可解者。考滕君書卒者七，書葬者四，不書葬者三，不書卒、葬者二。隱元年，滕侯卒。宣九年、成十六年並云

「滕子卒」，不稱名，史失其名耳。

四年，西陸朝覿而出之。注：謂夏三月，日在昴畢，蟄蟲出而用冰。春分之中，奎星朝見東方。

規曰：服虔以爲「二月日在婁四度。春分之中，奎始朝見東方，以是時出冰。《月令》『仲春，天子乃獻羔啓冰』，是也」。服虔又以此言「出之」，即是仲春啓冰，故爲此説。案下句再言其藏、其出，覆此藏、出之文，言「其出之也，朝之禄位，賓食喪祭，於是乎用之」，即是班冰之事，非初啓也。安得以「出之」爲啓冰也？如鄭玄答其弟子孫晧問云「西陸朝覿，謂四月立夏之時。《周禮》夏班冰是也」。與杜説異，理亦通也。炫云「春分奎星已見，杜以夏三月，仍云『奎始朝見』，非其義也。杜、鄭及服三説，鄭爲近之」。杜既言「春分朝見」，又言「謂夏三月」，以爲杜失。

孔氏曰：杜以西陸爲三月，日在大梁之次，清明節、穀雨中。《三統曆》云「大梁之初，日在胃七度，爲清明節；在昴八度，爲穀雨中；終於畢十一度」。是夏之三月，日在昴畢。於是之時蟄蟲已出，有温暑臭穢，宜當用冰，故以是時出之也。曆法星去日半次，則得朝見。《三統曆》「春分，日在婁四度，宿分奎有六十度，乃次婁」，則春分之日，奎之初度，去日已二十度矣，故春分之中，得早朝見東方也。西方凡有七宿，傳言「西陸朝覿」，於傳之文，未知何宿覿也。劉云杜非其義，今知非者，杜以「西陸朝覿」，實是春分二月，據初出其冰，公始用之時也。又注云「謂夏之三月」，是據普班之時也。總而言之，亦得稱「西陸朝覿而出之」也，劉炫不細觀杜意，以規杜失，非也。

申曰：《爾雅·釋天》「西陸，昴也」。《大戴禮·夏小正》「四月昴則見」，故鄭以「西陸朝覿」爲四月立夏之時。《月令》「仲春之月，日在奎」，此服虔所據。杜解用之，非也。《世説新語·文學篇》「鄭玄欲注《春秋傳》，尚未成時，行與服子慎遇，宿客舍，先未相識。服在外車上與人説己注傳意，玄聽之良久，多與己同。玄就車與語曰：『吾久欲注，尚未了，聽君向言，多與吾同。今當盡以所注與君。』遂爲服氏注」。今案：此説服與鄭，違《世説》所記，恐未可盡信。

五年，叔禽、叔椒、子羽。注：皆韓起庶子。

規曰：賈逵云然，杜依用之，炫以爲叔禽等亦是韓起之族。孔氏曰：杜以上箕襄、邢帶食邑於箕、邢，爲韓氏族。叔禽、叔椒皆連叔爲文，羽又稱子，事似兄弟，故云「皆韓起庶子」。劉炫既無明證，妄規杜氏，非也。申曰：杜解以箕襄二人爲韓氏族，叔禽三人爲起庶子，雖本賈待中，恐未必是。劉之規杜，實兼規賈。傳上文云韓襄、韓須，一起兄子、一其子，必如杜言，當敘叔禽、叔椒、子羽於韓須之次矣。今敘三人於箕襄、邢帶之後，以此知爲起之族也。

羊舌四族：注：四族，銅鞮伯華、叔向、叔魚、叔虎兄弟四人。

規曰：案《世本》叔向兄弟有「季夙」，故服氏數伯華、叔向、叔魚、季夙。炫以爲叔虎於時已死，别有季夙。

孔氏曰：《家語》孔子曰：「銅鞮伯華不死，天下其定矣。」其人名赤，字伯華，食邑於銅鞮。叔魚，名鮒，見於十三年傳。叔虎見於襄二十一年傳。虎已死，其族猶在，故傳不言羊舌四人，而云「四族」，疑季夙即是虎也。劉規杜氏，非也。

申曰：《釋例·世族譜第四十五》：「羊舌大夫，羊舌氏，晉之公族，羊舌其所食邑也。」閔二年疏：「羊舌氏，爵爲大夫。」此人生羊舌職，職生叔向。案：襄二十一年，范宣子殺羊舌虎、叔羆，以黨於欒氏也。杜注羊舌虎、叔羆二人。《世系表》以爲一人者，非也。虎、叔羆二人，不應數虎而不數羆。是時虎已誅死，其族即在，豈得稱爲彊家？劉據《世本》別有季夙而去叔虎，是也。羊舌氏，銅鞮伯華、叔向、叔魚、叔虎、叔羆、季夙兄弟六人，去叔虎、叔羆，惟有四族。

因其十家九縣。注：韓氏七，羊舌氏四，而言十家，舉大數也。羊舌四家，其二縣，故但言「彊家」。

規曰：杜以家、縣爲一，故并韓賦七邑，與羊舌四族，乃爲十一，而言十家，舉大數也。羊舌四族，族有一縣，則又太多，故以爲「四家共二縣」也。炫以爲「韓須是起之門子，不別更稱家。韓須不得爲家，家不得稱縣。去韓須之外，韓氏惟有六家，并羊舌四族，故爲十家也。

孔氏曰：今知不然者，以傳曆序「韓襄爲公族大夫，韓須受命而使」，即云箕襄以下皆大家，故知韓須在其内也。又韓賦七邑，則韓須有邑。既有其邑，自然稱家。哀二年傳曰「上大夫受縣」，《論語》云「百乘之家」，家即縣也。劉規杜氏，非也。

證曰：上文云「韓賦七邑，皆成縣也」。杜不數起，謂韓襄、韓須及箕襄、邢帶、叔禽、叔椒、子羽七人，邑皆成縣者。杜謂賦百乘也。據二年「韓須如齊逆女，叔向以爲晉使，公族逆之」，則須本爲公族大夫。宣二年，驪姬之亂，自是晉無公族。及成公即位，乃宦之適子，而爲之田，以爲公族。趙盾請以括爲公族。是須以適子爲公族也。《晉語》：「欒伯請公族大夫。公曰：『荀家惇惠，荀會文敏，黶也果敢，無忌鎮靖，使兹四人者爲之。』」是公族大夫有四人。韓襄嗣無忌爲之，須亦爲之。蒙上文故不言其官，第言出使也。上文云「輔韓須、楊石」，承晉人若喪韓起、楊肸而言，故以家屬之其子。如劉之言，韓不數起與須，而爲六家；羊舌亦不應數楊肸、楊石，而爲四家矣。十家，杜以爲舉大數，恐未是。案：叔魚以昭十四年攝理，此時不在上大夫受縣之列，疑季夙未有食邑，不稱家。去季夙之外，羊舌氏惟有三家，并韓氏七家，爲十家也。九縣者，韓氏七邑爲七縣，羊舌四家共二縣。二縣謂伯華食采於銅鞮，叔向食采於楊也。《史記·晋世家》頃公十二年「晋之宗家祁傒孫，叔嚮子，相惡於君。六卿欲弱公室，乃遂以法盡滅其族。而分其邑爲十縣，各令其子爲大夫，晋益弱，六卿皆大」。證之昭二十八年傳「晋殺祁盈及楊食我」，分祁氏之田以爲七縣，分羊舌氏之田以爲三縣，即其事矣。孔云「平陽之次，在銅鞮楊氏之間」，知亦羊舌邑也。意者前本二縣，後分爲三縣歟。

八年，夏，四月，辛丑，陳侯溺卒。注：襄二十七年，大夫盟于宋。

規曰：溺以襄五年即位，爾來陳常從楚。惟有襄二十七年大夫與魯同盟于宋。往年衛侯惡卒，杜云「元年，大夫盟于虢」，此炫云「不從楚」。

孔氏曰：今知不然者，以盟于宋，經有明文，故指之；虢盟文不見經，故不數也。其衛侯惡更無盟處，惟有虢盟，故數之。劉不尋杜意，而規其過，非也。

申曰：元年虢之會，十國皆大夫。傳稱尋宋之盟，讀舊書而已，故經書「會」，不書「盟」。然則所書之名，即宋之盟書也，宋不數，未爲不可。若上年衛侯惡卒，注數號盟，則謬之甚。案：宋盟在襄二十七年。衛侯惡以襄二十九年即位，則宋盟之衛侯乃衎，非惡。計號盟，讀舊書，不得有惡之名。杜之上下相反者，莫甚於盟例，前已詳之矣，茲不具。

九年，逐楚而建陳也。注：水得妃而興，陳興則楚衰，故曰逐楚而建陳。

規曰：改逐爲遁，言火逃遁，去楚而建立陳國。

孔氏曰：杜以陳爲楚邑，楚人在陳，當謂逐去楚人之在陳者，若穿封戌爲陳公者也。但毆逐楚國之人，於義甚通，劉乃規杜，非也。

證曰：《漢書·五行志》説曰：「顓頊以水王，陳其族也。」今茲歲在星紀，後五年在大梁。大梁，昴也。金爲水宗，得其宗而昌，故曰「五年陳將復封楚之先爲火正」、故曰「楚所相也」。天以五生水，地以二生火，天以三生木，地以四生金，天以五生土，五位皆以五而合，而陰陽易位，故曰「妃以火成」。此皆因火而占，非論其事。《玉篇》《廣韻》並云「逐，從也」。言火本爲楚所相，今於火出之候而火陳，乃從楚而建立陳國也，未須改字，於義可通。上云「今火出而火陳」，下云「妃以五成，故曰五年」，歲五及鶉火，而後陳卒亡，楚克有之，都無陳盛楚衰之意，杜説非也。若如劉説，「遁」當爲「遂」，《易·釋文》「遯」字又作「遂」、又作「遁」，同。《詩·釋文·大雅·雲漢》「我遯」本亦作「遂」。《漢書·匈奴傳》「遂逃竄伏」，《敘傳述贊》「攜手遂秦」，顔師古注「遂，古遁字，逐、遂字形相近而誤」。蓋火爲楚象，陳爲水屬，火畏水，故逃遁，是去楚而建立陳國也。然上文云「火，水妃也」，下文云「妃以五成」，皆取水火配合之義，以爲封陳之驗，不應言火之逃遂，亦恐非也。

十年，宋公成卒。注：十一同盟也。

規曰：成以成十六年即位。十七年盟于柯陵，十八年于虚朾，襄三年于雞澤，五年于戚，九年于戲，十一年于亳城北，十五年及向戌盟于劉，十六年于溴梁，十九年于祝柯，二十年于澶淵，二十五年于重丘，二十七年于宋，元年于虢：皆魯、宋俱在，凡十三同盟。

孔氏曰：杜意盟數多者，不數特盟；襄十五年，向戌盟于劉及虢盟不數，故十一。劉炫并數以規杜過，非也。如此數盟不同者，或由傳寫誤。

申曰：文十三年郲子蘧蒢卒。杜據文公爲言，不數僖公之盟，他多倣此。宋公成十一同盟，若據昭公爲言，則成、襄之盟俱不數也；去劉與虢，則無一可數矣。并數同盟，如劉之説，殆十三同盟。十有二年，經書「三月壬申，鄭伯嘉卒」。注「五同盟」。疏稱「嘉以襄九年即位，其年盟于戲，十一年于亳城北，十六年于溴梁，二十年于澶淵，二十五年于重丘，二十七年于虢，皆魯、鄭俱在，凡七。云『五』者，杜以其盟既多，故皆據君在盟會而言之。襄二十七年，是大夫之盟；元年，虢會讀舊書，二者不數。或可傳寫錯誤」，豈以上文「齊高偃帥師納北燕伯于陽」載劉説，因而不具姓名歟！

十一年，朝有著定。注：著定，朝内列位當處，謂之表著。

規曰：「謂之表著」者，杜意當以下文「表著之位」謂此也。炫謂下文有「著」有「表」，二文不同，以「著定」爲「朝有著」，不得謂之「表著」。

孔氏曰：「著定」謂佇立定處，故謂朝内列位常處。《周禮·司士》：「正朝儀之位，辨其貴賤之等。」鄭玄云：「此王日視朝事於路門外之位。」「會有表」，亦是位之定處。但「著」下言「定」，則「表」亦是「定」，故直言「會有表」耳。俗本「表」下有「旗」，謬也。野會設表爲位，亦當有物記處，如今之位版也。杜意當以下文「會朝之言，必聞於表著」，故於「朝有著」之文，并採下文「會有表」以配「著」，故云謂之「表著」，所以覆結下文，非謂「著」之一字，即名「表著」也。劉炫不達杜旨，而爲規過，非也。

釋曰：《詩・齊風》：「俟我於著乎而。」《毛傳》：「門屏之間曰著。」正義：「《釋宫》云：『門屏之間謂之宁。』李巡曰：『門屏之間，謂正門内兩塾間名宁。』孫炎曰：『門内屏外，人君視朝，所宁立處也。「著」與「宁」音義同。』古君臣朝位，皆名『宁』。《釋名・釋宫室》：『宁，佇也。將見君，所佇立定氣之處也。』」疏家釋杜解云「著定，謂佇立定處，故謂朝内列位常處」本此。昭十二年，叔孫昭子之告季平子也，「若不廢君命，則固有著矣」；又十六年，子産之怒子張也，曰「其祭在廟，已有著位」；均單稱「著」，劉以下文稱會朝之言必聞于表著之位，此言「朝」不言「會」，杜不得謂之「表著」規之，誠是；然猶未盡也。《周語》曰：

「大夫士曰恪位，著以儆其官。」《魯語》曰：「署者，位之表也。」「著」「署」字異而義同，對文則朝稱「著」，而會稱「表」；散文則「著」亦可稱「表」，是「著」之一字即名「表著」矣，劉與孔似未達杜旨。

鄭莊公城櫟，而寘子元焉。注：子元，鄭公子。莊公寘子元於櫟。桓十五年，厲公因之以殺櫟大夫檀伯，遂居櫟，卒使昭公不安位而見殺。

規曰：杜以子元爲鄭公子，曼伯與檀伯爲一人。「莊公城櫟，而置子元」，又使檀伯爲櫟邑大夫，故厲公得因子元而殺檀伯。炫以爲傳言「城櫟以置子元」，當謂賜元以櫟，則以元爲櫟邑之長。若其別有大夫，子元寄居於櫟，便是城櫟以置檀伯，何言「置子元」也？若厲公因子元而殺檀伯，則子元是櫟邑之一夫耳，豈是莊公城櫟之咎乎？且桓十五年傳云「鄭伯因櫟人殺檀伯」，不言因子元也。子元，鄭之公子，不得爲櫟人也。鄭衆云「子元即檀伯也。厲公殺檀伯，居櫟，因櫟之衆偪弱昭公，使至殺死」。案：桓五年傳云「子元請爲左拒」，即云「曼伯爲右拒」，則曼伯、子元近是爲一。

孔氏曰：今知劉説非者，案：晉封桓叔于曲沃，而以欒賓傅之；鄭使許叔居許，而以公孫獲爲佐；楚使大子建居城父，而以奮揚助之；並是一邑之内而有二人，則莊公城櫟而置子元，别有檀伯居櫟，何爲不可？子元共櫟邑之人而納厲公，但此因棄疾在蔡，故特指子元。桓十五年，直明厲公之入，故總言櫟人，辭有彼此，不可爲怪。劉又以子元爲曼伯。案：隱五年傳云「曼伯與子元潛軍，軍其後」；又下云「鄭二公子敗燕師于北制」；是子元非曼伯也，劉妄規杜，非也。

顧氏炎武曰：子元疑即厲公之字，杜以爲别是一人，厲公因之以殺曼伯而取櫟，非也。蓋莊公在時，即以櫟爲子元之邑，如重耳之蒲、夷吾之屈，故厲公於出奔之後取之特易。曼伯則爲昭公守櫟者也。隱九年，公子突請爲三覆以敗戎；桓五年，子元請爲二拒以敗王師；固即厲公一人，而或稱名、或稱字耳。合三事觀之，可以知厲公之才略，而又資之以巖邑，能無篡國乎？

釋曰：桓五年，杜注「曼伯，檀伯」。顧亭林疑子元即厲公之字，檀伯、曼伯爲一，曼伯、子元不得爲一。劉沿鄭衆之誤，孔氏駁正之，證據甚確。

十二年，公子慭遂如晉。注：慭，魯大夫。如晉不書，還不復會而奔，故史不書於策。

規曰：杜以慭還不復命於介而奔，止可不書其還，何故如晉亦不書也？此蓋謂君使臣聘，必當告廟，乃得書於策。公歸告復，不告使，故不書如晉。

孔氏曰：此經書「公子慭出奔齊」，名見於經，則慭是卿也。出奔既書於策，如晉亦應書之。今不書者，杜以宣十八年書「公孫歸父如晉」，「歸父還自晉，至笙，遂奔齊」。傳稱歸父還，至笙，聞公薨，乃「壇帷復命於介」，然後出奔。《書》曰「歸父還自晉」，善之也。彼善之，故書其去，又書其還。此慭知己謀泄，逃介而先，不復命於君，而還出奔，故史不書於策。言其爲此，故不書其如晉也。慭初欲謀亂魯國，而往聘晉，魯人責其謀亂不復命，故賤而不録其聘也。出奔而書者，榮其罪人斯得。劉以爲出聘不告廟，故不書。案：不復命而奔，傳有其事；不告廟，傳無其文，妄規杜氏，非也。

萬氏斯大曰：二年，公如晉，至河乃復。季孫宿遂如晉，而書「是年公如晉，至河乃復」。公子慭遂如晉，而不書，慭非卿也。然則公子慭出奔何以書？慭與南蒯謀去季氏，而公與其謀，謀洩而蒯叛慭奔，季於是陰忌公，思有以逐之，乾侯之孫，實萌于此。是則一公子之奔，繫我君存亡之故，不可不書也。

證曰：此年「冬，十月，公子慭出奔齊」。杜注「書名，謀亂故也」。孔以如晋不書，謂慭謀亂，不復命。嗚呼！慭謀季氏也，非謀亂也。以謀季氏爲謀亂，則黨季氏者爲盡忠乎？此杜預之邪説，孔穎達從而附會之，悖矣！且孔援歸父，以明不書之故，則又謬甚！夫歸父欲去三桓，以張公室，與公謀而聘於晋，與慭之謀季氏而如晋一也。傳善歸父未有不善慭者。其有書，有不書，歸父卿也，慭非卿也。慭非卿，曷爲書出奔，重公子也。杜謂「還不復會而奔，故不書」，非也。劉謂「不告廟，故不書」，亦未必是也。

有酒如淮，有肉如坻。注：淮，水名。坻，山名。

規曰：杜以「淮」爲「水名」，當謂四瀆之淮也。炫以爲「淮」「坻」之韻不切，「淮」當作「濰」。濰，齊地水名。下稱「澠」，亦是齊國水也。山無名「坻」者，《詩》云「宛在水中坻」，炫以「坻」爲水中之地。

孔氏曰：古之爲韻不堪要切，故《詩》「儀」「河」「斁」「綌」尚得爲韻；「淮」「坻」相韻，何故不可？此若齊侯之語，容可舉齊地濰水；此是穆子在晉，何意舉齊地水乎？案《爾雅》：「小洲曰陼，小陼曰沚，小沚曰坻。」何得以坻之小地，對淮之大水？故杜以「坻」爲山名。案：楚子觀兵於坻箕之山，非山乎？劉以此規杜失，非也。

陸氏德明曰：案濰是齊水，齊侯稱之。荀吴既非齊人，不應遠舉濰水。古韻緩作「淮」足得，無勞改也。坻，水中高地也。

臧氏琳曰：案《説文》「淮，从水隹聲」「濰，从水維聲」「維从糸隹聲」，則「淮」「濰」同聲，皆與「坻」韻。劉氏以「淮」非韻，而欲改「濰」，誤也。陸、孔不從劉説，是矣。但陸以爲古韻緩，孔以爲古韻不甚要切，是皆未知古音。孔又引《周南·葛覃》《鄘·柏舟》以證，亦非；綌从谷聲，斁從睪聲，何不要切？宋洪适謂漢碑用《詩》「蓼蓼者莪」，或作「蓼儀」、或作「蓼義」，則「儀」「義」字，古聲皆讀若「莪」，與「河」字正韻，而孔氏亦未之知也。「有肉如坻」，當從劉説，《釋文》亦用之。下「有肉如陵」，《釋地》「大阜曰陵」，與此正相類。即有坻箕之山，不必單舉以配淮也。正義云「酒肉相對，多少相似，何得以坻之小地對淮之大水」，此説猶誤。如淮如坻，不過取其聲韻之同耳，豈真以酒肉多少配之乎？拘泥之甚。

梁氏玉繩《瞥記》曰：嚴九能云「『淮』當讀爲『圍』。《釋名》『淮，圍也。圍繞揚州北界東至海也』。顔延年詩『惜無爵雉化，何用充江淮。去國還故里，迷門樹蓬藜』，『淮』、『藜』爲韻，正合古音。」

證曰：考劉恕《通鑑外紀》魯昭公十二年，晋昭公之元年，齊景公之十七年，吴王夷昧之十三年也。吴自成十年入州來，寖以强大，齊景公所最畏者。淮爲吴地水。荀吴意在服吴，因欲使齊事晋，故舉吴地水而言。「淮」從杜，「坻」從劉、陸説可據。

假道於鮮虞，遂入昔陽。注：鮮虞，白狄别種，在中山新市縣。昔陽，肥國都，樂平沾縣東有昔陽城。

規曰：杜以昔陽爲肥國之都，樂平沾縣東有昔陽城，疑此爲都也。下注云「鉅鹿下曲陽縣西南有肥累城」，復疑肥國取彼肥爲名也。炫以爲齊在晉東，「僞會齊師」，當自晉而東行也。「假道鮮虞，遂入昔陽」，則昔陽當鮮虞之東也。今案：樂平沾縣在中山新市西南五百餘里，何當假道於東北之鮮虞，而反入西南之昔陽也？既入昔陽，而別言滅肥，則肥與昔陽不得爲一，安得以昔陽爲肥國之都也？昔陽即是肥都，何以復言鉅鹿下曲陽有肥累之城，疑是肥名取於彼也？肥爲小國，竟不必遠，豈肥名取鉅鹿之城，建都於樂平之縣也？十五年「荀吳伐鮮虞，圍鼓」。杜云「鼓，白狄之別，鉅鹿下曲陽縣有鼓聚」。炫謂肥、鼓並在鉅鹿，昔陽即是鼓都，在鮮虞之東南也。二十二年傳云晉荀吳「使師僞糴者，負甲以息於昔陽之門外，遂襲鼓，滅之」，則昔陽之爲鼓都，斷可知矣。

孔氏曰：今杜以昔陽爲肥國都是者，以傳云「遂入昔陽」，即云「壬午，滅肥」，是因入而滅之，故云「昔陽，肥國都」也。昔陽既在樂平沾縣，而杜又云「鉅鹿下曲陽縣西南有肥累城」，相去遠者，以肥是本封之名，後遷於昔陽，猶若杞國本都陳留，後遷緣陵，鄭本都京兆，後遷虢鄶，與此何異？且昔陽今屬廉州，去下曲陽，道路非遠，在中山南二百許里。劉炫自云「肥之與鼓，俱在曲陽」，足知肥累城與昔陽不甚懸絶。劉意欲破杜，乃云「樂平沾縣在中山新市西南五百餘里」，又自云「昔陽，鼓國都。與肥相近，在中山東南」，是自相矛盾也。然鮮虞在北，昔陽在南，荀吴意欲滅肥，恐肥國防備，故從晉之北竟僞欲東南而行，往會齊師，故先迴路，假道鮮虞南入昔陽。如湯之伐桀，迂路從陑，出其不意故也。且杜君《土地例》稱有者，皆疑辭。又且都縣移動，古今不一，則晉時樂平沾縣，何知不是今之昔陽？但肥都昔陽與鼓相近，昔陽非鼓都也。劉意好異聞，妄規杜過，非也。

顧氏炎武曰：《漢書·地理志》：「鉅鹿，下曲陽。」應劭曰：「晉荀吴滅鼓，今鼓聚昔陽亭是也。」此鼓之都，而非肥都，其曰在樂平沾縣尤誤，劉炫之辨甚明。

高氏士奇曰：漢沾縣屬上黨郡，晉屬樂平郡，地在大行之東，去中山絶遠，劉炫是説，孔穎達反覆辨之，意在回護杜氏。輾轉支離，至末後之説，仍依然折而入於劉。蓋杜見滅肥之文，繫於「入息陽」之下，遂疑昔陽爲肥都，而不復計其乖於滅鼓之傳。今案：《前後漢志》及《水經注》所稱皆同劉説，當從之。

江氏永曰：鮮虞，今直隸真定府新樂縣西南有新市故城，俗名新城鋪，其地有鮮虞亭。《史記索隱》曰：「中山，古鮮虞國，姬姓也。」今案：如《索隱》說，則鮮虞似非白狄別種。昔陽，今山西平定州有昔陽城。《元和志》謂之昔陽城也。案：樂平去新樂三百里，參之道里，疑太迴遠。今藁城西南亦有昔陽亭，《水經注》謂之「鼓聚」，與新樂接壤，且其地爲肥國都，劉炫所謂「肥、鼓並在鉅鹿，昔陽即是鼓都，在鮮虞東南」，似較杜說爲的。杜於十五年，釋「鼓」注不誤，此年注誤，劉炫規之，是也。隋分藁城地，置昔陽縣，尋改爲鼓城縣，唐以後因之。元於鼓城縣置晉州，明省鼓城入晉州。然則昔陽者，今真定之晉州，鼓子之國也，非肥都。

申曰：劉言「肥、鼓並在鉅鹿，昔陽即是鼓都，在鮮虞之東南」以破杜，最爲精確。此下云「秋，八月壬午，滅肥，以肥子綿皋歸」，杜注「鉅鹿下曲陽縣西南有肥累城」。十五年傳「晉荀吳帥師伐鮮虞，圍鼓」。杜注「鉅鹿，下曲陽縣有鼓聚，即劉所謂『肥、鼓並在鉅鹿者』也」，皆與此注自相矛盾。蓋此入昔陽，即入鼓也。二十二年傳「六月，荀吳略東陽，使師僞糴者負甲以息於昔陽之門外，遂襲鼓，滅之，以鼓子鳶鞮歸」。杜注「昔陽，故肥子所都」。如杜之言，肥滅至此已十年，負甲者當息於昔陽之城中矣。今息城外其爲鼓都也，審矣！劉說是也。

僕析父從。右尹子革夕。注：子革，鄭丹。夕，莫見。

規曰：炫以爲僕析父從右尹子革夕見於王，爲下與革語張本。僕析父共子革二人同時見王，王與之語，則二人並在，子革獨對。

孔氏曰：今知不然者。若僕析父共子革二人同時見王，王與之語，傳應云「子革對曰」，不得直云「對」。故杜以爲右尹子革將夕，故下即云「對」，事理分明。劉妄規杜過，非也。

申曰：今知然者。若是子革一人見王，則子革對王之語，析父無由而聞。王入之後，析父謂子革，不得曰「今與王言如響」，故劉以爲「二人並在，子革獨對」，此事理之顯然者。杜以「僕析父從」爲句，「從」讀「才用反」；劉以「僕析父從右尹子革夕」九字爲一句，「從」讀如字；竊謂劉説是。《史記·楚世家》皆以爲析父對王之語，靈王喜曰「析父善言古事焉」。《正義》：「《左傳》此對王言是子革之辭，太史公云析父，誤也。析父時爲王僕，見子革對，故歎也。」昭十三年傳：「蔡公因正僕人殺太子禄及公子罷敵。」杜曰：「正僕，太子之近官。」孔曰：「太僕也。」《周禮》下大夫，二人。故《集解》引賈逵注「以析父爲楚大夫也」。襄四年虞人箴曰「獸臣司原，敢告僕夫」，則從王於狩，亦僕職也，故張守節以爲「析父時爲王僕，見子革對」，可證劉説之確。成十二年，子反曰：「百官承事，朝而不夕。」疏云：「旦見君，謂之朝；莫見君，謂之夕。」哀十四年傳稱「子我夕」，《晋語》稱「叔向夕」，皆謂夕見君也。《儀禮·士冠禮》賈公彦疏「無事亦無夕，法若夕有事，須見君，則夕」。杜於此注曰「夕莫見」，於「子我夕」，注曰「夕視事」，是杜之舛，孔於彼注不駁，而於成十二年傳疏正之曰「夕見君」，與此注一律。

是四國者，專足畏也。注：四國，陳、蔡、二不羹。

規曰：炫以爲《楚語》云：「靈王城陳、蔡、不羹，使僕夫子晳問於范無宇曰：『今吾城三國，賦皆千乘，亦當晋矣，諸侯其來乎？』對曰：『是三城者，豈不使諸侯之惕焉？』」彼再言三城，無四國也，縱使不羹有二，或當前後遷焉，非是並有二也。炫謂古「四」字積畫，「四」當爲「三」。

孔氏曰：《國語》是不傳之書，何可執以爲真而攻《左氏》？劉雖有所規，未可從也。

李氏雲霑曰：按賈誼《新書》：「楚靈王問范無宇曰：『我欲大城陳、蔡、葉與不羹。』」正合四國之數，或是傳文脱「葉」字。

錢氏大昕曰：《賈子·大都篇》云「楚靈王城陳、蔡、葉與不羹。居數年，陳、蔡、葉與不羹奉公子棄疾，内作難」。四國者，兼葉言之。昭十三年傳稱「陳、蔡、不羹、許、葉之師」。葉本許都，靈王遷許于城父，故有「許葉」之稱。十一年、十三年傳但稱陳、蔡、不羹而不及葉者，傳寫之脱文。

王氏引之曰：謹案「十一年傳楚子城陳、蔡、不羹」，與此相應，則無脱文可知。《楚語》曰「靈王城陳、蔡、不羹」，又曰「陳、蔡及不羹人納棄疾」，《史記·楚世家》亦曰「今吾大城陳、蔡、不羹」，「陳、蔡」下皆無「葉」字，豈得盡謂之脱文乎？陳、蔡、不羹實三國，故《楚語》既言「三國」，又言「三城」，而此言「四國」者，涉上文兩「四國」字而誤。古書作三、四，或皆積畫。劉説是也。特以納棄疾者，亦有葉邑之師，故後世傳聞之誤，遂謂靈王所城者，亦有葉，賈子書所云者是也。以十一年杜注考之，不羹城在今襄城縣東南；陳、蔡、不羹相距或二三百里，或三四百里，而今之襄城南距葉縣六十里，古葉邑即在葉縣南三十里，與襄城東南之不羹城相距不及百里。襄城之不羹，已大城矣，未百里而又城葉，無是理也。學者當據内外傳以正賈子之誤，何反據賈子以疑左氏乎？十三年傳言「許葉之師」者，案傳曰，棄疾「君陳、蔡，城外屬焉」，十八年傳曰「葉在楚國方城外之蔽也」，則葉固方城外之邑，屬於棄疾者，葉人之從棄疾宜也，奚必靈王所城者而後爲用乎？且傳不言「陳、蔡、許、葉、不羹」，而言「陳、蔡、不羹、許、葉」，明陳、蔡、不羹是靈王所城之大都，而許、葉則否，故先言陳、蔡、不羹，後言許、葉。而《楚語》則但言陳、蔡及不羹人納棄疾，不言許、葉也。若謂葉本許都，故有「許葉」之稱，則尤非事實。十三年傳曰「楚子遷許而質許圍，故許圍作亂」，又曰「帥陳、蔡、不羹、許、葉之師，因四族之徒以入楚」，是許國之師，實許圍所召也。九年，遷許于夷，遷方城外人于葉。十一年，又遷許于荆。許與葉皆受蕩析離居之害，遂叛靈王而從棄疾，故曰「帥陳、蔡、不羹、許、葉之師」。「許」謂遷荆之「許」，非謂「葉」也。許已遷夷、遷荆，何得仍謂葉爲許乎？葉本楚邑，自許遷於葉，遂謂葉爲許。九年傳「遷許于夷，遷方城外人于許」。杜注曰「成十五年，許遷于葉，因謂之許」，是也。然言許則不言葉矣。自許遷夷、遷荆，而舊所居之葉仍歸於楚，而謂之葉。後凡言葉公及沈諸梁老于葉，皆是也；然言葉則不言許矣。未聞因葉本許都，而稱「許葉」也。假令納棄疾者但有葉邑之師，而無遷荆之許，則傳但言「葉」可矣，何必謂之「許、葉」乎？許爲楚之附庸，葉爲楚之邑，不得合許、葉爲一，以强附於賈子書之葉也。

申曰：《楚語》「靈王城陳、蔡、不羹。」韋昭注「三國，楚别都也。《魯》昭八年，楚滅陳，使穿封戌爲陳公。十一年，滅蔡，使公子棄疾爲蔡公。今潁川定陵有東不羹亭，襄城有西不羹城」。以陳、蔡、不羹爲三國，足證韋所見《左傳》本作「三國」，不作「四國」，是「不羹」本爲一國，證之賈書不羹亦無二城。昭十一年「楚子城陳、蔡、不羹」。杜注「襄城縣東南有不羹城，定陵西北有不羹亭」，亦未嘗謂不羹爲二國也。考《漢書・地理志》潁川郡定陵有東不羹，襄城有西不羹，今杜云「四國，陳、蔡、二不羹」，不言不羹之東西，而强分爲二國，不知其所謂二國者何所據也？案：《水經・汝水注》「汝水，又東南逕襄城縣故城南。王隱《晉書地道記》曰：楚靈王築。汝水，又東南逕西不羹，故城南。《春秋左傳》昭十二年楚靈王曰：今我大城陳、蔡、不羹，賦皆千乘。《東觀漢記》曰：車騎馬防增封侯國襄城羹亭千二百五十户〔二〕，即此亭也」。然則襄城爲不羹，有城有亭也。《通典·州郡七》「汝州襄城，漢舊縣。楚靈王所築。又有古不羹城，在縣西南」。《元和郡縣志》「汝州襄城，縣理廢汝州城，即古襄城，楚靈所築，後漢馮異據之降世祖」。昭元年「楚公子圍，使公子黑肱、伯州犂城犨、櫟、郟」。杜注「郟屬襄城」。不羹與郟俱在襄城，疑城不羹，即是城郟也。楚滅陳、蔡仍其舊國之名。不羹，本鄭地，鄭國未并於楚，不可以言鄭國，故舉其地以名之。不羹實非國，謂之國者，以與陳、蔡同稱而謂之「三國」耳。説者以「四國」，兼葉言之，蓋據賈書「楚靈王城陳、蔡、葉與不羹也」。案：方城在葉，乃楚所以禦，北方之門户，不應至是而始城。然則本三國，而作「四國」者，緣誤文，非脱文也。《説文·十四篇》「亖，籀文四」。段玉裁注「此算法之二二如四也，二字兩畫均長，則亖字亦四畫均長。今人作篆多誤。《覲禮》『四享』，鄭注曰『四，當爲三』。書作三、四字，或皆積畫，字相似，由此誤』。《聘禮》注云『朝貢，禮純四只』。《鄭志》荅趙商問『四當爲三』，《周禮·内

〔二〕「車騎馬防」，底本原作「車馬騎防」，兹據《東觀漢記校注》改。

宰職》注『天子巡狩，禮制，幣丈八尺，純四䋈』。《鄭志》答趙商問亦云『四當爲三』。劉謂『四當爲三』，皆由古字積畫」，是也。襄二十六年，苗賁皇曰：「吾乃四萃於其王族，必大敗之。」杜注：「四萃，四面集攻之。」孔疏：「《楚語》云：『三萃以攻其王族，必大敗之。』韋昭云：『時晉有四軍，言三集者，中軍先入，而上下及新軍乃三集，以致攻之。』」韋昭見文爲「三」字，而説之使通耳。案：成十六年，苗賁皇言於晉侯曰：「楚之良，在其中軍王族而已，請分良以擊其左右，而三軍萃於王卒，必大敗之。」則韋據「三軍」而言，非「見文爲三而説之使通」也，知言「三萃」者，不誤；言「四萃」者，誤。此《國語》文爲三，傳誤爲四之明證也。疏家引《國語》無慮百數十處，於劉氏此規，乃云「《國語》是不傳之書，不可執以攻左氏」，夫分不龔爲二，非左氏之説，乃杜氏之説，劉攻杜氏，非攻左氏也。

十三年，夏，五月，癸亥。注：癸亥，五月二十六日，皆在乙卯、丙辰後。

傳終言之，經書四月，誤。

規曰：杜此注經書四月，誤。案：上經注云「靈王實以五月死，楚人生失靈王，本其始禍以赴」，兩注不同，炫以爲比以四月歸既，歸而王死，故以四月弒君赴也。

孔氏曰：此癸亥之日，實在乙卯、丙辰之後。傳先言之者，因申亥求王，遂言王縊，是傳終言之也。既以五月統癸亥之日，而乙卯、丙辰亦是五月之日，雖則言有顛倒，即令蒙此五月之文也。劉炫以爲杜非，今知不然者，以其生失靈王，不知死在五月，遂以四月始禍，言靈王之死，是其錯誤之事，於文似異，義實一也。劉以二注文異而規杜氏，非也。

趙氏汸《補注》曰：今案，四月者，比歸國之月也。《春秋》之法，凡大夫公子反國，皆不月而弒君，無不月者，比歸而王弒，故經没死之月，蒙上文比歸爲一事，見比以篡逆歸，而特存其歸國之月以異之，杜氏不知筆削之旨，故經、傳異説。

申曰：如劉之言，經書四月，非誤也。杜此注誤，上經注不誤。

不明棄共，百事不終。注：信義不明則棄威，不威棄禮。無禮無經，無經無業，故百事不成。

規曰：杜以信義不明，威無可畏，則是棄威也。不畏威則禮不行，是棄禮也。

無禮則無經，無經則無業，故百事所以不成。炫以此傳四文皆緣上事而致下事，其上則事、業、禮、威所致，則經、序、共、明。傳既言「不明棄共」，自然當云「不共棄序」「不序棄經」「不經棄事」。今杜云「不明則棄威，不威棄禮，無禮無經，無經無業」，杜違背傳。

孔氏曰：今知劉義非者，杜以「不明棄共」「不共棄序」「不序棄經」「不經棄事」，自是傳文分明。但傳云「百事不終」，明知非徒「棄共」「棄序」，其威禮亦棄也。杜與傳共爲表裏，非是違傳。劉不解杜意，妄爲規過，謬矣。

申曰：「經」「序」「共」「明」，傳家四文平列，實乃一意相承，故終言「明」「共」以結「經」「序」，注家補「事」「業」「禮」「威」，於義亦通，然不如劉之周匝。

十四年，猶義也夫。注：三罪惟答宣子問，不可以不正，其餘則以直傷義，故重疑之。

規曰：杜讀此文，言「猶義也夫」，言不是義也，故言「以直傷義」，謂叔向非是義也。炫云「直則是義，直義爲一」。

孔氏曰：義者於事合宜，所爲得理。直者，惟無阿曲，未能圓通，故《書》云「直而温」。若直而無温，則非德非義。是義之與直，二者不同。故上傳云「義也夫」，此傳云「猶義也夫」，於「義」之下並云「夫」。「夫」是疑怪之辭，故杜以爲非義，裁可謂之直矣。故仲尼云「叔向古之遺直」，不云「遺義」，是「直」與「義」别。劉規杜氏，非也。

臧氏琳曰：案上文先云「義也夫」，中言「除三惡」，此又云「殺親益榮，猶義也夫」，則明是以「直」爲「義」，猶隱四年石碏殺其子，而傳云「大義滅親也」。乃杜上注云「於義未安」，此注云「以直傷義，故重疑之」，不免刻求古人，失聖人表揚之旨。劉光伯規之，當也。

姚氏鼐曰：以直傷義，元凱之論叔向是也。而曲護左氏，以爲疑詞，則非左氏正以叔向爲義，非疑之。

王氏引之曰：「三數叔魚之罪，不爲末減，曰義也夫。又殺親益榮，猶義也夫」。謹案：「曰」當爲「由」字之脱誤也。「猶」讀爲「由」，字之假借也。古者，至於紀侯之不誅，至今有紀者，猶無明天子也」、《孟子》「文王猶方百里起」，「猶」並與「由」同。《家語·正論篇》載此「猶」正作「由」，則「曰」字亦當作「由」，寫者脱一直書耳。「由義」，行義也。言大義滅親，叔向能行大義，不爲末減也。再言「由義也夫」，所以深嘆美之。《雜記》引孔氏之言曰「如知此者，由文矣哉，由文矣哉」，正與「由義也夫」之文相類，杜注失之矣。服虔讀「減」爲「咸」，下屬爲句，亦不辭。「由義也夫」，乃孔子歎美之辭，不得屬之衆人而云「咸曰」也。王肅《家語》用《左傳》文，而承誤作「曰」，又沿服虔之解而以「咸」屬下讀，於「不爲末」下注曰「末，薄也」。於「或曰義」下注曰「或，《左傳》作『咸』也」。非也。

申曰：當邢侯之殺叔魚與雍子也，叔魚鬻獄之事已發，雖舜復生，不能全兄弟之愛。但舜不能使象不爲不仁，而能使象不得有爲於其國。使叔向以處象之道處鮒，則固有不能無憾者。何也？叔向於歸季孫，告宣子曰「鮒也能」，則當争於宣子曰「鮒也詐，不可以爲政」。於其求貨，告衛人曰「子若以君命賜之」，其已則當諫於晋君曰「鮒也賄不可以爲政」。如是而叔魚不攝理，必不至於敗，即敗亦不至於殺其身。顧不出此，及其敗也而罪之，晚矣！叔向處兄弟之道，誠有未至，然仲尼以爲古之遺直者，據邢侯之獄而言也。「殺親益榮」，言叔向不以叔魚而辱耳。若謂榮名益己，聖人之言，斷不如此。《春秋》爲親者諱，石碏以父不隱子爲義，叔向以兄不隱弟爲義，直在義之中，不在義之外。「猶義也夫」，乃光伯所謂「直義爲一也」，信之也，非疑之也。

十六年，受脤歸脤。注：受脤，謂君祭以肉賜大夫。歸脤，謂大夫祭歸肉於公。皆社之戎祭也。

規曰：孔張是大夫也，而云「受脤歸脤」，大夫不得私自出軍，自祭私社，不得歸脤於公，炫以爲脤亦祭廟之肉。

孔氏曰：《周禮・掌蜃》云：「祭祀共蜃器之蜃。」鄭玄云：「蜃，大蛤。『飾祭器之屬也』。『蜃之器以蜃飾，因名焉』。」鄭衆云：「蜃可以白器，令色白。」是蜃爲器名。祭肉盛之蜃器，以獻遺人，因名祭肉爲脤。孔張是大夫也，故知受脤爲君祭以肉賜大夫。歸脤謂大夫祭以肉歸於公也。故《周禮・祭僕》：「凡祭祀致福者，展而受之。」是在下之祭，有「歸脤」之義。又傳有「成子受脤于社」，前代諸儒皆以脤爲祭社之肉，故云「皆社之戎祭也」。劉炫故違傳證，以破先儒，以爲脤亦祭廟之肉，以規杜氏，文無所出，其義非也。然大夫而得歸脤於公者，謂大夫奉君命，以戎事攝祭於社，故杜直言祭歸肉於公，亦不謂家祭也。

申曰：成十三年傳「《劉子》曰『國之大事，在祀與戎。祀有執膰，戎有受脤。』」《説文一篇·示部》「祳，社肉盛之以蜃，故謂之祳。天子所以親遺同姓。《春秋傳》曰『天子使石尚來歸祳』。」《十篇·炙部》「鐇，宗廟火熟肉，天子所以饋同姓。《春秋傳》曰『天子有事鐇焉』。」此《左氏》説也，杜氏所本。《公羊》定十四年傳：「天王使石尚來歸脤。脤者何？俎實也。腥曰脤，熟曰膰。」何休《解詁》：「禮諸侯朝天子，助祭於宗廟，然後受俎實。時魯不助祭而歸之，故書以譏之。」《穀梁傳》：「脤者，俎實也，祭肉也。」范甯注：「脤，祭肉，天子祭畢以之賜同姓諸侯、親兄弟之國，與之共福。」此《公》《穀》説也。光伯義據《公》《穀》，不得謂「文無所出」。案：《周禮·地官·掌蜃》：「祭祀共蜃器之蜃。」鄭注：「飾祭器之屬也。」《鬯人職》曰：「凡四方山川用蜃器。」賈疏直云「蜃器之蜃」，鄭總云「祭器之屬」，不辨宗廟及社稷之器，則宗廟、社稷皆用蜃飾之，與劉説合。彼《劉子》語，特因祀、戎對舉，分而言之，未可緣以爲定例也。《禮記·禮器》：「郊血，大饗腥，三獻爓，一獻孰。」鄭注：「郊，祭天也。大饗，祫祭先王也。三獻，祭社稷五祀。一獻，祭羣小祀也。爓，沈肉於湯也。血腥爓孰遠近備古今也。」孔彼疏云「凡郊與大饗，三獻之屬，正祭之時，皆有血有腥，有爓有孰」，此云「郊血」，是郊有血也。《郊特牲》云「毛血告幽全」，是宗廟有血也。《宗伯》云「以血祭祭社稷五祀」，是三獻有血也。《周語》云「禘郊之祀，則有全烝」，是郊祭天有孰也。有孰，則有腥可知也。今所以各言者，皇氏云「此據設之先後，先薦者設之在先，後進者設之居後」，義當然也。熊氏云「宗廟之祭無血」。鄭注《論語》云「禘祭之禮，自血腥始」者，謂腥肉有血。今案《詩·小雅》論宗廟之祭云，「執其鸞刀，以啓其毛，取其血膋」，則是有用血之明文也。然則祭社稷宗廟之肉，皆有腥有熟，不得以歸脈必爲社祭也。《周禮·春官》「大祝、大師，宜于社」。《爾雅·釋天》「起大事，動大衆，必先有事乎社，而後出，謂之宜」。以傳考之閔二年，梁餘子養曰「帥師者，受命于廟，受脤于社」，成十三年

「公及諸侯朝王，遂從劉康公、成肅公會晉侯伐秦，成子受脤于社，不敬」。杜彼注皆以「脤」爲「宜社之肉」，是也。若定十四年「天王使石尚來歸脤」，時王朝並無出師之事，杜何由知非祭廟之肉，而以爲祭社之肉乎？此上文云「喪祭有職」，下文云「其祭在廟，已有著位，受脤者，助祭於公廟，受脤於公也。歸脤者，主祭於家廟，歸脤於公也」。《禮記・祭法》「大夫以下，成羣立社，曰置社」。鄭注「大夫不得特立社，與民族居，百家以上則共立一社，今時里社是也」。《郊特牲》曰「惟爲社事，單出里」。孔彼疏云「大夫北面之臣，不得自專土地，故不得特立社。《詩頌》云『百室盈止，殺時犉牡』，故曰百家」。皇氏曰：「大夫以下，無藉田祭社，則丘乘之民共之。」其説是也。劉謂大夫不得私自出軍，以大夫有民社無歸社，則無戎祭明甚，自祭私社即閭胥，凡春秋之祭祀，聚衆庶者，直與黨禜族酺等耳，安得歸脤于公乎？然則「受脤」「歸脤」者，猶言「受胙」「歸胙」云爾。孔氏知杜説之不可通，以爲大夫奉君命以戎事攝祭社，故不謂家祭，殆遁辭乎？《夏官・祭僕》「凡祭祀王之所不與，則賜之禽，都家亦如之。凡祭祀致福者，展而受之」。鄭注「王所不與同姓，有先王之廟。既有祭祀，必致祭肉於君，所謂歸脤也。展謂視其牲體數」。如後司農之説，祭僕之受致福，乃祭祀先王之廟，此正足爲劉説之證。孔氏引以證杜，適見其矛盾。

十八年，許遷于白羽。注：於傳時，白羽改爲析。

規曰：僖二十五年，秦取析。襄二十六年，聲子云「析公奔晋」，怪僖公、襄公之世已有析名。

孔氏曰：杜以地名，經、傳不同，凡有二義，經書未改之名，傳以所改實之，則昭十八年「許遷于白羽」，傳云「許遷于析，實白羽」。定十年「公會齊侯于夾谷」，傳云「會于祝，其實夾谷」，是也。若經書已改之名，則傳亦舉其已改實其未改之號，即此「遷許于夷，實城父」。定十三年「齊侯、衛侯次于垂葭，實郹氏也」。此四者，或經書未改，或經書已改，傳皆上句舉其已改之名，下句實其未改之號。凡一地前後二名者，非謂經時爲未改之名，傳時爲已改之名，乃於經、傳以前上世之時，亦有所改前後之名。夫子集史記而爲經，丘明采簡牘而作傳，故杜云「於傳時，白羽改爲析」，止謂簡牘之時，非丘明作傳時也，劉規杜氏，非也。

申曰：此條載昭九年疏，實規此年注也。《釋例·土地名第四十四·地有二名七十九，錯綜其七》：「有經書所改之名，則傳以實明之。『許遷于夷，實城父』『齊侯、衛侯次于垂葭，實郥氏』之比，是也。經書未改之名，傳發所改爲文，而稱經以爲實者，『許遷于析，實白羽』『公會齊侯于祝其，實夾谷』之比，是也。皆謂所在之地舊名絶於當時，而史記有遺文者也。若二名當時並存，則直兩文互見。黑壤、犬丘、時來之屬，是也。此皆經、傳起事之常，猶卿大夫名氏互見，非例也。」案：隱八年垂之遇，傳曰「犬丘」；十一年，時來之會，傳曰「郲」；宣七年，黑壤之會，傳曰「黄父」：皆一地二名，故經、傳各異，「夷」與「垂葭」，經、傳所書悉同。惟此年，「許遷于白羽」，如劉之言，先名析，後名白羽，非「白羽」改名「析」，傳當書「許遷于白羽，實析」，今曰「許遷于析，實白羽」者，以經文核之，則白羽其已改之名，析其未改之名也。此傳家之錯綜經文，故云然。「夾谷」「祝其」，亦當如此。

許不專于楚。注：自以舊國，不專心事楚。

規曰：當時許之於楚，更無異望。非敢恃舊國不事楚，當以畏鄭之故，外設備禦，不得專心事楚耳。

孔氏曰：杜以此傳許謂鄭人云「余舊國」。許畏於鄭，尚以舊國不肯事鄭，明以舊國亦不專心事楚。劉以爲畏鄭，不專心事楚，苟背傳文而規杜氏，非也。

邵氏寶曰：時許遷于葉矣，以不專心事楚之許，而不禮於方有令政之鄭，鄭得晉助，伐之不難矣，此所以欲遷許也。

申曰：知許之畏鄭者，非畏鄭也，畏晉之助鄭也。下文云「鄭方有令政，許曰：『余舊國也。』鄭曰：『余俘邑也。』」是時，子産當國，鄭輒以許之舊國爲俘邑，正所以言其不得不畏鄭耳。案：經「許遷于白羽」。杜注「自葉遷也，畏鄭而樂遷」。杜明言許畏鄭而遷，此言以舊國不專心事楚，明亦事鄭，孔之難劉，非經意也，非傳意也，亦非注意也。

十九年，紡焉以度而去之。及師至，則投諸外。注：因紡纑連所紡，以度城而藏之，以待外攻者，欲以報讎。投繩城外，隨之而出。

規曰：紡謂紡麻作纑爲布。作纑之法，有小繩紀其升縷。纑既爲布，繩無所用。

婦人不肯棄之，積而留之，以此小繩度城而去之。傳言「投諸外」者，當是繫繩城上，而投其所垂於外，婦人則隨之而出。炫以爲惟投繩城外，婦人不出。

孔氏曰：今知不然者，婦人既託於紀鄣，則是愛惜身命。若投繩不去，身則交死。若惟繫繩城上，則身不離城，何得言「獻諸子占」？明知將此婦人而獻之。子占師則因繩在城，而夜縋登焉。劉規杜氏，非也。

《釋文》裴松之注《魏志》云「古人謂藏爲去，今關中猶有此音」。

申曰：今知然者。若是繫繩城上，此嫠身隨之出，則莒人衆目所屬，不應都無覺察，聽其繫繩城上之理。必如其說，齊師當即以爾時緣繩登城，無由至夜始縋而登。知或獻諸子占者，獻此繩也，非獻此婦也。子占使師夜縋而登者，以此繩度城高下，長與城等，乘夜掩其不備，用以縋城，與僖三十年燭之武「夜縋而出」同。謂使師懸縋於城，非因繩在城也，杜解非。

春秋規過考信卷三之中

昭公

二十年，丙辰，衛侯在平壽。丁巳，晦，公入，與北宮喜盟于彭水之上。

規曰：丙辰、丁巳，乃是頻日，其事既多，不應二日之中并爲此事，炫以爲日誤。

孔氏曰：今杜不云「日誤」者，以誤在可知，故杜不言。或傳因簡牘之辭，不復具顯其日月。劉規杜氏，非也。

申曰：以傳下文有「七月，戊午朔」，知丙辰、丁巳爲六月之二十九日、三十日也。據傳曰「公聞亂，乘驅自閱門入」。「聞亂」者，公在平壽聞齊豹殺公孟、宗魯之亂也。又曰「齊侯使公孫青聘于衛，既出聞衛亂，使請所聘。公曰：「猶在竟内，則衛君也」。乃將事焉，遂從諸死鳥。「聞亂」者，亦聞齊豹之亂也。平壽爲衛下邑，必乘驅而後入，聞亂之與爲亂，必非一日。若齊之於衛，路凡千里，衛之亂聞於齊，當幾何日？自齊而至衛，又當幾何日？由此言之，齊豹之亂，必不在六月明矣。五月無丙辰日，疑在四月，傳繫日不繫月，故劉以爲日誤也。孔氏謂「誤在可知，故杜不言」，則劉言是矣，非其所是，孔之妄也。

七音。注：周武王伐紂，自午及子，凡七日。王因此以數合之，以聲昭之，故以七同其數，以律和其聲，謂之七音。七音：宮、商、角、徵、羽、變宮、變徵也。

規曰：杜既取《國語》之文「以七同其數，以律和其聲」，何爲又云「自午及子凡七日」乎？是杜意以武王爲七日之故，而作樂用七音也。違《國語》之文，是杜説謬甚。

孔氏曰：聲之清濁，數不過五，而得有七音者，終五以外，更變爲之也。賈逵注《周語》云「周有七音，謂七律，謂七器音也。黄鐘爲宫，太簇爲商，姑洗爲角，林鐘爲徵，南吕爲羽，應鐘爲變宫，蕤賓爲變徵」。是五聲以外，更加變宫、變徵爲七音也。《周語》云「景王將鑄無射，問律於伶州鳩。對曰：『律所以立，均出度也。古之神瞽，考中聲而量之，以制度律均鐘，百官軌儀，故先王貴之。』王曰：『七律者何？』對曰：『昔武王伐殷，歲在鶉火，月在天駟，日在析木之津，辰在斗柄，星在天黿。星與辰之位皆在北維。我姬氏出自天黿，則我皇妣大姜之姪逢公之所馮神也。歲之所在，則我周之分野也。月之所在，辰馬農祥，我大祖后稷之所經緯也。王欲合是五位三所而用之，自鶉及駟七列也，南北之揆七同也。凡神人以數合之，以聲昭之，數合聲和，然後可同也。故以七同其數，而以律和其聲，於是乎有七律也。』」是言周樂有七音之意也。五位者，歲、月、日、辰、星之位也。三所者，星與日、辰之位是一所也；歲之所在，是二所也；月之所在。武王以殷之十二月二十八日戊午發師。其年歲星在鶉火之次也。其日月合宿于房五度，房即天駟之星也。日在箕七度，箕於次分在析木之津也。日月之會謂之辰。斗柄，斗前也。戊午後三日得周二月辛酉朔，日月合宿于箕十度，在斗前一度，是爲辰，在斗柄也。星在天黿者，星于五星爲水星，辰星是也。天黿即玄枵次之別名也。於是辰星在婺女之宿，其分在天黿之宿次也。鶉是張星也，駟是房星也。天宿以右旋爲次，張、翼、軫、角、亢、氐、房凡七宿，是自鶉火至駟爲七，列宿有七也。鶉火在午，天黿在子，斗柄所建，月移一次。是自午至子，爲南北之揆七同也。揆，度也，度量星之有七同也。武王既見天時如此，因此以數比合之，其數有七也。以聲昭明之，聲亦宜有七也，故以七同其數，五聲之外加以變宫、變徵也。此二變者，舊樂無之，聲或不會，而以律和其聲，調和其聲，使與五音諧會，謂之七音。由此也，武王始加二變，周樂有七音耳。以前未有七。杜言「武王伐紂，自午及子凡七日」者，《尚書·泰誓》云「戊午，王次于河朔」。又，《牧誓》云「時甲子昧爽，王朝至于商郊牧野，乃誓」。又《武成》云「戊午，師逾孟津。癸亥，陳于商郊。甲子，受率其旅若林。前徒倒戈，攻于後以北，血流漂杵，一戎衣，天下大定」。是自戊午至甲子七日也。杜以《尚書》《國語》俱有七義，事得兩通，故兼而取之，劉以爲杜背《國語》之文，而規杜過，非也。

杜氏佑曰：應鐘爲變宫，蕤賓爲變徵。自殷以前，但有五音；自周以來，加文、武二聲，謂之七聲。五聲爲正，二聲爲變。變者，和也。

朱子曰：五聲相生，至于角位，則其數六十有四。隔八下生，當得宫前一位，以爲變宫。然其數三分損一，每分各得二十有一，尚餘一分，不可損益，故五聲之正，至此而窮。若欲生之，則須更以所餘一分，析而爲九，損其三分之一分，乃得四十二分，餘九分，分之六而後得成變宫之數。又自變宫，隔八上生，當得徵前一位，其數五十有六，餘九分，分之八，以爲變徵，正合相生之法。自此又當下生，則又餘二分，不可損益，而其數又窮，故立均之法，至于是而終焉。然而二變但爲和繆，已不得爲正聲矣。

蔡氏元定曰：五聲：宫與商、商與角、徵與羽相去各一律，至角與徵、羽與宫相去乃二律。相去一律則音節和，相去二律則音節遠。故角、徵之間近徵收一聲比徵少下，故謂之變徵；羽、宫之間近宫收一聲少高於宫，故謂之變宫也。角聲之實六十有四，以三分之不盡一，算既不可行，當有以通之，聲之變者二，故置之而兩三之得九，以九因角聲之實六十有四，得五百七十六，三分損益，再生變徵、變宫二聲。以九歸之，以從五聲之數，存其餘數，以爲强弱。至變徵之數，五百一十二，以三分之又不盡二，算其數又不行，此變聲所以止於二也。變宫、變徵，變聲非正，故不爲調也。

韓氏邦奇曰：聲所以有二變，祇爲黄鐘之角不能接下調大吕之宫，故有二變。聲之有七，自然之數也，非聖人以理推排也。

李氏光地曰：據諸家謂古惟五聲，至周始加二，變而七。又據《史記》林鐘本位在丑，南吕本位在卯，應鐘本位在巳，以居其衝，故在未、酉、亥之位也。然有黄鐘下生林鐘，林鐘上生太簇，太簇下生南吕，南吕上生姑洗，姑洗下生應鐘，應鐘上生蕤賓。此七聲者，乃自子至午之律，陽氣自始生至於極之數也。律紀陽氣，而黄鐘一均，尤爲聲氣之元，故其七聲之用，獨與陽氣終始，理既如此。又伐殷之月，日月星辰之躔，自天黿子位至於鶉火午位。是此七舍者，諸曜所經，復適值周家受命之符，故武王欲以七律應之。其言自至駟七列者，蓋謂若止於五聲，則用不及鶉，而止於駟，故言自鶉至駟，尚有七列，必兼而用之，然後子午南北之揆與律同，七聲合也。

吴氏鼎曰：《通典》曰「五音相生，而獨宫、徵有變聲何也？宫爲君，商爲臣，角爲民，徵爲事，羽爲物。臣有常職，民有常業，物有常形。商與角三聲，此其無所變者也。君就萬務，不可執於一方；事通萬務，不可滯於一隅。故宫、徵二聲，必有變也。」北齊鄭譯曰《漢書·律曆志》云「天、地、人及四時，謂之七始。黄鐘爲天始，林鐘爲地始，太簇爲人始，是謂三始。姑洗爲春，蕤賓爲夏，南吕爲秋，應鐘爲冬，四時之始。是以爲七。今若不以二變爲調曲，則是缺冬夏之聲，四時不備，是以每宫須立七調」。明黄佐《樂典》曰「十二管，皆有三調，流轉用事。律必娶妻，故徵代爲宫，而變宫爲角。吕必生子，故商代爲宫，而變徵爲角。合而奏之，内之爲夫婦、母子之道也。黄鐘既以宫倡，太簇復以宫和，分而序之外之，爲君臣之道也」。案：諸家之論二變，各説不同，要皆從既有二變之後，旁引曲證，以明二變之不可去。若從未有二變之先，順損益相生之序，以觀聲之何以有變，而變之何以止于二，則諸家尚未有的解也。嘗試言之：審音必先分度。度者何，正宫之度，倍宫之度，半宫之度是已。假如以九寸爲正宫之度，則由九寸以上，至一十九寸，皆倍宫之度；由四寸半，以下爲半宫之度。度既分矣，然後準度以生聲。今且以正宫之度言之。宫下生徵，徵何不下生商，而有不可者？下生之商，已入半宫之度也。入半宫之度，則商爲半聲，而非正聲矣。徵上生商，商何不上生羽，而有不可者？上生之羽，已入倍宫之度也。入倍宫之度，則羽爲倍聲，而非正聲矣。循此推之，三分損一，以上生；三分益一，以下生。一上一下，相間成聲，無非欲合正宫之度。唯其然，故變宫緣之以起，變徵緣之以終。其緣之以起者，則以一下一上，而角聲所生尚有其位，位在正宫之度也。如使不在正宫之度，則先無變宫，安有變徵？其緣之以終者，則以一下一上，而變徵所生已無其位，位入半宫之度也。如使不入半宫之度，則既有變徵，何妨又有變角？此以知母下生者子上生，母上生者子下生，一下一上之交，不容忽焉。中斷固有可生者，仍聽其生。此徵、商、羽、角之外，所以有變宫、變徵也。一下一上之交，又不容忽焉易轍，故或重下生，或重上生者，俱不準其生，此變宫、變徵之外，所以無變商、變羽、變角也。若其所以名之爲變宫、變徵者，蓋以角所生聲比於宫，故名變宫；變宫所生者聲比於徵，故名變徵。比則不能獨立，故音不過乎五；變則不可亂真，故音不止於五也。

申曰：《漢書·律曆志》：「《書》曰：『予欲聞六律、五聲、八音、七始，詠以出内五言女聽。』」安溪李氏曰：「蓋七音之清濁，皆始於人聲，故曰七始也。詠即《舜典》所謂『歌詠言』者，而五言五音，故曰五言。雖有七始，究亦五音也。名之以宫、名之以商，是也。下所謂七始者，以音言也。逐字而名之以宫、名之以商，是也。變宫、變徵不爲調，故聲止於五。若歌奏而有清濁高下之音，則七音備焉。故始究於七，七始之音，歌詠言者用之，而八音取法焉。其音有清濁高下，則有開發收閉，故曰『詠以出納五言』也。」如班《志》所言，則《虞書》已包七音，不始於周也。《春官·小胥》疏引服注云「七律爲七器音，黄鐘爲宫，林鐘爲徵，太簇爲商，南吕爲羽，姑洗爲角，應鐘爲變宫，蕤賓爲變徵」。杜云「周武王伐紂，自午及子，凡七日」，本《周語》韋昭注；劉云「樂用七音，非爲七日之故」，以爲違《國語》之文，足正杜謬。此《晏子》曰「聲亦如味，一氣、二體、三類、四物、五聲、六律、七音、八風、九歌，以相成也」。昭二十五年，子太叔曰「爲九歌、八風、七音、六律，以奉五聲」，然則七音猶九歌、八風云爾。

二十一年，使有司以齊鮑國歸費之禮爲士鞅。注：鮑國歸費，在十四年。牢，禮各如其命數。魯人失禮，故爲鮑國七牢。

規曰：杜以《周禮·掌客》云「上公饔餼九牢，侯伯七牢，子男五牢」，以諸侯牢禮各以其命數，卿大夫來者亦當牢禮如其命數。計鮑國齊卿，不過三命，於法當三牢，而魯人失禮，爲鮑國七牢也。下云「加四爲十一」，知本七也。炫案：《聘禮》：「使卿主國待之，饔餼五牢，則臣之牢禮不依命數。」鄭注：「《掌客》爵卿五牢，爵大夫三牢，爵士大牢。鮑國禮當五牢，加三牢耳。」

孔氏曰：杜以《掌客》諸侯牢禮各依命數，以卿大夫无文，故杜據諸侯言之，不謂卿大夫以下亦依命數，而劉以規杜，非也。

申曰：《儀禮·聘禮》：「大夫奠雁再拜，上介受勞，上介亦如之，君使卿韋弁歸饔餼五牢。」《秋官·掌客》鄭注：「此降小禮，豐大禮也。以命數，則參差難等，略於臣用爵而已。」賈疏：「依命公、侯、伯、卿三命，大夫再命，士一命；子男卿再命，大夫一命，士不命。并有大國，孤一人四命。是從孤已下通一命、不命有五等。若以此命數五等爲之，參差難可等級，略於臣用爵而已。」杜最疏於禮，劉君據《聘禮》及《掌客》注規之，當矣。

二十三年，戊辰，吴敗頓、胡、沈、蔡、陳、許之師于雞父。注：不書楚，楚不戰也。雞父，楚地，安豐縣南有雞備亭。

規曰：服虔云「不書楚，楚諱敗，不告」，炫用服虔義。

孔氏曰：杜知楚不戰者，以傳云「戰于雞父。吴子以罪人先犯胡、沈與陳，三國敗，舍胡、沈之囚，使奔許與蔡、頓，師譟而從之，三國奔」，是戰于雞父之時，先犯胡、沈、陳，後破許、蔡、頓也。六國既陳，戰敗而奔，下傳始云「楚師大奔」。是六國敗後，楚師怖懼，不得成陳，望風而奔。故傳云「不言戰，楚未陳」，杜云「不書楚，楚不戰」，劉云「楚諱敗，不告」。然則必其楚人來告，容或諱敗。若吴人來告，豈代楚諱乎？劉違背傳文而規杜，非也。

賈氏逵曰：不國國書師，惡其同役而不同心。孔氏曰：案隱十年，「宋人、蔡人、衛人伐戴，鄭伯伐取之」。傳曰「不和而敗，亦是同役，而不同心」。彼既不變其文，此何當變文以見義乎，賈之妄。

又曰：「泓之戰，譏宋襄，故書朔；鄢陵之戰，譏楚子，故書晦；雞父之戰，夷之，故不書晦。」《釋例》終篇左氏既無此説。案：雞父之戰，經、傳備詳其例，非夷之實晦戰而經不書晦，明經不以晦示褒貶。

劉氏《權衡》曰：傳曰「楚師大奔」，又曰「不言戰，楚未陳也」，此乃正當從未陳而敗之例，不書戰而已，不書楚何哉？杜云「不書楚，楚不戰也」，非也。

證曰：傳稱「不言戰，楚未陳」，謂不書戰，非謂不書楚也。此杜之借傳文以逞臆説，如劉「此言楚不告，吴必告」，《春秋》非楚史，據實而書，何諱之有？若謂楚不書，不與楚以主諸侯，則昭四年經書「楚子、蔡侯、陳侯、許男、頓子、胡子、沈子、淮夷伐吴」，即此六國之師也，又何以書？竊以爲諸説皆非也。何者？雞父，楚地近州來，書雞父，知吴之伐州來也。書頓、胡、沈於蔡、陳、許之上，知其爲君與大夫也。書吴敗頓、胡、沈之師于雞父，則諸國之從楚而敗，知楚師之敗也。言楚則雞父不見，言雞父則楚見，此書法之聖也。

六月，壬午，王子朝入于尹。注：自京入尹氏之邑。

規曰：炫以爲前年王師已克，子朝從京入郊，郊潰，不知子朝所在。孔氏曰：知自京入尹者，以前年子朝在京，王師雖毁其西南，不言「克京」。又今年二師圍郊，不言「子朝在郊」，故云「自京入尹」。劉炫規杜，非也。

申曰：去年十二月辛丑，伐京，毁其西南。杜注「京，子朝所在」。今年春王正月壬寅朔，二師圍郊。癸卯，郊鄩潰。杜注「郊、鄩二邑，皆子朝所得」。若果子朝在京，當圍京，不當圍郊、鄩也。郊、鄩二邑皆潰，但言「圍郊」，子朝在郊，不在鄩也。劉規是，杜護注家，非是。顧亭林云「唐石經『毁其西南』，下有『子朝奔郊』四字」，其杜本所無，劉本有之邪？

《書》曰「胡子髡、沈子逞滅獲陳夏齧」，君臣之辭也。注：國雖存，君死曰滅。大夫生死，通曰獲。

規曰：傳言：「舍胡、沈之囚使，曰：『吾君死矣。』」是胡、沈之君死，稱滅也。《釋例》曰：「國君者，社稷之主，百姓之望，當與社稷、宗廟共其存亡者也。而見獲於敵國，雖存若亡，死之與生，皆與滅同。故曰『胡子髡、沈子逞滅』。諸以戰傷死，雖敗績而不見擒，故經皆不曰『滅』。」則杜意國君生見獲，亦書爲「滅」也。炫謂此胡、沈之君戰死，故言「滅」也。《春秋》君戰生見獲者，皆言「以歸」，不書「滅」，何得言「雖存若亡，皆爲滅」？《公羊傳》曰：「其言滅獲何？別君臣也。君死於位曰滅，生得曰獲。大夫生死皆曰獲。」以爲君死曰「滅」，生曰「以歸」。韓戰貶晉侯，從大夫例，故書「獲」。

孔氏曰：今知非者。莊十年「齊師滅譚。譚子奔莒」；定六年「鄭游速滅許，以許男斯歸」；是君存稱滅。劉炫以爲「生獲於敵，但言以歸，不得稱滅」規杜，非也。但君存國滅，則滅文在上，滅譚、滅許是也；國存君死，則滅文在下，胡子、沈子是也。

申曰：胡子髡、沈子逞、陳夏齧皆死於戰，而書「滅」書「獲」不同，故曰「君臣之辭」。杜解本之《公羊》，不誤，劉規《釋例》，非規《集解》也。何休曰「據蔡，公孫歸，生；滅沈，以沈子嘉歸，殺之。國言滅，君言殺」。又「獲晉侯」，言「獲」，此陳夏齧亦言「獲」，君、大夫無別。大夫不世，故不別死位。據「荆敗蔡侯於莘，以蔡侯獻舞歸」，不言「獲」。疏曰「君死於位曰滅者，即此『胡子髡、沈子楹』是也。生得曰獲者，即『獲晋侯』是也。大夫死曰獲者，即此『獲陳夏齧』及哀十一年『獲齊國書』之徒是也。其大夫生得曰獲者，宣二年『獲華元』是也。獲晋侯、戕鄫子之徒皆戕獲之文在上。今髡、楹之滅，滅文在下者，以其死戰當合加禮」。劉規本之何休，與杜此解無異。案：沈滅於定十四年，胡國未滅可知，《集解》曰「國雖存君死者」是矣。乃《釋例》則曰「國君見獲於敵國，雖存若亡」，與《集解》自相牴牾。劉云「君生見獲者，皆言以歸，不書滅」者得之。以死而言，則君曰「滅」、大夫曰「獲」；以生而言，則君、大夫皆可稱「獲」。劉云「韓戰貶晋侯從大夫例，書『獲』」，如彼言哀九年宋取鄭師于雍丘，以郟張與鄭羅歸，亦將從諸侯例乎？恐非也。《釋例·土地名·小國地》「昭四年，胡，汝陰縣西北有胡城。文三年，沈，汝南平輿縣北有沈亭」。孔氏辭則非劉意實非杜。

二十四年，同德度義。注：度，謀也。言惟同心同德，則能謀義。

規曰：案孔安國云「德鈞則秉義者彊」。萇弘此言，取彼爲説，必其與彼德同，乃度義之勝負。但使德勝，不畏彼彊，故即引《泰誓》而勸其務德。杜爲不見古文，故致有此謬。

孔氏曰：彼《尚書》之文，論兩敵對戰，揆度有義者彊。此論甘氏又往，既不能同德，何能度義？屬意有異，與《書》義不同。劉以爲杜違《尚書》之文而規其過，非也。

王氏鳴盛曰：《左氏》「度」字本「謀度」之「度」，今作「揆度」之「度」，「同力度德」猶可解，「同德度義」便不可解矣。而孔傳乃彊爲之解，曰「德鈞則秉義者彊」。夫德既鈞矣，又何謂之秉義乎？豈義在德之外，更居德之上乎？豈紂與武之德鈞，而武獨爲秉義者乎？炫反據僞傳以詆杜之非，穎達又駁劉注以證杜之是，劉、孔皆不幸生僞古文之後，爲此嘵嘵耳。

釋曰：下文引《泰誓》曰「紂有億兆夷人」，此不冠以《泰誓》，乃萇弘語，非武王之語，光伯不知古文孔傳之僞，故云然耳。且「同德」云者，即《泰誓》所謂「同心同德」，德之與義，非有二也，故杜言「惟同心同德，則能謀義」。如僞孔傳之説，則德鈞乃《孟子》「德齊」之意，與下「同心同德」之語不符，失萇弘之本旨矣。劉云「但使德勝不畏彼彊」，則又歧僞孔之説，而益其謬。

紂有億兆夷人。注：言紂衆億兆，兼有四夷。

規曰：孔安國云「夷人謂平人」，杜爲夷狄之人者，爲過。

孔氏曰：案四年傳曰「商紂爲黎之蒐，東夷叛之」，孔、杜各自爲義，其意俱通。劉炫以規其短，非也。

林氏之奇曰：夷人者，言是億兆之人。紂皆與之同惡相濟，視若等夷也。然皆人各有心，不足恃也。

錢氏時曰：夷，傷也。紂作威殺戮，毒痡西海，雖有億兆之衆，大抵皆夷傷之人耳。

釋曰：《管子·法禁篇》「《泰誓》曰『紂有臣億萬人，亦有億萬之心；武王有臣三千，而一心』，故紂以億萬之心亡，武王以一心存」，並無「夷」字。孔氏書《泰誓》疏曰「昭二十四年《左傳》此文，服虔、杜預以『夷人』爲夷狄之人。即如彼言，惟云『億兆夷人』，則受率其旅若林，即曾無華夏人矣。考傳訓爲平，平人爲凡人，言其智慮齊、識見同」，蓋用劉説。案：服氏以「夷人」爲夷狄之人，杜依用之，但言「紂衆億兆，兼有四夷」，亦非其義。據《墨子·非命篇》引《泰誓》之言，然曰「紂夷之居，而不肯事上帝，棄闕其先神而不祀也。曰：『我民有命，毋僇其務，天不亦棄，縱而不葆』」。又上篇《天志中篇》俱引此數語，略有不同，其爲古《泰誓》之語無疑。蓋武王以紂夷之居，故謂億兆爲夷狄之人。今僞古文《泰誓》乃從傳文録此四句，故僞孔訓爲「平人」耳。杜、劉、孔俱未深考。

二十五年，宋公享昭子，賦《新宫》。昭子賦《車轄》。注：逸詩《車轄》，《詩·小雅》周人思得賢女以配君子，昭子將爲季孫迎宋公女，故賦之。

規曰：昭子賦《車轄》不爲逆女。《新宫》非婚姻之事。

孔氏曰：杜以下云「逆女」，故知爲逆女而賦以《車轄》之詩，皆論逆女之事，猶如季文子如宋致女還賦《韓奕》之詩。而劉炫以規杜過，然《新宫》既亡，焉知非是親好？苟生異見，於義非也。

《儀禮·燕禮第六》：「升歌《鹿鳴》，下管《新宫》，笙入三成。」鄭康成注：

「《新宫》，《小雅》逸篇也。管之入三成，謂三終也。」賈公彦疏：「知在《小雅》者，以配《鹿鳴》而言。《鹿鳴》是《小雅》，明《新宫》《小雅》可知。」又《大射禮第七》：「乃管《新宫》，三終。」注：「管謂吹簜以播《新宫》之樂。其篇亡，其義未聞。」疏「以其堂下詩，故與由庚、由儀之等同亡。但上由庚、由儀之等有序無詩，同云『有其義而亡其辭』，此則辭義俱亡」。

陳氏廷敬曰：《南陔》《白華》《華黍》《由庚》《崇丘》《由儀》六篇，《鄉飲酒》《燕禮》之笙詩也。遭戰國及秦亂亡。朱子曰「非亡也，蓋有聲而無辭者也」。鄭氏謂《新宫》辭義皆亡。按：笙詩在笙中吹之，則下管之詩亦在管中吹之，其有聲無辭，與六篇同也。宋公享昭子賦《新宫》，《新宫》之詩或别有其辭，非下管所吹之聲也，孔子删之耳。是以朱子又疑以爲《斯干》之詩，而未敢必也。孔氏謂自宋公賦《新宫》至孔子時三十餘年，而《新宫》逸亡。夫《新宫》之詩，《儀禮》所用之詩，非他詩比也。禮樂莫備於魯，魯豈有遺詩邪？假令魯詩間有遺者，此《儀禮》所用之詩，豈有求而不得者邪？多聞博學如孔子，豈有不求得者邪？且三十年未久也，行於天下者，猶在人口，而今遂亡之，其可信邪？

宋氏翔鳳曰：《儀禮》下管《新宫》，以不在雅頌之列，故下管以别之。

釋曰：《燕禮》《新宫》以配《鹿鳴》，雖辭義俱亡，以《鹿鳴》準之，必非昏姻之事可知。劉以宋公之賦《新宫》，非昏姻之事，遂云「昭子之賦《車舝》，亦不爲逆女」，恐未必然。蓋宋公以昭子往聘而享之，謂《新宫》不爲逆女而賦可也。今案《車舝》五章，全屬婚姻之語。昭子時爲季孫逆宋公女，豈得不爲逆女而賦乎？杜據《詩序》最當，劉説於義爲短。

則天之明，因地之性。注：日月星辰，天之明也。高下剛柔，地之性也。

規曰：杜以爲「日月星辰」者，以下傳云「爲父子兄弟，昏媾姻亞，以象天明」，若衆星之共北辰，故知天明，日月星也。杜知「高下剛柔，地之性」者，以下傳云「爲君臣上下，以則地義」，則君高臣下、臣柔君剛，地義則地之性也。不備顯刑罰威獄，温慈惠和，具載其文。

孔氏曰：覆云則天之明，是天以明爲常；因地之性，則地以性爲義。是天以光明爲常義，地以剛柔爲常義。義，謂義理。性，謂本性。言天地性義，有常可以爲法，故民法之而爲禮也。傳文上下，其理分明，人法天地，其事多種。杜以天明、地義，舉要而言，故不備顯刑罰威獄，温慈惠和。劉炫責杜不具載其文，而規其過，非也。此傳文天言則、地言因者，民見地有宜利，因取而法效之。「因」亦「則」之義也。既言天之經，不可復言地之經，故變文稱義。既言則天之明，不可復言則地之性，故變文言「因」。「因」之與「則」，互相通也，正是變文使相辟耳。

釋曰：古人立言有序，上下相承以意不以辭，必沾沾以章句繩之，抑末矣！即如「則天之明，因地之性」二語，證之上文則曰「天經地義」，又曰「天地之經，民實則之」，不必盡符合也。下文爲君臣上下，則以地義。先言地而後言天，爲父子以下至生殖長育，俱是則天之明，豈能文必遞承，字皆對舉乎？杜以日月星辰爲天明，高下剛柔爲地性，只就本文言之，並非逆探下文而爲之解，劉之此規，何其迂滯之甚也！

齊侯圍鄆。注：欲取以居公，不書「圍」，鄆人自服不成圍。

規曰：經書「取鄆」而傳言「圍鄆」，故云「鄆人自服，不成圍」。以傳云「書取，言易也」，故賈爲此解，杜從之也。炫以爲此時圍鄆而未得，明年方始取之。經即因圍書「取」，傳言實圍之日，非自服也。

孔氏曰：今知非者。案：二十六年，公圍成亦是圍而不得，而書「圍」；此若圍鄆不得，何以不書「圍」？案：元年「伐莒，取鄆」，書「取」，不言「伐」；此圍鄆、取鄆，亦書「取」不言「圍」，其義正同。劉何知此年圍鄆未服，鄆若未服，經何得書「取」？苟出胷臆而規杜氏，非也。

申曰：傳昭二十五年，十二月，庚辰，圍鄆；二十六年，正月，庚申，取鄆；凡三十一日。疏引服虔以爲往年齊侯取鄆，實圍鄆耳。經於圍，書「取」；傳實其事，故於是言「取」，劉所本也。杜據賈説，劉據服説。證以傳文，服説於義爲長，故劉不從賈而從服，非苟出胷臆也。孔氏非其規杜，非也。

二十六年，尹氏、召伯、毛伯以王子朝奔楚。注：書奔在王入下者，王入，乃告諸侯。

規曰：杜上注云「子朝來告晚」，何爲此注又云「王入，乃告諸侯」？二注不同，將爲杜失。

孔氏曰：今知不然者。杜意王入乃告，謂王入之後，子朝乃告。杜以傳云「癸酉，王入于成周。癸未，王入于莊宫」，始云「王子朝使告諸侯」，是王入之後，子朝告諸侯也。劉以爲王入乃告，據王告諸侯而規杜失，非也。

申曰：杜上注非，此注是也。一事而二注異，劉之此規，即起元凱於今日亦無以相難矣，孔氏依違其間不亦惑乎？

萬民弗忍，居王于彘。注：不忍害王也。

規曰：案《周本紀》：「民相與叛，襲厲王。厲王出奔于彘。」《周語》又曰：「彘之亂，宣王在召公之宫，國人圍之。召公知之，乃以其子代宣王。」言代王，則國人謂是宣王。《國語》雖不言殺，必殺之矣。國人相與襲王，王既奔免，得王子而殺之。若得厲王，亦應不赦。而杜云「不忍害王」，未必然也。當謂不忍者，不能忍王之虐也。

孔氏曰：下云「居王于彘」，是以理居處厲王于彘。若其必欲殺王，應云「王奔于彘」。劉以爲不忍者，不堪忍王惡。案《周語》但云「求王子」，不云「求殺之」，是益横《周語》之文而規杜過，非也。

顧氏炎武曰：劉炫曰「不忍王之虐也」，杜解非。

申曰：《周語》曰「厲王虐，國人莫敢言。乃流王于彘」。居，即居所流之地。孔氏謂「以理居處」，謬矣。《周語》又曰：「宣王在召公之宫，國人圍之。召公曰：『今殺王子，王其以我爲懟而怒我乎？』乃以其子代宣王。」韋昭注：「殺王子，令國人得殺之也。若其不殺，何以云『代』？國人不顧王子，何有於王？」《汲郡古文》：「厲王十二年，王亡，奔彘。國人圍王宫，執召穆公之子，殺之。」則竟代之矣，劉説極確，孔氏非之，毋乃厚誣。然《書·五子之歌》「因民弗忍」，疏云「因民不能堪忍太康之惡」，實用劉説。蓋孔以非杜爲非，非以其説爲非也。《周語》「商王帝辛大惡于民，庶民弗忍，欣戴武王，以致戒于商牧」，義與此同。

矯誣先王。注：先王，謂景王。

規曰：杜以先王爲景王。炫以爲先王，先世之王。

孔氏曰：杜以先王爲景王，當謂矯景之命立猛耳。言「矯誣」，是矯詐誣罔，猶今矯稱詔敕。若先世之王，去此久遠，不得有立猛之事，子朝何得稱矯誣之乎？又傳云「干景之命」，故杜謂景王，劉規杜氏，非也。

申曰：孔以「矯誣先王」，謂矯景之命立猛，引傳「干景之命」證杜之解，是不然。考二十二年疏賈逵以爲太子壽卒，景王不立適子。鄭衆以爲壽卒，王命猛代之，後欲廢猛立朝耳。服虔以賈爲然。杜今從鄭說者，二十六年傳閔子馬云「子朝干景之命」，則景有命矣。若不命猛，更命誰乎？若子朝、子猛並未有命，俱是庶子，朝年又長，於次當立，自求爲嗣宜矣。劉蚠何以惡其爲亂，而欲去之？若俱未被立，王命爲嗣，則莫敢不從，何須將殺單、劉以立朝也？杜以此知太子壽卒，王立子猛爲適，其後復欲立子朝，而王意未定。據此而言，景王命猛，不命朝，單、劉順景命，子朝犯景命，安得謂之矯誣乎？故知「先王」是「先世之王」，非景王也。案，下文稱：「先王之命，曰：『王后無適，則擇立長。年鈞以德，德鈞以卜。』王不立愛，公卿無私，古之制也。穆后及太子壽早夭即世，單、劉贊私立少，以閒先王。」注「閒錯先王之制」。疏「先王，先世之王」。此子朝之母必賤於猛母，故專言立長之義，不言母之貴賤。夫子朝以景王爲立愛，以贊劉爲贊私，則此「矯誣先王」與「先王之命以閒先王」一例，謂矯誣先王立長之命也。杜、孔與上下文所説自相牴牾，劉説是也。

二十七年，使宰獻而請安。注：比公於大夫也。禮君不敵臣，宴大夫，使宰爲主。獻，獻爵也。請安，齊侯請自安，不在坐也。

規曰：案《燕禮》「司正洗角觶，南面坐，奠于中庭，升東楹之東受命。西階上北面，命卿大夫。君曰：『以我安。』卿大夫皆對曰：『諾。敢不安？』」彼是請賓使自安，當如彼使宰請魯侯自安耳。主人請安，謂主人使司正請安于賓。服虔亦然。杜今云「齊侯請自安」，非也。

孔氏曰：今知不然者。案《鄉飲酒禮》「賓主相敵，主人亦請安于賓」。然則齊侯與公敵，禮[二]，安賓乃是常事，何須傳載其文以見卑公之義？明是齊侯請欲自安，

[一]「禮」字，底本原作「體」，兹據宋慶元六年紹興府刻宋元遞修本《春秋左傳正義》改。

不在其坐，明慢公之甚。劉不審思此理，用《燕禮》請安之義而規杜，非也。

顧氏炎武：司《燕禮》曰，正命卿大夫以安，皆享臣下之禮，卑公也。〔一〕

惠氏士奇曰：《燕禮》，正歌備饗禮終，司正西階上，命卿大夫。君曰：「以我安。」卿大夫皆對曰：「諾，敢不安？」於是説屨升席坐乃安。未安以前，立行饗禮，既安以後，坐行燕禮。

惠氏棟曰：案《管子·幼官篇》云「三千里之外，諸侯世一至，置大夫以爲廷安」。齊君飲昭公酒，故使宰獻，而乃用廷安之禮，非卑公也。

凌氏廷堪曰：凡燕禮使宰夫爲主人，食禮公自爲主人。案《燕禮》「主人亦升自西階」。注「主人，宰夫也。宰夫，太宰之屬，掌賓客之獻飲食者也。君於其臣雖爲賓，不親獻，以其尊莫敢抗禮也。天子膳夫爲獻主」。疏云「按《禮記·燕義》

〔一〕「顧氏炎武司燕禮曰正」，文句有竄亂，據《儀禮·燕禮》「司正洗角觶，南面坐奠于中庭。升，東楹之東受命，西階上，北面命卿大夫，君曰：以我安卿大夫。」之記載，「顧氏炎武司燕禮曰正」當作「顧氏炎武曰：《燕禮》司正」。

云『宰夫爲獻主』是也」。大射之先，行燕禮亦然。是燕禮使宰夫爲主人也。公食大夫禮，公如賓服，迎賓於大門外。入門升階拜，至設饌，皆公與賓行禮，是食禮公自爲主人也。公設正饌之醯醬，加饌之飯粱皆宰夫授之，以下皆宰夫與士設之。則食重於燕可知。又《聘禮》記「燕則宰夫獻」。注「爲主人，代公獻」。然則燕異國之臣，亦宰夫爲主人也。蓋君與臣行禮不敵，故使宰夫獻。若兩君相燕，亦自爲主人。如昭十二年，《左氏傳》「晉侯以齊侯晏」是也。使宰獻而請安，昭公失國，齊侯不以兩君之禮待之矣。

申曰：齊侯與公敵體，飲公酒當自爲主人親獻，不當使宰爲主人代獻。請安者，請宰請安於公，非齊侯請自安也。劉據《燕禮》糾杜，當矣。孔以《鄉飲酒禮》「賓主相敵，亦得安賓」，謂不足以見齊侯卑公之義，則牽强之甚者。何則？《燕禮》者，諸侯享卿、大夫之禮；《鄉飲酒》者，卿大夫享士之禮。《燕禮》「司正命卿大夫，君曰『以我安』」，《鄉飲酒禮》主人曰：「請安於賓。」司正告於賓。蓋卿大夫卑於諸侯、士卑於卿大夫，故尊者皆不自爲主人，使司正請安於賓，其非賓主相敵一也。杜最疏於禮，故所言多舛迕，劉依服義絶精。

二十九年，木正曰句芒。注：正，官長也。取木生句曲，而有芒角也。

規曰：賈逵云總言萬物句芒，非專木生如句，杜誤耳。木正順春，萬物始生，句而有芒角。杜不取賈義，而獨舉於木。

孔氏曰：杜獨言木者，以木爲其主。且木比萬物，芒角爲甚，故舉木而言。劉以規杜，非也。

釋曰：劉以賈云「總言萬物句芒」，杜不應獨言木，其義非也。草木可以言句芒，萬物不可以言句芒。且此言五行，非言萬物。《説文·六篇·木部》：「木，冒也，冒地而生，東方之行。」句芒爲木官之長，舉木而凡物之句有芒角者，皆以木統之矣。《月令》：「季春之月，句者畢出，萌者盡達。」鄭注：「句屈生者芒而直曰萌。」似即《洪範》「木曰曲直」之意。句芒主木，與下文祝融主火、蓐收主金、玄冥主水、后土主土一例，劉之此言未足規杜。

有烈山氏之子曰柱，爲稷。注：烈山氏，神農世諸侯。

規曰：《魯語》及《祭法》皆云「烈山氏之有天下也，其子能殖百穀，故祀以爲稷」。言「有天下」，則是天子矣，杜注不得爲諸侯也。賈逵、鄭玄皆云「烈山，炎帝之號」，炫以爲烈山氏即神農，非諸侯。此及《魯語》皆云「其子曰柱」，《祭法》云「農者」，蓋柱是名，其官曰農，猶呼周棄爲稷。

孔氏曰：杜言神農世爲諸侯者，案《帝王世紀》神農本起烈山。然則初封烈山爲諸侯，後爲天子，猶帝堯初爲唐侯然也。若然，烈山即神農。而云「神農世爲諸侯」者，案《世紀》神農爲君，總有八世，至榆罔而滅，亦稱神農氏，是摠號神農也。故烈山氏得於神農之世爲諸侯，後爲神農也。劉以規杜，非也。

汪氏中曰：《周官·大卜》：「掌三易，一曰《連山》。」鄭注：「名曰連山，似山出内氣也。」其言望文生義，殆失之矣。連山即烈山。《春秋》昭二十九年傳有烈山氏，《祭法》謂之厲山，皆語之轉。杜子春以連山爲宓戲，杜預以烈山爲神農世諸侯，韋昭以厲山爲炎帝之號，三説不同，韋義爲允。

申曰：韋昭《魯語》注「烈山氏，炎帝之號也，起於烈山」，蓋本賈氏。《祭法》作「厲山」，鄭注「厲山氏，炎帝也。起於厲山，或曰有烈山氏」，光伯義循賈、鄭是也。《帝王世紀》不傳，今以《易》《禮》《正義》《史記索隱》《五行大義》《初學記》《太平御覽》所引證之神農氏，母曰任姒，有蟜氏之女，名女登，爲少典妃，遊於華陽，有龍首感之，生神農於裳羊山；長於姜水，因以氏焉。位在南方，主夏，故謂之炎帝。作耒耜，始教民耕農，故號神農、一號魁隗氏。是謂農皇，又曰連山氏，又曰烈山氏。神農氏本起於烈山，或時稱之。是《世紀》以烈山、神農爲一，與劉説合，不得如杜所言烈山氏得於神農之世爲諸侯也。孔以非劉，實證杜失。

三十二年，崇文德焉。注：作成周，遷殷民，以爲京師之東都，所以崇文王之德。

規曰：炫以爲崇文德之教。

孔氏曰：杜知作成周，爲崇文王之德者，以上傳云「徼文武之福」，即云「成王合諸侯城成周，以崇文德」，故以爲崇文王之德。劉炫以規杜氏，非也。

齊氏召南曰：按東都之作，專爲會朝，則崇文德，乃對武功言，不必曰「崇文王之德」也。

申曰：孔以上傳云「徼文武之福」爲崇文王之德，必如所言，當云「崇文武之德」，不當云「崇文王之德」。下文云「今我欲徼福假靈于成王」。當日天子於文、武、成王並云「徼福」。此蓋以合諸侯於東都，爲崇文德之教也，劉説恐未可非。考《詩·周頌》「秉文之德」，毛傳「執文德之人也」，鄭箋「濟濟之衆士，皆執行文王之德」。孔彼疏云「以朝廷之臣，親受文王之化，故言秉文之德」。同傳於箋，誤亦類此。

定公

元年，魏獻子屬役於韓簡子及原壽過，而田於大陸，焚焉。注：《禹貢》大陸，在鉅鹿北。嫌絶遠，疑此田在汲郡吴澤荒蕪之地。火田，并見燒也。《爾雅》「廣平曰陸」。

規曰：案《爾雅》「高平曰陸」，杜言「廣平」者，非。

孔氏曰：《禹貢》云「導河積石，至于大伾，北過降水，至于大陸」。孔安國云「大陸，澤名」。《釋地·十藪》云「晉有大陸」。郭璞云「今鉅鹿北廣河澤」。孫炎曰「廣河猶大陸，以地名言之，近爲是也」。計鉅鹿之城，與周相去千有餘里，魏子不應往彼田獵。吴澤在修武縣北。還，卒於甯。甯即修武城是也。當是荒蕪之地，故亦以「大陸」名焉。引《爾雅》以證平地皆名陸也。杜以吴澤之地，地下寬平，故以「廣平」言之，非是不見《爾雅》。劉君以《爾雅》而規杜氏，非。

《水經·汾水注》：汾水迤爲鄔澤。《廣雅》曰「水自汾出，爲汾陂。東西四里，南北十餘里。陂南接鄔」。《地理志》曰「九澤在北，并州藪也」。《吕氏春秋》謂之「大陸」。又名之曰「漚洟之澤」，俗謂之「鄔城泊」。《漢書》太原郡「鄔，九澤在北，是爲昭餘祁，并州藪也。晉大夫司馬彌牟邑」。

又《清水注》：清水又東南流，吴澤陂水注之。水上承吴陂，于修武縣故城西北。修武，故甯也，亦曰南陽矣。馬季長曰「晉地自朝歌以北至中山爲東陽，朝歌以南至軹爲南陽」，故應劭《地理風俗記》云「河内殷國也。周名之爲南陽」。又曰「晉始啓南陽」。今南陽城是也。秦始皇改曰修武。魏獻子田大陸，還，卒於甯是也。大陸即吴澤矣。《魏土地記》曰「修武城西北二十里有吴澤水陂，南北二十許里，東西三十里」。

又《濁漳水注》：衡水，又北逕鉅鹿縣故城東。應劭曰「鹿者，林之大者也」。《尚書》曰「堯將禪舜，納之大麓之野」。鄭玄注《尚書》引地説云「大河東北流過絳水千里，至大陸爲地腹，自甯迄于鉅鹿，出于東北，皆爲大陸」，語之纏絡，厥勢眇矣。

又《淇水注》：淇水又東，右合泉源水。其水南流東屈，逕朝歌城南。《晋書·地道記》曰「本沬邑也」。殷王武丁始遷居之，爲殷都也。紂都在《禹貢》冀州大陸之野，即此矣。

孫氏星衍曰：大陸，班氏固以爲鉅鹿，疑非也。《吕氏春秋·有始覽》云「晋之大陸」，又云「趙之鉅鹿」，則周秦以前人皆不以大陸爲鉅鹿。左氏定元年「魏獻子田於大陸，焚焉。還，卒於甯」，注「在汲郡吴澤荒蕪之地」。《水經·淇水注》引《晋書·地道記》曰「朝歌城，本沬邑也。紂都在冀州大陸之野，即此矣」。則此「大陸」，即魏獻子所田之處。案：修武，今河南縣，與成皋接界，是大陸在河南懷慶府境，去直隸之鉅鹿絶遠。《水經·濁漳水注》爲調停其説，云「自甯迄於鉅鹿，出於東北皆爲大陸」。案：《釋地》云「高平曰陸，大陸曰阜」。大陸當是高平之土，不合以鉅鹿當之。

申曰：杜以吴澤陂爲大陸，其地近甯，故爲此説。《爾雅·釋地》「廣平曰原，高平曰陸，大陸曰阜」。《説文·十四篇·𠂤》「大陸，山無石者。象形，以地高而平也」，引作「廣平」，杜之誤。孔必爲杜掩過，以其地下寬平。《漢書·郊祀志》「河溢皋陸」，顔師古注「皋，水旁地。廣平曰陸」，孔氏疏《禹貢》仍稱《爾雅》「廣平曰陸」，皆沿杜誤。

四年，春，王二月，癸巳，陳侯吴卒。注：无傳。未同盟而赴以名。癸巳，正月七日，書二月，從赴。

規曰：杜以《長曆》校之，知癸巳是正月七日，故云「書二月，從赴」也。炫以爲諸侯五月而葬，下云「六月葬陳惠公」，則陳侯卒在二月，以爲日誤。

孔氏曰：知非日誤者。以崩薨之事，皆以赴爲文，故平王崩赴以庚戌；陳侯卒赴以甲戌己丑。杜依大例而言，故云「從赴」，劉規杜氏，今知非者。但諸侯雖五月而葬，春秋之時，或緩或速，无復常凖。此陳侯之葬，事既无傳，何知必五月而葬？妄以杜爲失，其義非也。

證曰：《釋例·長曆第四十五》「定公四年，乙未，正月丁亥大，二月丁巳大」，推癸巳爲正月七日。據桓十二年「八月，壬辰，陳侯躍卒」。杜注「壬辰，七月二十三日。書於八月，從赴」。正義曰「上有七月，書於八月，下如此類者，注皆謂之『日誤』」。今云「從赴」者，以其終不可通，殆欲兩解故也。蓋杜變日誤之例爲從赴，故劉規之云爾。考《長曆》定二年閏五月，是年閏十月。若三年有閏，則是年二月有癸巳，疑杜置閏之誤，非日誤。

五月，公及諸侯盟于皋鼬。注：召陵會劉子、諸侯總言之也。復稱公者，會盟異處故。

規曰：杜云「會盟異處，故復稱公」。案襄三十五年，盟重丘，亦是會盟異處，何以不言公？

孔氏曰：《書經》之例，諸侯先會而後盟，皆前目而後凡。此共盟者，還是前會之諸侯，前已歷序，故於此總言之也。僖二十九年，王子虎與諸侯盟于翟泉，貶之稱「人」，此劉子得與諸侯盟者，楚僭號稱王，不事天子，諸侯會而侵楚，將以尊崇王室。傳言「劉文公合諸侯」，是天子敕之使盟也。劉炫規杜，今删定知非者，但會、盟異處，理合稱「公」，重丘不書「公」，史官自略耳。以此規杜，非也。

申曰：孔以重丘不書公，爲史官自略，則是史有詳略，非例有異同也。其非以會盟異處而復稱公明矣。疏家扶杜抑劉，仍轉而入於劉氏之説，何邪？

社稷不動，祝不出竟。注：社稷動，謂國遷。

規曰：國遷惟在竟内，何得云「祝不出竟」？社稷動，謂軍行。

孔氏曰：軍行惟有社無稷，今社稷俱動，故知謂國遷。劉以規杜，非也。

惠氏棟曰：劉以社稷動爲軍行是也，杜注非。

申曰：下文云「君以軍行，祓社釁鼓。祝奉以從，於是乎出竟」，與「社稷不動，祝不出竟」反正相應。考之《周禮·春官·大祝》「大師設軍社則前祝」，鄭司農説「設軍社」，以《春秋傳》曰所謂「君以師行，祓社釁鼓，祝奉以從」者也。「軍行有社無稷」云社稷者，便文爾。

七年，九月，大雩。注：無傳，過也。

規曰：案，賈逵云「旱也」。杜以春秋旱雩，傳皆發之言「旱」。此傳無「旱」文，故謂之「過」。如賈之所言，前既有雩，後又有雩，旱可知，不須發傳。

孔氏曰：若然昭二十五年「上辛，大雩；季辛，又雩」，一月兩雩，旱亦可知，何須發傳言「旱甚」也？劉以賈言規杜，非也。蓋時有小旱，故傳不言「旱」，未應合雩，故杜云「過也」。

崔氏子方曰：雩者，求雨之祭。《春秋》之例，於雩而得雨，則書「雩」；雩而不得雨，則書「不雨」；爲災，則書「旱」。故於書「雩」之年，未嘗書「旱」與「不雨」；書「旱」與「不雨」之年，未嘗書「雩」也。其例蓋於雩之月而雨，則以月志雩；于雩之時而雨，則以時志雩；於雩而不雨，則以時志不雨；於踰時而不雨，則又各以首月志不雨；則自某月不雨至于某月者，志實不雨而已，非志雩而不得雨者也。

惠氏士奇曰：《禮》有雩禜，祭水旱也。《周官·大祝》有禜無雩。蓋言禜則兼雩，言雩不兼禜，故《春秋》不書「禜」而書「雩」。《禮》有六雩：山、川、日、月、星、辰，雩則惟爲旱禱。

申曰：桓五年傳云「秋大雩」，書不時也。凡祀啓蟄而郊龍見而雩，始殺而嘗，閉蟄而烝，過則書，故杜以爲過。《釋例·郊雩烝嘗例第二十四》「過則書者，謂非其時、非其祀，不旱而雩之類是也。始夏而雩者，謂純陽用事，防有旱災而祈之也。至於四時之雩，則又用此禮而求雨」。傳曰「春不雨，夏六月雨，自十月不雨至於五月」，不曰「旱」，不爲災也。然則雖書「不雨」，必須將爲災然後得雩。常事不書，諸書「雩」而傳不以「旱」釋之者，皆過雩也。經書「過雩」，則與旱雩不別，故傳皆發之。上辛、季辛一月之中再雩，釋其旱甚明，皆得禮也。案《春秋》書大雩二十一，凡書「秋」者二十，書「冬」者一，夏雩常祭，不書於經。襄五年秋，大雩；八年秋，九月，大雩；二十八年，秋，八月大雩；昭三年、二十四年，八月，大雩；六年、十六年九月，大雩；傳並云「旱也」。二十五年，秋，七月大雩，傳云「旱甚也」。雩者，旱祭。旱而雩，雩而雨，故不發傳，言「旱」何過之有？劉以賈言規杜，是也。

八月，公會晉師于瓦。注：卿不書，禮不敵公，史略之。

規曰：案，宣元年「會晉師於棐林，伐鄭」，杜云「趙盾稱師，取於師會，故稱師」。何知此非亦以師會故稱師，而云「禮不敵公」，略稱師乎？

孔氏曰：今知不然者。以宣元年諸侯俱在，又文連「伐鄭」，故言「師會」；此則公之獨會晉師，又無征伐之事。劉以此與宣元年並取於師會，以規杜氏，非也。

孫氏復曰：晉師救我，故公會于瓦。

陳氏傳良曰：不曰會士鞅，曰會晉師，重師也。

申曰：經文連「齊國夏帥師伐我西鄙」，傳言「晉士鞅、趙鞅、荀寅救我」，所會晉師，即救我之師也，何謂無征伐之事乎？劉規杜氏，是也。

九年，秋，齊侯、衛侯次于五氏。注：五氏，晉地。不書「伐」者，諱伐盟

主，以次告。

規曰：傳言「齊侯伐晉夷儀，乃與衛侯，次于五氏」。次既告，則伐亦應告，故杜以爲諱伐盟主，直以次告。炫以爲不告伐，故不書。

孔氏曰：知非不告伐，故不書者，若全不告魯，容可不以伐告。今既以次告魯，何意告次不告伐？明以衛新叛晉，又魯與晉親，故恥以伐告，惟告次耳。劉以規杜氏，非也。

證曰：齊衛伐晉之師，書「次」者二。此年五氏之次，傳稱「齊侯伐晉夷儀」，厥後垂葭之次，傳稱「齊侯、衛侯使師伐晉，乃伐河内」。夫既已伐之矣，而經乃書「次」者，伐不終伐，書其實也。當是時，衛叛晉事齊，齊爲衛伐晉，魯尚親晉。上年齊使國夏伐魯，方藉口伐晉以懼魯。明年魯及齊平。至哀元年，魯亦與齊伐晉矣，何諱伐盟主之有？斷無告次不告伐之理。杜、劉之説，皆非也。且告次則不告伐，告伐則不告次，言有彼此，旨無異同，均爲過矣，所規又安在乎？《釋例·土地名》「晉地，定九年，五氏、寒氏二名闕」。

得用焉曰獲。注：謂用器物以有獲，若麟爲田獲，俘爲戰獲。

規曰：案《春秋》書「獲」惟有囚俘，囚俘不可以爲器物。除囚俘之外，惟有獲麟。炫以爲「得用焉曰獲」，謂得此可用爲器之物，謂之爲獲。麟皮亦堪爲器，若麟之皮角之屬，杜解爲非。

孔氏曰：「器用」者，謂器物可爲人用。凡獲此器物之用者，謂之爲得也。「得用」者，謂將此器用以得於物焉，謂之爲獲。麟爲靈獸，帝王所重，不可以鳳羽麟皮以飾器物。劉規杜氏，非也。

姚氏鼐曰：器用必待人而後用。用焉者，謂能自動用其身焉者也，人民、牛馬、獲麟皆是。

申曰：《釋例·得獲例第三十八》「獲，得也；得，亦獲也。實同而文異，故假其異文以别事，器用亦于人可爲人用者，得用焉曰獲，謂用諸侯以有所獲也。又繫于器用曰獲，則凡以器而獲，皆在用例。敵國交兵，亦有兵器之獲」，頗爲詳晰，似勝此解。劉之此規，以囚俘不可以爲器物，杜但當言麟，不當言俘也。麟皮爲器，乃借麟喻獸，引伸注家之意，非與杜解有異也。疏家以此非劉，直是違杜。孔融與諸卿書曰「若子所執，以爲郊天之鼓必當麒麟之皮也」，是用《孝經》必用曾子家竹簡也。後儒多以鄭康成之説爲詬病。然康成諸經箋注，並無此説。孫氏星衍曰：《漢書·王莽傳》「冠麟韋之弁」。李奇注「謂鹿皮冠」。《説文》謂麟爲大牝鹿，與「麒麐」字異，知是鹿皮鼓耳。《釋例·獲例》無「來儀」之文，而賈潁曰《書》稱「鳳凰來儀」，今麟不言來，非外麟也。《春秋》據其得不見其來，故但曰「獲」。若必以内外爲義，則虞舜奚獨外鳳乎？孔以鳳羽襯麟皮本此。

齊師克城而驕，其帥又賤。注：城，謂夷儀也。帥，謂東郭書。

規曰：杜見傳言帥賤，則云是東郭書。炫案：上伐夷儀，乃齊侯親兵。所陳東郭書之事，非是將帥，杜何知帥謂東郭書？若東郭書爲帥，則人無不識，何故云「皙幘而衣貍製」，齊侯使視之，乃知「夫子也」？且書若爲帥，被晉之敗，何故君以爲功，而更受賞乎？據此諸事，以爲更有别帥。

孔氏曰：今知劉難非者，以此云「克城而驕，其帥又賤」文既相連，止是一事。

「克城」，謂克夷儀；「其帥」則克城之帥〔一〕。上克城之事，郭書先登，故知郭書爲帥，身先士卒也。僖二十三年，晋侯親自敗狄，而郤缺爲將；成十六年，楚子親戰鄢陵，而子反爲主；今齊侯雖伐夷儀，郭書何妨別爲元帥？戎事上下同服，故逢丑父得與齊侯易位。郭書雖爲元帥，軍衆之内，齊侯容或不辨。齊侯賞其先登之功，不責其後敗之罪，故以爲帥謂東郭書。劉據此諸事，以爲更有別帥而規杜，非也。

證曰：杜言「帥謂東郭書」，非也。以吾觀之，帥非東郭書，乃犂彌也。何以知之？以齊侯之賞犂彌知之。書果爲帥，不應置書而賞犂彌。今齊侯惟賞犂彌，不及書，則犂彌爲帥明矣。且齊侯在師，帥必朝夕常見，豈有犂彌言其白皙鬒鬚尚不之識，必使人視之而始知爲書？書斷非帥無疑。乃孔以克夷儀之事，書先登，明其爲帥。是不然，何則？先登不必盡帥也。隱十一年，鄭伯入許，潁考叔取鄭伯之旗蝥弧以先登。襄十年，偪陽之役，主人縣布，堇父登之。昭二十一年，新里之戰，厨人濮以裳裹首而荷以走，曰「得華登矣之」。三人皆非帥，杜何以知先登必爲帥乎？劉

〔一〕「帥」字，底本原作「師」，兹據宋慶元六年紹興府刻宋元遞修本《春秋左傳正義》改。

謂「更有別帥」，則又不知帥即犂彌。蓋齊之帥爲敝無存先登而死於霤下，始用犂彌爲帥。書之讓登，亦由犂彌是帥，故爲之躬首犯難。犂彌之辭賞曰「有先登者，臣從之」，書不能自言於齊侯，犂彌言之，以犂彌爲帥也。書之辭賞曰「彼賓旅也」。帥爲主，衆爲賓，亦以犂彌爲帥也，更無別帥可以當之。《漢書·周勃傳》「高祖爲沛公初起，勃以中涓從下，下邑先登，賜爵五大夫」。齊克夷儀之賞，事正相類。犂彌新爲齊師，故曰「賤」。齊侯之賞，不以後之敗而没其克邑之功也。據此而言，杜固失矣，劉亦未爲得也。

十三年，齊侯、衛侯次于垂葭，實郹氏。注：垂葭，改名郹氏。高平鉅野縣西南有郹亭。

規曰：《釋例》曰：「經書所改之名，則傳以『實』明之。『許遷于夷，實城父』，『齊侯、衛侯次于垂葭，實郹氏』之比是也。」則是先名郹氏，後名垂葭。以爲垂葭是新改之名，本是郹氏也。而此云「垂葭，改名郹氏」者，杜注自違《釋例》。

孔氏曰：杜意與《釋例》不違。地無新舊之異，止是一地二名。若如劉言，案「許遷于夷，實城父」，經書「夷」；「齊侯、衛侯次于垂葭，實郹氏」，經書「垂葭」。「許遷于析，實白羽」，以此準之，經應書「析」，不應書「白羽」。「公會齊侯于祝其，實夾谷」，經應書「祝其」，不應書「夾谷」。杜以文同事異，故以新舊明之。劉不細尋經、傳以規杜過，非也。

申曰：劉稱《釋例》者見于《土地名》。據彼言當云「郹氏，改名垂葭」，《集解》失之。夫一地二名，地無新舊之異，而名有先後之異。劉云「杜注自違《釋例》」者，謂其先後倒置，與《釋例》不合。此非以經、傳規杜，乃以杜規杜也。而孔譏劉「不細尋經、傳」，過矣。鉅野縣，晉屬高平國，今屬山東曹州府，於春秋爲魯地。郹，古闃切，以傳文求之，郹氏當是衛地。

春秋規過考信卷三之下

哀公

元年，夫屯晝夜九日。注：夫，猶兵也。壘未成，故令人在壘裏屯守蔡。

規曰：杜言「夫，猶兵也。以壘未成，故令人在壘裏屯守蔡」。然則未築壘前，兵豈遠城乎？壘成之後，兵復出壘乎？以圍人夜守常事，何言「晝夜九日」？以後兵豈散乎？炫以「夫屯」謂夫役屯聚，晝夜不止，九日而築壘成耳。夫者別有城夫，非戰士。

孔氏曰：杜以屯是戍守之名。又案傳晉有軘車。經籍未有作役之人而爲屯守之號者。劉妄規其失，非也。

證曰：杜以夫爲兵，屯爲屯守，而劉以「夫屯謂夫役屯聚，晝夜不止，九日而築壘成」規之，誠是。然謂「夫者别有城夫，非戰士」，則非也。當楚之圍蔡也，築壘之役，將役楚人乎？則不能出疆而隨我役也。將役蔡人乎？則不能召敵而應我役也。戰士外，安得城夫乎？知城夫即是戰士，非别有城夫也。夫築壘大役也，《周禮·夏官》：「量人掌建國之法，造都邑亦如之。營軍之壘舍，量其市朝州涂軍社之所里〔一〕」。注：「軍壁曰壘。鄭司農云『量其市朝州涂，還市朝而爲道』。玄謂一州之衆，二千五百人爲師，每師一處。市也，朝也，州也，皆有道以相之。軍社，社主在軍者。里，居也。」賈公彦疏：「所居皆有步數，故職在量人。」由此言之，營軍之壘，皆以造都邑之法行之。量人所量者，里數也。計里營壘，此里而栽，即量人所謂軍社之所里者；杜云「去蔡一里」者，非也。《大司馬》「大役與慮事屬其植」。注「植，謂築城楨也。屬賦丈尺與其用人數。今曰栽曰廣。丈高倍即所謂

〔一〕「社」字，底本原作「舍」，兹據宋兩浙東路茶鹽司刻宋元遞修本《周禮疏》改。

屬其植也。」《通典·兵一》「司馬穰苴曰：五人爲伍，十伍爲隊。一軍凡二百五十隊。隊七十有五，以爲中壘。四面乘之一面得地三百步。壘内有地三頃餘百八十步。正門爲握奇，大將軍居之」。考《城制》方丈曰堵，三堵曰雉。一雉之牆長三丈高一丈。侯伯之城方五里，徑三百雉。蔡，侯爵，城當五里。今築壘高二丈，方亦必五里餘。可知量人之詳壘舍如彼穰苴之列里數。如此，役莫大於此矣。如杜之解，以夫爲兵，不曰「師屯」，而曰「夫屯」，何也？蓋古者執兵之人與執役之人皆謂之夫。《地官》鄉師之職，「以時稽其夫家之衆寡，辨其可任者」，巡其前後之屯。注：夫家，猶言男女也。屯，康成謂前後屯，車徒異部也。賈疏謂兵衆屯聚，各有車徒，各於前後而巡行之。可任，謂夫家之可任役者。屯以車徒所聚言之，役可以言夫，兵亦可以言夫。特古之兵謂器，後世之兵謂人。杜謂夫爲兵，其意則是，而其語則非也。《易序卦》傳「屯者，盈也」。《廣雅·釋詁》「屯，聚也」。訓「屯」爲「聚」，義本《周易》。其云「晝夜九日」者，迫於成壘也。宣十一年，令尹蔿艾獵城沂事，三旬而成，不愆于素。杜彼注云「不過素所慮之期也」。此云「如子西之素」，謂如子西素所慮之期也。三旬、九日，事有緩急，言無彼此。杜以壘未成，令屯壘裏守蔡，則與上下文義不協矣。且子西築壘，名則守蔡，實以禦吴也。先是柏舉之戰，蔡以吴師入，楚昭王廑而得免，楚豈須臾忘報哉？遲之十二年而始報者，懼吴之襲其後也，子西籌之熟矣。以爲遏蔡師，使不得犯圍而出，阻吴師，使不得陷圍而入，非築壘不可。壘築矣，而或遷延時日，使吴人伺間而來，事尚未可知。壘雖築，猶不築也，非速成不可。竊意圍蔡之役，楚必遣師分據要害以防吴，又必遣師迭更攻守以扼蔡，安得盡遣師以築壘？此必子西乘蔡人未會吴師之前，徵召士卒，剋期赴役，晝夜相繼，適如九日之約而壘成耳。夫蔡之所恃者，吴也。築壘於蔡，而吴無能爲矣。此所以制蔡人之命而奪吴人之膽也，宜蔡人之係壘出降也。

齊侯、衛侯伐晋。注：魯師不書，非公命也。孔圉，孔烝鉏曾孫。鮮虞，狄師，賤故不書。

規曰：杜以經書「齊、衛伐晋」，傳言「四國伐晋」，故惟解魯與鮮虞不書意也。炫以齊、衛會乾侯，救范氏者，師相會因而行伐，二君親行，告伐不告會也。行伐之後，魯與鮮虞會之，齊、衛更遣師與同伐也。但齊將卑師衆，故稱師；衛將尊師少，故云「孔圉」。後伐四國，並皆不書，非獨魯與鮮虞不書也。當謂魯師不書非公命，餘者不書皆不告。義出百塗，並得通也。

孔氏曰：今知劉非者，杜以傳齊侯、衛侯止云「會乾侯」，不言伐晋，即云「師及齊師、衛孔圉、鮮虞人伐晋」，與經「齊侯、衛侯伐晋」文相次，當以爲一。鮮虞，狄師，賤，故略而不書，猶邲之戰，唐侯從楚而不書，平丘之會狄人從晋而不書之類是也。劉以爲孔圉等更別伐晋，魯師不書非公命，餘者不告故不書，而規杜過，非也。

申曰：劉以杜解魯師不書非公命，是；鮮虞，狄師，賤，故不書，非也。據僖十八年，邢人、狄人伐衛；昭四年，楚子以諸侯及淮夷伐吴；《春秋》不以其使賤而不書，則光伯之言信矣。

二年，叔孫州仇、仲孫何忌及邾子盟于句繹。注：句繹，邾地。取邑，盟以要之。

規曰：案，十四年，小邾射以句繹來奔，則句繹，小邾地也。

孔氏曰：注言「邾地者」，以傳云「伐邾，邾人愛其土，賂以漷、沂之田，而受盟」。被伐受盟，則盟在邾地。邾與小邾，國竟相近，句繹所屬，亦無定準，猶齊、魯汶陽之田，莒、魯爭鄆之事，一彼一此，豈有常乎？而劉炫以規杜，非也。

申曰：杜注哀十四年傳曰「射，小邾大夫」，孔氏彼疏曰「此文與『邾庶其、黑肱、莒牟夷』文同，知射是小邾大夫，以句繹之地來奔魯也」。漆閭、邱瀊爲邾地，牟婁及防茲爲莒地，例以書法，射既爲小邾之大夫，則句繹爲小邾地無疑。但此年州仇、何忌與邾子盟句繹，不當在小邾，故杜云「邾地」。孔氏乃以邾與小邾相近，句繹屬無所常，曲爲杜解。必如孔言，句繹先屬邾，後屬小邾，無容不見經、傳。近閻氏若璩調停其説，謂句繹有二，一爲邾子，一爲小邾子。亦非也。以今考之隱元年「及宋人盟于宿」，不書宿人。杜注「宿，小國。凡盟以國地者，國主亦與盟」。僖十九年「會陳人、蔡人、楚人、鄭人盟于齊」。杜注「地於齊，齊亦與盟，不書齊人」。襄九年「同盟于戲，不序鄭」，杜注「伐鄭而書同盟，則鄭受盟，可知戲鄭地」。十一年「同盟于亳城北，不序鄭」，杜注「亳城，鄭地。伐鄭而書同盟，鄭與盟可知」。「會于蕭魚，不序鄭」，杜注「鄭服而諸侯會，蕭魚，鄭地」。二十五年「同盟于重丘，不序齊」，杜注「重丘，齊地，伐齊而稱同盟，以明齊亦同盟」。推此類而合觀之，桓十一年「齊人、衛人、鄭人盟于惡曹」，傳「齊、鄭、宋盟于惡曹」，經以地主不序宋人，傳序於末，則知惡曹爲宋地。此當是州仇、何忌及邾子、小邾子同盟，以句繹小邾地，故不書小邾子也。然則句繹小邾地，非邾地也。劉之規杜，是也。

六年，再敗楚師，不如死。注：前已敗於柏舉，今若退還，亦是敗。

規曰：卜不吉，謂戰當敗；再敗，當謂今伐更敗也。退還，謂是好退而還，杜言「退還亦是敗」，非也。

孔氏曰：今知劉非者，以傳「卜退不吉」，是不得好退。是雖欲退還，亦必敗也。但文不委悉，劉以爲「退還，謂是好退而還」以規杜，非也。

顧氏炎武引伸劉説曰：前敗于柏舉，若此戰更敗，是再敗。

申曰：孔以上文言「卜退不吉，謂欲退還必敗」，以伸杜意；不知「再敗楚師，不如死」，但爲「卜戰不吉」而言。下文「棄盟逃讎，亦不如死」，方爲「卜退不吉」而言。下接云「其死讎乎」，是不肯退還而務進戰也，非謂退還亦必敗也。

八年，及吴師至，拘者道之，以伐武城，克之。王犯嘗爲之宰，澹臺子羽之父好焉，國人懼。注：鄫人教吴，必可克。王犯，吴大夫，故嘗奔魯，爲武城宰。澹臺子羽，武城人，孔子弟子也。其父與王犯相善，國人懼其爲内應。

規曰：伐武城克之者，實克武城。國人懼者，懼其害魯。

孔氏曰：今知非者，以下傳始云「王犯嘗爲之宰」「國人懼」，是未得武城，故知此「克之」是鄫人教吴之語。劉以爲「克實克武城」。若然，吴師既來伐魯，是顯然行兵，不須云「王犯與子羽之父相善」。魯已受害，何須云「國人始懼」？傳既云「王犯嘗爲之宰」，是爲武城之宰。澹臺子羽又是武城之人，皆據武城而言，故知恐爲武城内應。傳載漚菅事者，説來伐武城之由。劉妄生異見而規杜，非也。

傅氏遜曰：吴既克武城，則其人以二子之故，將固與吴。吴得據之，以爲魯患，故懼。

申曰：《左氏》云「克之」者，已然之辭；杜氏云「可克」者，將然之辭；豈有鄫人教吴必可克，而行文便云「克之」者？且武城接吴境，下文東陽、蠶室、庚宗俱是魯境，故知是克武城也。國人者，魯之國人，非武城人也。懼吴以二人相善，使武城人爲魯害。

景伯負載，造於萊門。注：以言不見從，故負載書，將欲出盟。

規曰：載書，盟主所制，自當吴人爲之，何由復出魯國？又載書數簡之文耳，何須負之？且諸言載書，未有單稱「載」者，以爲負載器物，欲往質於吴。

孔氏曰：今杜知「負載」是「負載書」者，以《周禮·司盟》掌盟載之事，故傳云「士莊子爲載書」。此上有「將盟」之文，下即云「負載」之事，故知是載書也。劉以「負載」謂背負器物。然則景伯魯之大夫，親自負物，不近人情，而規杜過，非也。

魏氏禧曰：爲國事當如此，不從其言，而又負載以出。若少隘憤，必不行矣。後世君子，蹈此弊以誤國事者甚多。

惠氏棟曰：鄭《詩》箋云「載，猶戴也」，謂負戴器物，光伯説是也。

釋曰：杜解是，劉之此規，非也。《周禮·春官》：「詛祝作盟，詛之載辭，以敘國之信用，以質邦國之劑信。」鄭康成注：「載辭，爲辭而載之於策。坎用牲，加書於其上也。」鄭司農云「載辭」，以《春秋傳》曰「使祝爲載書」，賈公彦疏「策載此辭，謂之載」。《秋官》：「司盟掌盟載之灋。凡邦國有疑會同，則掌其盟約之載及其禮儀，北面詔明神。既盟，則貳之。」注：「載，盟辭也。盟者書其辭於策，殺牲取血，坎其牲，加書於上而埋之，謂之載書。《春秋傳》曰：『宋寺人惠牆伊戾坎用牲，加書，爲世子痤與楚客盟。』」疏：「載者正謂以牲載此盟書於上，故謂之載也。」案，襄二十六年傳鄭引此者，證坎用牲加書載之事也。《孟子》「束牲載書」，趙岐注「但加載書，不復歃血」。毛氏奇齡曰「載，非加也。載書者，盟載書也。謂盟有載事，因而爲書」。此「加」字並不訓「載」字，然猶相混，故趙氏云「但加載書」，則瞭然矣。蓋載書有用牲者，有不用牲者。襄九年，鄭與晉盟，晉士莊子爲載書，荀偃曰「改載書」，此用牲者也。若襄十年，鄭子孔爲載書，以位序聽政辟，此時未嘗用牲也。又，襄二十三年，臧武仲據防出奔，季孫召外史掌惡者，而問載書之首章，則逐臣示戒，當用牲乎？然則用牲曰「載」，不用牲亦曰「載」，牲且無有，加於何所？故曰載者，事也，非加也。此明著者也。閻氏若璩曰「襄九年，杜注『載書，盟書也』，《周禮》注『載，盟辭也』，可見『載』『書』二字是實字，非如今人解，以『載』爲『加』」。以傳考之，襄二十八年「鄭伯使游吉如楚，及漢，楚人還之子。太叔曰『無乃非盟載之言，以闕君德』」，言「載」不言「書」。僖二十六年「載在盟府，大師職之」。杜注「載，載書也」。《齊語》「與諸侯飾牲爲載，以約誓於上下庶神」。韋昭注「飾牲，陳其牲，爲載書加於牲上而已，不歃血也」。此則單稱「載」之一字，與「景伯負載」文義相同。載書制自盟主，本當吴人爲之。是時魯畏吴之强，雖則行成將盟城下，計必卑辭以請，故魯爲之。哀二十六年，宋大尹使祝爲載書，將盟之。祝襄以載書告皇非我，然則景伯之爲載書，蓋託於《周官》詛祝之微者耳。且康成言「盟者，書其辭於策」，非簡比也。杜《春秋序》「大事書之於策，小事簡牘」。孔疏「單執一札謂之簡，連編諸簡乃名爲策。簡之所容者，一行字耳。牘乃方版，版廣於簡，可以並容數行。凡爲書，字有多有少，一行可盡者，書之於簡；數行乃盡者，書之於方。方所不容者，乃書於策」。《聘禮》記曰：「若有故，則加書，將命百名以上，書於策；不及百名，書於方。」鄭玄云：「名，書文也，今謂之字。」是其字少，則書簡；字多，則書策。然則負載者，負載書之策耳。若謂大夫負載器物，誠有如孔所譏者，不可從。下文乃請釋子服何於吴，吴人許之。以王子姑曹當之，而後止。説者謂「釋，舍也」，釋我，猶言舍我，請不與盟也。傳曰「次國之上卿，當大國之中，中當其下，下當其上。大夫以王子當景伯，重之也」。注言魯人欲留景伯質，吴復求王子交質，而後兩止，皆非也。

十二年，孔子與弔，適季氏。注：孔子始老，故與弔也。

規曰：杜以「孔子與弔」，明其已去臣位。若在臣位，則服小君之喪，不得云「與弔」而已，故云「孔子始老」。始老者，謂始致事也。炫案：十六年「仲尼卒。哀公誄之」，子貢譏云「生不能用」，則是哀公不用仲尼爲臣也。又《世家》及諸書無云仲尼仕於哀公，杜焉得云「孔氏始老」乎？

孔氏曰：今知不然者，以上十一年傳稱「仲尼在衛，魯人以幣召之」。是召之而來，當以任用，故冉有云「子爲國老，待子而行」，後乃致事，故孟子之喪而來與弔。若哀公全不能用，何須以幣召之？但哀公不用其言，故云「生不能用」，於傳文上下理甚符同。劉以爲不仕哀朝以規杜過，非也。

傅氏遜曰：孔子與弔，弔於公也。適季氏弔畢，而適季氏也。見季孫之不絻，則亦去其經，禮之稱也。拜者，賓主之禮也。古者弔無拜禮也。

申曰：孔氏既稱「哀公不用其言」，是孔子於哀公之朝曾未任事，於何致事？矛盾顯然。劉之此規，是也。

九月，宋向巢伐鄭。注：此事經在「十二月螽」上，今倒在下，更具列其月以爲別者，丘明本不以爲義例，故不皆齊同。

規曰：杜以此與經別，故言丘明不以爲義例，故使文不齊同。炫以爲傳説當時事耳，更倒本隙地之事，載其日月，使與明年相接。

孔氏曰：今知不然者。案，宣二年「壬申，朝于武宫」，是十月五日，下乃云「冬，趙盾爲旄車之族」。彼注云「壬申是十月五日也。既有日而無月，冬又在壬申下，明傳文無較例」。彼既無倒本其事，與後年相接，足知此亦不爲倒本其事，使九月在十二月之下，明傳因簡牘舊文，或日月前後不以爲例。若以倒敘其事爲後年張本，案傳之上下，凡倒敘事爲後年張本者，惟道事之所由，不具載其日月。劉以此規杜過，非也。

申曰：杜言傳倒經文在下，本無義例。劉以倒本隙地之事，使與明年相接，乃原所以倒經文之故，規杜實是申杜。孔引宣二年傳注「冬，又在壬申下，明傳文無較例」，非之。案：彼傳壬申朝於武宫，下皆敘趙盾之事，於經無文。其明年傳不見盾事，無由倒本其事與後年相接，不得以彼例此。漢博士以《左氏》爲不傳春秋，王接曰「《左氏》自是一家書，不主爲經發」；陸德明曰「舊夫子之經與丘明之傳各卷[一]，杜氏合而釋之」。然則以經證之，則倒向巢伐鄭在十二月盞下；以傳論之，則丙申圍宋師，與十三年春，宋向魋救其師相接，乃順敘非倒敘也。

十三年，大事未成，二臣之罪也。注：大事，盟也。二臣，鞅與寅。

規曰：杜以鞅呼寅與語，明其同憂國事，故以二臣爲鞅與寅也。炫以爲二臣，吳、晋二臣。

〔一〕「卷」字，底本原作「異」，兹據陸德明《經典釋文》改。

孔氏曰：今知不然者，以趙鞅呼司馬寅，自相與語云「建鼓整列，二臣死之」，皆是鞅、寅自謂，故知二臣鞅與寅也。鞅既不共吴臣對論曲直，何得以二臣爲吴、晋之臣？劉以爲吴晋之臣而規杜氏，非也。

釋曰：劉以上文吴人曰「於周我爲長」，晋人曰「於姬姓我爲伯」，故二臣謂爲吴、晋之臣，孔氏非之。案，下文云「建鼓整列，二臣死之」，言有戰死，不先吴人也。寅對鞅云「子姑視之」，言無庸戰也。與吴臣無涉，故知二臣乃鞅、寅，非吴、晋之臣也。劉之此規非是[一]，杜解是。

十四年，逢澤有介麇焉。注：介，大也。《地理志》言逢澤在滎陽開封縣東北。

規曰：案《方言》「畜無耦曰介」。介麇，一麇。

孔氏曰：逢澤大處，不應惟有一麇。若迹人止告一麇，不應公唤左師俱獵，故

[一]「規」字，底本原作「視」，當是「規」字形近之訛，今據文義改。

以「介」爲「大」。劉規杜氏，非也。

齊氏召南曰：案「滎陽」二字似衍。《漢志》開封逢池，在東北。漢時開封屬河南郡，滎陽郡時郡名不得混入《漢志》也。

申曰：杜以「介」爲「大」，本《爾雅・釋詁》，其義非也。《方言》「介，特也。物無耦曰特。獸無耦曰介」。郭璞注「傳曰『逢澤有介麋』」。《廣雅・釋詁》：「介，獨也。」介麋，猶言獨麋耳。昭十四年「收介特」。杜注「介特，言單身民也」，與此注自相乖異。

十六年，夏，四月己丑，孔丘卒。注：仲尼既告老去位，猶書「卒」者，魯之君臣，宗其聖德，殊而異之。魯襄二十二年生，至今七十三也。四月十八日，乙丑，無己丑。己丑，五月十二日。日月必有誤。

規曰：《春秋》之例卿乃書「卒」，縱令仲尼不告老，例不合書。而杜云「告老去位，猶書『卒』」，非也。

孔氏曰：案《周禮・典命》云「公、侯、伯之卿三命，大夫再命」。仲尼爲魯大夫。夾谷之會攝相事。十一年傳云「子爲國老」，是大夫尊者，則二命以上，準例合書，故杜爲此注。或曰杜爲抑揚之辭，以爲仲尼縱未去位，例不合書。「告老去位，猶書『卒』」者，欲明魯君臣宗其聖德之甚。劉不尋杜旨，以爲例不合書而規杜過，非也。

蘇氏洵曰：吾觀《春秋》之法，皆周公之法，而又詳内而略外。此其意欲魯法周公之所爲，且先自治而後治人也明矣。然則天子之權，固明以與魯也。子貢之徒，不達夫子之意，續經而書「孔丘卒」。夫子既告老矣，大夫告老而卒不書，而夫子獨書，夫子作《春秋》以公天下，而豈私一孔丘哉？嗚呼，夫子以爲魯國之書，而子貢之徒以爲孔丘之書也歟！

閻氏若璩曰：司寇在司徒、司馬、司空世爲之三卿之下，侯國本無「大」稱。《史記・世家》作「大司寇」，非也。然司寇，魯有以初命之大夫爲者，孔子是。《韓詩外傳》猶載孔子爲魯司寇，命辭曰「宋公之子、弗甫何孫魯孔丘，命爾爲司寇」，無「大」字。有以再命之卿爲之者，臧孫紇是。襄二十一年，季孫謂武仲曰「子爲司寇」。及後二年出奔邾也，書於經，以爲卿故。若孔氏雖與聞國政，實止大夫而非卿，故經没而不見。不然，齊來歸，鄆讙歸陰田，聖人未嘗以己功而諱之，豈有孔子出奔載諸策書，修《春秋》時竟削之哉？

臧氏庸曰：《世家》孔子由中都宰爲司空，由司空爲大司寇，又由大司寇攝行相事。此二「大」字當爲衍文。鄭注《禮記》云「孔子由中都宰爲司空，由司空爲司寇」，即本《世家》文而無「大」字，尤可證。《正義》引崔靈恩云「諸侯三卿五大夫，司徒兼冢宰，司馬兼宗伯，司空兼司寇。司徒下小宰、小司徒，司馬下小司馬兼宗伯事，司空下小司寇、小司空。今夫子從小司空爲司寇也」。崔所以知然者，魯有孟、叔、季三卿，又有臧氏爲司寇。故案，魯自有夏父弗忌爲宗伯，無須司馬之兼。《左氏》襄二十一年，季孫謂臧武仲曰「子爲司寇」，與孔子爲司寇同，未必定公時仍臧氏爲司寇。據云「由司空爲司寇」，魯制蓋宗伯、司馬、司空並設，未必司空兼司寇也。《世家》「會於夾谷，孔子攝相事，曰『古者諸侯出疆，必具官以從，請具左右司馬』。定公曰『諾。具左右司馬』」。此即崔氏所謂小司馬是也。然則司馬之下，以事省立一人之説不合矣。司馬之不稱「大」，猶司寇之不稱「大」也。總之，孔子爲魯司寇，與臧武仲爲魯司寇同，《世家》以爲「大」，崔氏以爲

「小」，皆非。

申曰：《史記·世家》云「孔子由司空爲大司寇，攝行相事」。案，定元年傳「孔子之爲司寇也」、《禮·檀弓》「孔子失魯司寇」、《孟子》「孔子爲魯司寇」，並無「大」字。以《春秋》證之，惟成十五年「向爲人爲大司寇」、昭二十年「樂輓爲大司寇」、哀二十六年「樂朱鉏爲大司寇」，自宋之外，未之見也。昭四年，杜洩稱季孫爲司徒、叔孫爲司馬、孟孫爲司空，三卿皆三家爲之，未有以「大」稱者。考之列國，昭二十二年，宋邊卬爲大司徒，隱三年宋有大司馬孔父；襄十五年，楚蔿子馮爲大司馬；莊二十六年，晋士蔿爲大司空；《管子·王言篇》甯戚藝粟盡地利，立爲大司徒，王子城父爲大司馬。蓋宋王者，後楚僭王；齊、晋霸國，故於正卿間稱「大」，不可以槩魯也。西河毛氏據《春秋傳》「夾谷之會，孔丘相」，以攝相爲「儐相」之「相」，非「宰相」之「相」，而云「相爲商官，宰相秦官，周無以執政爲相者」。近人江慎修、崔東壁均主其説。今考《檀弓》疏引《孔子世宗》定公九年，以孔子爲中都宰，由中都宰爲司空，由司空爲司寇。定公十年「會於夾谷，攝相事」，則以夾谷之相，爲「攝相」，西河實本之。孔沖遠而所引《世家》文，「司寇」上並無「大」字，則「大」字爲後人所增入，非其本文也。三家季孫爲司徒、叔孫爲司馬、孟孫爲司空。是時任孔子者，季桓子也。《符子》曰「孔子爲司徒」。夫孔子惡能代桓子爲司徒哉？《公羊》謂「行乎季孫，三月不違」，蓋桓子以陽虎諸人之亂，使孔子攝己司徒事耳，所謂「攝相事」也。齊有國高，而《論語》稱管仲相桓公，則下卿亦可行相事矣。臧孫爲司寇，而《公羊》謂「宣公死，成公幼，臧宣叔者相也」，則司寇行相事者不始自孔子矣。《荀子·宥坐篇》「孔子爲魯攝相，朝七日而誅少正卯」。楊倞注「爲司寇而攝相也」。是「攝相」爲「宰相」之「相」，非「儐相」之「相」，無可疑者。且魯相君而行者，皆三家爲之。文十二年、成四年，如晉，季文子相；九年，會於蒲，亦季文子相；十年，會伐鄭，季武子相；文三年，如晉，叔孫莊叔相；襄二十八年，如楚，叔孫穆子相；襄四年，朝晉，孟獻子相；昭七年，如楚，孟僖子相；夾谷之相，乃三卿之事，然則孔子非相魯，豈得爲夾谷之相也哉？襄二十一年，季孫稱「臧武仲爲司寇」，與孔子之爲司寇一也。然二十三年，經書「臧孫紇出奔邾」，而孔氏之出奔不書，緣臧氏以公族爲司寇，命於天子者也，卿也；孔氏以庶姓爲司寇，未命於天子者也，非卿也。孔沖遠引《周禮·典命》云「公侯之卿三命，大夫再命」。仲尼爲魯大夫，夾谷之會，攝相事，是以大夫攝相事，乃攝卿，而非卿。子爲國老，猶是告老去位之大夫耳。準以《春秋》卿乃書卒之法，例不合書，而謂二命以上準例合書，其不然乎？辭雖是杜而非劉，意則是劉而非杜也。蓋孔子生民未有之聖，故門弟子續經、左氏作傳悉以《春秋》未有之例尊之。《公》《穀》特書孔子之生亦此意也。漢司馬遷作《世家》，殆史家未有之例，以門弟子之所以尊孔子者尊之歟！

孔子生卒年月日考

《公羊傳》「襄公二十有一年，十有一月，庚子，孔子生」。何休解詁「時歲在己卯」。陸德明《釋文》「庚子孔子生」，傳文上有「十月庚辰，此亦十月也，一本作十一月庚子。又本無此句」。疏《左氏經》無此言，則公羊師從後記之。注「時歲在己卯」者，何氏自有《長歷》，不得以《左氏》難之。

《穀梁傳》襄公二十有一年，冬十月，庚辰朔，日有食之，庚子，孔子生。

《史記·孔子世家》「魯襄公二十二年，而孔子生。孔子年七十三，以魯哀公十六年四月己丑卒」。司馬貞《索隱》：《公羊傳》「襄公二十一年，十有一月，庚子，孔子生」。今以爲二十二年，蓋以周正十有一月屬明年，故誤也。《後序》孔子卒云「七十二歲」，每少一歲也。若孔子以魯襄二十一年生，至哀十六年，爲七十三。若襄二十二年生，則孔子年七十二，稱傳生年不定，使夫子壽數不明。

羅氏泌曰：齊臧榮緒，以宣尼庚子日生，每以是日陳五經而拜之，奈何夫子一誕生之日史傳記載靡有定格。珞琭子云「宣父畏以元辰，而五行書論孔子以庚戌年二月二十三日庚子甲申時生」。按：庚戌乃魯襄公之二十二年，周靈王之二十一年，而《長曆》其年二月二十三日，實爲庚子。以哀公之十六年壬戌歲四月己丑卒，乃敬王之四十三年，享七十有三齡。然《公羊傳》乃於襄公二十一年書「十一月庚子，孔子生」，《穀梁傳》則繫於十月之後。蓋十二月二十二日之庚子也。是歲閏申，以元術論，節過在子可以庚戌語。然或以爲十月庚子，則是今之八月，乃襄公之二十一年，而靈王之二十年也。歲在己酉，則爲年七十有四，不得謂之庚戌，故劉《外紀》謂「孔子年七十有四」。雖然，公羊子言十一月，是月固無庚子，以《孔氏家譜》及《祖庭記》等所書俱云「二十二年，十月庚子，乃二十七日」，故林開以爲戊子之月，節雖已過，不知周正乃今之八月，亦非得云二月矣。今定著八月二十七日爲先聖人孔子生日。四月無己丑，惟有乙丑，己丑乃五月十二日，林開不知何據，以爲四月戊戌，戊戌亦不在五月，故《祖庭記》直以爲四月乙丑。

朱子《論語集注·序説》曰：「孔子以魯襄公二十二年庚戌之歲，十一月庚子生於魯昌平鄉陬邑；哀公十六年，壬戌四月己丑，孔子卒，年七十三。」

王氏應麟曰：以年則《公》《穀》《史記》有一年之差，以月則《公》《穀》有一月之差，今不可考。

宋氏濂曰：公羊、穀梁二氏傳經之家也，傳經之家，當有講師，以次相授，且去孔子時又爲甚近，其言必有據依。司馬遷固良史，則後於穀梁、公羊者也，吾則無徵乎爾。孔子所生之年，吾當從公羊氏、穀梁氏。然以《春秋長曆》考之，二十一年己酉，十一月無庚子，庚子乃在十月之二十一日，孔子所生之月，吾當從穀梁氏，注家謂「己酉」爲「己卯」，「卯」「酉」之文相近，故誤書也。左氏云「魯哀公十六年，夏四月己丑，孔某卒」，故孔子所卒之年，吾當從左。然十六年，乃壬戌之歲也，是歲四月有乙丑，而無己丑，己丑乃在五月之十二日，「己」與

「乙」文亦相近，故誤書也。所謂乙丑則四月十八日，自壬戌上溯己酉，則孔子之年乃七十四。

黄氏宗羲曰：宋景濂作《孔子生卒歲月辯》言甚核而辯。然以某考之，則又不能無疑者。《左氏》哀公十有六年，「夏四月己丑，孔丘卒」。此書於門弟子所書，歲月無可復疑矣。由是而上推至襄公二十二年庚戌，爲七十三歲，孔子之年七十三，不特見於《史記》《家語》，杜預《左注》亦云七十三，《孔子家譜》《祖庭記》無不皆然。使七十三之年而信，則孔子之生年其在庚戌亦可無疑矣。《公》《穀》之謂二十一年，安知非周靈王二十一年，誤書爲襄乎？至於生之月日，《左傳》無文，穀梁氏則書「冬十月，庚子，孔子生」，公羊氏則書「十有一月，庚子，孔子生」，陸德明釋《公羊》云「傳文上有十月庚辰，此亦十月也。一本無此句」。蓋經庚辰朔，則庚子在二十一日。若十一月，則己酉朔，其距庚子五十有二日。十一月無庚子，則知有此句者之爲誤本矣。以曆法推之，襄二十一年，中積六十六萬九千一百二十七日五十五刻，冬至四十七日五〇二四，閏餘二十五日七三四六。其年有閏，故子月甲寅朔，丑月甲申朔，寅月癸丑朔，卯月癸未朔，辰月壬子朔，巳月壬午朔，午月辛亥朔，未月辛巳朔，亥月己卯朔。襄二十二年，中積六十六萬八千七百六十二日三十一刻，冬至五十二日七四四九，閏餘七日七一。子月己酉朔，丑月戊寅朔，寅月戊申朔，卯月丁丑朔，辰月丁未朔，巳月丙子朔，午月丙午朔，未月乙亥朔，酉月甲戌朔，戌月甲辰朔，亥月癸酉朔。若不從《公》《穀》，以《家語》《史記》爲準，則孔子之生在二十二年酉月，自甲戌推至庚子，爲二十日，故羅泌以爲八月二十七日是也。景濂謂三代雖異建，而月未嘗改。按：襄二十一年經文「九月庚戌朔，日有食之。冬，十月，庚辰朔，日有食之」。夫九月庚戌者，建申之月也；十月庚辰朔者，建酉之月也。若周不改月，則九月爲己酉朔，十月爲己卯朔，而庚戌、庚辰爲七月八月之朔，是與經文大悖矣！景濂能不信諸經乎？《家語》《史記》載孔子弟子年歲，皆以孔子爲的。若孔子不生庚戌，則弟子之年無一足憑矣。故景濂欲伸《公》《穀》，則必盡廢諸家，無乃過歟！

孔氏廣森曰：《公羊傳》「襄公二十有一年，庚辰朔，日有食之。庚子，孔子生」。今以十月庚辰朔校之，舊有「十有一月」字者誤，故定從《釋文》本。《傳》記此分別，自後爲所見之世故也。周十月，夏八月，日在壽星之次，與斗柄同位。

先儒言夫子生時，帝車南指，此日加午之驗也。《金匱式》曰：「六陽罡爲六合臨時之方。青龍繫日，其神勝光。天乙登車，朱雀翱翔，始以龍見，終以蛇藏，是有德而章，無位而王者歟！」話日時，歲在己卯。謹案：於今禄命術得己卯、癸酉、庚子、壬午應四極之位也。漢《四分曆》，是歲己酉，與何氏不合。但四分依命曆序，以爲庚申歲獲麟而感精符，則云「獲麟之歲在單閼」。單閼，卯也。四分上推，太初元年丁丑，漢元年乙未。《三統曆》引《漢志》曰「高帝元年，歲在大棣，名曰敦牂」「元封七年，歲名困敦」，並與《四分》較差一年。太史公《曆書》曰「太初元年，歲名閼逢攝提格」，又實甲寅，非丁丑矣。萬祺遂古七曆殊元，同異得失，無以辨之，今以公羊家學，既從何氏，仍其舊注，存師説焉。

江氏永曰：襄公二十一年己酉，周靈王之二十年也。《公羊》《穀梁》皆謂孔子生于是年，二家去聖未遠，當必有據。經書「十月，庚辰朔，日有食之」，則庚子者，十月二十一日也。《公羊》謂「十一月，庚子」則誤矣。司馬遷《年表》《世家》舛錯非一，言生二十二年不足信。漢時亦尚《公》《穀》之學，何以記孔子生年必與《公》《穀》差一年乎？金履祥《通鑑前編》謂「是年九月、十月日兩食，必非生聖人之年」，此金氏不知曆法故也。合朔當交而食，必須隔五六月，無連月比食之理。春秋及漢初有比食者，皆史家之誤，未可以是斷聖人生年也。十月，庚辰朔，日食；庚子，孔子生，亦何妨乎？朱子《論語序説》既引《史記》不得不依其生年，然以《公羊》之十一月庚子係之，則亦誤。二十二年，七月有辛酉，二十三年，二月癸酉朔，日食。以此推前後月日，則庚戌歲十一月，當甲辰朔，不得有庚子矣。

崔氏述曰：《公羊》《穀梁》記孔子生，皆在襄公二十有一年，以爲二十二年生者，《史記》《世家》文耳。《世家》未嘗言爲十月庚子生也。以《世家》之年冠《穀梁》之月日，進退皆無所據，然而世咸信之，未知其爲何説也。

謹案：《左氏》記孔子之卒，不記孔子之生，後人所以知孔子所生之年月日者，《公羊》《穀梁》也。杜預不從《公》《穀》，而從《史記》，誤矣。然《史記》實未嘗誤也。襄三十一年疏《公羊傳》於二十一年下云「十有一月，庚子，孔子生」，《穀梁傳》於二十一年十月之下云「庚子，孔子生」。二十一年，賈逵注經云「此年仲尼生。哀十六年，夏四月己丑卒，七十三年」。昭二十四年，服虔載賈逵注云「是歲孟僖子卒，屬其子師事仲尼，仲尼時年三十五」，定以孔子爲襄二十一年生也。《孔子世家》云「魯襄公二十二年而孔子生，年七十三」，杜此注從《史記》也。夫賈逵以襄二十一年至哀十六年爲七十三年，則賈逵所見之《史記》本作魯襄公二十一年而孔子生，年七十三，故賈、服皆定以孔子爲襄二十一年生也。古人以周一歲爲一年，絳縣老人生文十一年，至襄三十年本七十四年，而云「七十三年」，此其證也。《説文·一篇·一部》：「弌，古文一。」當由杜預所見之本，誤一爲二耳。即此而斷，無庸辭費矣。《續漢書·律曆志》「漢元年歲在乙未，上至獲麟歲在庚申」。上推七十一年，至襄二十一年，歲在己酉。下推二年，至哀十六年，歲在壬戌。《晋書·律曆志》「姜岌稱魯隱公元年己未，下推至襄二十一年、哀十六年，亦如之」。何休云「歲在己卯」。《説文·十四篇》「卯从丣」，「丣古文酉，丣爲春門，萬物已出；丣爲秋門，萬物已入」；殆丣丣文相近而誤歟！王引之謂何休用殷曆，未必然也。錢大昕以三統術超辰之法推之，謂是年歲在乙巳，己卯必乙巳之譌。推襄二十一年，十月己卯朔，其月二十二日庚子爲宣尼生之日。夫龍度天門，服非不講超辰之術者，何以無異説邪？考降婁中而天明，爲建未之月。襄三十一年，歲在降婁，爲歲在未。上溯十九年，爲未之歲，則二十一年爲酉之歲也。昭八年，今在析木之津，爲位在寅。上溯至襄二十一年，亦位在酉也。經書「冬，十月，庚辰朔，日有食之」。庚辰爲十月之朔，則庚子爲十月之二十一日無疑。羅泌以二十二年十月庚子乃二十七日，定著八月二十七日爲孔子生日，舍其所可知而求其所不可知，惑矣。孔子卒之月日，杜以四月十八日乙丑，無己丑，己丑，五月十二日，日月必有誤。考《史記》《孔叢子》皆云「四月己丑」，不應有誤。宋文憲云「孔子卒，乃壬戌之歲也」。是歲四月戊申朔，有乙丑而無己丑，己丑乃在五月之十二日。己與乙文亦相近，謂十六年爲辛酉，己丑日爲戊戌者，非也。其言月日亦沿杜誤，而年之爲壬戌，則可信。江永云「時魯曆於衛曆不同。衛曆蒯聵入衛事，傳依衛曆在前年閏二月，而經書『正月己卯』，是魯曆前年不置閏，故此年正月有己卯。正月既有己卯，故四月己卯朔，十一日爲己丑」。崔述曰「杜因傳有閏月遞推而下，則四月不當有己丑，不知傳有閏月，魯實無此閏月，己丑正當在四月也。蓋緣魯失一閏，故衛閏月之事，在魯明年正月，傳采之衛史，而續之則魯史也。由是言之，續經之四月即杜所推之三月，此月正當有己丑，月日皆不誤矣。然則孔子以周靈王二十年，魯襄公二十一年歲己酉十月庚子日生，周之十月二十一日，今之八月二十一日也。以周敬王四十一年，魯哀公十六年歲壬戌四月己丑日卒，周之四月十一日，今之二月十一日也。

十七年，如魚竀尾，衡流而方羊。裔焉大國，滅之，將亡。注：横流方羊，不能自安。裔，水邊。言衛侯將若此魚。

規曰：卜繇之辭，文句相韻，「裔」「焉」二字，宜向下讀之。「裔焉大國」，謂土地遠焉之大國。方羊，縱恣之狀。

孔氏曰：是賈逵之説，杜用之也。鄭衆以爲魚勞則尾赤。方羊，遊戲，喻衛侯淫縱。杜不然者，以此魚喻衛侯。詩云「魴魚赬尾，王室如燬」。魚勞則尾赤，以勞苦之魚比喻衛侯，則方羊爲勞苦之狀。若其方羊是縱恣之狀，何得比勞苦之魚也？劉炫以爲「卜筮之辭，文句相韻」。知不然者，詩之爲體，文皆韻句，其語助之辭，皆在韻句之下。此之「方羊」與下句「將亡」自相爲韻，「裔」「焉」二字爲助句之辭。且繇辭之例，未必皆韻。此云「闔門塞竇，乃自後踰」，不與「將亡」爲韻。又「一薰一蕕，十年尚猶有臭」，不與「攘公之羭」爲韻。是或韻或不韻，理無定準。劉以爲「裔焉大國」，謂土地遠焉之大國，近不辭矣。而規杜過，非也。

顧氏炎武曰：當以「裔焉大國」爲句，言其邊於大國，將見滅而亡。

申曰：杜解本之賈逵，劉據鄭衆之説，以規其失，是也。「裔焉大國」，劉必以爲土地遠焉之大國者。《方言》「裔，末也」，又曰「裔，祖也」，《廣雅·釋詁》「裔，表也」，皆謂其遠也。文十八年傳「投諸四裔」，杜注亦曰「裔，遠也」。土地遠焉之大國，指晋而言。案《説文·八篇·衣部》「裔，衣裾也」。徐鍇傳「裾，衣邊也」。高誘注《淮南子·原道篇》「裔，邊也」。《廣雅·釋詁》亦曰「裔，邊也」。《方言》「裔，夷狄之總名」，郭璞注「邊地爲裔」。「邊」與「遠」意相近。「裔焉大國」顧亭林以爲「邊於大國」，則據衛而言，謂衛之邊地接於晋也，引伸劉意，最爲確切。杜以「裔」爲「水邊」，據《楚辭·九歌》「蛟何爲兮水裔」，王逸注「水涯」。今單稱「裔」之一字，但可謂之「邊」，不得謂之「水邊」，是杜之誤焉。訓爲「於」，宣六年《公羊傳》「勇士入其大門〔一〕，則無人焉門者；入其

〔一〕「入」字，底本原作「人」，兹據宋淳熙撫州公使庫刻紹熙四年重修本《春秋公羊經傳解詁》改。

室，則無人焉閫者」。何休注「焉者，於也」。是無人於門閫守視者也。《晉語》「焉作轅田」「焉作州兵」，《孟子》「人莫大焉」「無親戚上下焉」皆與「於」同義，杜誤以「焉」爲語已之詞，失讀失韻。職此之由，杜云「横流方羊，不能自安」，孔謂「勞苦之狀，非縱恣之狀」，殊不然。案「方羊」亦作「仿佯」，又作「彷徉」。《吕覽・行論篇》「鮌爲諸侯，召之不來，仿佯於野，以患帝舜」，《史記・吴王濞傳》「彷徉天下，所鄉者降，所指者下」，皆言「縱恣」之意。《詩・齊風》傳「翱翔，猶彷徉也」。《釋名・釋言語》「翱，敖也。言敖游也。翔佯也，言仿佯也」。蓋近游戲之意，故鄭以游戲喻衛侯淫縱，而劉括以縱恣之狀也。《楚辭・招魂》「彷徉無所倚」，仿佯，徙倚也。蓋繇辭以魚依於淵，喻小國依於大國。衡流之魚縱其所如，恣其所游，無所依倚，故下云「裔焉大國，滅之將亡」。方羊非勞苦之狀也。且魚勞則尾赤，乃《毛詩傳》，非鄭衆説也。《周南》「魴魚赬尾」，正義：《釋器》云「再染謂之赬」。郭云「赬，淺赤也」。魴魚之尾不赤，故知勞則赤。《左傳》曰「如魚赬尾，衡流而彷徉」，鄭氏云「魚肥則尾赤」，以喻蒯聵淫縱，不同者魴魚尾本不赤，赤故爲勞也。鄭以「彷徉」爲魚肥，不指魚名，猶自有肥而尾赤者。服氏亦爲魚勞。由此言之，孔誤毛説爲鄭説，宜其自相背戾也。孔謂繇辭未必皆韻以非劉，亦不然。莊二十三年傳正義曰「此傳『鳳凰于飛，下莫之與京』」，襄十年傳稱「衛卜禦寇，姜氏問繇，曰『兆如山陵，有夫出征，而喪其雄』」，哀九年傳稱「晉趙鞅卜救鄭，遇水適火，史龜曰『是謂沈陽，可以興兵，利以伐姜，不利子商』」，三者皆是繇辭，其辭也韻，則繇辭法當韻也。郭璞撰自所卜事，謂之《洞林》，其辭皆韻，習於古也。正與光伯言繇辭相韻合。錢辛眉曰「古人讀『喻』如『由』，與竇韻；『渝』『羭』古皆讀如由，與『蕕』『臭』爲韻；《左氏傳》無不韻之繇也」。然則孔氏未嘗不以劉言爲是也，蓋疏家曲護注家，而爲之説。

武伯問于高柴曰：「諸侯盟，誰執牛耳？」季羔曰：「鄫衍之役，吴公子姑曹；發陽之役，衛石魋。」武伯曰：「然則彘也。」注：執牛耳，尸盟者。鄫衍在七年。發陽，鄖也，在十二年。鄫衍則大國執，發陽則小國執。據時執者無常，故武伯自以爲可執。

規曰：依禮，小國執牛耳。武伯得季羔之言，以鄫衍則大國執，發陽則小國執。

小國執之，既合古典。武伯自以魯是小國，故云「然則彘也」。鄫衍吴公子執之者，于時吴爲盟主，夷不知盟禮當令小國執牛耳，而自使其臣執之也。小國恒執牛耳，何得云「執者無常」？

孔氏曰：杜以傳有小國、大國之執，文云「據時執者無常」。若如劉意，季羔直舉發陽，何須云「鄫衍之役，吴公子姑曹」？横規杜過，非也。

申曰：《夏官·戎右》「盟，則以玉敦辟盟，遂役之，贊牛耳」。鄭司農云「贊牛耳，桃茢。《春秋傳》所謂『執牛耳』者」。「玄謂『尸盟者割牛耳取血，助爲之，及血在敦中，以桃茢拂之，又助之也。耳者盛以珠盤，尸盟者執之。』」賈公彦疏「引《春秋》者，按哀十七年『公會齊侯，盟于蒙』至『武伯曰「然則彘也」』，以其魯於齊爲小國故也』。云『玄謂尸盟者割牛耳』。尸盟者，即是小國也」。是小國執牛耳之證。杜解非是，光伯規之當矣。然孔氏以爲如劉意，季羔直舉發陽，何須云「鄫衍之役，吴公子姑曹」？似大國小國之執果無常者。既而仍於孔氏疏中得之。襄二十七年「叔向謂趙孟曰『且諸侯盟，小國固必有尸盟者』」。注「小國主辨具」。孔氏彼疏引此傳武伯問於季羔云云，所言主辨具者，如彼執牛耳之類，皆小國主備之，法當小國執牛耳。鄫衍吴公子執之者，於時吴爲盟主，夷不知禮，故自使其臣執之也。盟法大國制其言，小國尸其事。定八年衛人請執牛耳，主次盟者，衛侯與晉大夫盟，自以當涖牛耳，故請。彼疏云「盟用牛耳，卑者執之，尊者涖之」。請執牛耳，請使晉大夫執牛耳者。引「公會齊，盟于蒙，孟武伯問於高柴」云云，鄫衍吴爲盟主，不知盟禮當令小國執牛耳，而自使其臣執之。濮陽宋、魯、衛三國，衛爲小；蒙則齊、魯二國，魯爲小，皆是以小國執牛耳，而尊者涖之，以主次同盟者。今衛侯與晉大夫盟，自以當爲盟主，宜涖牛耳，故請晉大夫使執之。按杜注言「尊者涖牛耳」，則卑者執牛耳可知。即所謂小國主辨具也。沖遠彼疏與駮光伯語正相背，當是用光伯説也。杜既爲例不純，孔乃望文生義，以杜糾杜，以孔糾孔，雖有智者不能爲之辨矣！

十九年，叔青如京師，敬王崩故也。注：言敬王能終其世，終萇弘言東王必大克。

規曰：《史記·十二諸侯年表》「敬王四十一年，孔子卒。四十三年，敬王崩」，則敬王崩在他年也。《周本紀》云「敬王崩，子元王立。八年崩，子定王立」。《六國年表》定王元年，《左傳》盡此，則傳以定王元年終矣。杜《世族譜》云「敬王三十九年，魯哀公十四年，獲麟之歲也。四十二年，而敬王崩，敬王子元王十年，《春秋》之傳終矣」。與《史記》不同。

孔氏曰：萇弘言在昭二十三年。此「叔青如京師」，自爲敬王崩。未知敬王何年崩也。但《史記》世代年月，事多舛錯，故班固以「文多牴牾」，謂此類也。案《世本》「敬王崩，貞王介立。貞王崩，元王赤立」。宋忠注引「《太史公書》云『元王仁生貞王介』，與《世本》不相應，不知誰是」，則宋忠不能定也。又《帝王世紀》「敬王三十九年，《春秋》經終。四十四年，敬王崩，子貞定王立。貞定王崩，子元王立」。是《世本》與《史記》參差不同，良以書籍久遠，事多紕繆，故杜違《史記》，亦何怪焉？劉炫以規其過，未知劉意能定與否。

陸氏德明曰：案，傳敬王崩在此年，《世本》亦爾。《世族譜》云敬王四十二年崩，敬王子元王十年《春秋》之傳終矣。據此則敬王崩，當在哀公十七年。《史記·周本紀》及《十二諸侯年表》「敬王四十二年崩，敬王子元王仁立」，則敬王是魯哀公十八年崩也。《六國年表》起自元王，乃《本紀》皆云「元王八年崩，子定王介立」。定王元年，是魯哀公之二十七年，與杜預《世族譜》爲異。又《世本》云「魯哀公二十年，是定王介崩，子元王赤立」，則定王之崩年是魯哀二十七年也。衆説不同，未詳其正也。

申曰：此規杜《世族譜》也。《釋例·世族譜第四十五》「平王遷都王城，今河南縣是也。平王四十九年，魯隱公之元年也，敬王又遷成周，今洛陽是也。敬王三十九年，魯哀公十四年，獲麟之歲也。四十二年而敬王崩，敬王子元王十年《春秋》之傳終矣」。劉恕《通鑑外紀》「敬王四十一年，夏四月，孔子卒。四十三年，王崩」。馬驌《繹史》曰「孔子作《春秋》始平王四十九年己未，盡敬王三十九年庚申。哀公十有六年，壬戌，孔子卒」。雖諸説異同，要以《史記》爲主，爲其近古也。

春秋述義拾遺

陳西橋先生傳稿

義烏朱一新

陳熙晋，一名津，字析木，號西橋，浙江義烏人。侍郎汪由敦督學浙江，奇其文有國士之目，舉優貢生，盡發所蓄書，恣披閱，學益進。以教習官貴州廣順、開泰、錦屏、永從、龍里、普定諸知縣，歷仁懷、普安同知，湖北宜昌府知府。權開泰時，滇省檄捕王士林黨之在黔者，出不意，盡獲之，窮鞫迄無狀，乃以情報，得減等。教匪蔣昌華擾黎平，將興大獄。熙晋捕其渠而貸諸脅從者，全活無算。永從有湖耳、永安二土司，轄五十餘寨，距府窵遠，而錦屏苗疆窄，欲割二土司屬之。錦屏之毛坪子寨産杉，賈販輻輳，多争訟，欲於毛坪設巡檢，條上大吏，不果行，乃存其議於所著《水道記》中。《貴州水道記》。善折獄，龍里民有以釘輾殺人者，已誣服矣，而兇驗不合，心疑焉。一日方慮，因見叢人中有曳釘輾竊睨者，命執而鞫之，其痕宛合，即自服。老人道死，無主名，熙晋廉得有小兒同行，密呼兒，啗以果餌，兒遽效老人墮樹狀，遂得實。龍里人爲生立祠，仁懷亦如之。牛叢者，滇南習也。民糾聚相雄長，號其魁曰「牛叢」。其獲盜，不謁之官輒積薪焚殺之，普安亦然。先是，有挾讐焚三尸者，役不敢捕。熙晋期必得，重繩以法，風頓革。王柏心撰傳。守宜昌六載，結積牘千七百餘事。道光二十九年，楚大水，流庯聚宜昌。熙晋畢力撫綏，復請葺城垣，以工代賑。秩滿將去，爲留六閲月，蒇其事。比行，送者數千人，皆泣下。《宜昌府志·名宦傳》。乞養歸，未幾卒，年六十一。

熙晋邃於學，積書數萬卷，訂疑糾謬，務窮竟原委，去取精審。《義烏縣志》。政暇則獨坐一室，披誦至夜分。每語及經史、三通、歷朝會要，衮衮若成誦。王柏心撰傳。所著《春秋規過考信》九卷，謂杜預解經厥有「三蔽」，劉光伯規之，而其書久佚，乃從《正義》中采得一百七十三事，並刺取經史百家及近儒著述與劉規相發明者，臚列而備論之。其杜非而劉是者，則爲之申，以見其説之可據；杜是而劉非者，則爲之釋，以見其不足難；至杜、劉兩説義俱未安，則爲之證，證之羣言，斷以己意，蓋劉説未合不及十之二焉。《春秋規過考信》自敘。又謂《隋·經籍志》載《春秋述義》四十卷，光伯本傳復有《春秋攻昧》十卷，不及《規過》。據孔穎達《序》稱「習杜義而攻杜氏」，疑《規過》當在《述義》中，非別爲一書。《舊唐書·經籍志》載《述義》三十七卷，較《隋志》少三卷，而多《規過》三卷，此其證也。孔氏於規杜一百七十三事，無一不以爲非。兹於所規之外，又得一百四十三事，並皆《述義》之文。其異杜者，三十事，駁正甚少，殆以唐初奉敕删定，著爲令典，黨同伐異，亦勢會使然歟。今參稽經籍，援據羣言，案其事理，辨其得失，成《春秋述義拾遺》八卷。《春秋規過考信》《述義拾遺》自敍。又有《古文孝經述義餘語》五卷、《帝王世紀》二卷、《貴州風土記》三十卷、《黔中水道記》四卷、《宋大夫集箋注》三卷、《駱臨海集箋注》十卷、《日損齋筆記考證》一卷、《文集》八卷、《征帆集》四卷。《義烏縣志》。官仁懷時，以未有志乘，創成《仁懷廳志》二十卷。《仁懷志·名宦傳》。

右朱鼎甫先生擬先曾祖西橋公《國史·儒林·文苑傳》稿，文存《佩弦齋集》，知本謹取以弁先曾祖遺著《春秋規過考信》《述義拾遺》二書卷首，俾讀是書者考見焉。曾孫知本補刊謹志。

春秋左氏傳述義拾遺敍

杜元凱注《春秋》經傳曰《集解》，劉光伯疏杜氏《集解》曰《述義》。集解者，集諸家之解，第拘一家之解不可謂之集。述義者，述一家之義必通諸家之義，始可謂之述。自《集解》行而漢儒之家法盡廢。今疏中劉、賈、鄭、服之説得以不絶者，光伯之力也。五經之有義疏，昉於宋齊。案，鄭康成《六藝論》云「注詩宗毛爲主，其義若隱略，則更表明；如有不同，即下己意，使可識别也」，實爲疏家之祖。鄭箋毛而異毛，不害其宗毛；劉述杜而異杜，豈害其宗杜乎？孔氏於規杜一百七十三事，無一不以爲非，兹於所規之外，又得一百四十三事，異杜者三十事，駁正甚少，殆以唐初奉敕删定著爲令典，黨伐同異，亦勢會使然歟。今參稽經籍，援據羣言，案其事理，辨其得失，釐爲八卷，題曰《拾遺》。竊謂集兩漢之大成者，康成也；集六朝之大成者，光伯也。康成於衆經並爲注解，光伯之自狀曰：《周禮》《禮記》《毛詩》《尚書》《公羊》《左傳》《孝經》《論語》，孔、鄭、王、何、服、杜等注凡十三家，雖義有精粗，並堪講授。《周易》《儀禮》《穀梁》用功差少，著録《隋志》本傳，凡百四十餘卷。古來注經之多，未有過於康成者。疏家疏注之多，未有過於光伯者。唐初修五經正義，《易》雖有江南義疏十餘家，無足據者，故諸疏惟《易》最下。自《禮記》據皇侃外，《尚書》《毛詩》《春秋》皆據光伯本也。或曰《春秋》序但稱光伯不及士元，而《詩》《書》之序並言二劉，似不盡屬光伯者。案，士元本傳第言「五經述議並行於世」，不詳卷數，志亦未著其目。貞觀初，詔擢皇侃等子孫官，亦及炫而不及焯，意者士元之疏已併入光伯疏歟。《春秋述義》稍見崖略。其於《書》及《詩》亦有可窺測者焉。孔傳自宋以前，無有指其僞者。後人皆以書不用鄭而用孔咎穎達。今考穎達據炫，炫據焯，焯據費甝，自蕭梁已然矣。《皋陶謨》「思曰贊贊襄哉」，二劉並以「襄」爲「因」；《武成》「皇天后土」，小劉以「后土」爲「地」；《吕刑》「刑罰世輕世重」，劉君以爲「上刑適輕，下刑適重」；皆以違傳意爲穎達所駁。其《祖乙序》「圮於耿」，以「圮於相，遷於耿」爲大不辭；《立政》三亳歸周，在武王時，非文王時；《吕刑》九黎，在少昊之末，非蚩尤，皆直攻孔傳之失當，亦劉說。《舜典》「在璿璣玉衡」，謂「江南」。宋元嘉年大史丞錢樂鑄銅作渾天儀，傳於齊、梁，周平江陵，遷其器於長安，今在大史書矣。此在隋未併陳之前，故云「江南」。若「鞭作官刑」「宫辟疑赦」，疏中兩稱「大隋」，比於不去葛龔，尤屬顯然。《新唐書·曆志》引《書》「乃季秋月朔，辰弗集于房」，載光伯說，檢《胤征》疏，全用其文，他可知矣。《詩》之述義，最爲殊絶，而三百五篇疏中都無一字。以《左氏》及《詩正義》證之，襄二十四年「無貳爾心」，用毛傳也；昭二十六年「賦蓼蕭」，用鄭箋也；與孔氏之依違毛、鄭者不同。《周南》疏引《左傳》「如魚赬尾，衡流而彷徉」、《小雅》疏引《左傳》「爲吴季札歌《小雅》《大雅》」、《大雅》疏引《左傳》「嘉粟旨酒」所引服注均與規杜合，亦與孔氏之彼此歧異者不同。據孔氏之《序》，但云「削煩增簡」，則全本之光伯矣。由此言之，孔氏《書》《詩》《春秋》諸疏，皆勦襲光伯之成書以爲己功。向使南北分裂之際，微光伯爲之兼綜條貫、包羅古義，貞觀君臣即欲成五經正義，豈能炳爍今古乎？故光伯爲功經術，不在康成下，因《春秋》而備論之，世有研經之君子，其不以斯言爲河漢夫！

道光二十八年歲在著雍涒灘人日義烏陳熙晉序於宜昌郡齋。

春秋述義拾遺卷首

春秋經傳杜預集解序

《周禮》有史官掌邦國四方之事、達四方之志，諸侯亦各有國史。《尚書》周公封康叔，戒之《酒誥》，其經曰「大史友，内史友」。如彼言之，似諸侯有大史、内史矣。但偏檢記傳，諸侯無内史之文，何則？《周禮》内史職曰「凡命諸侯及孤卿、大夫，則策命之」。僖二十八年傳説「襄王使内史叔興父策命晋侯爲侯伯」，是天子命臣，内史掌之。襄三十年傳稱「鄭使大史命伯石爲卿」，是諸侯命臣，大史掌之。諸侯大史，當天子内史之職。以諸侯兼官，無内史故也。鄭公孫黑强與薰隧之盟，使大史書其名；齊大史書「崔杼弑其君」，晋大史書「趙盾弑其君」；是知諸侯大史主記事也。南史聞大史盡死，執簡以往，明南史是佐大史者。若然，襄二十三年傳稱「季孫召外史掌惡臣」，言外史，則似有內史矣。必言諸侯無內史者，閔二年傳稱史華龍滑與禮孔曰「我大史也」，文十八年傳稱魯有大史克，哀十四年傳稱齊有大史子餘；諸國皆言大史，安得有內史也。季孫召外史者，蓋史官身居在外，季孫從內召之，故曰「外史」，猶史居在南謂之「南史」耳。南史、外史，非官名也。《藝文志》云：「古之王者，世有史官，君舉必書，所以慎言行、昭法戒。左史記言，右史記事。事爲《春秋》，言爲《尚書》。帝王靡不同之。」《禮記·玉藻》云：「動則左史書之，言則右史書之。」雖左右所記，二文相反，要此二者，皆言左史、右史。《周禮》無左、右之名，得稱「左」「右」者，直是時君之意，處之左右，則史掌之事因爲立名，故傳有左史倚相掌記左事，謂之左史。「左」「右」非史官之名也。左是陽道，陽氣施生，故令之記動；右是陰道，陰氣安靜，故使之記言。《藝文志》稱「左史記言，右史記動」，誤耳。

孔氏曰：《周禮·春官》小史職曰「掌邦國之志」。內史職曰「凡四方之事書，內史讀之」，外史職曰「掌四方之志、掌達書名于四方」。今杜氏序云「掌邦國四方之事」者，「掌邦國」取小史職文，「四方之事」取内史職文。杜總括兩史共成此語。杜此《序》又云「達四方之志」，取外史職文。《周禮》諸史雖皆掌書，仍不知所記，《春秋》定是何史。蓋天子則内史主之、外史佐之，諸侯蓋亦不異。但春秋之時，不能依禮，諸侯史官多有廢闕。或不置内史，其策命之事多是大史，則大史主之，小史佐之。

辨曰：《酒誥》曰「矧大史友，内史友」，繼大史而言内史，則内史在大史之下，正足以證諸侯之有内史。諸侯既有内史，則襄二十三年傳稱「季孫召外史掌惡臣」者，亦官名矣。劉説未確。

其微顯闡幽裁成義類者，皆據舊例而發義；指行事以正褒貶，微顯闡幽，皆説作傳之意。經文顯者，作傳本其纖微；經文幽者，作傳闡使明著。顯者若「天王狩于河陽」，觀經文足知王是天子、狩是出獵，但不知天子何故出畿外狩耳，故傳發晉侯召王，是其微顯也。幽者若「鄭伯克段于鄢」，觀經不知段是何人、何故稱克，故傳發武姜愛段，是闡其幽也。丘明作傳，其有微經之顯、闡經之幽，以裁制成其義理比類者，皆據舊典凡例而起發經義，指其人行事是非，以正經之褒貶。例稱「得雋曰克」，傳言「如二君故曰克」，是其據舊例發義也。晉侯召王使狩，鄭伯不教其弟，仲尼没其召王，顯稱鄭伯，丘明正述其事，先解經文，是指其行事以正褒貶也。此二事尤明著耳，其餘皆是新意也。此《序》主論作傳，而賀、沈諸儒皆以爲經解之，是不識文勢而謬失杜旨。

案曰：《隋書·經籍志》：《春秋序》賀道養、崔靈恩、田元休俱各有注一卷。又有《春秋序義疏》一卷，不載名氏。光伯有《春秋左傳杜預序集解》一卷。劉君稱賀、沈諸儒，蓋陳沈文阿《春秋左氏經傳義略》二十五卷，於序亦爲之注也，此駁正賀、沈之説最當。

杜氏。

不言名，而云氏者，漢承焚書之後，諸儒各載學，名不敢布於天下，但欲傳之私族，自題其氏爲謙之辭。

孔氏曰：杜氏，名預，字元凱，畿之孫，恕之子也。不言名而言氏者，注述之人，義在謙退，不欲自言其名，故但言杜氏。毛君、孔安國、馬融、王肅之徒其所注書皆稱爲傳，鄭玄則謂之爲注，而此於杜氏之下，更無稱謂者，以《集解》之名已題在上，故止云杜氏而已。

案曰：劉君名其書曰《述義》者，述杜義也。卷首稱杜氏，猶之《毛詩》《禮記》《周禮》《儀禮》稱鄭氏也。孔氏《序》今校先儒優劣，杜爲甲矣，故晉、宋傳授，以至于今。其爲義疏者，則有沈文阿、蘇寬、劉炫。然沈氏於義例粗可，於經傳極疏；蘇氏則全不體本文，惟旁攻賈、服，使後之學者鑽仰無成；劉炫於數君之内實爲翹楚。考之《隋志》：《春秋左氏經傳義略》二十五卷，陳國子博士沈文阿撰；王元規續沈文阿《春秋左氏傳義略》十卷；不及蘇寬，當在沈氏之後；要之皆主杜解者。然非光伯之慎擇廣採，沖遠恐不能爲《正義》，杜解亦不能顓行於後也。光伯其諸杜氏之功臣、孔氏之先導歟！

春秋述義拾遺卷一

隱公傳首

爲魯夫人。

有文在手爲魯，疑不得若此。

孔氏曰：以其手之文理自然成字，有若天之所命，使爲魯夫人然，故嫁之於魯也。成季、唐叔亦有文在其手，曰「友」、曰「虞」，「曰」下不言「爲」。此傳言「爲魯夫人」者，以宋女而作他國之妻，故傳加「爲」以示異耳，非爲手文有「爲」字，故魯夫人之上有「爲」字也。仲子手有此文。隸書起於秦末，手文必非隸書。石經古文虞作「㸚」、魯作「𡵨」，手文容或似之。其「友」及「夫人」，固當有似之者也。

辨曰：沖遠之説，長於光伯。今考之《説文・七篇・㫃部》：「□，古文。以爲魯衛之魯。」《隸續》所載魏三體石經《尚書・文侯之命》「盧弓一」，「盧」作「□」「□」「旅」三形，古「盧」「旅」與「魯」聲近，故□叚音爲魯。若漢石經乃八分書，非古文也。許書《三篇・爪部》「爲，母猴也。□，古文爲，象兩母猴相對形」，石經作「□」。《十篇・夫部》「□，丈夫也。从□一」，石經作「□」。《八篇・人部》「□，此籀文」，石經作「□」。以許書證之，手文當作「□」「□」「□」「□」，石經「虞」作「□」，孔在唐初得見之，今已缺佚。《説文・虍部》「虞，从虍吴聲」，未載古文。《三篇・又部》「□，从二又相交。□，古文友。□，亦古文友」。石經《尚書・大誥》「□」「友」二形。《古文四聲韻》作「□」，手文不得若「□」及「□」，至「□」「□」，字容或似之。

隱公

元年，春，王正月。

難何休云：「惟王者然後改元立號，《春秋》託新王受命於魯，故因以録即位。若然，新王受命，正朔必改。是魯得稱元，亦應改其正朔，仍用周正，何也？既託王於魯，則是不事文王，仍奉王正何也？」諸侯改元，自是常法，而云「託王改元」，是妄説也。説《公羊》者云：「元者，氣之始。春者，四時之始。王者，受命之始。正月者，政教之始。公即位者，一國之始。」《春秋緯》云「黄帝坐於玄扈閣，鳳凰銜書致帝前，其中得五始之文」，謂此五事。何休又云：「公即位者，一國之始。政莫大於正始，故《春秋》以元之氣正天之端，以天之端正王之政，以王之政正諸侯之即位，以諸侯之即位正竟内之治。諸侯不上奉王之政，則不得即位，故先言正月，而後言即位。政不由王出，則不得爲政，故先言王，而後言正月。王者不奉天以制號令則無法，故先言春，而後言王。天不深正其元，則不能成其化，故先言元，而後言春。五者同日並見，相須成體。」非比辭也。何休自云諸侯不得改元，則元者王之元年，非公之元年。公即位不在王之元年，安得同日並見其成體也？即以託王於魯史之改元，元既爲魯所改，則政不由王出，安得以王之政正諸侯？元尊而王卑、年大而月小，年之有元，改而無忌，王之立政，必云須奉，舍其大而事其細，敬所卑而慢所尊，以此立教，必不可行，聖人有作，豈當爾也？黄帝之作五始者，爲天子法乎？爲諸侯法乎？諸侯不得改元，必非諸侯法。若非諸侯法，安得有公即位乎？無公即位，則闕一始，何得爲「五始」也。若是天子法，不得言王正月王即位。何休云「以王之政正諸侯之即位」，然王者豈復以己之政正己即位？不通若此，何以行之？言《左氏》者，或取爲説，是逐狂東走也。隱、莊、閔、僖四公元年，傳皆説不書即位之由，故指以爲例。隱不行即位，又謙不告至，而歲首告朔朝正，所以尊敬祖考也。若不行即位，又不朝正，則與臣子無別，不成爲君，故告朔朝廟也。

孔氏曰：《公羊傳》曰：「王者孰謂？謂文王也。」始改正朔，自是文王所爲，頒於諸侯，非復文王之歷，受今王之歷，稱文王之正，非其義也。説《公羊》者云：「元者，氣之始；春者，四時之始；王者，受命之始；正月者，政教之始；公即位者，一國之始。」《春秋緯》稱黄帝受圖有五始，謂此五事也。杜於《左氏》之義，雖無此文，而五始之理，亦於杜無害。

賈氏逵曰：《公羊》以魯隱公爲受命王，黜周爲二王後。名不正則言不順，言不順則事不成。今隱公人臣而虚稱以王，周天子見在上而黜公侯，是非正名而言順也。如此，何以笑子路率爾？何以爲忠信？何以爲事上？何以誨人？何爲法？何以全身？如此若爲通乎？見公羊疏引《長義》。案《公羊傳》無黜周王魯之文，乃何休《解詁》中語也。如賈所言，則其説不始於何休矣。

桓氏譚曰：《左氏》傳世後百餘年，魯穀梁赤《春秋傳》多所遺失。又齊人公羊高緣經文作傳，彌離其本事矣。《左氏》經之與傳，猶衣之表裏相待而成。經而無傳，使聖人閉門思之十年不能知也。

劉原父《權衡》曰：元年者，《公羊》以謂諸侯不得改元，《春秋》王魯，故託稱元非也。元者，始爾。君之始年，謂之元年，猶歲之初月，謂之正月，非有天子、諸侯之辨也。説者以爲變一爲元，元者氣也，言天地由之始生。夫人君即位，何乃遠及天地未生之前乎？又曰「上無所繫，故使春繫之」。夫制元年者，人君也，非實太極也。以一爲元氣，何當於義哉？其過在必欲成「五始」之説，而不究元年之本情也，上無繫者，文勢當然。聖人雖欲損之不可損，雖欲益之不可益，又何云云乎？

又曰：「王者孰謂？謂文王也」，亦非也。《公羊》言王者正受命，是矣，其言文王則非也。《春秋》者王政之本，故假王以正萬事。置之春正之間者，明天子受命於天，諸侯受命於君，不但指文王。又《公羊》以謂黜周王魯，即指文王非黜周也。又《公羊》以謂王道三統，即指文王非三統也，此其自相背也。

又《公羊》以爲「春者天之所爲、正者人之所爲，所以先春而後王也」，亦非也。元年獨非人之所爲乎？何以獨在春上？大凡「元年春正月公即位」，此八字者，文理相須，苟載事者必皆庸焉，非聖人新意也。則所謂「五始」者，殆虚言乎？何休又言「諸侯不奉王之正則不得即位」。按桓公書即位，非能奉王正也。此皆蔓衍其辭，飾《春秋》焉可矣，非傳道必信之語也。

蘇氏軾曰：三家之傳，迂誕奇怪之説，《公羊》爲多，而何休又從而附成之。後之言《春秋》者黜周王魯之學與夫讖緯之書者，皆祖《公羊》。《公羊》無明文，何休因其近似而附成之，愚以爲何休《公羊》之罪人也。凡所謂變周之文從商之質者，皆出於何氏。案，「五始」之説《公羊》無明文，故光伯不難《公羊》，而難何休。

蘇氏轍曰：儒者必慎其所習，習之不正，終身病之。公羊之書好爲異説而無統，多作新意以惑天下之耳目。是以漢之諸儒治《公羊》者比於他經最爲迂闊。至於何休，而其用意又甚於《公羊》，蓋其勢然也。

王氏應麟曰：《春秋》正月書「王」者九十二，二月書「王」者二十有三，三月書「王」者一十九。元年，不以有事無事皆書王。何休謂二月、三月皆有「王」者，以存二王之後。

黄氏澤曰：近世説《春秋》謂孔子用夏正，考之三傳，未嘗有夏正之意。何休最好異論，如黜周王魯之類甚多，若果用夏正則何氏自應張大其事。今其釋《公羊傳》亦止用周正，如「冬十一月，有星孛于東方」，何氏云「周十一月，夏九月，日在房、心」，是也。惟「西狩獲麟」解云「河陽冬言狩，獲麟春言狩者，蓋據魯變周之春以爲冬，去周之正而行夏之時」。詳其說，亦只謂孔子書「狩」於春者，以周之正月、二月是建子、丑之月，於夏時爲冬，故書「狩」。夫以春而書「狩」，此何氏所以謂之「去周正而行夏時」，蓋緣此年不書王正月，而止書春，故何氏有此論。然以前二百四十一年皆據周正以解《公羊》矣，獨此年有此論，亦所謂立異論之一者。又案：何氏云「絶筆於春，不書下三時者，起木絶火王，制作道備，當授漢也。又春者，歲之始。能常法其始，則無不終竟」。又曰「得麟之後，天下血書魯端門曰：『趨作法，孔聖没，周姬亡，彗東出，秦政起，胡破術，書紀散，孔不絶。』子夏明日往視之，血書飛爲赤烏[一]，化爲白書，署曰《衍孔圖》。中有作圖制法之狀。孔子仰推天命，俯察時變，却觀未來，豫解無窮，知漢當繼大亂之後，故作撥亂之法以授之」。觀何氏此説，怪誕穿鑿，則無怪其於《春秋》之終而謂孔子改周正也。然何氏亦只謂此一年耳。而近世説《春秋》者遂謂周不改時，又謂二百四十二年皆用夏正，大失聖人尊王之旨，豈非何氏作俑之過哉？

〔一〕「烏」字，底本原作「鳥」，兹據《春秋公羊傳注疏》所載阮元校刻本改。

案曰：楊氏勛疏：何休注《公羊》取《春秋緯》「黄帝受圖，立五始」，證之王褒《聖主得賢臣頌》記曰「共惟《春秋》法，五始之要，在乎審己正統而已」，顔師古注：「服虔曰：共，敬也。張晏曰：要，《春秋》稱『元年春王正月』，此五始也。師古曰：元者，氣之始；春者，四時之始；王者，受命之始；正月者，政教之始；公即位者，一國之始；是爲五始。共讀曰恭。」李善注：「胡廣曰：一曰元，二曰春，三曰王，四曰正月，五曰公即位。」褒在西漢時已有其説，則「五始」不始於何休矣。孔氏云「五始之理，於杜無害」，於經傳未必無害也。劉君所謂「不事文王，仍奉周正」者，難《公羊》也。然以上下文義求之，則《公羊》本謂王者爲天王，非謂文王也。善乎！徐位山之言曰「『文王』固『天王』之譌也」。傳曰「曷爲先言王而後言正月？王正月也」，何休注曰「據下秋七月，天王先言月而後言王，知王者受命所制月也。王者受命，必改正朔，明受之於天」。傳又曰「何言乎王正月？大一統也」，注曰「統者，始也。總繫之辭。天王者始受命改制，布政教於天下，莫不一一繫於正月，故曰政教之始」。據此，則上文「春王正月」注曰「文王周始受命之王，天之所命，故上繫天」，明是天王，天之所命也，「天」「文」

字近而譌。據是年秋七月，天王使宰晅來歸賵，豈有七月爲天王之秋，而正月爲文王之春乎？注言「始受命改制，布政教於天下，自公侯至於庶人」，總繫一統，其不爲文王可知。準此而言，則何注所謂「始受命」者，始受命嗣天子也，是平王非文王也。據疏引《春秋説》疑三代謂疑文王。彼宋氏注云「雖大略據三代，其要主於文王」，則其誤久矣。於虖，公羊之受誣於後人者豈特此哉！《隋書·經籍志》：《春秋左氏膏肓》十卷〔一〕，又《春秋漢議》十三卷，皆何休撰。《春秋左氏膏肓釋痾》十卷，服虔撰。梁有《春秋漢議駮》二卷，服虔撰，亡。《駮何氏漢議》二卷，鄭玄撰。今服氏書久佚，惟鄭氏箴《膏肓》見本傳疏及他書，尚存三十條。劉君功深於《公羊》，而開卷以難何始。然則何氏《解詁》一書不獨非《春秋》意，亦非盡《公羊》意矣。劉之此言，可以補子慎之軼説。穀梁疏亦登光伯之説而不標所自。經傳《釋例·公即位例第一》：「隱、莊、閔、僖，雖居君位，或有故而不修即位之禮，或讓而不爲，或痛而不忍，或亂而不得，禮廢事

〔一〕「肓」字，底本原作「盲」，兹據《隋書·經籍志》改。下文「《春秋左氏膏肓釋痾》」之「肓」，同此。

異，國史固無所書，非行其禮而不書於文也。」潁氏説以爲魯十二公國史盡書即位，仲尼修之，乃有所不書。若實即位，則爲隱公無讓；若實有讓，則史無緣虚書也。又賈氏云「不書隱即位，所以惡桓之篡」。然則僖不篡閔、閔不篡莊，而此三君皆不書即位，復以何惡？隱公傳則以「攝」爲文，莊公傳則以爲「姜出」爲文，閔公傳則以「亂」爲文，僖公傳則以「公出」爲文，此皆是實，不假文託義也。丘明於四公發傳以「不書」「不稱」起文，其義一也。劉、賈、潁爲傳文生例，云「恩深不忍」，則傳言「不稱」；恩淺可忍，則傳言「不書」。博據傳詞，殊多不通。又《公行至例第二十三》「經書公行及至，皆因告於廟，書之於策。隱公之不告，謙也；餘公之不告，慢於禮也」。又《告朔第四十一》「每月之朔，必朝於廟，因聽政事。事敬而禮成，故告以特羊」。然則朝廟、朝正、告朔、視朔皆同日之事，所從言之異耳。劉君蓋據《釋例》爲説。

公及邾儀父盟于蔑。注：附庸之君，未王命，例稱名。能自通於大國，繼好息民，故書字。

策書之例，先會後盟者，上言「會」下言「盟」。惟盟不會者，直言「及」。此爲不行會禮，故言「及」也。或可史異辭，非先會而盟，則稱會。知者，文七年公會諸侯晋大夫盟于扈，傳云「公後至」，則是不及其會，而經稱「會」，故知盟稱「會」者，未必先行會禮也。

孔氏曰：「及」，與也。史書魯事，以公爲主，言「公及」，及者，言自此及彼，據魯爲文也。桓十七年「公會邾儀父盟于趡」，彼言「會」此言「及」者，彼行會禮，此不行會禮故也。

趙氏汸曰：及者，暨也。《穀梁傳》曰「及者，内爲志焉爾」。凡特相盟，内之志曰「及」，外之志曰「會」。

案曰：董氏仲舒《春秋繁露·爵國篇》曰：「傳曰『氏不若人，人不若名，名不若字』。凡四等，命曰附庸。」附庸：字者，方三十里；名者，方二十里；人氏者，方十五里。周有王子克、楚有鬭克，並字子儀，與邾子克字儀父，皆名字相配。邾儀父，其附庸之書字者歟？

伊川程子曰：凡盟内爲主稱「及」，外爲主稱「會」。此以魯爲主也，孔氏據桓十七年「公會邾儀父盟于趡」，以證此之不爲會禮，善於申劉意矣。文七年「公會諸侯晋大夫盟于扈」，傳「公後至故不書所會」，此書邾儀父，非會諸侯不書矣，殆劉氏所謂「惟盟不會」者爾。

冬，十有二月，祭伯來。注：祭伯，諸侯，爲王卿士者。祭國，伯爵也。傳曰「非王命也」，釋其不稱使。

卿而無爵，或亦書字；大夫有爵，或亦書爵。傳稱王叔、陳生與伯輿争政，俱是卿士，並不言爵。又滕侯之先爲周卜正，《書》稱齊侯吕伋爲虎賁氏，則大夫或有爵也。然則大夫有爵，不可舍爵而書字；卿而無爵，不可越字而書名。蓋有卿士亦書字、大夫亦書爵也。王臣之見經者衆，祭伯、凡伯、毛伯、單伯、召伯、尹子、單子、劉子，其間未必無大夫。榮叔、南季、家父叔服，其間未必無卿。但無明證，故依例解之。

孔氏曰：僖二十四年傳，富辰説周公封建親戚以蕃屏周，而云「邢茅胙祭」，則祭之初封畿外之國也。穆王之時有祭公謀父，今有祭伯，世仕王朝，蓋本封絶滅，食采於王畿也。《釋例》曰：「王之公卿皆書爵，祭伯、凡伯是也；大夫稱字，南季、榮叔是也；元士中士稱名，劉夏、石尚是也；下士稱人，『公會王人于洮』是也。其或稱祭公，舉官而言之，此其定例也。」然春秋之世有王之卿士無采地者，若王叔、陳生、伯輿之屬是也。但未知書經其稱云何。杜既云公卿稱爵，而王子虎及劉卷卒稱名者，彼是天王爲赴，以名告魯，如諸侯之例，薨則稱名；此云公卿稱爵者，謂聘使往還，與彼爲異也。又襄十五年注云「天子卿書字」者，以傳云「劉夏逆王后于齊，卿不行，非禮也」。以劉夏非卿書名，若卿則應書字，以名字相對，故舉以言焉。其實卿書爵也。此祭伯若王使來，當云天王使祭伯來聘，亦如天王使凡伯來聘。今以自來爲文，明非王命而私行也。

《公羊傳》曰：祭伯者何？天子之大夫也。何以不稱使？奔也。奔則曷爲不言奔？王者無外，言奔則有外之辭也。何休注「言奔則與外大夫來奔同文，故去『奔』，明王者以天下爲家，無絶義。主書者，以罪舉，内外皆書者，重乖離之禍也」。祭者，采邑也。伯者，字也。

姚氏鼐曰：王國之臣至魯，必有其事焉。不言其事而言來，是不反之稱也。畿內臣有王使，有非王使，其於魯《春秋》皆著其來之故。惟桓公八年祭公來遂迎王后，於紀不言來魯之事，以其遂事，而知其來之故，猶之著其事者矣。第書來而卒無所爲事者，是不反之稱也。桓五年州公如曹、六年春正月寔來；屬辭比事，凡畿内諸侯奔魯宜曰來焉爾。故公羊氏以祭伯來爲出奔來魯，此其説殆不可易。左氏、穀梁以爲非王命而來朝，不正其外交，故弗謂朝，是皆附會難信。且其辭尤有非者。聘者，問也；朝者，見而受政之辭也。小國之侯於大國之侯爲方伯、連率者，有受政之義，故曰朝。若夫王畿内諸侯，以屬於天子言之，雖卑者猶序于大國諸侯之上，非受政之人也，不可曰朝。以其分而言之，雖三公猶不及外小國之純乎爲君。於天子有不純臣之道者，苟别乎天子而爲君，與外諸侯等列，相朝則抗矣。此必無其禮者，不可以屬辭，故左氏、穀梁皆爲失辭。然則，其非王使又無他故而至魯焉者，當謂之何？蓋《春秋》一謂之曰「聘」。桓公二十三年「祭叔來聘」，是也。故言《春秋》不正其外交者以責祭叔誠當，而非以責祭伯。祭伯之來慼矣，非爲賓旅者也。

孔氏廣森曰：《穀梁傳》以爲來朝，劉向本治《穀梁》，其上封事云「周大夫祭伯乖離不和出奔于魯，而《春秋》爲諱，不言來奔」，是亦取《公羊》之説爲長。

案曰：祭伯，公羊以爲天子之大夫，穀梁以爲寰内之諸侯，杜氏以爲諸侯、爲王卿士。祭，公羊以爲采邑，杜氏以爲國。伯，公羊以爲字，穀梁、杜氏以爲爵。來，公羊以爲奔，穀梁以爲朝，杜氏以爲非王命不稱使，光伯謂無明證，杜但依例解之。姚姬傳以公羊之説，爲不可易。

謂之鄭志。注：段實出奔，而以克爲文，明鄭伯志在於殺，難言其奔。

以「克」爲文，非其實狀，故傳解之「謂之鄭志」。言仲尼之意，書「克」者，謂是鄭伯本志也。注又申解傳意，言鄭伯志在於殺，心欲其克，難言其奔，故仲尼書「克」不書「奔」，如鄭伯之志爲文，所以惡鄭伯也。

王氏應麟曰：「謂之鄭志」，所以明兄弟之倫；「謂之宋志」所以正君臣之分。

黄氏《日鈔》曰：左氏罪鄭伯失教，段果可教者否耶？鄭莊之大惡在伐周，未必在克段。

沈氏彤曰：鄭伯志在於克，不志於殺。

案曰：疏引服虔云「公本欲養成其惡而加誅，使不得生出，此鄭伯之志意也」，言鄭伯本有殺意，故爲養成其惡，斯不然矣。傳曰「稱鄭伯，譏失教也」，止責鄭伯失於教誨之道，不謂鄭伯元有殺害之心。若從本以來即謀殺害，乃是故相屠滅，何止失教之有？且君之討臣，遏其萌漸，惡雖未就，足得誅之，何須待其惡成，方始殺害？服言本意欲殺，乃是誣鄭伯也。此論最允。蓋杜稱「志在於殺」，本之服氏，孔之難服，即難杜矣。劉云傳解經意，書「克」謂鄭伯本志，則杜言「鄭伯志在於殺」，非傳意即非經意矣。何則？鄭伯克段未嘗殺段也，言外似有非杜之意。襄元年「謂之宋志」，沖遠謂此彭城實非宋地，而經書爲宋，言宋人志在取之。夫子修《春秋》而傳特言「謂之宋志」「謂之鄭志」者，還取二國本志故也。鄭志在克、宋志在取，皆所謂如本志也。

天子七月而葬，同軌畢至；諸侯五月，同盟至；大夫三月，同位至；士踰月，外姻至。注：此言赴弔各以遠近爲差，因爲葬節。

此亦例，不言「凡」者，諸所發凡，皆爲經張例，此舉葬之大期，以譏宰咺之緩，非是爲葬發例，故不言「凡」也。

孔氏曰：隱七年，始發凡例，特云「謂之禮經」；十一年，又云「不書于策」，明書於策者皆是經國之常制，非仲尼始造策書，自制此禮也。今案：《周禮》竟無凡例，爲當禮外别自有凡，爲當凡在禮内。

案曰：《釋例·弔贈葬例第五》：「天子、諸侯、大夫、士，各以赴弔遠近爲差等，所以通意敘事。夫哀死送終，臣子之所盡禮。是以未及期而葬，謂之不懷；過期而不葬，謂之緩慢：以示譏也。《春秋》從實而書，以示是非，劉氏謂「非爲葬，故不言凡」，是矣。《隋志》有《春秋五十凡義疏》二卷，蓋自杜氏發凡以言例，謂仲尼修史本於周公，説《春秋》者，皆言凡例自六朝已然矣。夫《周禮》無所謂例也，《春秋》亦無所謂例也。劉氏云「諸所發凡，皆爲經張例」，則是《春秋》之凡非《周禮》之凡矣，例云乎哉？黄東發曰：「自褒貶凡例之説，與讀《春秋》者往往穿鑿聖經，以求合其所謂凡例，又變移凡例以遷就其所謂褒貶。是則非以義理求聖經，反以聖經釋凡例也。聖人豈先有凡例而後作經乎？何乃一一以經而求合凡例耶？」

二年，莒人入向。

盟會例，卿則書名氏，非卿則書人。人當名氏之處，由是將卑師少則書人，亦與盟會同。

王氏晳曰：《春秋》凡卿書名氏，志其執政之臣也。其大夫不與國政，故例稱人，略之也。凡大國之卿，皆書名氏記其人，則於其行事也得以褒貶之矣。自曹以下至邾、滕、紀、莒之類，雖有侯爵者，皆以微弱不能自强於國政，當時無所輕重，故略其卿，稱人而已。

案曰：《公羊傳》曰：「入者何？得而不居也。」隱五年《公羊傳》曰：「將尊師衆，稱某率師；將尊師少，稱將；將卑師少，稱人；君將不言率師，書其重者也。」

三年，驕奢淫泆，所自邪也。四者之來，寵禄過也。

此四者所以自邪己身，言爲之不已，將至於邪。邪謂惡逆之事，又難服云：「服虔云『言此四者過從邪起』。邪是何事，能起四過？若從邪起，何須云『四者之來寵禄過也』？寵禄豈是邪事，四者得從而來乎？且言弗納於邪，懼其緣驕以至於邪，非先邪而後驕也。」

孔氏曰：驕，謂恃己陵物；奢，謂夸矜僭上；淫，謂耆欲過度；泆，謂放恣無藝；此四者之來，從邪而起。

案曰：下文云「四者之來，寵禄過也」，則是從寵禄而驕奢淫泆，從驕奢淫泆而邪也。服虔言「四者過從邪起」，則與下文不相應矣。光伯難服申杜最當，孔氏舍杜從服，殊違傳意。

五年，公將如棠觀魚者。

《説文》云：「魚，捕魚也。」《天官》「魚人，掌以時𩾲爲梁」「凡𩾲者，掌其政令」，是謂捕魚爲魚。魚者，猶言獵者也。此條《正義》不著劉説，以下載劉説稱捕魚并引「𩾲人」，知爲劉説無疑。**捕魚獵獸，其事相類，此諫大意，言人君可觀獵獸、不可觀**

捕魚。

案曰：《説文・十一篇・𩺰部》：「瀺，捕魚也。」段玉裁注：「《周禮》『𢿍人』本作『魚』，此與取龞者曰龞人、取獸者曰獸人同也。《左傳》：『公將如棠觀魚者。』『魚者』謂『捕魚者』也。《吕氏春秋》《淮南鴻烈》高注每云『漁讀如《論語》之語』『讀如相語之語』，尋其文義皆由本文作魚，故爲讀若以别諸水蟲。《周禮音義》：『𢿍，本作魚。又音御。』『御』音即高氏之『語』音也。然則古文本作魚、作𩺰，瀺其籒文乎？至小篆則䱷爲漁矣。」據經文「公矢魚于棠」，《史記・魯世家》作「觀漁于棠」、《漢書・五行志》亦作「漁」，劉義審矣。

凡物不足以講大事，其材不足以備器用，則君不舉焉。君將納民於軌、物者也。故講事以度軌量謂之軌，取材以章物采謂之物，不軌不物謂之亂政。亂政亟行，所以敗也。注：大事，祀與戎。材謂皮革齒牙、骨角毛羽也。器用，軍國之器。言器用衆物不入法度，則爲不軌不物，亂敗之所起。

凡物者，廣言諸物，鳥獸魚龞之類也。材謂所有皮革毛羽之類也。器謂車馬兵甲，軍國所用之物也。凡此諸物，捕之不足以講習兵事，其材不足以充備器用，如此者則人君不親舉焉。其意言獵之坐作進退，可以教戰陳，獸之齒牙皮革，足以充器用，人君可以觀之。捕魚不足以教戰陳，鱗甲不足以爲器用，人君不宜觀之。人君一國之主，在民之上，當直己而行之以法，毆民而納之於善〔一〕，故云「人君將納民於軌物者也」。言當爲軌、爲物，納民於其中也。今若人君所行不得其軌，舉動不順器服，不當其物，上下無章，如是則謂之荒亂之政也。亂政數行，國家之所以禍敗也。其意言魚非講事，是不軌；材不充用，是不物。今君觀魚，是爲亂國之政、禍敗之本，故不用使公行也。事度軌量，正謂順時狩獵以教習戎事也。材章物采，正謂取其皮革以修造物也。下云「四時田獵，治兵振旅，以習威儀」，覆此講事也。「肉不登俎，材不登器，則公不射」，覆此章物也。别言川澤之實，非君所及，指言不可觀魚，辭有首引，自相配成也。

「田獵止教戎，而言祀者，獵狩主以祭祀，故并祀言之。」下注云「俎，祭宗廟器」，見此意也。

〔一〕「毆」字，底本原作「毆」，兹據《春秋左傳正義》改。

孔氏曰：「凡物不足以講大事」者，物謂事物，旌旗車服之屬。若其爲教戰祭祀等大事，故布設陳列則可。如其細碎盤遊，雖陳其物不堪足以講習大事。「其材不足以備器用」者，材謂皮革齒牙之屬。若其爲飾器用，故狩獵取材則可。如其因遊宴戲樂，所得之材不堪足以備飾器用。人君當直己而行之以法，毆民而納之於善，故云「人君將納民於軌物者也」。既言民歸軌物，更解軌物之名。準度軌量，即謂習戰、治兵、祭祀之屬是也。章明物采，即取材以飾軍國之器是也。

案曰：劉云凡物應言諸物，鳥獸魚鼈之類，與下文「材」字一例；孔謂物謂事物，旌旗、車服之屬，則與「材」字不相應矣。且旌旗、車服已該於講大事中，何庸先列？於義劉氏爲長。前以大事爲兵事，後言獵狩主祭祀，補杜義云。

鳥獸之肉，不登於俎，皮革齒牙、骨角毛羽，不登於器，則公不射，古之制也。若夫山林川澤之實、器用之資，皁隸之事、官司之守，非君所及也。注：俎，祭宗廟器。登於器，謂以飾法度之器。

此言田獵之時，小禽、小獸，則公不射。雖講事而田，尚不射小物，況魚非講事，不宜輒舉。不謂登俎之物皆公所親射。《周禮·𩟔人》：「凡祭祀，共其魚之鱻薧。」特牲、少牢，祭祀之禮，皆有魚爲俎實。「肉登於俎，公則射之」，而以觀魚爲非禮者，此言不登於俎者，謂妄出遊獵，雖取鳥獸，元不爲祭祀。不登於器，亦謂盤遊，元不爲取材，以飾器物。今公觀魚，乃是遊戲，故以非之。然登俎、登器之物，雖君所親，至於庶羞雜物、細小之倫，雖爲祭祀，亦君不射。禮水土之品，籩豆之物，苟可薦者，莫不咸在，豈皆公親之也？

孔氏曰：《説文》云：「革，獸皮治去其毛，革更之。」然則有毛爲皮，去毛爲革。《周禮》掌皮「秋斂皮，冬斂革」，以其小異，故别時斂之，散文則皮、革通也。頷上大齒謂之爲牙。鳥翼長毛謂之爲羽。齒牙、毛羽各自小異，故歷言之也。「登於俎」，謂升俎以共祭。「登於器」，謂在器以爲飾。諸器之飾有用此材者。登訓爲升。服虔以「上登爲升，下登爲成」，二「登」不容異訓。且云「不成於器」，爲不辭矣。又器以此物爲飾，寧復待之乃成也。

案曰：孔氏於「皆公所親射」下稱「祭祀水土」云云，同是此疏，皆用光伯説爲之。

考仲子之宫，將萬焉。注：萬，舞也。

《公羊傳》曰：「萬者何？干舞也。籥者何？羽舞也。」則萬與羽不同。羽者爲文，萬者爲武。武則左執朱干，右秉玉戚；文則左執籥，右秉翟。此傳將萬問羽，即似萬、羽同者，以當此時萬、羽俱作，但將萬而問羽數，非謂羽即萬也。經直書羽者，與傳互見之。

孔氏曰：案《公羊傳》，則萬與羽不同。今傳云「將萬焉」「問羽數於衆仲」，是萬與羽爲一者。萬、羽之異，自是《公羊》之説。今杜直云「萬，舞也」，則萬是舞之大名也。何休云所以仲子之廟，惟有羽舞無干舞者，「婦人無武事，獨奏文樂也」。

吕成公曰：萬舞，文、武二舞之總名也。干舞，武舞之別名也；籥舞，文舞之别名。文舞又謂之羽舞。鄭康成據《公羊傳》以萬舞爲干舞，蓋《公羊》釋經之誤也。《春秋》書「萬入，去籥」，言文、武二舞俱入以仲遂之喪，於二舞之中，去其有聲者，故去籥焉。文舞，舞羽吹籥，《公羊》乃以萬舞爲武舞，與籥舞對言之，失經意矣。若萬舞止爲武舞，則《簡兮》與《商頌》何爲獨言萬舞，而不及於文舞耶？《左氏》載考仲子之宫，將萬焉，婦人之廟亦不應獨用武舞也。然則萬舞爲二舞總名明矣。

辨曰：杜以萬爲舞名，據《左氏》也。劉依《公羊》，非是違注乃是違傳，孔氏不達杜旨，折而入於劉義，失之。萬者，文、武二舞之總名。羽者，文舞；干者，武舞。莊二十九年，「楚令尹子元欲蠱文夫人，爲館於其宫側，而振萬焉。夫人聞之，泣曰『先君以是舞也習戎備也』」，此干舞之稱「萬」也。「初獻六羽」，此羽舞之稱「萬」也。干、羽皆可以稱萬，非謂萬即干也。若稱萬果如《公羊》所云，豈有將萬而問羽者？其不然者一也。何休謂「萬者，象武王以萬人伐紂」，然《商頌》曰「萬舞有奕」，則不始自武王矣。《夏小正》「丁亥，萬用入學」、《墨子·非樂篇》曰「於武觀曰『萬舞翼翼，章聞于天』」〔二〕，據《竹書紀年》云帝啓十年，放王季子

〔二〕「于」字，底本原作「干」，兹據《墨子閒詁》改。「天」字，底本原作「大」，《墨子閒詁》同，其注釋引清惠棟校云「當作『天』」，或是，兹據改。

武觀于西河〔一〕。武觀即楚語所謂「夏有五觀」也，則商之先亦有萬矣。《竹書紀年》又云帝舜「十七年，春二月，入學初用萬」，則夏之先又有萬矣；豈必以武定天下始名萬乎？其不然者二也。《詩·邶風》「方將萬舞」，毛亨傳以「干、羽爲萬舞，用之宗廟山川」，《初學記·樂部》「《韓詩》曰『萬，大舞也』」，鄭康成始謂萬舞惟干無羽，未必毛、韓非而鄭是也。其不然者三也。

八年，鄭伯使宛來歸祊。注：祊，鄭祀泰山之邑，在瑯邪費縣東南。

言祀泰山之邑者，謂泰山之旁有此邑〔二〕。邑内有鄭宗廟之祀，蓋祀桓、武之神。

孔氏曰：知祊是鄭祀泰山之邑。鄭以桓公之故，受邑泰山之下，天子祭泰山必從往助祭，使共湯沐焉，故《公羊》謂之「湯沐之邑」。既有此邑，因立别廟。

案曰：傳云「鄭請釋泰山之祀而祀周公，以泰山之祊易許田」，許之所祀者周

〔一〕「于」字，底本原作「干」，兹據《古本竹書紀年輯證》改。

〔二〕「有」字，底本原作「言」，兹據宋慶元六年紹興府刻宋元遞修本《春秋左傳正義》改。

公，知祊之所祀者鄭桓公、武公也，劉申傳意云爾。

十一年，羽父使賊弑公于寪氏，立桓公，而討寪氏，有死者。注：欲以弑君之罪加寪氏　而復不能正法誅之。傳言進退無據。

羽父遣賊弑公，公非寪氏所弑。公在寪氏而死，遂誣寪氏弑君，欲以正法誅之。君非寪氏所弑，故討寪氏之家，僅有死者而已，言不總誅之。

顧氏炎武曰：言非有名位之人，蓋微者爾，如司馬昭族成濟之類。

孔氏尚典曰：羽父欲掩其名，當大討寪氏，而但曰「有死者」，必寪氏爲羽父之黨，而誅不相干之人，以塞責耳。

王氏䝞曰：隱公不書即位，攝也。然攝之爲言，魯史之舊也。桓公弑君、弑兄諱之，屬之羽父，而羽父委之寪氏。隱之被弑不詳，而寪氏之誅誰氏，史皆深没其文，而以薨赴于四方。則隱公即位之文，亦必桓追而削之，如明永樂之于建文、天順之于景泰，故孔子莫得而書。《公羊》謂成隱公之意，非也。羽父，公子，專權久矣。其于太宰，非所急也，不應以求太宰故，遂至于殺桓。及隱不聽，復即譖于桓而弒之。其視弒君，如左右取攜之便，此必非情理所有。蓋是時，隱長而賢，國人悦之，會盟征伐率親往涖其役；而桓之爲人，隱很賊鷙，隱豈不漸窺而得之？桓年漸長，迴翔而不即授之位，因以猜疑觀望，而乘遇清之後，忽發禍機于不測。此謀弒之所由來，必非羽父之故，桓非獨與聞乎弒而已也。比其即位，既以隱母之卑、桓母之貴布告列國，因深没已篡弒之名，并削隱即位之實，以爲宜繼惠公之後，而隱無與焉。蓋當日情事如此，孔子知之，生二百餘年之後，無從筆之於書，而姑仍其舊。故《春秋》者爲亂臣賊子作，實因魯而作，所以十二公以隱居首也。

姚氏鼐曰：《春秋》爲魯弒君諱；晉董狐、齊太史值趙盾、崔杼之事則書，其國史皆曰「弒君」；二者之於史，其孰是焉？曰：皆是也。君子亦仁而已，何必同？不忍言君之被弒，仁也。弒君之賊紀諸簡策以爲戮，亦仁也。然以史義言之，則晉與齊爲正矣。《春秋》之作也，其文則史。孔子曰「其辭則某有罪焉爾」。因其事而易其辭，孔子有之；併史所載事而易之，孔子所不爲也。孔子曰：「董狐古之良史也。」使孔子生於齊、晉而史作焉；使董狐、齊太史生於魯，爲《春秋》書羽父、慶父、襄仲之弑皆無隱焉；吾知孔子必因其故矣。惟魯舊史之文曰薨、曰卒，聖人則亦從之而以不地致其意。以不地致意，豈若明載其賊之爲著邪？孔子不敢易史氏之舊，非以爲正，而爲後世作史者法也。彼世之爲史者，吾異焉。既於列傳明載弑君之迹矣，而諱于本紀，是何爲耶？且《春秋》以魯人爲魯諱亦其宜也，今以異世而修前代之史，於吾非所不忍言者，而以諱爲學《春秋》之義，是失義之尤者已。太史公本紀書申侯弑幽王、趙高弑二世，良史宜若是。舍良史之法而爲彼進退無據之辭，知《春秋》者宜弗爲也。

案曰：翬弑君之罪，豈討寪氏所能免？蓋桓公庇之也。魯在《春秋》，見弑者四君，慶父始使圉人犖賊子般、旋使卜齮弑閔公、公子遂弑惡及視，迄未有正其罪者。司馬昭急成濟之誅、隋煬帝緩張衡之死，其術雖殊，其心一也。

春秋述義拾遺卷二

桓公

桓公五年，冬，州公如曹。注：不書奔以朝出也。

服虔云春秋前，以黜陟之法進爵爲公。炫難服云：「周法，二王之後乃得稱公。雖復周公、太公之勳，齊桓、晋文之霸，位止通侯，未升上等。州有何功，得遷公爵？若其爵得稱公，土亦應廣，安得爵爲上公，地仍小國？若地被兼黜，爵亦宜減，安得地既削小，爵尚尊崇？此則理之不通也。」

孔氏曰：或可嘗爲三公之官，若虢公之屬，故稱公也。以其無文，故備言之。

張氏洽曰：州稱公，與祭公同，則州必畿内之地，河内州縣也。《左氏》乃云「淳于公」，杜注「城陽淳于縣，州國所都」，昭元年傳云「城淳于」。或云因州公不反，國爲杞所并，遂以淳于爲都，未詳孰是。案《釋例·土地名》云：「二名國都於東莞淳于縣。」考《晉書·地理志》淳于縣屬城陽郡，不屬東莞郡，《釋例》非也。

姚氏鼐曰：周有天下列爵五等，而上公不以封外諸侯，惟天子三公而已。禄父殷王元子而爲殷侯，夏裔爲杞侯；雖二王之後，未嘗爲公也。迄周公滅殷封宋而後，外諸侯有公。蓋賢微子而慰殷遺民之心，此異數焉爾。以周召之親賢、太公之勳勞，出而受國，不過侯伯，外侯之無公也明矣。王之三公爲公，其子孫有命之世爵者，《春秋》則書曰公。若王卿士，爵未及公，傳、記亦謂之公，然《春秋》猶不曰公，惟葬稱公。如外侯葬必稱公，爲其臣子辭也。若《春秋》所正書周、州、虞、郭之公，皆王畿世爵之公也。周規雍、冀、豫三州之地，相覆得方千里以爲王畿，故虞在河東、州在河内，皆畿内之諸侯也。周衰勢散，與外諸侯無異，獨其稱名尚存。王嘗以州田與鄭，鄭不能有，而州亦侵於狄，不能自立，故州公以國危奔曹。《左氏》謂之「淳于公」，其故不可知，而必非以城陽之淳于。城陽之淳于在魯東，由魯東奔魯者，必不反越魯西而至曹，而後東入於魯。惟自河内以東，故必先曹後魯也。説者誤以城陽淳于爲州，則州不得爲畿内。州不爲畿内，而遂疑周建公若是之多，而顧靳于齊、魯、燕、衛不得而與也，豈先王命爵之道哉？

案曰：劉之難服，確不可易。《公羊》疏云：「天子三公稱公，王者之後稱公。」州國非此二者，必非是公。但諸文不知本爵是何，殆同劉説。姚姬傳以爲州乃王畿世爵之公，周衰稱名尚存，不能自立者，可與劉説互相發明。《釋例·王侯夫人出奔例第二十五》「州公如曹，度其國危，危而無患，慮容身於魯，社稷絶祀，非奔非朝，故實來。内諱奔謂之孫，使若不爲臣子之所逐，自孫位而去之」。孫莘老曰：「『州公如曹』之説，三傳之解皆不同。《左氏》以爲度其國危，遂不復。《公》《穀》皆以爲因其過我，故書之。惟趙子以爲州公者，王臣也。譏其外交，故書之。案：趙子所以知爲王臣者，蓋隱十一年傳，載王與鄭人蘇忿生之田凡十二邑，其一則州也。州既爲畿内之邑，則此州公食采於天子畿内而爲三公之官，故曰州公，若祭伯之類是也。《春秋》如外不書，而如曹書者，以其明年亦私來魯，明此州公嘗私如曹，而又私至魯，故先於此明見其如曹之迹也。三傳之説，皆非。」此姬傳所本也。

州故城在今河南懷慶府河内縣東五十里。

凡祀，啓蟄而郊。注：啓蟄，夏正建寅之月，祀天南郊。

夏正郊天，后稷配也。冬至祭天圜丘，以帝嚳配也。

孔氏曰：《夏小正》曰「正月啓蟄」，其傳曰「言始發蟄也」。故漢氏之始以啓蟄爲正月中，雨水爲二月節。及太初以後，更改氣名，以雨水爲正月中，驚蟄爲二月節，以迄于今，踵而不改。《禮記·明堂位》曰：「魯君孟春乘大輅，載弧韣，以祀帝於郊。季夏六月，以禘禮祀周公於太廟。」季夏，周之六月，即孟春，是周之正月矣。又《雜記》云：「孟獻子曰：『正月日至，可以有事於上帝，七月日至，可以有事於祖。七月而禘，獻子爲之。』」如彼記文，則魯郊以周之孟春，而傳言「啓蟄而郊者」，《禮記》後人所録，未必所言皆是正禮。襄七年傳孟獻子曰「啓蟄而郊」，《禮記》《左傳》俱稱獻子，而記言「日至」，傳言「啓蟄」，不得云《禮記》是而《左傳》非也。《明堂位》言正月郊者，蓋春秋之末，魯稍僭侈。見天子冬至祭天，便以正月祀帝。記者不察其本，遂謂正月爲常。《明堂位》後世之書，則郊亦難信。鄭玄注書，多用讖緯，言天神有六、地祇有二，天有天皇大帝，又有五方之帝；地有崑崙之山神[一]，又有神州之神。《大司樂》冬至祭於圜丘者，祭天皇大帝北辰之星也。《月令》四時迎氣於四郊，所祭者祭五德之帝。大微宮中，五帝坐星也。《春秋緯·文耀鉤》云：「大微宮有五帝坐星：蒼帝曰靈威仰，赤帝曰赤熛怒，黄帝曰含樞紐，白帝曰白招拒，黑帝曰汁光紀。」其夏正郊天，祭其所感之帝焉。周人木德，曾無冬至之祭，唯祭靈威仰耳。唯鄭玄立爲此義，而先儒悉不然，故王肅作《聖證論》引羣書以證之。言郊則圜丘，圜丘即郊。天體惟一，安得有六天也？晉武帝，王肅之外孫也。泰始之初定南北郊祭，一地一天，用王肅之義。杜君身處晉朝，共遵王説。《集解》《釋例》都不言有二天。然則杜意天子冬至所祭，魯人啓蟄而郊，猶是一天，但異時祭耳。此注直云祀天南郊，不言靈威仰，明與鄭異也。《禮記·月令》孟春之月「天子乃以元日祈穀於上帝」，鄭康成注謂「以上辛

[一]「神」字，底本原脱，兹據宋慶元六年紹興府刻宋元遞修本《春秋左傳正義》補。

郊祭天也〔二〕。《春秋傳》曰：『夫郊祀后稷，以祈農事。是故啓蟄而郊，郊而後耕。』上帝，大微之帝也」。孔氏疏《郊特牲》云郊不言祈穀，此經言祈穀不言郊，鄭以爲二祭是一。按：襄七年《左傳》云「孟獻子云『郊祀后稷，以祈農事也。是故啓蟄而郊，郊而後耕』」，是祈穀與郊一也。

董氏仲舒曰：魯曷爲郊？周公故也。不於日之至，避王室也。皆比旬而卜之，遠怠慢也。必更三旬，禮盡於三也。

何氏楷曰：案，平王使史角如魯諭止郊廟之禮，事見《竹書》，在平王四十二年，與《吕氏春秋》言魯惠公請郊廟之禮於周天子使史角往報之者，其事相合。然則在平王之世，魯實未嘗郊。觀夫子作《春秋》始于隱公，歷桓、莊、閔三君未有以郊書者。及僖三十一年始書「夏四月，四卜郊，不從，乃免牲，猶三望」，而《魯頌》亦頌僖之郊，然則郊之自僖始，此大據也。《駉序》云「僖公能遵伯禽之法，魯人尊之。於是季孫行父請命于周，而史克作是頌」。行父之父季友卒于僖之十六

〔二〕「郊」字，底本原作「卯」，兹據宋紹熙三年兩浙東路茶鹽司刻宋元遞修本《禮記正義》改。

年，行父雖幼當即嗣其位。且僖在位三十三年，而卜郊尚在三十一年，意先是行父必嘗請命于周，而周天子許之，故僖于是始郊。《序》所請命作頌者，正指郊而言，而《左傳》偶軼其事，正賴有此序以補其闕。又《左傳正義》于隱元年春王正月傳下有云魯僖公之時，周王歲二月東巡狩，至于岱宗柴，季孫行父爲之請命于周，大史克爲是作頌，孔之此説必有所本。今考僖公之時，在周則惠王、襄王，而二王俱未嘗東巡。惟僖公二十八年，襄王有狩于河陽之事，而僖公嘗朝于王所，正在《春秋》書魯四卜郊之先，行父之請在此時也。然則謂魯郊始于僖公信矣。

毛氏奇齡曰：郊者，祭天之名。但郊祭有二：一是報本之祭，天子用之，《郊特牲》所云「大報本，反始」，是也；一是祈穀之祭，天子、諸侯皆用之，孟獻子所云「郊祀后稷，以祈農事」，是也。此郊是祈穀之祭，故魯得用之而不爲僭。蓋報本在子月，《郊特牲》云「迎長日之至」，《周禮·大司樂》「冬至祭于圜丘」，皆子月也。祈穀在寅月，《月令》「孟春祈穀于上帝」，桓公六年傳「啓蟄而郊」：孟春，夏正月，啓蟄者，正月中氣；皆寅月也。卜郊，周之四月正夏之卯月，以啓蟄中氣多在下月，故三卜在寅，四卜在卯，皆係祈穀，並未嘗僭。《明堂位》造爲成王賜魯之説，有云「魯君孟春周正子月乘大輅載弧韣祀帝于郊」。夫《春秋》九卜郊，其在孟春祇卜牲耳。若卜郊，則盡在四月，經文現在也。《雜記》引孟獻子「正月日至冬至，可以有事于上帝；七月日至夏至，可以有事于祖」。夫曰「可以」，或汎言恒禮，不必即指魯君。然猶考《春秋》並無夏至禘廟之説。據襄七年傳孟獻子曰「郊祀后稷，祈農事也」，此特以祈穀祀后稷，非配天也。鄭玄誤解禘嚳，謂禘即郊也，以嚳配之。而劉炫借以闢杜氏有云「夏正郊天，后稷配也；冬至祭天，帝嚳配也」，遂以夏正之郊，亦配天之祭。不知周未嘗以帝嚳配郊，此顯然與《孝經》配稷、《國語》郊稷相反。夫周之郊配稷非配嚳，夏正之郊祀稷非配天。蓋稷本農官，至周不改，故祈農必祀之。此與長至之郊截然不同，而謂魯不當祀稷，是將使魯無社稷也。

案曰：魯無冬至之郊，而有祈穀之郊。鄭康成以冬至郊天爲魯禮，非也。魯祇一郊，王肅以爲魯日至郊天，建寅之月又郊以祈穀，亦非也。孔氏謂「杜君身處晋朝，共遵王説」，光伯釋以「夏正配稷，冬至配嚳」，則同於鄭。近萬處士斯大云：「啓蟄，非日至之時祈穀不得名郊。宣三年『春，王正月，郊牛之口傷，改卜牛。牛死，乃不郊。猶三望』。夫正月日至之月也。觀成七年正月，書鼷鼠食郊牛角，乃免牛；其書不郊，猶三望，在夏五月。定十五年，正月書『鼷鼠食郊牛，牛死，改卜牛』，其書郊在夏五月。則夫正月牛死，而即書『乃不郊，猶三望』，即主于正月郊可知矣。《明堂位》魯君孟春祀帝于郊，配以后稷，天子之禮也，非日至之郊而何？《穀梁》見《春秋》無二月、三月書郊，以爲不失時，而不書也，遂爲説曰『正月至三月郊之時也，四月五月郊不時也』。夫豈知《春秋》書郊于四月、五月者，意主于誌牛傷、牛死及卜不從之變，而非止以其後時乎？二月、三月之或郊或否，不可得而知，正月之郊則見於經矣。魯之郊有失于後時，必無失于先時者，安有祈穀而書于正月者哉？」是説也，吾不謂然。《春秋》書郊者九：僖三十一年，四卜郊；成十年，五卜郊；襄七年，三卜郊；十一年，四卜郊；或免牲，或不郊，皆書四月。惟哀元年書「四月丁巳，郊」，周之四月，夏之二月也。杜氏《釋例》曰「以正月半蟄蟲啓户，二月初則驚而走出。言其至此中氣，則卜此祭。次月初氣，仍是祭限，次月中氣，乃爲過時」。孟獻子曰「啓蟄而郊，郊而後耕」，耕謂春分也。春分以前皆得郊，則冬至以前皆待烝也。又曰「僖公、襄公夏四月卜郊，但譏其非所宜卜，而不譏其四月不可郊也。以建卯之月猶可郊，知建子之月猶可烝也。正由節却月前，未涉後月中氣故耳」。是以，傳舉天宿氣節爲文，而不以月爲正也。且啓蟄與龍見始殺閉蟄一例，不與分至一例，時也非節也。《夏小正》「正月啓蟄，言始發蟄也」，此以時言也。漢劉歆言武王伐殷之年，三月二日庚申，驚蟄。三月者，建寅月。漢避景帝諱變「啓」言「驚」也。啓蟄之節，紀以日月，啓蟄之時不可槩以月。《漢志》以驚蟄爲正月中，雨水爲二月節，《四分曆》始以雨水先驚蟄，驚蟄爲二月節，亦可知周之四月，未始不可言啓蟄矣。非如成七年五月不郊、定十五年五月辛亥郊、成十七年九月辛卯用郊之失時也。孫莘老曰：天子之郊，用于夏正，魯郊則降從於二月，此亦無據。三卜者，孔氏以爲三月二卜、四月一卜，則夫四卜、五卜者，其必先卜於寅月，迄於卯月，更可知矣；豈得以經但稱四月，遂謂郊不在於夏正哉？《禮記·郊特牲》：「郊之祭也，迎長日之至也。」鄭注：「三王之郊，一用夏正。夏正，建寅之月也。」此言迎長日者，建卯而晝夜分，分而日長也。洪頤煊據之以爲魯郊建卯之證，不知康成引《乾鑿度》證爲建寅之月，其曰「建卯而晝夜分，分而日長」者，蓋謂建寅之月而郊，迎此建卯之月，春分後長日將至，非謂郊用建卯之月也。若如彼言，《禮》文當云「郊以長日之至」，不當云「迎長日之至」矣。鄭之此説，正與杜合。若經之書正月者，乃卜牛之期，非卜郊之期也。宣三年「春，王正月，郊牛之口傷，改卜牛。牛死，乃不郊。猶三望」。《公羊》曰「養牲養二卜。帝牲不吉，則扳稷牲而卜之〔一〕。帝牲在於滌三月，於稷者，惟具是視」，稽之《周禮·地官·充人》「掌繫祭祀之牲牷，祀五帝則繫于牢，芻之三月」，即其例也。蓋以郊前三月，建子之月卜牲，故書正月，牛再卜，不三卜，不郊者，三月不郊，故不書，非謂正月也。推之成七年、定十五年、哀元年之正月，皆云鼷鼠食郊牛而改卜，亦因牲之在滌，踰其時也。要之卜郊牲在正月，非郊之日在正月也。然則魯郊之不在日至審矣。圜丘之祭不必用辛，何待夫卜日？祈農、祀稷事殊，配嚳何與於冬至？故不以《禮》難傳、不以鄭難杜、不以劉難孔，而後郊之説乃定。

〔一〕「扳」字，底本原作「拨」，兹據宋淳熙撫州公使庫刻紹熙四年重修本《春秋公羊經傳解詁》改。

六年，故奉牲以告曰「博碩肥腯」，謂民力之普存也，謂其畜之碩大蕃滋也，謂其不疾瘯蠡也，謂其備腯咸有也。

杜以「博碩肥腯」據牲體而言，季梁推出此理，嫌其不實，故云其實皆當兼此四謂。又民力普存非畜之形貌，而季梁以之解情，又申之民力適完則得生養六畜，故六畜既大而滋息也。博碩，言其形狀大；蕃滋，言其生乳多。碩大、蕃滋，皆複語也。瘯蠡，畜之小病，故以爲疥癬之疾也。不疾者，猶言不患此病也。

案曰：《説文·七篇·疒部》：「痤，小腫也。一曰族絫病。」段玉裁注：「《左傳》曰：『牲不疾瘯蠡。』瘯者，族之俗。蠡與累同部。杜注以皮毛無疥癬釋之。按：季良以民力普存釋博，以碩大蕃滋釋碩，以不疾瘯蠡釋肥，以備腯咸有釋腯。《釋文》云『《説文》蠡作瘰』。云瘯瘰，皮肥也』。此『説文』二字有譌，當是別本作『瘰』，注云『不疾瘯瘰，皮肥也』，奪『不疾』二字。」

於是諸侯之大夫戍齊，齊人饋之餼，使魯爲其班，後鄭。注：班，次也。魯親班齊饋，則亦使大夫戍齊矣。經不書，蓋史闕文。

在戍受饋而使魯爲班，明魯人在矣。襄五年戍陳書經，此戍齊亦宜書，今不書經，疑史闕文。以史策本闕，仲尼不得書之。十年説此云「北戎病齊，諸侯救之」，或可魯亦往救，但傳無魯事之驗，魯必不救，不須解之。

辨曰：傳説此事，爲郎之師張本。經於十年書齊侯、衛侯、鄭伯來戰于郎，則其義見矣，非史策本闕，仲尼不得書之也。

以山川則廢主。注：改其山川之名。

廢主，謂廢其所主山川，不復更得其祀，故須改其山川之名。魯改二山，是其事也。

孔氏曰：廢主，謂廢其所主山川之名，不廢其所主之祭。知者，漢文帝諱恒，改北嶽爲常山，諱名不廢嶽是也。

案曰：《晋語》：「范獻子聘於魯，問具山、敖山，魯人以其鄉對。獻子曰：『不爲具、敖乎？』對曰：『先君獻、武之諱也。』獻子歸，徧戒其所知曰：『吾適魯而名其二諱爲笑焉，惟不學也。』」是魯之改二山，以其鄉名山也。

十一年，商、周之不敵，君之所聞也。注：傳曰「武王有亂臣十人，紂有億兆夷人」。

《古文尚書·泰誓》曰：「受有億兆夷人，離心離德。予有亂臣十人，同心同德。」昭二十四年傳引之云「亦有離德」，已與本小殊，此注改「予」爲「武王」、又倒其先後者，欲以證商、周之不敵，故先少而後多，非便文。

孔氏曰：便文耳，雖言傳曰，非傳本文。

案曰：疏引《古文尚書》云云，便文耳云云，始引劉説，當是劉引沈文阿等義疏，而折衷以己意也。

十有三年，春，二月，公會紀侯、鄭伯。己巳，及齊侯、宋公、衛侯、燕人戰。齊師、宋師、衛師、燕師敗績。注：或稱人，或稱師，史異辭也。

公會紀、鄭，告廟而行，始行即書會也。其戰之日，則戰罷乃告廟。史官雖連并其文，而存其本旨，己巳是戰日，故下日以附戰。

孔氏曰：《釋例》曰：「桓十三年，戰不書所。所者，期戰所在之地也。公會戰而後其期，猶及諸侯，共其成敗，故備書諸國而不書地。成十六年傳曰『戰之日，齊國佐至於師』，此其類也。然則諸戰書日者，日即從月，計此經當云『二月，己巳，公會紀侯、鄭伯』，今退『己巳』於『鄭伯』之下者，《春秋》之例，公之出會，例多以月；要盟、戰敗，例多以日，故『己巳』之文在『公會紀侯、鄭伯』之下。『十二年，十二月，及鄭師伐宋。丁未，戰于宋』亦其類也。」服虔云：「下日者，公至而後定戰日。」地之與日當同時設期，公既不及期地，安得及期日也？

案曰：傳言「不書所」，戰後也。趙東山《集傳》以爲不言地，蒙上文一譏之也。然則安戰？戰于宋也。李惇曰「胡傳云《左氏》以爲鄭與宋戰、《公羊》以爲宋與魯戰、《穀梁》以爲紀與齊戰。趙匡獨取《穀梁》之説，蓋齊、紀者世讎也，齊人合三國以攻紀，魯、鄭援紀而與戰，戰而不地于紀也」，而不知《穀梁》之説，不如是也。今考《穀梁傳》其「不地于紀也」，范甯解云「春秋，戰無不地。即於紀戰無爲不地也。鄭君云『紀當爲己，謂在魯也，字之誤耳。得在龍門城下之戰，迫近，故不地』」。楊士勛疏云「《春秋考異郵》云『時戰在魯之龍門』，何休注《公羊》亦云『戰魯龍門，兵攻城池，恥之』，故不地，是皆以紀爲己，非紀國也」。不知字誤而錯解《穀梁》，趙匡已然，胡氏又踵其失。此戰内以公主之，外以齊、宋主之。魯與鄭爲一黨，紀則求庇於魯者；齊與宋爲一黨，衛、燕則從其役者。宋之所怨者鄭，而前年魯棄宋與鄭，十二月及鄭人伐宋，則更怨魯。齊之所欲取者紀，而魯常庇紀，則又怨魯，故四國伐魯，魯侯紀、鄭兵至而始與之戰，故曠日持久，兵遂深入也。

十八年，女有家，男有室。注：女安夫之家，夫安妻之室。

《釋宫》云「宫謂之室，其内謂之家」，則家之與室義無以異，欲見男女之别，故以室屬之。其實室、家同也。

沈氏文阿曰：卿大夫稱家。家者，内外之大名。户内曰室。但男子一家之主，職主内外，故曰家。婦人主閫内之事，故爲室也。

案曰：《孟子》「丈夫生而願爲之有室，女子生而願爲之有家」。《詩·周南》「宜其室家」，孔氏彼疏引此傳文云「室家，謂夫婦也」。沈氏，《陳書》有傳，卒於陳文帝時。此當是《述義》中引沈語而斷以己意也。

莊公

二年，公子慶父帥師伐於餘丘。注：無傳。於餘丘，國名也。莊公時年十五，則慶父莊公庶兄。

蓋慶父自稱仲，欲同於正適，言己少次莊公，爲三家之長，故以莊公爲伯，而自稱仲。《春秋》之例，皆傳言實而經順其意，經稱當時之事，書其自稱之辭，其人自稱仲孫，不得不書爲仲。傳序已適之事，舉其時人之語，時人呼爲孟氏，不得不以孟録。《論語》云「孟孫問孝於我」，是時人呼云孟氏也。楚公子棄疾弑君取國，改名爲居，經書楚子居卒，是從其自稱也。

孔氏曰：《公羊》《穀梁》皆以於餘丘爲邾之别邑，正以《春秋》之旨，未有伐人之邑而不繫國者，此無所繫，故知是國。《釋例》注闕，不知其處，蓋近魯小國也。莊公時年十五者，以桓六年生，至此二年爲十五。莊二十七年《公羊傳》曰：

「公子慶父、公子牙、公子友，皆莊公之母弟也。」《左氏》先儒用此爲説。《釋例》曰：「經書『公子慶父伐於餘丘』，而《公羊》以爲莊公母弟，計其年歲，既未能統軍，又無晋悼、王孫滿幼知之文，此蓋《公羊》之妄，而先儒曾不覺悟，取以爲《左氏》義。」今推案傳之上下，羽父之弑隱公，皆諮謀於桓公，則桓公已成人也。傳曰「生桓公，而惠公薨」，指明仲子惟有此男，非謂生在薨年也。桓以成人而弑隱即位，乃娶於齊，自應有長庶，故氏曰孟，此明證也。公疾，問後於叔牙，牙稱慶父材，疑同母也。傳稱季友，文姜之愛子，與公同生，故以死奉般，情義相推。考之《左氏》，有若符契，是杜明其異母之意也。蓋慶父雖爲庶長，而以仲爲字，其後子孫以字爲氏，是以經書仲孫。時人以其庶長稱孟，故傳稱孟孫，其以謚配字而謂之共仲，猶臧僖伯、管敬仲之類也。

張掄《古器評》曰：仲孫於三桓氏爲長，乃曰孟氏，此孟族所由出也。故《春秋》每書仲孫，則傳必謂之孟孫。如昭九年「仲孫貜如齊」，而傳謂之「孟僖子如齊」之類是也。是則孟乃仲孫之氏。孔氏廣森《公羊通義》曰：「蓋咸丘爲魯所焚，邾婁君遷都于此。《公子慶父傳》及《史記》並以爲莊公之母弟。惟杜預云『莊公時年十五』，則慶父莊公庶兄。廣森謂隱公之攝，本以桓幼，自隱元迄同生之歲才十七年，就令慶父先生亦長於莊無幾，詎足勝專伐之任乎？此由東遷以後，亂世之事，託體公侯，生而暴貴，廢丈人之律輿弟子之尸，未可揆以恒理議其長少。且令慶父非貴介弟，必不至援一生一及之法而自謂當立矣。既不稱弟，不發傳者，與牙同罪，從彼傳可知。」

宋氏翔鳳曰：桓六年丁卯，子同生。《穀梁傳》曰：「疑，故志之。時曰：『同乎人也。』」范甯注：「莊公文姜淫於齊襄，疑非公之子，時人僉曰：『齊侯之子，同於他人。』」按：文姜以桓三年入，至桓六年中間無適齊之事，齊侯亦未至魯，以明同固桓公之子。則同非吾子之言，乃夫人譖公，非桓公意。經於慶父則書曰「齊仲孫」，以爲魯非有仲孫，彼實齊之仲孫也。慶父欲得魯國乎莒人滅鄫，故季友於叔牙則殺，而存其後於魯，慶父則絶之於齊。魯之有叔孫氏，齊人脇之也。魯人諱其爲慶父之後，故不曰仲氏，而曰孟氏。若其先人爲莊公異母兄弟者，《魯世家》云「季友母陳女，故亡在陳」，此蓋本古文《左氏》説。《公羊傳》云「公子慶父、公子牙、公子友，皆莊公之母弟」，又曰「季子殺母兄」，與《世家》所傳異。《公羊》

引子女子曰「齊無仲孫，其諸吾仲孫與」，是《公羊》先師未知齊仲孫之義，故爲疑辭也。

辨曰：《春秋繁露·順命篇》云「父者，子之天也；天者，父之天也。無天而生，未之有也。天者萬物之祖，萬物非天不生。獨陰不生，獨陽不生，陰陽與天地參然後生。故曰：父之子也可尊，母之子也可卑。尊者取尊號，卑者取卑號。故德侔天地者，皇天右而子之，號稱天子。其次有五等之封以尊之，皆以國邑爲號。其無德於天地之間者，州國人民；甚者不得繫國，皆絶骨肉之屬，離人倫，謂之閽盜而已，至賤乎賤者也。《春秋》公子慶父，罪亦不當繫於國，以親之故爲之諱，而謂之齊仲孫，去其公子之親也。故有大罪不奉其天命者，皆棄其天倫」。如董生之之言〔一〕，慶父非桓公子，乃文姜淫於齊襄所生，於莊公異父同母，故經書齊仲孫；而《公羊》以爲莊公之母弟也。本仲而稱孟，魯人諱其爲齊侯之子，謂之孟孫，若庶長。然慶父年少，於莊公帥師時尚未十五歲，其擅兵顓伐，蓋齊人主之也。杜肊揣

〔一〕據上下文，此處疑衍一「之」字。

爲庶兄，劉君不此之規而謂「慶父欲同於正適，故以莊公爲伯而自稱仲」，舛之甚。

六年，必度於本末而後立衷焉。注：本末，終始也。衷，節適也。

度其本，謂思所立之人，有母氏之寵、有先君之愛、有强臣之援，爲國人所信服也。度其末，謂思所立之人有度量、有知謀、有治術，爲下民所愛樂也。

孔氏曰：度其本者，謂其人才德賢善，根本牢固；度其末者，謂其久終能保有邦國，蕃育子孫，知其堪能自固而後立其衷焉。衷謂節適，言使得節適時，乃立之也。

朱氏彬曰：閔二年傳「用其衷，則佩之度」，杜注「衷，中也」。立中，猶言建國立君。《禮記·三年問》：「故先王焉爲之立中制節。」

案曰：《吕氏春秋·適音篇》：「心必和平，然後樂。心必樂，然後耳目鼻口有以欲之。故樂之務在於和心，和心在於行適。夫音亦有適，何謂適？衷，音之適也。何謂衷？大不出鈞、重不過石，小大輕重之衷也。衷也者，適也。以適聽適則和矣。」高誘注：「適，中適也。」《考工記·弓人》：「是故厚其液，而節其帤。」

注：「節，猶適也。」《淮南子·精神訓》：「適情辭餘，以己爲度。」高誘注：「適，猶節也。」此本之焦循。

十一年，京師敗曰王師敗績于某。注：王者無敵於天下，天下非所得與戰者。然春秋之世，據有其事，事列於經，則不得不因申其義。有時而敗，則以自敗爲文，明天下莫之得校。

沈氏以京師敗績非周公舊凡，是孔子新意，丘明爲傳，不得不因申孔子新意之義。炫謂杜與沈氏意同。

孔氏曰：此亦周公舊凡，杜解舊凡之意。得有王師敗績者，以周公制禮，理包盛衰，故《周禮》載大喪及王師不功之事，故舊凡例有敗績之文。杜以尊卑逆順言之，天王不應有戰敗之事，遂申説凡例，故云「無敵於天下，天下非所得與戰者。然春秋之世，據有其事」。成元年，王師敗績于茅戎，是事列於經，丘明不得不因申舊凡之義。蘇氏之説，義亦如此。沈氏不解杜意，劉炫亦不達杜旨，非也。

陳氏廷敬曰：杜預曰「遵周公之遺制」，又曰「明周公之志」。以爲明周公之志則可，以爲遵周公之制則不可。柳宗元言「杜預謂例爲周公之常法，曾不知侵伐入滅，周公之盛時，不應預立其法」，柳子可謂知言矣。

案曰：沈氏，即沈文阿，作《春秋義疏》者。「茅戎」《公》《穀》俱作「貿戎」。《公羊》曰「孰敗之？蓋晉敗之。或曰貿戎敗之。然則曷爲不言晉敗之？王者無敵莫敢當也」。《穀梁》曰「不言戰，莫之敢敵也」。此杜所據者，沈解杜意，劉達杜旨，孔失之。

二十二年，成子得政。注：成子，陳常也，敬仲八世孫。陳完有禮於齊，子孫世不忘德，德協於卜。丘明故舉諸縣驗於行事者以示來世，而君子志其善者、遠者。他皆放此。

計春秋之時，卜筮多矣，丘明所載惟二十許事。舉其縣驗於行事者，其不驗者不載之。君子之人，當記其志之善者、知之遠者。他皆放此。

孔氏曰：南蒯則行驗而龜筮不驗，臧會則行不驗而龜筮驗。善者謂勸人修德行、敬龜筮是也；遠者謂舉其大綱，勸人爲善，長久遠道非有臨時應驗。此遠者即上善者，指其事謂之善，指其教謂之遠。

案曰：沈文阿云「作傳之時，完之子孫已盛，故傳備言其終始也」，極是。

二十五年，夏，六月，辛未，朔，日有食之。注：非常鼓之月。《長曆》推之辛未，實七月朔，置閏失所，故致月錯。

知非五月朔者，昭二十四年五月，日有食之。傳云「日過分而未至」，此若是五月，亦應云「過分而未至」也。今言「慝未作」，則是已作之辭，故知非五月。案：二十四年，八月，丁丑，夫人姜氏入，從彼推之，則六月，辛未，朔，非有差錯。杜云「置閏失所」者，以二十四年八月以前誤置一閏，非是八月以來始錯也。周之七月，今之五月，故曰「知非五月朔」。

顧氏棟高曰：《正義》曰「以前不應置閏而置閏，誤使七月爲六月，不當伐鼓用幣，故云非常鼓之月」，此説非也。《左》曰「非常」者，以六月爲夏之四月，正陽之月，災異尤大，故須伐鼓用幣以救之。所云「餘月則否」者，餘月即常月也。經於文十五年及昭十七年皆書「六月，朔，日食」，而此爲首見，故須發例，此義極明顯、極有關係。且自莊元年至二十四年凡九置閏，正合五歲再閏、十有九歲七閏之數，何云置閏失所乎？

案曰：《釋例·經傳長曆第四十五》「辛未實當七月朔也。時司曆置閏，漸失其處，謬以爲六月朔，故傳正之也」。孔氏云「古之曆書亡矣，漢興以來，草創其術，《三統》以爲五月二十三分月之二十而日月交會，近世爲曆者皆以爲一百七十三日有餘而日一食。是日食者，曆之常也」。光伯因上年八月丁丑，知此年日食實六月辛未朔，而非七月，以破《長曆》之誤，當矣。趙東山曰「今案《大衍曆》，是年正月甲戌小、戊戌冬至；五月壬申大、庚子穀雨；六月壬寅小、庚午小滿。經五月癸丑，在此月。閏月辛未日食」。《長曆》癸丑五月十二日。《大衍曆》與《長曆》所推每差一月。至考經書六月朔日食爲置閏失所，則同學者不通曆法，槩言傳妄，且謂《春秋》用夏正可乎？甚矣，元凱之謬也！然《春秋》置閏皆在歲終，此年五月不得有閏。準此而言，日食爲六月辛未朔，經、傳皆不誤，此光伯之治曆本於治經，非疇人輩所及歟！

閔公

閔公二年，是服也，狂夫阻之。注：阻，疑也。言雖狂夫猶知有疑。

阻，疑，以意訓耳。今言猶云「阻疑」，是「阻」得爲「疑」也。言雖狂夫猶知於此服有疑也。服虔云「阻，止也。方相之士蒙玄衣朱裳，主索室中毆疫〔一〕，號之爲狂夫。止此服，言君與太子以狂夫所止之服衣之」。《晋語》云：「且是之衣也，狂夫詛之衣也。」韋昭云：「狂夫，方相氏之士也。阻，古詛字也。將服是衣，必先詛之。」是由無正訓，各以意解。炫以爲方相氏狂夫所服玄衣朱裳，左右同色，

〔一〕「毆」字，底本原作「毆」，據文義當爲「敺」字形訛；宋慶元六年紹興府刻宋元遞修本《春秋左傳正義》作「毆」，亦「敺」字之變。

不得爲偏衣也，當服此衣[一]，非是意所止也，詛乃服之，文無所出，故杜别爲此解。

案曰：《史記·晋世家》集解引服虔曰「偏衣，偏裻之衣。偏，異色，駁不純。裻在中，左右各異，故曰偏衣」。惠棟曰「裻即督也。莊子緣督以爲經。服訓阻爲止，韋訓阻爲詛，杜訓阻爲疑，服近之」。

[一]「當」字，底本原作「意」，兹據宋慶元六年紹興府刻宋元遞修本《春秋左傳正義》改。

春秋述義拾遺卷三

僖公

六年，圍新密，鄭所以不時城也。注：實新密而經言新城者，鄭以非時興土功，齊桓聲其罪以告諸侯。

先王之制，諸侯無故不造城，造城則攻其所造。司馬法曰「産城，攻其所産」，是也。

孔氏曰：密是邑名，鄭人新築密邑，故傳稱新密，經言新城。

顧氏炎武曰：夫罪孰大於逃盟者，而更責其非時興土功，不亦細乎？且上文固以其逃首止之盟，則不煩添此一節矣。

惠氏士奇曰：先王之制，諸侯無故非時而城，是爲産城。産猶造也。諸侯無故造城，是叛也，故必攻之。僖六年諸侯伐鄭圍新城。本名新密，不曰新密，而曰新城，首止之盟，鄭伯逃歸，畏齊之討，乃非時而城新密。齊桓即以此聲其辠而伐之，故傳曰「鄭所以不時城也」。

案曰：鄭伯逃盟，故諸侯伐鄭。亭林謂逃盟之罪大、築城之罪小，匪特闢杜兼亦糾左。半農以爲鄭逃盟，畏齊之討而城新密，得之。《水經·洧水注》，洧水又東逕密縣故城南，《春秋》謂之新城。《左傳》僖公六年，會諸侯伐鄭圍新密，所以不時城也。

八年，盟于洮。注：王人與諸侯盟不譏者，王室有難故。洮，曹地。

鄭玄《釋廢疾》云「自柯之明年，葵丘以前，去貫與陽穀固已九合矣」，則鄭意不數北杏，不數北杏，所以得九合諸侯者。或云去貫與陽穀，與，猶數也，言數陽穀，故得爲九也。或云葵丘會盟異時，故分爲二。或取公子結與齊桓、宋公盟爲九。炫難之云「貫與陽穀，並非管仲之功，何得去貫而數陽穀也？若以葵丘之盟，盟會異時，而數爲二，則首戴之會亦可爲二也。離會不數鄄盟，去公子結，則惟有齊、宋二國之會，安得數之？二三之説，並無憑據，故炫數洮會爲九。以數洮會爲九，兵車之會，又少其一，炫以《穀梁傳》誤，當云兵車之會三」。

陸氏耀通曰：劉説爲是，蓋齊桓之合諸侯以葵丘爲限。葵丘以前皆衣裳，用管仲也；葵丘以後皆兵車，管仲死也。葵丘爲桓之極盛，於是有驕矜之志。傳曰「震而矜之，叛者九國」，爲桓之始衰。洮之會在甯母之後，葵丘之前，正九合之數也。

案曰：莊二十七年，《穀梁傳》云：「衣裳之會十有一，未嘗有歃血之盟也，信厚也。兵車之會四，未嘗有大戰也，愛民也。」范甯注：「十三年會北杏、十四年會鄄、十五年又會鄄、十六年會幽、二十七年又會幽，僖元年會檉、二年會貫、三年會陽穀、五年會首戴、七年會甯母、九年會葵丘，凡十一會。僖八年會洮、十三年會鹹、十五年會牡丘、十六年會淮，此則以兵車會，而不用征伐。」楊士勛疏：「衣裳之會十有一者，謂從北杏至葵丘也。《論語》稱『九合諸侯』者，貫與陽穀二會，管仲不欲，故去之。自外惟九合也。兵車之會四者，洮、鹹、牡丘、淮也。不數侵蔡伐楚者，以二者征伐非會故也。鄭玄不數北杏，自外與范注同也，故先師劉炫云云。案洮會下亦無云兵車之會，則傳文不應兩處皆誤，是亦可疑也。」一證之《史記·齊世家》「兵車之會三」「乘車之會六」，則《穀梁》「兵車之會四」，未必非誤也。張守貞謂兵車會三者：《左傳》云莊十三年會北杏，以平宋亂；僖四年侵蔡遂伐楚；六年伐鄭圍新城也。乘車會六者：莊十四年會于鄄、十五年又會鄄、十六年同盟于幽、僖五年會首止、八年盟于洮、九年會葵丘，是也。亦不以洮入兵車之會，此劉君《論語述義》佚說也，姑附於此。若《孝經述義》則疏中多采之矣。楊士勛蓋光伯受業弟子，故稱先師云。

十年，及七輿大夫。注：侯伯七命，副車七乘。

《周禮·大行人》云「侯伯七命，貳車七乘」。貳即副也。每車一大夫主之，謂之七輿大夫。服虔云「上軍之輿，帥七人屬申生者，襄二十三年下軍輿帥七人，往前申生將上軍，今七輿大夫爲申生報怨，欒盈將下軍，故七輿大夫與欒氏」。炫謂服言是。

案曰：閔二年「公將上軍，太子申生將下軍」。陳樹華曰「上軍之輿帥七人」，「上」字當作「下」。「前申生將上軍」，「上」亦當作「下」也。下文云「左行共華、右行賈華、叔堅、騅歂、纍虎、特宫、山祈，皆里、丕之黨也」。杜注「七子，七輿大夫」。《晉語》韋昭注「七輿，申生下軍之衆大夫也」，用服注也。

十五年，公如齊。注：諸侯五年再相朝，禮也。例在文十五年。

文十五年，曹伯來朝。傳曰：「禮也。諸侯五年再相朝，以修王命，古之制也。」杜云：「十一年，曹伯來朝，雖至此乃來，亦五年也。」此十年，公如齊，至此則六年，非五年再朝之事。杜引之者，以去朝歲亦五年，故引證之。炫云：「杜云禮者，謂文十五年傳爲禮，此乃非禮也。」

案曰：春秋以來，桓公如齊者一、莊公如齊者三，皆非以朝也。僖公如齊者三，惟三十三年傳言「公如齊朝」，十年及此年皆無傳，不知如齊爲何事。杜以三十三年例之，意其朝耳。魯之朝齊，前此未有也，自僖公始。如杜之言，十年至此爲五年再相朝之禮；然則十年以前豈皆非禮乎？當是時，齊桓方霸，故六年兩朝。及十七年齊桓卒，公不如齊者十餘年。厥後晉文以三十二年卒，次年又復如齊。魯爲望國，惟盟主是從、大國是畏，何禮之有？傳不以此年爲禮，而以文十五年爲禮，故劉君云然也。孔氏文十五年疏云「《周禮·大行人》云：『凡諸侯之邦交，歲相問也，殷相聘也，世相朝也。』鄭玄云：『父死子立曰世。』凡諸侯相朝，皆小國朝於大國，或敵國相爲賓。或彼君新立，此往朝焉；或此君新即位，自往朝彼，皆是世相朝也。襄元年『邾子來朝』，傳曰『凡諸侯即位，小國朝之』，是此新立而彼朝之也。文九年『曹伯襄卒』、十一年『曹伯來朝』，傳曰『即位而來見也』，是彼新立而朝此也。則知春秋之時，猶有世相朝法，與《周禮》合也。《周禮》諸侯邦交，惟有此法，無五年再朝之制。此云『古之制也』，未知古是何時。僖十五年『公如齊』，杜引此證彼，則是當時正法，非謂前代禮也。或人見僖公朝齊，杜引此爲證，遂言五年再相朝是事霸主之法。曹豈推魯爲霸主而屈己以朝之也？且云『古之制也』，即是古之聖王制爲此法。天子不衰，諸侯無霸，明德天子豈慮霸王威權不行而爲之制此法，敺諸侯以朝之？此不達理之言耳。然則諸侯之邦交者，將以協近鄰、結恩好、安社稷、息人民。一世一朝，疏闊大甚，其於閒暇之年，必有相朝之法，《周禮》文不具耳。

文、襄之霸，更制三年一聘，五年一朝。諸侯或從時令，或率舊章。此在文、襄之後，仍守舊制，故五年再相朝也。傳言『古之制』，以文、襄已改故也。昭十三年，歲聘間朝，是周之諸侯朝天子之法」。稽之《王制》：「諸侯之於天子也，比年一小聘，三年一大聘，五年一朝。」鄭注：「比年，每歲也。小聘使大夫，大聘使卿，朝則君自行。然此大聘與朝，晉文霸時所制也。虞夏之制，諸侯歲朝。周之制，侯、甸、男、采、衛、要服六者，各以其服數來朝。」孔氏彼疏云「按昭三年《左傳》鄭子大叔曰『文、襄之霸也，其務不煩諸侯，令諸侯三歲而聘，五歲而朝』，故云『晉文霸時所制』。今此經文云『諸侯之於天子，三年一大聘，五年一朝』，則文、襄之制，諸侯朝天子，與自相朝同也」。按：昭十三年傳云「歲聘以志業，間朝以講禮，再朝而會以示威，再會而盟以顯昭明」。賈逵、服虔皆以爲朝天子之法，崔氏以爲朝霸主之法，鄭康成以爲不知何代之禮。故《異義》云：「《公羊》說諸侯比年一小聘，三年一大聘，五年一朝天子。《左氏》說十二年之間八聘、四朝、再會、一盟。許慎謹案：《公羊》說，虞、夏制，左氏說，《周禮》。傳曰三代不同物，明古今異說。」鄭駁之云：「三年聘，五年朝，文、襄之霸制。《周禮·大行人》『諸侯各以服數來朝』，其諸侯歲聘間朝之屬，說無所出。晉文強盛諸侯，非所謂三代異物也。」是鄭以歲聘間朝，文無所出，不用其義也。言晉文公但強盛諸侯耳，何云制禮而云三代異物乎？是難許慎之辭也。然則賈、服據《公羊》，崔靈恩據《左氏》。《異義》所稱《公羊》說者，《公羊》隱十一年「諸侯來曰朝，大夫來曰聘」、桓四年「諸侯時朝乎天子」，是也。如孔《禮》疏，不特此年非禮，即文十五年傳亦非禮也。

十六年，今茲魯多大喪。明年齊有亂，君將得諸侯而不終。注：今茲，此歲。魯喪、齊亂，宋襄公不終，別以政刑吉凶他占知之。

政者，若周大夫入陳竟，見官職不修，君臣南冠如夏氏，知簡夷將亂。子貢見公執玉卑，知其替死也。刑者，若夷吾忌克多怨，君子知其不終也。吉凶有二，陰陽調序，四海玉燭，時吉也；陰陽錯逆，寒暑失度，民多癘疫，五穀不登，時凶也。父慈子孝，君義臣忠，人吉也；父不父，子不子，君不君，臣不臣，人凶也。

孔氏曰：此三者，叔興止言其事，不說知之所由，或觀政教、刑法，或他事別有占驗，故云「別以政刑他占知之」，言知之不由石、鷁也。

案曰：《漢書·五行志》曰：「是歲，魯公子季友、鄫季姬、公孫兹皆卒。明年，齊威死，適庶亂。宋襄公伐齊行伯，卒爲楚所敗。劉歆以是歲歲在壽星，其衝降婁。降婁，魯分野也，故爲魯多大喪。正月，日在星紀，厭在玄枵。玄枵，齊分野。石，山物；齊，太嶽後。五石象齊威卒而五公子作亂，故爲明年齊有亂。庶民惟星，隕於宋，象宋襄將得諸侯之衆，而治五公子之亂。星隕而鷁退飛，故爲得諸侯而不終。六鷁象後六年伯業始退，執於盂也。民反德爲亂，亂則妖災生，言吉凶繇人，然後陰陽衝厭受其咎。齊、魯之災非君所致，故曰『吾不敢逆君故也』。」雖諸事不無附會，要其言吉凶由人則未可非也。杜云「別以政刑他占知之」者，亦此意，下文注乃云「陰陽錯逆所爲，非人所生」，前後自相違戾。

是陰陽之事非吉凶所生也。注：言石隕、鷁退，陰陽錯逆所爲，非人所生。襄公不知陰陽而問人事，故曰君失問。叔興自以對非其實，恐爲有識所譏，故退而告人。

言是陰陽之事也，則知事由陰陽，若陰陽順序，則物皆得性，必無妖異。故云

「陰陽錯逆所爲，非人吉凶所生也」。傳稱天反時爲災，地反物爲妖，人反德爲亂，亂則妖災生；《洪範》「咎徵『曰狂，恒雨若』」之類；皆言人有愆失，乃致陰陽錯逆。而云「陰陽錯逆非人所生」者，石隕、鷁飛事由陰陽錯逆，陰陽錯逆乃是人行所致。襄公不問己行何失，致有此異，乃謂既有此異，將來始有吉凶，故答云乃是「陰陽之事，非將來吉凶所生」。言將來若有吉凶，協此石、鷁之異耳，非始從石、鷁而出也。襄公不知陰陽錯逆爲既往之咎，乃謂將來吉凶出石、鷁之間，是不知陰陽而空問人事，故云「君失問」也。叔興若以實對，當云「由君愆失，致有此異」，今乃别以政刑他占横説齊亂、魯喪。自以對非其實，恐爲有識所譏，故退而告人以此言也。

孔氏曰：服虔云：「鷁退風，咎君行所致，非吉凶所從生。襄公不問己行何失，而致此變，但問吉凶焉在，以爲石隕、鷁退，吉凶何從而生，故云『君失問』。」是劉炫用服義爲説也。今删定。以杜注云「石、鷁，陰陽錯逆所爲，非人所生」，則陰陽錯逆，自然有此，非由人事之失致此錯逆。又吉凶不由石、鷁所生，故傳云「是陰陽之事，非吉凶所生」。是吉凶不由石、鷁，石、鷁不由於人，則吉凶之來，別由人行得失耳。故《釋例》云「或異而無感，或感而不可知」，如此之類是也。其傳云「亂則妖災生」，《洪範》「曰狂，恒雨若」，此皆假之陰陽以爲勸戒，神道助教，非實辭也。但聖賢之説未知孰是，故兩載其義，以俟後賢。

劉原父《意林》曰：六鷁退飛過宋都，人君遇怪異非常之變者，當自內省而已，非所以告同盟也。同盟有分災救患之義，故水火兵戎之爲敗則告，告則赴之，赴則弔之，此所待於外者也。奇物妖變之至，則天之所以警人君，雖有堯、湯之智反而責其過，此無待於外者也。無待於外者，何赴告之有？《春秋》因而書之，以見人君之莫能畏天命，乃反以責於己者望於人也。

傅氏遜曰：言陰陽順逆爲吉凶之兆，而非吉凶之所由生。吉凶由於人之善惡所感，必先有以感之，而後見於兆。譏襄公不修人事，而徒問物變。

臧氏琳曰：案，此傳當從服注，義甚精密。劉光伯用之，是也。杜預棄人事而空言陰陽，不可爲訓。《漢書·五行志》下之上，劉歆以爲風發於它所，至宋而高，鷁高蜚而逢之則退，經以見者爲文，故記退蜚。傳以實應著，言風，常風之罰也，象宋襄公區霿自用，不容臣下，逆司馬子魚之諫而與强楚争盟。後六年爲楚所執，應六鷁之數云。案《史記·宋世家》云：「六鷁退飛，風疾也。」《集解》引賈逵曰：「風起於遠，至宋都高而疾，故鷁逢風却退。」《穀梁》疏引賈逵曰：「鷁退，不成之象，後六年霸業退也。鷁，水鳥。陽中之陰，象君臣之訟鬩也。」又引鄭玄云：「六鷁俱飛，得諸侯之象。其退，示其德行不進，以致敗也。得諸侯是陽行也，被執敗是陰行也。」又何邵《公羊傳》云：「石者，陰德之專者。鷁者，鳥中之耿介者。皆有似襄公之行。襄欲行霸事，不納公子目夷之謀，事事耿介自用，卒以五年見執、六年終敗，如五石、六鷁之數。天之與人昭昭著明，其可畏也。」與劉子駿説多有合者，誰謂非人所生也。

案曰：下文言吉凶由人，杜舍人事而言陰陽，全違傳意。孔氏稱吉凶自由於君，不從石、鷁而出，蓋用劉氏説。

二十有一年，夏，大旱。注：雩不獲雨，故書旱。自夏及秋，五稼皆不收。

大旱而不書饑者，傳云「是歲也饑而不害」，故不書饑。

孔氏曰：周之夏即今之二月、三月、四月也。於時方欲下種，此月不雨，未能成災。而書「夏大旱」者，此後雖得少雨，而終是不堪生殖。從夏及秋五稼悉皆不收，不收之後，擇最旱之月而書之，故書「夏大旱」也。

王氏應麟曰：郎顗謂魯僖遭旱，修政自敕，時雨自降。然《春秋》於僖公初書雨、已而書雩、已而書大旱，公之德衰矣。

案曰：《春秋》書大旱者二：此年夏及宣七年秋是也。夏於今爲二、三、四月，秋於今爲五、六、七月。夏旱未至全害五稼，故傳曰「饑而不害」，劉説是也。如杜之言，自夏及秋五稼皆不收，經何以不書「夏及秋大旱」，而但書「夏大旱」乎？此杜之妄，孔氏既云「於時方欲下種，此月不雨未能成災」，又云「此後雖得少雨，終是不堪生殖」，敢於違經、傳而不敢違注，疏家往往如是。

二十四年，召穆公思周德之不類，故糾合宗族于成周而作詩。

注：召穆公名虎。周厲王之時，周德衰微，兄弟道缺，召穆于東都收會宗族特作此周公之樂，歌《常棣》。詩屬《小雅》。

杜云：《常棣》詩屬《小雅》，明是周公所作也。

孔氏曰：《常棣》之詩，周公所作，故《周語》説此事云「周文公之詩曰」，即明是周文公所作也。召穆公，厲王、宣王之臣。《詩·江漢序》云「命召公平淮夷」，經曰「王命召虎」，是也。召穆公於東都會宗族，蓋當宣王之時。若當厲王之時，天子疏之，召公雖則聚會，不能使之親也。於會之上作此周公之樂歌，欲感切宗族，使相親也。

《周語》：「周文公之詩曰：『兄弟鬩於牆，外禦其侮。』若是，則鬩乃内侮，而雖鬩不敗親也。」韋昭注：「文公之詩者，周公旦之所作《常棣》之篇是也。所以閔管、蔡而親兄弟，此二句，其四章也。其後周室既衰，厲王無道，骨肉恩闕，親親禮廢，宴兄弟之樂絶，故召穆公思周德之不類，而合其宗族於成周，復修作《常棣》之歌以親之。鄭、唐二君以爲《常棣》穆公所作，失之矣。惟賈君得之。穆公，召康公之後，穆公虎也，去周公歷九王矣。」

顧氏炎武曰：《常棣》之詩，《序》以爲周公之作，而此文則以爲召穆公，蓋各有所傳，不必同也。

崔氏述曰：按，作也者，前此未有而創之之謂也，故曰「述而不作」。若此詩果屬周公所作，而召公但歌之，則文當云「糾合宗族於成周而歌《常棣》焉」，不當云「作詩」也。周公之事，此傳前文言之矣，曰「周公弔二叔之不咸，故封建親戚以蕃屏周」。若此詩果周公所作，則文當云「封建親戚，以蕃屏周，而作《常棣》焉」，其詞云云」，不當於周公絶口不言，而於召公反歷歷述之也。且其詩云「死喪之威，兄弟孔懷」、又云「喪亂既平，既安且寧」，皆似中衰之後，不類初定鼎時語。況作亂者管、蔡兄弟也。以殷畔者，管、蔡兄弟之親其所疏，而疏其所親也。而此詩反云「兄弟急難，良朋永歎。兄弟外禦其侮，良朋烝也無戎」語，語與其事相反，何耶？若周公果因閔管、蔡而作此詩，則當自愧無德以化兄弟，使陷於大戾，不然則述管、蔡之惎間王室，以爲兄弟戒，不當反護兄弟之罪，而斥異姓之疏，使天下勤王之賢侯、從征之義士聞之而投戈太息也。蓋此傳後文云「周之有懿德也，猶曰莫如兄弟，故封建之。其懷柔天下也，猶懼有外侮。扞禦侮者莫如親親，故以親屏周。召穆公亦云」。撰《周語》者誤會其意，遂疑「莫如兄弟，外禦其侮」之句爲周公之所作，撰《詩序》者又爲《國語》所誤，因臆度之，而遂以管、蔡之事當之耳。不知所謂曰「莫如兄弟」者，但謂其意如此，其言如此，非謂其詩如此也。所謂「懼有外侮」者，但言其心懼有外侮，非必作詩言外禦其侮，然後得爲懼也。周公之意、召公之詩，如合符節，故云「召穆公亦云」，非以歌周公之詩爲亦云也，所以鄭、唐舊説皆以此詩爲召穆公所作。自韋氏、杜氏曲護《周語》《詩序》之失，於是傳之明明稱爲召公所作者，巧辭强説，百計以屬之周公。雖以朱子之最不信《序》，亦從而附和之，遂致詩人之意大半晦於説詩之人，亦可爲之長太息矣。且夫説經者惟期定於一是耳。《左傳》果是，則《周語》《詩序》必非；《周語》《詩序》果是，則《左傳》必非；周則周，召則召，雖三尺童子皆知其不能兩是也，乃必欲使之皆是而無非，而卒不可通，其亦拙矣。

案曰：《小雅·常棣序》「常棣，燕兄弟也。閔管、蔡之失道，故作《常棣》焉」。不言何人所作，箋云「周公弔二叔之不咸，而使兄弟之恩疏，召公爲作此詩，而歌以親之」，蓋據《左氏》，亦以見鄭後司農之説本於司農也。

二十七年，入務利民，民懷生矣。

生既厚民，皆懷戀居處。

孔氏曰：《晋語》説文公爲政云「棄責薄斂，施舍分災，救乏振滯，匡困資無。輕關易道，通賈寬農。務穡勸分，省用足財。利器明德，以厚民性」，皆是利民之事。民懷生者，謂有懷義之心，不復苟且。

案曰：《晋語》稱文公「利器明德，以厚民性」，韋昭注「厚民性，厚其性情」。稽之《荀子·正名篇》「生之所以然者，謂之性」、《春秋繁露·名號篇》「如其生之自然之資謂之性」、《白虎通·性情篇》「性者，生也」、鄭康成《樂記》注「性之言生也」，是厚民生，即所謂厚民性也。文六年「時以作事，事以厚生」、七年「正德、利用、厚生，謂之三事」、成十六年「民生厚而德正，用利而事節」、襄二十八「夫民，生厚而用利，於是乎正德以幅之」，皆可證上文子犯曰「民未知義、未安其居」。杜解「無義則苟生」，「厚生」與「苟生」對，居處者，民之所恃以生者也，懷生則懷義矣。

二十八年，執曹伯，畀宋人。注：畀，與也。執諸侯當以歸京師，晋欲怒楚使戰，故以與宋，所謂譎而不正。

《公羊傳》曰：「畀者何？與也。言其以畀宋人何？與使聽之。」何休云：「宋稱人者，明聽訟必師斷，與其師衆共之。」《穀梁傳》曰：「畀，與也。其曰人，何也？不與晉侯畀宋公也。」注云：「畀，上與下之辭，故不以侯畀公。」案：傳「執曹伯，分曹、衛之田以畀宋人」，則田亦稱人，非爲斷獄，故云人也。若不使晉侯與宋公，自可改其畀名，何以名之爲畀，而使義不得與也？若與宋人，豈宋國卑賤之人，得獨受曹伯而治之乎？二傳之言，皆不得合《左氏》，當以人爲衆辭，舉國而稱之耳。

葉氏夢得曰：侵而不服，然後入之，數其罪而執其君伯討也。故以侯執不歸之京師，而畀宋人，則伯討歟？闕文也。是當曰「畀宋人田」，不言田，經成而亡之也。楚人圍宋，在二十七年之冬，宋公孫固如晉告急。是時宋公蓋在圍也。及諸侯盟于宋，蓋即宋之城外以爲會，宋公不與焉。明年三月，晉侯入曹，執曹伯，宋圍猶未解，故再見宋使門尹般如晉師告急。《左氏》載先軫始謀，言「我執曹君，而分曹、衛之田以賜宋人」。既而公説復言「執曹伯，分曹、衛之田以畀宋人」，此其終事也。楚子聞，果命子玉去宋，宋公於是始釋圍得歸。而從晉城濮之戰始見宋師，則方執曹伯畀之者誰乎？晉侯有疾，侯獳貨晉史歸曹伯，則曹伯之歸，蓋自晉不自宋也，是其畀之者田而已。穀梁固不見其事，左氏見之而不能辨，公羊雖知之而不悟其與京師楚同文，亦求之經者不審耳。

惠氏士奇曰：哀四年「晋人執戎蠻子赤歸于楚」，則僖二十八年亦當書「晋侯執曹伯歸于宋」，曷爲不書歸，而書畀？又曰「畀，宋人」。畀者，賜也。以曹伯賜宋人，有是理乎？曰此兩事，非一事也。傳曰「執曹伯，分曹、衛之田以畀宋人」，是畀宋人者曹、衛之田也。經不書田言畀，則田可知。説者謂執曹伯以畀宋，失之矣。以物與人謂之與。畀，舉也。《説文》引《春秋傳》「晋人或以廣墜，楚人畀之」。今作惎，其同音。黄顥説廣車陷[一]，楚人爲舉之。畀宋人者，謂舉以與之。《禮》「獻田宅操書致」，書猶契也，言獻田宅者，舉其契以致之也。舉以致之之謂畀，故言畀則田可知。杜注乃引《公》《穀》之説以汩之，不可以不辨。曹稱伯、宋稱人，一執之、一畀之，非薄於曹而厚於宋也。一報怨，一報德也，其情見乎辭矣。《春秋》屬辭，兩兩相對，曹對宋、伯對人、執對畀，若增一字便不成辭。或謂有闕文，是不知比事屬辭者也。

[一]「車」字上原有「東」字，兹據《皇清經解》所收學海堂本惠士奇《春秋説》删。

案曰：上年冬，經書「楚人、陳侯、蔡侯、鄭伯、許男圍宋。十有二月，甲戌，公會諸侯盟于宋」。杜注「宋方見圍，無嫌於與盟，故直以宋地」。是宋公亦與其盟會也不知。是時，楚子在宋，公往會之所。謂諸侯，即上文陳、蔡、鄭、許耳，宋不與盟審矣。楚之釋宋，在次年三月入曹之後，城濮之戰，在夏四月，豈有宋圍未解而畀以曹伯之理？此年冬經書「曹伯襄復歸于曹」，傳稱「晉侯有疾，曹之豎侯獳貨筮史，使以曹爲解」「公説，復曹伯」，則曹伯之歸自晉，而不歸自宋也，明甚。傳曰「執曹伯，分曹、衛之田以畀宋人」，正括經文而言，杜合兩事爲一事，非是。孔於劉説，蓋從而不駁，宋葉石林、近惠天牧發明之，義益顯。

不有寧也。注：言不以病，故自安寧。

以傷爲寧，不有寧，謂不有損傷。

案曰：成十六年「敢告不寧，君命之辱」，彼疏引劉説「以傷爲寧」。此與魏犨相似，孔氏非之，曰：「案僖二十八年魏犨云『以君之靈不有寧也』，謂不有被傷以自寧也。此直云『不寧』，既無『有』字，又先無被傷之狀，與魏犨不同也。」如孔之言，則此疏當依劉説「以傷爲寧」。今檢疏中無此語，蓋《正義》非出一人之手，初據《述義》爲説，繼因其異乎杜旨而删之耳，故前後相乖異。

此三《志》者，晋之謂矣。注：謂今與晋遇，當用此三《志》。

此三《志》云者，情有淺深。「允當則歸」，謂彼雖可勝，得當則還，言前人弱於己也。「知難而退」，謂勝不可必，早自退斂，言前人與己敵也。「有德不可敵」，謂必知彼强，不須與競，言前人强於己也。三者從弱至强，總言晋之謂矣。指言晋强於己也。

孔氏曰：「允當則歸」，謂信當分理，則須歸還，無求過分，決戰取勝也。「知難而退」，謂知前敵之難，則須退避也。「有德不可敵」，謂必知敵强，不須與競也。此三《志》者，與晋相遇之謂矣。

謝氏文洊曰：楚成見識度量老成深細，使如其言，任晋多勝算，一齊空却矣。可惜有君無臣，取《軍志》語以自處，尤妙。

案曰：取《軍志》三語而謂之三《志》，言各有當也。劉君以爲三者從弱至强，信哉！

夢河神謂己曰：「畀余。」

神道冥昧，與人不交，楚師之敗，未必由此。但於時戰在河旁，河神許助。若子玉從神所求，不惜瓊玉，則國人以爲神得所欲，必將助己，自當三軍用命，戰士争先。亦既不遂神心，人謂神必不助，則衆意皆沮，莫不畏敵。且兵凶戰危，必有傷殺，三軍之命，在兹一舉，猶尚愛惜此物，是無恤民之心。在軍之士，誰肯競勸？故云「因神之欲，以附百姓之願，是濟師之理也」。裨竈請用瓘斝禳火，非神所求，若從而與之，則驚動民意，且災不可免，徒長妖妄，故子産不與。異於此也。

全氏祖望曰：楚昭王不祭河，甯武子諫祭。相二百四十年之中，不惑於淫祀者二人而已。乃有不惑於淫祀，而反爲《左氏》所誚者，則子玉也。城濮之役，河神以孟諸之麋索子玉之瓊弁、玉纓，此是妖夢。謂子玉當恐懼、修身以敬共兵事則可，謂其當媚河神以徼福則不可。夫子玉安得有事於河？若謂師行所過，原有祭其山川之禮，則安得示夢以索幣？子玉之不與，猶滅明之不以璧與蛟也，而謂其慢神以取敗，是皆淫祀之説誤之也。

汪氏中曰：瓊弁、玉纓，子玉弗致，庶乎知道。而卒之兵敗身死，臧會爲僭，僂句告吉，而終後臧氏。天綱恢恢，吉凶之應，有時而爽。

案曰：河神之夢、瓊玉之求、孟諸之賜，非子玉自言，大心、子西何從而知之？滎黄又何從而諫之？此必子玉以河非楚境，非所當祭，弗致河神，殆示以不服於晋之意。既敗之後，從而爲之辭也。向使子玉不愛瓊玉，其遂謂之勤民乎？利國而濟師乎？劉君前創正論，後順傳意，全謝山之説，似從此悟出。

三十年，秦軍氾南。注：此東氾也，在滎陽中牟縣南。

二十四年「王出適鄭，處于氾」，注云「鄭南氾也」。《釋例·土地名》僖二十四年「氾」下云「此南氾也」。周王出居于氾、楚伐鄭師于氾，襄城縣南氾城是也。此年「氾」下云「此東氾也」。秦軍氾南、晋伐鄭師于氾，滎陽中牟縣南氾澤是也。杜考校既精，當不徒爾。尋討傳文，未見杜意。

孔氏曰：南氾在襄城縣南，則鄭之西南竟南近于楚，西近于周，故王處于氾、楚伐鄭師于氾，皆以爲南氾。其東氾在中牟縣南，去鄭城既近。三十年，秦晉圍鄭，秦軍氾南，故爲東氾，各隨其所近而言也。

案曰：《釋文》「氾，音凡」。襄城今屬河南許州，中牟今屬河南開封府。成四年「晉以救許伐鄭，取氾、祭」。杜注「氾、祭，鄭地。成皋縣東有氾水澤」。《釋文》「氾，音凡。或音祀」。《疏》云「既爲晉之所取，當是鄭之西北界，即今氾水也。《字書》水旁巳爲氾，水旁㔾爲氾字，相亂也。《漢書音義》亦爲氾。今氾水上源爲氾谷」。此音祀，不音凡。今河南開封府有氾水縣，本處人皆呼若祀。

三十二年，秋，衛人及狄盟。注：不地者，就狄盧帳盟。

春秋時，戎狄錯居中國。此狄無國都處所，直云「及狄盟」，盟于狄之處也。以狄俗逐水草，無城郭宫室，故云「就盧帳盟」。

孔氏曰：「會狄于欑函」，言地。今不言地，故云「就盧帳盟」。盧帳即是狄人所居之處。

趙氏鵬飛曰：及夷狄盟，所謂下策也。然既慴之以兵，必恐而求平，然後許其平焉，是乃制夷狄之術也。狄之横甚矣，入衛、伐邢、侵晋、侵齊，邢、衛皆遷而避之，齊、晋皆忍而不伐。今衛已遷，狄蓋疑其畏己也。衛出其不意以兵侵之，狄果恐而求盟，是即其地而盟之，故衛無狄患者十餘年。何前乎此不敢伐，而至此始一侵之也？其後晋人敗之、晋師滅之，皆視今日之侵爲兵首，則夫侵狄、盟狄，不可謂無謀者矣。

高氏澍然曰：不書盟地，盟於狄都也。惟盟於都，故不列序而言及也。

辨曰：顔師古《漢書·匈奴傳》注「穹廬，旃帳也。其形穹隆，故曰穹廬」。杜云「就廬帳盟」，蓋以漢事意之耳。葉石林曰「衛人何以及狄盟？離盟不可以地狄也」。竊謂戎狄既錯居中國，未必無國都處所，劉言非是。

三十三年，葬僖公，緩，作主，非禮也。注：文公元年，經書「四月，葬僖公」。僖公實以今年十一月薨，并閏七月乃葬，故葬云「緩」。文二年乃作主，遂因葬文通譏之。

《五經異義》：「《公羊》説『虞而作主』。《古春秋左氏》説，既葬，反虞。天子九虞，以柔日，九虞十六日也。諸侯七虞，十二日也。大夫五虞，八日也。士三虞，四日也。既虞，然後祔死者於先死者，祔而作主，謂桑主也。期年然後作栗主。許慎謹案『《左氏》説與《禮記》同』。」既言作主非禮，因言作主祭祀吉凶之節。凡諸侯之薨，葬日而虞。從是以後，間日一虞，七虞之後，明日而爲卒哭之祭。卒哭之期日而作祔，祭以新死之神，祔於祖父。於此祔祭而作木主，以依神。其主在寢，特用喪禮祭祀於在寢之主，其四時常祭，礿祠烝嘗。及三年喪畢爲大祀，禘祭並行之於廟，正禮當如是耳。今以葬僖公後積十月始作僖公木主，是作主太緩，故爲非禮也。

劉氏《權衡》曰：「葬僖公緩作主非禮也」，杜氏讀「緩」字以上爲一句，「作」字下爲一句，非也。僖公以十二月薨，以明年四月葬，凡五月也不得云「緩」。杜氏本欲遷僖公之薨在十一月，僖公之薨在十一月，則除喪在文二年十一月，因以文納幣爲十二月，文納幣爲十二月則與傳合矣，而不顧理乖也。傳云「葬僖公緩作主」者，「緩」以下乃當爲一句。言葬僖公而作主緩，即文二年經書「作僖公主」是也。今欲屬「緩」於「葬僖公」，以明僖公爲十一月薨，獨不顧「作主非禮也」之語，是傳譏葬緩，又譏不當作主乎？

顧氏炎武曰：劉原父曰「當以『緩作主』爲一句」。此傳經書「文二年，丁丑，作僖公主」之義，卒哭而祔，祔而作主。今僖公以文元年四月葬，二年二月始作主，過祔之期。

萬氏斯大曰：僖公薨於去年十一月，今年傳有閏三月，實七月而葬也，故杜注以爲緩。而前年「葬僖公緩作主」之傳，讀「緩」字屬上句，以此也。不知七月葬之緩，明者自見，不必明言。而既葬即虞，既虞即作木主而祔，此必不可緩者。乃僖公之主作於明年二月，則緩甚，而非禮矣。傳因葬僖公而言「緩作主」，見作主當於葬後，不當在明年也。合從劉氏讀「緩作主」爲句。若從杜氏葬僖公緩，固非禮矣，作主不言緩，又何以非禮，而并言於此乎？

案曰：光伯云「葬僖公後積十月始作僖公木主，是作主太緩」，則以「緩作主」爲一句始於光伯，非始於原父矣。《公羊疏》云《左氏》説亦有成文云云之説，具左氏傳疏。今檢孔氏《正義》無之，蓋出光伯疏也，因據《曲禮》《檀弓》疏録之。其以祔祭之主在寢，蓋死者之廟未立，但祀主於寢，四時常祭及禘祭。三年喪畢，始並行之於廟，尤足以刊元凱卒哭後四時常祭如舊之誤。

烝、嘗、禘於廟。注：冬祭曰烝，秋祭曰嘗。新主既立，特祀於寢，則宗廟四時常祀自如舊也。三年禮畢，又大禘，乃皆同於吉。

以正經無祫文也。惟《禮記》《毛詩》有「祫」字耳。《釋天文》「禘，大祭也」，則祭無大於禘者。若祫大於禘，禘焉得稱「大」乎？

孔氏曰：《釋例》曰「舊説以爲諸侯喪三年之後乃烝、嘗。案，傳襄公十五年冬十一月，晋侯周卒，十六年春，葬晋悼公，改服、修官，烝於曲沃，會于溴梁。其冬，穆叔如晋，且言齊故。晋人答以『寡君之未禘祀』。其後晋人徵朝于鄭，鄭公孫僑云『溴梁之明年〔一〕，公孫夏從寡君以朝于君，見於嘗酎，與執膰焉』」。是言諸侯卒哭以後時祭不廢之事也。《釋例》又曰「凡三年喪畢然後禘，於是遂以三年爲節，仍計除喪即吉之月，卜日而後行事，無復常月也。是以經書禘及大事，傳惟見莊公之速，他無非時之譏也」。如例所言，除喪即吉，禘遂以三年爲常，則新君即位，二年而禘，五年又禘，八年又禘。僖八年「禘於太廟」、宣八年「有事于太

〔一〕「明」字，底本原作「四」，兹據宋慶元六年紹興府刻宋元遞修本《春秋左傳正義》改。

廟」、定八年「從祀先公」，皆得三年之常期也。案，元年「夫人姜氏薨」，當以三年喪畢而禘，再經三年，則九年乃可禘耳。而得八年禘者，哀姜喪畢，不爲作禘。八年因禘祭乃致之，故計閔公之喪數之耳。昭十五年「有事于武宮」，計非禘年，而爲禘者，《釋例》曰「禘於太廟，禮之常也，各於其宫時之爲也。雖非三年大祭，而書『禘』，用禘禮也。昭二十五年傳曰『將禘於襄公』，亦其義也。三年之禘，自國之常，常事不書，故惟書此數事，祭雖得常，亦記仲遂叔弓之非常也」。鄭玄解《禮》三年一祫，五年一禘；杜解《左傳》都不言祫者，以《左傳》無「祫」語，則祫、禘正是一祭，故杜以審諦昭穆謂之爲禘，明其更無祫也。古禮多亡，未知孰是。

孫氏覺曰：僖公之薨至是未及三年，而文公以其主入廟而行大禘之禮，但曰「大事」，蓋禘者審昭穆之祭而行之於三年喪畢之後。文公之喪未畢而禘祭躋僖，躋僖逆祀，不可曰「禘」，聖人是以變吉禘之文而曰「大事」也。《公》《穀》以爲「大事」則「祫」。案，祫祭之名未嘗經見，孔子論宗廟之祭，惟禘爲詳。蓋禘者與祫同祭而異名，諸儒因其合羣廟之主而祭之，故曰祫爾。然則亦未可據也。

紀氏昀曰：江永謂「魯禘行於秋嘗之時，周正之秋實是夏月。故《明堂位》曰『季夏六月禘周公于明堂也』。今考閔二年夏五月，吉禘于莊公；僖八年秋七月，禘于太廟；文二年八月，大事于太廟；宣八年夏六月，有事於太廟；昭十五年二月，禘于武宫；定八年冬，禘于僖公。據此則魯之禘祭四時皆舉，不得拘以嘗月也。《明堂位》曰『季夏六月以禘禮祀周公於太廟』，《雜記》孟獻子曰『正月日至可以有事于上帝，七月日至可以有事于祖』。七月而禘，獻子爲之也。稱七月日至乃夏至建午之月，則六月實建巳之月，於周正爲夏不爲秋也。」永既據《明堂位》六月爲禘月，而以六月爲周正之秋，則是以六月爲建未之月矣。同一魯也，記者於正月、七月稱日至，則用周正，而於六月則又用夏正，恐無是理。永又引《祭統》内祭則大嘗禘，書「禘」于「嘗」下，明大禘在嘗下，不知禘在嘗下，不過錯舉之詞，猶之傳曰「烝、嘗、禘於廟」，嘗在烝前，而錯舉之，則曰烝嘗也。然則經文嘗在禘上，原不謂禘在嘗月也。

孫氏星衍曰：禘之名，起自有虞，見《祭法》「禘黄帝夏殷」，則禘爲時祭。故《王制》云「天子諸侯宗廟之祭，春曰礿、夏曰禘」。鄭注云「此蓋夏殷之祭名，周則改之春曰祠、夏曰礿」，以禘爲殷祭。凡經文禘與嘗並舉，皆時祭之稱。魯祭宗廟改殷之禘，故通名爲烝嘗。《左傳》云「烝、嘗、禘於廟」。《春秋》文二年八月，「大事于太廟」，而《穀梁》謂之嘗、《魯語》謂之烝。定八年冬十月，「禘于僖公」，此夏時八月，實嘗也，而謂之禘是也。《魏書·禮志》「中書監高闆等言『諸侯無禘禮，惟夏祭稱禘，又非宗廟之禘。魯行天子之儀，不敢專圜丘之禘，故改殷之禘，取其禘名於宗廟。因先有祫，遂生兩名』」，是後魏時尚知魯禮不與周天子同也。自漢以來，皆以禘爲宗廟之祭，而無配天之禮。由諸侯不能用周制，徒推魯禮；故建武詔書云「禘祫之祭不行已久」、魏景初詔亦云「四百餘年廢無禘祀也」。

錢氏塘曰：禘有二，而祫有三。禘有特禘之禘，有祫禘之禘，故有二。祫有大禘之祫，有大嘗之祫，有大烝之祫，故有三，實惟四而已矣。古者一歲三祭，礿、禘、嘗烝。祫于三時，惟春獨否。周以禘爲大祭，而分爲二，故祫禘爲大禘，與大嘗、大烝而三，即古三時之祫也。特禘多在春時，因亦弗祫。四者皆殷祭也，而祫之名不存，言古禮者，時稱之而已。魯有祫祭無祫名，而禘亦有祫、有特祭，統言成王、康王賜魯大嘗、禘。禘固爲禘，大嘗非秋祫與？文二年八月「大事於太廟」，

《公羊》曰「大袷也」、《穀梁》曰「著袷、嘗者」，大袷即大嘗矣。而《魯語》又謂之烝，《漢史》直謂之禘。禘即大袷，烝猶大烝，名異實同，惟所命之。凡言魯有禘、有袷者，依二傳；有禘無袷者，從《左氏》。文之大事猶閔之吉禘，服終無常，故禘惟所遇，實豈有異乎？大嘗、大烝不知何歲行，大禘五歲之中間以特禘，是爲五年而再。殷祭袷者，合祭也。大禘而不合於太廟，何以異於特禘？僖八年禘于太廟、宣八年有事于太廟，皆合祭於太廟，是即古之袷禘也。昭十五年禘于武宮、二十五年禘于襄公，皆不合祭于太廟，此則周之特禘也。五歲再殷，即五歲再禘。《明堂位》曰「季夏六月，以禘禮祀周公于太廟」，所謂大禘之袷也。宣之八年是已，昭十五年非此也。定之八年兼袷、特，於袷爲過其月，於特爲不常歲，此陽貨之爲也。大禘于太廟與吉禘于莊公同，大事吉禘，遷廟之祭也。遷廟未有不合食於太祖者也，不合何以禘昭穆？魯禮三年喪畢，袷禘于太廟，至五年特禘羣廟，自爾之後，一袷一特，五年而再殷祭。《左氏》曰「烝、嘗、禘於廟」，烝兼大烝，嘗兼大嘗，禘兼大禘，一言而二禘三袷備矣。舉其凡，故曰「烝、嘗、禘」。

崔氏述曰：禘祭書於經者二：閔二年夏五月乙酉，吉禘于莊公；僖八年秋七月，禘于太廟，用致夫人。見于《左傳》者三：昭十五年二月癸酉，禘，叔弓涖事，籥入而卒。去樂，卒事。昭二十五年，將禘于襄公，萬者二人，其衆萬于季氏。定八年辛卯，禘于僖公。皆禘羣廟，非禘始祖所自出也。然則禘乃太廟、羣廟之通祭無疑矣。宗廟之祀，見於《春秋》者凡三：曰禘、曰嘗、曰烝，故《左傳》云「烝、嘗、禘於廟」。《易》論雖見於《易》，而以爲薄祭，則廟中惟此三祀爲正也。按「凡」之云者，羣廟皆然。禘且與烝、嘗同舉，正與《王制·祭義》諸篇説同，亦不當爲王者五年之大祭也。蓋祖宗之血食不可因喪而廢，故烝、嘗仍其常。三年免喪，然後禘，是以喪故，所以踰三年而後禘，非無喪而禘。槩以數年爲常也。《郊特牲》謂春禘秋嘗，《王制·祭統》以禘爲夏祭，皆以爲每年之祭，而非五年之祭也。《王制》：「天子犆礿，祫禘、祫嘗、祫烝。諸侯礿則不禘，禘則不嘗，嘗則不烝，烝則不礿〔一〕。諸侯礿犆，禘一，犆一祫，嘗祫，烝祫。」按，此文則礿、禘、烝、嘗乃祭之名，而犆與祫乃分合之謂，非祭之名也。分祭則謂之祫犆，合祭則謂之祫禘。

〔一〕「礿」字，底本原作「祫」，兹據宋紹熙三年兩浙東路茶鹽司刻宋元遞修本《禮記正義》改。

烝、嘗皆有祫，則禘、烝、嘗之外不得復有祫祭矣。所謂禘之犆者，即《春秋》之禘于莊公、禘于太廟也。所謂禘之祫者，即《春秋》之大事于太廟也。所謂嘗祫、烝祫者，即《春秋》之但書己卯烝、乙亥嘗，而不書所祭之廟也。由是言之，禘之與祫不得平列爲三祭，而以三年、五年分屬之也明矣。云諸侯禘一犆一祫，則亦以禘爲諸侯通用之祭，而不用不王不禘之説矣。

案曰：文二年「八月丁卯，大事于太廟，躋僖公」。杜注「大事，禘也」。《公羊傳》則曰「大事者何？祫祭也」「大祫者何？合祭也。毁廟之主，陳於大祖。未毁廟之主，皆升，合食於大祖，五年而再殷祭」，並不言及禘。然則《公羊》之所謂祫即杜注之所謂禘也。《説文・一篇・示部》「《周禮》曰『五歲一禘』、『三歲一祫』」。出於《禮緯》，不見於經，實本《公羊》五年再殷祭之説。然五年再殷祭者，謂五年再祫耳，爲謂一禘而一祫也。五年再祫，猶五年再禘耳，非於禘之外別有所謂祫也。正經及《左氏傳》並無祫文；《禮》惟《曾子問》云祫祭於祖；《王制》之祫禘、祫嘗、祫烝，《詩》無「祫」字，惟《商頌・玄鳥》祀高宗也，鄭云「祀當爲祫」；皆未並禘爲大。《爾雅》四時祭名，全録《公羊傳》文，獨稱禘爲大祭，而不及祫，祫統於禘也。杜云「卒哭之後，四時常祭如舊」，此謬之甚者。《儀禮·士虞禮》賈疏引服注云「特祀於主，謂在寢。烝、嘗、禘於廟者，三年喪畢，遭烝、嘗則行祭皆於廟」。言遭烝、嘗乃於廟，則自三年以前，未得遷於廟而禘祭。文二年，「八月丁卯，大事于太廟，躋僖公」，《魯語》以爲烝。韋昭注「凡祭，秋曰嘗，冬曰烝」。此八月而言烝，用烝禮也。凡四時之祭，烝爲備。《穀梁》「大事者何？著祫、嘗」。蓋用烝、嘗之禮而行禘祭於廟也。如服之言，此時僖公三年之喪未畢，祀主於寢，烝、嘗尚不可，況禘乎？《王制》喪三年不祭，文公之失，不特逆祀矣。杜預意袒短喪，附會傳文以伸其邪説，光伯之説與服注合，已見上篇。

春秋述義拾遺卷四

文公

文公元年，舉正於中，歸餘於終。

期之日三百六十有六日，謂從冬至至冬至必滿此數，乃周天也。則一歲爲十二月，猶有十一日有餘，未得周也。分一周之日爲十二月，則每月常三十日餘，計月及日爲一月，則每月惟二十九日餘。前朔後朔相去二十九日餘，前氣後氣相去三十日餘。每月參差，氣漸不正，但觀中氣所在，以爲此月之正。取中氣以正月，故言舉正於中也。月朔之與月節每月贏一日有餘，所有餘日歸之於終，積成一月，則置之爲閏，故言歸餘於終。

孔氏曰：「履端於始」，履，步也，謂推步曆之初始以爲術曆之端首。舉月之正半在於中氣，歸其餘分置於終末，言於終末乃置閏也。此年不合置閏而置閏，則不是歸餘於終，故爲非禮也。古曆十九年爲一章，章有七閏，大率三十二月則置閏。僖五年「正月辛亥，日南至」，治曆者皆以彼爲章首之歲。《漢書·律曆志》云：「文公元年距僖五年辛亥二十九歲。是歲閏餘十三，閏當在十一月後，而在三月，故傳曰『非禮也』。」杜爲《長曆》，置閏疏數無復定準。凡爲曆者閏前之月中氣在晦，閏後之月中氣在朔。僖五年正月朔旦冬至，則四年當閏十二月也〔一〕。杜《長曆》僖元年閏十一月，五年閏十二月。與常曆不同者，杜以襄二十七年再失閏，司曆過。昭二十年「二月，己丑，日南至」，哀十二年「十二月，螽」，云「火猶西流，司曆過」。則春秋之世，曆法錯失，所置閏月，或先或後，不與常同。杜惟勘經傳上下日月以爲《長曆》，若日月同者，則數年不置閏月。若日月不同、須置乃同者，則未滿三十二月頻置閏，故《釋例》云「《春秋》日有頻月而食者，有曠年不食者，

〔一〕「月」字，底本原無，兹據宋慶元六年紹興府刻宋元遞修本《春秋左傳正義》補。

理不得一一如算，以守恒數，故曆無有不失也」。

周氏密曰：余雖不善章蔀、元紀之術，然以杜征南《長曆》以考《春秋》之月日，雖甚精密，而其置閏之法則異乎此，竊有疑焉。謂如隱公二年，閏十二月；五年、七年亦皆閏十二月；然猶是三歲一閏，五歲再閏。如莊公二十年置閏，其後則二十四年以至二十八年，皆以四歲一閏，無乃失之疏乎？僖公十二年閏至十七年方閏，二十五年閏至三十年方閏，率以五歲一閏，何其愈疏乎？如定公八年置閏，其後則十年以至十二年、十四年，皆以二歲一閏，無乃失之數乎？閔之二年辛酉既閏矣，僖之元年壬戌又閏，僖之七年、八年，哀之十四年、十五年皆以連歲置閏，何其愈數乎？至於襄之二十七年，一歲之間頓置兩閏，蓋曰「十一月辰在申，司曆過也」。於是既覺其繆，故前閏建酉，後閏建戌，以應天正。然前乎此者二十一年既有閏，二十四年、二十六年又有閏，歷年凡六置閏者三，何緣至此？失閏已再，而頓置兩閏乎？近則十餘月，遠或二十餘年，其疏數殆不可曉，豈別有其術乎？抑不明置閏之法，以致此乎？又曰：余嘗考《春秋》置閏之異於前矣。後閱程氏《考古編》謂漢初不獨襲秦正朔，亦因秦曆，以十月爲歲首，不置閏，當閏之歲率歸餘於終，爲後九月。《漢紀》及《史記》自高帝至文帝，其書後九月皆同。是未嘗推時定閏也。至太初元年，改用夏正，以建寅爲歲首，然猶歷十四載至征和二年始於四月後書閏月，豈史失書耶，抑自此始置閏也？余因其説深疑之，精思其故，頗得其説焉。蓋閏月之不書者，亦偶以其時無可書之事耳。正如《春秋》經桓公四十七年，其所紀事至夏而止，以是年秋、冬無可紀之事也。定公十四年至秋而止，亦以是年冬無可紀之事也。魯史紀事之法，大率如此。其於閏月亦然。觀文公六年經書閏月不告月，《春秋》書閏方見於此。復以杜預《長曆》考之，自隱至哀，凡更三十餘閏，至此方書，豈曰前乎此者皆史失書，抑豈曰自此始有閏邪？今《漢紀》事正效《春秋》，如太初元年三年、天漢元年三年，皆止於秋；太始元年則止於夏；皆以其後無事可紀，故不書耳。然則閏月不書，亦若是乎？

顧氏炎武曰：古人以閏爲歲之餘，凡置閏必在十二月之後，故曰「歸餘於終」。考經文之書閏月者皆在歲末，文公六年閏月不告月，猶朝于廟；哀公五年閏月葬齊景公是也。而左傳成公十七年、襄公九年、哀公十五年皆有閏月，亦並在歲末。是以經、傳之文，凡閏不言其月者，言閏即歲之終可知也。今魯改曆法，置閏在三月，故爲非禮。《漢書·律曆志》曰「魯曆不正，以閏餘一之歲爲蔀首」，是也。又按《漢書·高帝紀》「後九月」，師古曰「秦之曆法，應置閏者總致之於歲末」，此意當取《左傳》所謂「歸餘於終」耳。據《漢書》及《史記》漢未改秦曆之前，屢書後九月，是知曆法故然。

梅氏文鼎曰：閏月之議，紛紛聚訟，大旨不出兩端：其一謂無中氣爲閏月，此據《左氏》「舉正於中」爲説，乃術家之法也；其一謂古閏月俱在歲終，此據《左氏》「歸餘於終」爲論，乃經學家之詁也。若如前推隱公辛酉冬至，在經朔後三十日宜閏歲前十二月，即兩説齊同，可無疑義。然有不同者，何以斷之？曰：古今法，原自不同。踵事加密，故自今日言，則以無中氣置閏爲安，而論《春秋》閏月，則以歸餘之説爲長。何則？治《春秋》者當主經文，今考本經，書閏月俱在年終，此其據矣。

辨曰：傳下文云「履端於始，序則不愆；舉正於中，民則不惑；歸餘於終，事則不悖」。杜注「四時無愆過，斗建不失其次，寒暑不失其常，故無疑惑。四時得所，則事無悖亂」。杜於本文無注，故劉本杜義以爲説也。《周書·周月篇》「凡四時成歲，有春夏秋冬。各有孟仲季，以名十二月，中氣以著時應。春三中氣：雨水、春分、穀雨。夏三中氣：小滿、夏至、大暑。秋三中氣：處暑、秋分、霜降。冬三中氣：小雪、冬至、大寒。閏無中氣，斗指兩辰之間」。僖五年正月辛亥，朔，日南至。孔氏云「冬至者，十一月之中氣。中氣者，月半之氣也。月朔而已得中氣，是必前月閏。閏前之月，則中氣在晦；閏後之月，則中氣在朔。閏者，聚殘餘分之月，其中無中氣，半屬前月，半屬後月。是去年當閏十二月，十六日已得此年正月朔大雪節，故此年正月朔冬至也」。

衛孔達帥師伐晉，君子以爲古。注：合古之道，而失今事霸主之禮，故國失其邑，身見執辱。

春秋之時，天子微弱，霸主秉德刑以長諸侯，諸侯從時命以事霸主。大字小，小事大，所以相保持也。晉之與衛，小大不同，而恥於受屈，望以强獲免，明王在上，理在可然，度時之宜，則非善計。君子以爲合古之道，失當今之宜，亦不言其謀全非禮也。

《釋例·侵伐襲例第十二》：「衛孔達爲政，不共盟主，興兵于鄰國，受討喪邑，窘而告陳。雖從陳之謀，僅得自定，以謀而濟，故君子但明言合古，而不釋其尤也。」

朱氏彬曰：《檀弓》「杜橋之母，宫中無相以爲沽也」，鄭注「沽，略也」。古與沽通。孔達恃楚而不事晉，故曰「越國而謀」，是麤略之甚。杜預謂其合古之道，孔達不能受命盟主，横挑强大，何合古道之有？

案曰：晉人伐衛，衛人伐晉，是不論成敗利鈍而爲之者。古時上有天子，下有方伯，或猶不免，今非其時矣，豈謀國之道哉？古者越國而謀，言古亦非所宜也。

十四年，晉人納捷菑于邾，弗克納。

已去邾國，又非邾君，故不稱邾捷菑也。得國爲君，皆舉國言之。「齊小白入于齊」，是也。

孔氏曰：捷菑不言「邾」者，下有「于邾」之文；莊公伐齊納子糾不言「齊」者，上有「伐齊」之文；與此同也。僖二十五年楚人圍陳「納頓子于頓」、昭十二年「齊高偃納北燕伯于陽」，彼舊是國君，故稱其國。哀二年「晋趙鞅納衛世子蒯聵于戚」，世子之尊，以名體國，上下又無「衛」文，故亦稱國，與此異也。齊小白、齊陽生、許叔、蔡季之屬，經無「納」文，又復得國，與此不同也。

陳氏岳曰：文六年趙盾將中軍持國政，郤克宣十七年方代士會，則納捷菑乃宣子明矣。

案曰：邾文公卒，無嫡長子，貜且，齊出。次捷菑，晋出。邾人立貜且，晋以捷菑己出，而往納焉。《左氏》稱趙盾、《公羊》稱郤缺、《穀梁》稱郤克。是時晋政在盾，即使郤缺、郤克帥師，主之者，盾也。於事《左氏》爲得其實。捷菑不繫邾，非其國又非其君，劉説是矣。

十四年，曰「夫己氏」。注：猶言某甲。

甲己俱是名，故云「猶言某甲」。

孔氏曰：心惡其政，不以爲公。凡與人言欲稱君者，終不謂之爲「公」，曰「夫己氏」，斥懿公之名也。

顧氏炎武曰：「夫己氏」，猶言彼己之子。

孔氏廣森曰：蓋桓之六子，商人第六，以甲乙次之而稱爲「己」。杜曰「猶言某甲」甚得其解。僖十七年傳，敘懿公於公子雍之上者，以無虧與惠、孝、昭、懿，皆嘗爲君，而雍未得立。又五公子之母，皆諸侯之女，獨雍母爲宋大夫華氏女。雖云「如夫人者六人」，傳家敘之自有貴賤，故雍倒在末耳，非長幼之次。

焦氏循曰：《漢書·石奮傳》：「奮長子建，次甲，次乙，次慶。」師古曰：「史失其名，故云甲乙耳。」《三國志》注引《魏略》許攸與太祖戲，至呼小字曰「某甲」，是則作史者諱言，不便述攸所呼而諱言爲某甲。商人既立公子，元不能直斥其名，又不肯稱之爲公，故以「夫己氏」稱之耳。齊桓之子六人並見：僖十七年爲武孟，即公子無虧；爲公子元，即惠公；爲公子昭，即孝公；爲公子潘，即昭公；爲商人，即懿公；爲公子雍。以元稱商人爲「夫己氏」。「己」於甲乙之次爲第六，蓋商人行六，故以「己」稱之。商人弒舍，以元爲兄而讓之。蓋是時，諸兄惟元在，立孝公時方畏四公子之徒。四公子：潘、商人、元及雍也。僖二十七年，孝公卒，即立昭。昭公卒，而昭之子舍立。商人殺舍而讓元，知元之年次於昭而長於商人。雍不争，可知是時無雍矣。

案曰：「夫己氏」，猶言夫人夫夫之意。「己」於甲乙之次爲六，商人，桓之六子，故稱爲「夫己氏」。杜申左意，劉申杜意，郟軒、里堂之説，不爲無據。

十五年，三月，宋華耦來盟，其官皆從之。書曰「宋司馬華孫」，貴之也。注：華孫奉使鄰國，能臨事制宜，至魯而後定盟，故不稱使其官，皆從故書司馬〔一〕。

八年，「宋人殺其大夫司馬，宋司城來奔」，惟言其官，不言氏族。此既書「司馬」，復曰「華孫」者，「或以爲華耦貴之既深，故特書族」。案：傳，華耦，稱「魯人以爲敏，則君子不許」，是魯貴之不深。蓋史有文質，故辭有詳略。服虔云：「華耦爲卿，侈而不度，以君命修好結盟，舉其官屬從之，空官廢職。魯人不知其非，反尊貴之。」其意以爲貴之者，魯人貴之，非君子貴之。案：經儀父與魯結好，

〔一〕此爲經文「三月，宋司馬華孫來盟」之注，非傳文「三月，宋華耦來盟，其官皆從之。書曰『宋司馬華孫』，貴之也」之注。

子哀不義，宋公司城效節來奔，單伯自齊致命，傳皆言「書曰貴之」，實善而貴之也。此亦云「書曰『司馬華孫』，貴之」，何故惡而貴之也？又難曰：「此爲不知其非，儀父豈亦魯不知其非而貴之乎？」孔子修《春秋》，裁其得失、定其襃貶，善惡章於其篇、臧否示於來世。若魯人所善亦善之，所惡亦惡之，己無心於抑揚，遂遂魯人之善惡，削筆之勞，何所施用？約之以理，豈其然哉？「其官皆從」，謂共聘之官無闕，當有留治政者，豈舉朝盡行而責其空官也？若以官從即責空官，聘禮官屬不以少，豈周公妄制禮乎？

孔氏曰：成三年，「晋侯使荀庚來聘。衛侯使孫良夫來聘。丙午，及荀庚盟。丁未，及孫良夫盟」。彼先以君命行聘，禮既而别與之盟，故書「聘」，又書「盟」。此雖使來聘，魯不令結盟，故書「盟」，未稱使也。僖四年「楚屈完來盟于師」，即其比也。諸侯之卿，例書名氏。以華耦能率其屬官，備禮盡儀，故貴其人，書其官也。

蘇氏轍曰：不言使，盟在華孫也。

毛氏奇齡曰：前新城之盟，公與宋公同會宋地，故宋公復來盟，修同好焉。

李氏紱曰：《春秋》來盟不稱「使」者三，高子、屈完皆以爲褒，不應華孫獨爲貶也。乃胡氏安國於屈完、高子不言「使」，則以爲權在完、權在高子，嘉其能服義與定亂；於華孫不稱「使」則以爲專行而無君，何同辭而異義耶？無君之説始於《穀梁》。然《穀梁》以稱官爲無君之命，未嘗以不稱使爲無君之辭。胡傳又謂自督弑殤公及其後世繼掌兵柄，故傳載其承命亞旅之辭，而經書曰「宋司馬華孫來盟」，其曰「華孫」，猶季孫、叔孫、仲孫、臧孫之類，亦非也。經於魯臣固未有直稱季孫、叔孫、仲孫、臧孫，而不書其名者。督誠弑逆，然《春秋》所書不賴寵而出奔許，討賊而後入。於華元之得正者，亦督曾孫也，何獨不以督貶賢哉？家氏鉉翁疑華耦爲公子鮑，嘗亦非也〔一〕。鮑所恤而結爲死黨者，皆桓族耳。華爲戴族，鮑既篡位，耦亦旋卒，而代以桓族之蕩虺，安知耦非忠於昭而發憤以卒，而顧重訾之乎？

案曰：傳稱「書曰『宋司馬華孫』，貴之也」者，魯史貴之，非魯人貴之也。劉之難服是矣。然杜之失更甚於服。服云「華耦以君命修好結盟」，是以君命來盟也。

〔一〕「嘗」字，疑爲「當」字之訛。

而杜則曰「至魯而後定盟，故不稱使」，彼楚屈完、齊高子之盟皆不稱使，豈亦非其君命耶？此服得之，而杜失之者也。服以官從廢職爲非，而杜則曰「其官皆從，故書『司馬』」。夫上介、衆介有常數，拭玉、展幣有常職，來聘之使皆然，何侈之有？若謂以官皆從而書「司馬」，豈不書官者皆非率屬而來乎？服固失矣，杜亦未爲得也。服曰「魯人不知其非」，杜曰「『魯人以爲敏』，明君子所不與」，劉獨難服而不難杜，殆尊注家之體然歟！杜、劉俱以「魯人」對「君子」，與服相同，本指魯國之人。孔氏以爲魯鈍之人。據《檀弓》「容居，魯人也，不敢忘其祖」，注「魯，魯鈍也」。又「叔仲皮死，其妻魯人也」，注「言雖魯鈍，其於禮勝學」，孔氏本此，殊失傳意。

十八年，此十六族也。

各有大功，皆賜氏族，故稱族。

孔氏曰：此十六人耳，而謂之族者，以其各有親屬，故稱族也。

顧氏大韶曰：高辛氏有才子，帝鴻氏有不才子者，皆歷代帝王之苗裔耳。受氏後雖數十百世亦曰某氏，非必指其身也。

辨曰：太史克言十六相，未嘗以爲即五臣也。而杜以爲八凱即垂、益、禹、皋陶之倫，八元即稷、契、朱虎、熊羆之倫。如《史記》所載，則皋陶爲益之父，父子不得爲兩族也。稷契爲堯兄弟，兄弟不得爲兩族也。禹列八凱，而鯀爲《檮杌》，一曰世濟其美，一曰世濟其惡，是鯀不能出於十六族之外，禹不能别於三族之中也。夫高陽、高辛之世次，八元、八凱之名字，今皆不可知，杜必以所知者混合之，是惑也。劉氏謂十六相各有大功，賜氏族，故稱族，然則三族亦皆賜氏族乎？《釋例·氏族例第八》「别而稱之謂之氏，合而言之謂之族」，蓋以高辛氏、帝鴻氏之後，皆謂之族耳。孔氏云「十六人各有親屬，故稱族」，乃肊度也。

宣公

宣公十一年，楚子入陳。注：楚子先殺徵舒而欲縣陳，後得申叔時諫，乃復封陳，不有其地，故書入在殺徵舒之後。

楚子入陳乃殺徵舒，經先書殺徵舒，後言入陳者，以楚子本意止欲討賊，無心滅陳。及殺徵舒滅陳爲縣，後得申叔時諫，乃復封陳，於例不有其地，故云「入陳」。言楚人既殺徵舒，楚子乃復入陳，納二子於陳。「入陳」之文爲下「納」張本。傳言：「書曰『入陳，納公孫甯、儀行父于陳』，書有禮也。」入、納連文，是入爲納也。昭八年「楚師滅陳。執公子招，放于越。殺陳孔奂」。彼心欲滅陳，此則主爲討賊，無心滅陳而復封之，君子善其自悔，故退入陳於下，隱其縣陳之過。若其不然，當云「楚子入陳，殺夏徵舒」。如此則楚子本爲入陳，因入乃討陳賊，則是惡楚子。故書入在殺徵舒之後。

黄氏澤曰：楚人殺陳夏徵舒。丁亥楚子入陳，納公孫甯、儀行父于陳。《公》《穀》似此等處多云實與而文不與，却全不曾尋得書法之妙。蓋此時已本縣陳，以申叔時之諫而止。聖人許人遷善，故没其縣陳而止，以「入陳」爲文。又本是先入陳而後殺徵舒，今却先書殺夏徵舒而後書入陳，便是聖人先正其討賊之義。觀聖人於此，實有所激。緣桓、文俱有匡正天下、扶持周室之功，然皆包容弑君賊，置而不問，所以養天下之亂。是以於楚子入陳一事，特顯此義，以見楚之用師不過討賊，納此二卿，以定陳亂而已，便與蠻夷華夏不同。此皆聖人與人爲善、止遏亂略之意。

方氏苞曰：稱國以殺，則徵舒陳人，非以楚之國法殺之。目楚子，則疑於楚子之私矣，故必稱人而後於義爲安也。殺夏徵舒書「人」，衆心之公也；入陳書「楚子」，一人之私也。徵舒既殺，則陳可不入，以明楚子之志在入陳也。胡傳謂不書「取陳」，爲美其討賊之義，末減而書「入」，非也。楚實未取陳，紀其實耳。殺洩冶者甯與行父，激徵舒之弑亦由之，楚子不誅而反納焉。蓋二人本以陳餌楚，故任爲腹心，納之以制陳，而陳自是不敢背楚而從晉矣。

案曰：劉君此説，深得聖人書法微旨，注家、疏家皆不及。

十二年，其君之戎分爲二廣。廣有一卒，卒偏之兩。注：君之親兵。十五乘爲一廣。《司馬法》：「百人爲卒，二十五人爲兩。車十五乘爲大偏。」今廣十五乘，亦用舊偏法，復以二十五人爲承副。

兩廣之别，各有一卒百人，一卒外復有偏。一兩二十五人。《兵法》十五乘爲偏，偏有一兩從之。兩是偏家之物，故謂此爲「偏之兩」。其實一廣十五乘，有一百二十五人從之。

孔氏曰：兩廣之别，各有一卒之兵，百人也。一卒之外，復有十乘之偏，并二十五人之兩。既言「一卒」，又云「卒偏之兩」。言卒者，成辭婉句耳。或解云，兩屬於偏，云「偏之兩」者，謂偏家之兩。知不然者，案，成七年「以兩之一卒」，亦云「之」字，豈又是兩家之卒？且杜注云「十五乘爲大偏」。今楚亦用舊偏法〔一〕，此一廣之中實有此偏，非是偏名爲兩，而出一卒，别復有偏之一兩二十五人從之。下云「楚子爲乘廣三十乘，分爲左右」，知十五乘爲一廣也。「百人爲卒」「二十五人爲兩」，《周禮》亦有此文。但《周禮》無偏，故杜并引《司馬法》耳。此云「大偏」，對成七年「九乘爲小偏」，故此爲「大偏」也。桓五年「二十五乘爲偏」，戰時臨陳，所用不同，不可與此相對爲大小。杜注多少皆望文也。舊偏於穰苴前已有，則應《周禮》有文，但以亡没者多，故《禮》文不具。

邵氏寶曰：楚人易古偏法而爲廣，廣之所有百人，故曰一卒，亦古偏法也。一

〔一〕「偏」字，底本原脱，兹據宋慶元六年紹興府刻宋元遞修本《春秋左傳正義》補。

卒之外又有承副之卒焉。其數如偏之兩。兩，二十五人也。廣之所有一卒，一卒百人也，一卒之外又有餘卒，爲承副者，二十五人爲兩，故曰卒偏之兩。車法在古爲偏，在今爲廣。蓋舉古今錯言之，不直曰。若于人而必曰卒、曰偏、曰兩者，今法不離於古也。

沈氏彤曰：杜云「十五乘爲一廣。《司馬法》『百人爲卒，二十五人爲兩，車十五乘』〔一〕。今廣十五乘，亦用舊偏法」，是矣。下云「復以二十五人爲承副」，言一卒外復有二十五人，則於「偏」之「兩」之字難通。按，成七年傳巫臣「以兩之一卒適吳，舍偏兩之一焉」，與此制相備。卒偏之兩，謂卒爲偏法之兩也。兩之一卒，謂充兩法之一卒也。又卒偏之兩者，分其一卒爲偏法之兩者四也。偏兩之一，則一偏四兩中之一也。「兩」字皆指法，不指數，故此處文意當云廣各别有一卒，一卒又四分之以爲偏法之兩，如此而已，非謂一卒外有二十五人之兩也。與桓五年鄭「魚麗之陳，先偏後伍，伍承彌縫」者，數雖異而法同。彼云「先偏後伍」，則此先

〔一〕據傳文「乘」下似脱「爲大偏」三字。

廣後兩也。彼云「伍承彌縫」，則此兩承彌縫也。陳用之《禮書》云「先偏後伍，伍從其偏。卒偏之兩，兩從其偏。先其車足以當敵，後其人足以待變，亦以爲一法也」。此本服注，於卒偏之兩，則用己意，縱橫辨論，足以自伸其說。

王氏引之曰：「偏」非《司馬法》之「偏」、「兩」亦非《司馬法》之「兩」，杜解皆失其指。服解「偏」字，是也；而解「兩」字則非。今案：「卒偏之兩」者，百人爲卒，五十人爲偏，兩偏則一卒，故曰「卒偏之兩」耳。服誤以兩爲二十五人，則與「之」字文義不合。杜以偏爲車十五乘，而云「廣十五乘，用舊偏法」，復以「二十五人爲乘副」，則是於人數之卒、兩雜以車數之偏，文義之不倫甚矣。又案，成七年傳：「以兩之一卒適吴，舍偏兩之一焉。」杜注曰：「《司馬法》『百人爲卒，二十五人爲兩。車九乘爲小偏，十五乘爲大偏』，蓋留九乘車及一兩二十五人，令吴習之。」正義曰：「『以兩之一』，謂將二十五人也。又言『卒』，謂更將百人也。『舍偏』，謂舍一偏之車九乘也。『兩之一焉』，又舍二十五人也。」案：兩之一爲二十五人，卒爲百人，兩之於卒四分之一也。傳當先言卒後言兩之一，何得先言兩之一後言卒乎？其不可通一也。一兩二十五人謂之兩之一，則一卒百人、一偏九乘，何以不云卒之一、偏之一乎？其不可通二也。車一乘當有甲士三人、九乘則二十七人，今云二十五人，則不足以供九乘之用。若謂二十五人爲步卒，則《司馬法》甸出長轂一乘，步卒七十二人，見成元年《左傳正義》。九乘則六百四十八人。成出革車一乘，徒二十人。見《地官·小司徒》注。九乘則一百八十人，亦不當云二十五人也。其不可通三也。今案：以「兩之一卒適吴」，「兩之」二字蓋因下句「舍偏兩之一」而衍，當作「以一卒適吴」，一卒百人也，半其數則爲偏，偏五十人也。一卒有兩偏，以「一卒適吴」者，以兩偏適吴也。以兩偏適吴，而舍其一，是於偏舍兩之一也，故曰「舍偏兩之一焉」，不曰舍卒之半，而曰舍偏兩之一者，軍制人數多少，皆爲之名。半卒五十人自以偏名，則當舉偏言之，不得但云卒之半也。不曰「舍一偏」而曰「舍偏兩之一」者，欲見一卒本有兩偏，舍其一於吴，仍歸其一於晋也。兩者數之偶，「兩之一」猶云參之一、四之一耳。宣傳曰「廣有一卒。卒偏之兩」，此傳曰「以一卒適吴，舍偏之一焉」，則一卒之爲兩偏，兩偏之舍其一，較然著明。學者尚何疑焉？自解者誤以偏爲九乘，兩爲二十五人，又不察「兩之一卒」之衍「兩之」二字，於是義雜而文亦難通。宜乎！孔沖遠之病其蹇澁矣。見

《正義》。又案：昭元年傳説晋人毁車以爲行，曰「兩於前，伍於後，專爲右角，參爲左角[一]，偏爲前拒」，正義曰「服虔引《司馬法》皆準車數多少以爲别名。此傳去車用卒，而有此名，則此名不以車數爲别也」。然則偏爲前拒，乃人數之名，蓋亦以五十人爲偏也。《齊語》曰「五十人爲小戎」，與此異名而同實。解「卒」「偏」之兩説，本果堂。其謂「『兩之一卒適吴』，『兩之』二字因下句『舍偏兩之一』而衍」，則創解也。

案曰：《夏官·小司馬》：「百人爲卒，卒長皆上士。二十五人爲兩，兩司馬皆中士。」注：「鄭司農云『百人爲卒，二十五人爲兩』。故《春秋》傳曰『廣有一卒，卒偏之兩』。」疏：「宣十二年欒武子説楚之軍法云『其君之戎，分爲二廣』。服氏云『左右廣各十五乘』。『廣有一卒』，服氏云『百人爲卒，言廣有卒爲承也』。『卒偏之兩』服氏云『五十人曰偏，二十五人曰兩』。廣既有一卒爲承，承有偏，偏有兩，故曰卒偏之兩』。」鄭、服俱稱卒是百人，兩爲二十五人，杜解同之。所異者，服以五十人爲偏，杜以十五乘爲偏耳。夫車九乘爲小偏，十五乘爲大偏，《司馬法》

[一]「參爲」，原作「爲參」，兹據宋慶元六年紹興府刻宋元遞修本《春秋左傳正義》乙。

所載車數也。五十人曰偏，服氏所訓人數也。廣言車卒，偏、兩言人，傳文炳然，以車數雜人數，此杜之失，當依服氏。案：《齊語》「五十人爲小戎」，即五十人之偏也。如杜所言，則偏仍是廣矣。光伯亦襲其誤，「卒偏之兩」者，謂一卒之外復有偏之一爲二十五人之兩耳。光伯謂一廣十五乘，有一百二十五人從之，是也。二泉之説，亦闡劉意。

十五年，晉師滅赤狄潞氏。注：潞，赤狄之别種。氏〔一〕**，國，故稱氏。子，爵也。**

狄稱種者，《周禮·内宰》上春「生穜稑之種」。賤之，同之草木，故稱種。林父尊卿，當稱帥師。今從「將卑師衆」之例，直稱師者，從告也。

孔氏曰：狄有赤狄、白狄。就其赤、白之間，各自别有種類。此潞即以國名爲氏。赤狄既須言狄，單國不復成文，故以氏配之，潞氏、甲氏、皋落氏，皆

〔一〕「氏」字上，底本原有「潞」字，兹據宋慶元六年紹興府刻宋元遞修本《春秋左傳正義》删。

是也。

案曰：《元和郡縣志·河東道》潞州得名因潞子之國。潞城縣本漢潞縣，屬上黨郡。即春秋時赤狄潞子嬰兒國也。今山西潞安府潞城縣東北有古潞城。

十七年，「冬，公弟叔肸卒」，公母弟也。凡大子之母弟，公在曰公子，不在曰弟。凡稱弟，皆母弟也。注：此策書之通例也。庶弟不得稱公弟，而母弟或稱公子。若嘉好之事，則仍舊史之文。惟相殺害，然後據例以示義。所以篤親親之恩、崇友于之好，《釋例》論之備矣。

再言「凡」者，前「凡」據適妻子爲文，後「凡」嫌妾子爲君，母弟不得稱弟，故更言「凡」也。

孔氏曰：此例再言「凡」者，前「凡」明稱母弟之文，適子及妾子之等；後「凡」明策書稱弟者，皆母弟之義。公之母弟見經者：鄭段、魯公子友、衛叔武實母弟而不稱弟。陳公子招，昭元年稱公子，八年稱弟。《釋例》曰「母弟之見於經者二十，而傳之所發六條而已。佞夫稱弟，不聞反謀也。鄭段去弟，身爲謀首也。

推此以觀其餘，秦伯之弟鍼、陳侯之弟黄、衛侯之弟鱄出奔，皆是兄害其弟也。至於陳招、宋辰稱弟稱名，從兩下相殺也」。

案曰：《釋例·母弟例第四》「母弟之寵，異於衆弟，蓋緣自然之情，以養母氏之志。公在雖俱稱公子，其兄爲君，則特稱弟。殊而異之，親而睦之。既以隆友于之恩，亦以獎爲人弟之敬，成相親之益也。通庶子爲君，故不言夫人之子，而曰母弟。母弟之見於經者二十，而傳之所發六條而已。凡稱弟，皆母弟，此策書之通例也。庶弟不得稱弟，而母弟得稱公子，故傳之所發，隨而釋之。仲尼因母弟之例，據例以興義。佞夫稱弟，不聞反謀也。鄭段去弟，身爲謀首也。然則兄而害弟者，稱弟以彰兄罪；弟又害兄，則去弟以罪弟身也。推此以觀其餘，秦伯之弟鍼、陳侯之弟黄、衛侯之弟鱄出奔，皆是兄害其弟者也。至於陳招殺兄之子、宋辰率羣卿以背宗國，據大邑以成叛逆，然不推刃於其兄。稱弟稱名，從兩下相殺也。若夫朝聘盟會嘉好之事，此乃兄弟之篤睦，非義例之所興，故仍舊史之策，或稱弟、或稱公子」。「今先儒説母弟，善惡褒貶既多相錯涉」。又云「稱弟皆謂公子，不爲大夫者，得以君爲尊。案傳莒挐非卿，乃法所不書，書而不言弟，非得以君爲尊也。凡聘享嘉好之事，於是使卿，故夷仲年之聘，皆以卿稱弟而行。此例所謂凡稱弟皆母弟。《左傳》明文而自違之」。此解皆約《釋例》爲説也。《釋例·終篇第四十六》丘明之傳稱「凡」者五十，其别四十有九。孔氏云「蓋以母弟二『凡』，其義不異故也」，光伯申兄弟二「凡」之意。考昭二十年秋，「盜殺衛侯之兄縶」，《公羊》云「母兄，稱兄。兄何以不立？有疾也」。據《左氏傳》嬖人婤始生孟縶，又生元，縶足不良，故孔成子舍縶立元，是爲靈公。縶爲靈公同母之兄，故《公羊》以爲母兄。靈公非襄公嫡妻之子，乃妾子爲君者也。然則「凡」固不足以槩《春秋》歟！

成公

十三年，三月，公如京師。注：伐秦道過京師，因朝王。

魯朝聘皆言如，不果彼國，必成其禮，或在道而還。如者，書其始發，言往而已。言公朝王所者，發國不爲朝王，至彼遇王朝之，朝訖乃書，故稱朝也。此過京師亦宜稱朝，言如者，發雖主爲伐秦，有即朝王之意，書其初發，故言如也。

王氏應麟曰：公如京師，非禮也。晋楚可以言「如」，京師不可以言「如」，於是朝覲之禮廢矣。

陳氏則通曰：《禮》稱「諸侯三年喪畢，以士服入見天子。天子錫之圭璧、黻冕，然後歸」，今也不然。文、成、襄、定以畢服而朝晋，昭以踰年而朝晋，則即位朝王之禮缺矣。《書》稱「月正元日，覲四岳羣牧，班瑞于羣后」，今也不然。僖、宣以正月而朝齊，成、襄以正月而朝晋，則正月朝王之禮缺矣。入《春秋》九十有二年，未嘗北面京師，踐土河陽，天威咫尺，不得不朝。相距又五十有三年，伐秦之役，惟晋是從，不過先告晋侯之意。經書曰「如」，是魯以列國例京師矣。經書魯於諸侯之朝例曰「如」，諱其朝也。於京師之朝例曰「如」，皐其以列國例京師也。二百四十二年書「朝」者二、「如」者一，迄未有朝于京師之文，何周之衰耶？抑魯公之不朝，不特係王室之盛衰，亦係魯之輕重焉。自僖之十年移事周之禮而事齊、文之二年移事齊之禮而事晋、襄之二十八年移事晋之禮而事楚，皆魯人不能秉禮之過也。

毛氏傳曰：此成公朝簡王也。成以赴晉文之召過周，因而朝之，此何朝乎？如之而已。

案曰：僖公二十八年朝王所者二，踐土温之會，皆以晉故，就朝，非朝京師也。十二公惟成公一如京師。公自京師遂會諸侯伐秦，非特朝也，故不曰「朝」，而曰「如」。

民受天地之中以生，所謂命也。

命者，冥也，言其生育之性得之於冥兆也。

孔氏曰：「天地之中」，謂中和之氣也。言人受此天地中和之氣以得生育，所謂命也。命者，教命之意。若有所受稟之辭，故《孝經説》云「命者，所稟受度是也」。

阮氏元曰：劉子曰：「吾聞之民受天地之中以生，所謂命也。」案：此「中」乃陰陽剛柔之「中」，即性也，即所謂命也。性字从心，即血氣、心知也。血氣、心知皆天所命、人所受也。人既有血氣、心知之性，即有九德、五典、五禮、七情、十義，故聖人作禮樂以節之、修道以教之，因其動作以禮義爲威儀，所以定命。能者勤於禮樂威儀，以就彌性之福禄；不能者惰於禮樂威儀，以取棄命之禍亂。是以周以前聖經古訓皆言勤威儀，以保定性命，未聞如李習之之説，以寂明道照復性也。

辨曰：劉子之所謂命，乃性命之「命」。劉氏以冥兆之「命」當之，淺之乎，言命矣！

十五年，仲嬰齊卒。注：無傳。襄仲子，公孫歸父弟。宣十八年逐東門氏，既而又使嬰齊紹其後，曰仲氏。

杜之此注，其言不明，當以爲襄仲、歸父本以東門爲氏，及命嬰齊紹歸父之後，改之曰仲氏也。炫以爲仲遂受賜爲仲氏，故其子孫稱仲氏耳。

孔氏曰：《公羊》《穀梁》皆以嬰齊爲仲遂之子，歸父之弟也。以爲歸父之弟則同，其言稱仲之意則異。《公羊》以爲弟無後兄之義，使嬰齊爲歸父之子，則爲仲遂之孫，故以王父字爲氏。《穀梁》以爲宣八年「仲遂卒」者，爲殺子赤，疏之，不使稱公子。父既見疏，不得稱公子，故其子由父亦疏之，不得稱公孫，故别言仲氏。

胡氏安國曰：此公子遂也。何以書氏？生而賜氏，俾世其官也。襄仲殺惡及視，援立宣公。宣公深德之，故生而賜氏，使世大夫，以答之也。

黄氏宗羲曰：仲嬰，齊公子遂之子，公孫歸父之弟。歸父無後于魯，以嬰齊爲後，理之正也。經書公孫嬰齊不一，其不爲歸父之子明矣。既爲父子，則不得並稱公孫也，卒而書仲者，孫以王父字爲氏，故《公羊》疑之。然臧孫問惠伯事，諸大夫皆雜然曰仲氏也。此時嬰齊未嘗後歸父，已得名公子，遂爲仲氏。可見公子之字，即宗之爲氏，不必至孫而後稱也。《公羊》無乃自相矛盾歟！

顧氏炎武曰：魯有二嬰齊，皆公孫也。成公十五年，三月乙巳，仲嬰齊卒，其爲仲遂後者也。成公十七年，十一月壬申，公孫嬰齊卒於貍脤，則子叔聲伯也。季友、仲遂皆生而賜氏，故其子即以父字爲氏。生而賜氏，非禮也；以父字爲氏，亦非禮也。《春秋》從其本稱而不没其變氏。其生也書公子，遂其死也書仲遂卒于垂；於其子也書公孫歸父，其死也書仲嬰齊。公子季友卒，亦同此義。惟季友之子，不見於經。

又曰：《公羊傳》：「仲嬰齊者何？公孫嬰齊也。」此言仲嬰齊，亦是公孫嬰齊，非謂子叔聲伯，故注云「未見於經爲公孫嬰齊，今爲大夫死見經爲仲嬰齊」。此漢人解經之善。若子叔聲伯則戰鞌成公二年、如晋六年、如莒八年，已屢見於經矣。又曰：爲人後者，爲之子。此語必有所受，然嬰齊之爲後，後仲遂，非後歸父也，猶之叔孫僑如奔，而立豹。以爲兄後，則非也。傳拘於孫以王父字爲氏之説，而以嬰齊爲後歸父，則以弟後兄，亂昭穆之倫矣，非也。且三桓亦何愛於歸父，而爲之立後哉？

徐氏乾學曰：卿大夫以下，繼世與天子不同。天子國君繼嗣則取於旁支，以弟後兄可也，以兄後弟可也；甚至以叔後姪，古亦爲之。君之生存，既已盡臣其諸父昆弟，身没而旁支入繼，必爲之服斬衰，即以祖禰事之可也。大夫則不然，以别子爲祖，亦不能臣其宗族。繼世相傳，以宗法齊之而已。《春秋》之法大夫以罪廢逐，不得入宗廟。即思其先世，爲之立後，亦直以廢逐者之兄弟代主大宗之祀。魯於叔孫氏嘗逐僑如而立其弟豹矣、於臧氏嘗逐紇而立其兄爲矣、於東門氏則逐歸父而立嬰齊，其事正同。不聞豹禰僑如、爲禰紇，而顧必以嬰齊禰歸父？此已大悖典制矣。然則，魯人之處此宜如何？曰歸父固宗子，又賢大夫也。魯人既察其無罪，而若宗子有罪，居于他國，庶子爲大夫，其祭也，祝曰『孝子某使介子某執其常事』，攝主不厭祭、不旅、不假、不綏祭，不配。」又曰宗子去在他國，庶子無爵而居者，「望墓爲壇，以時祭。若宗子死，告于墓，而後祭于家。宗子死，稱名不言孝，身没而已」。蓋卿大夫家，乃宗法所自始，其禮固甚嚴也。使歸父有子，當直立之；無子則當立嬰齊之子。嬰齊又無子，則當使爲攝主，以待其子之生。「季孫有疾，命正常曰：『南孺子之子，男也，則以告而立之。女也，則肥也可。』季孫卒，康子即位。既葬，康子在朝」，正常以告康子請退此卿大夫之庶子，攝位以待宜立者之生之證也。又曰：《公羊》之説有可疑者三：歸父欲去三桓以張公室，宣公薨，季孫發其父之前罪而逐之。然則三家之所惡者，非仲遂，乃歸父也，豈肯徐傷其無罪乎？其可疑一也。惡遂而及其子，又憐歸父而欲延其世，夫嬰齊固遂之親子也，即降昭穆，猶爲親孫。孫之後祖，與子之後父復何異乎？魯人當不若是之愚。其可疑二也。《穀梁》之責成公曰「與人之子，守父之殯。捐殯而奔其父之使者，是以奔父也」。范甯曰「人之子，謂歸父之子」。成公與之共守宣公殯，是歸父有子矣。昭公爲之立後，則自有宗法在，不得復同於放逐之臣矣。《禮・曾子問篇》曰：「

之從亡臣曰子家羈，杜氏注「莊公之玄孫也」。歸父字子家，見於奔齊。傳羈蓋以王父字爲氏。歸父莊公孫，故羈稱玄孫也。藉使嬰齊果後歸父，則羈爲其子，當即蒙仲氏，安得復稱子家乎？其可疑者三也。然則，嬰齊後仲遂耳。魯人之盟東門氏曰「無或如東門遂，殺適立庶」。庶非他，即宣公也。欲快其私忿，而暴揚先君之惡，當亦嗣君之所隱痛矣。成公幼不及知，長而知之，立嬰齊以後，遂此理之當然者也。諸侯之子爲公子，其孫爲公孫；然亦有及公孫之身而賜族者。晉靖公之孫有欒賓，杜氏曰「蓋其父字欒」；宋桓公有孫曰「鱗矔」，《世本》曰公子鱗之子、曰東鄉矔；皆以父字爲氏者也。宋戴公有孫曰「華督」，劉節曰「戴公之子考父，食采于華，爲華氏」，此以父邑爲氏者也。又有及公子之身而賜族者。魯孝公之子彄，《世本》曰「字子臧」、《左傳》謂之「臧僖伯」，其子曰「臧孫達」，是也。然則賜族之先後，亦惟時君意爾。嬰齊雖公孫得氏曰仲，曷足怪乎？

孔氏廣森曰：《禮》大夫世則有族，魯人立歸父之後，使世其位，故命之氏。氏、姓自廟別者也。嬰齊既後歸父，則當祀歸父于禰、祀仲遂于祖，故得比孫以王父字爲氏之法而氏之云爾。爲人後者，爲之子，謂事其廟如禰廟、服其服如喪父之服、持重于大宗、有子道焉，非實謂他人父也。《楚世家》曰「帝嚳誅重黎，而以其弟吴回爲重黎後」，則弟兄之相後，由來舊矣。

案曰：《公羊》以嬰齊爲後歸父，何氏謂「弟無後兄之義」。考文二年，大事於大廟，躋僖公。僖公，閔公之兄也。傳稱「子雖齊聖，不先父食」，是以閔、僖爲父子也。《魯語》弗忌曰「明者爲昭，其次爲穆」，是以兄弟異昭穆也。《公羊》曰「其逆祀，奈何先禰而後祖也」，《穀梁》曰「先親而後祖也」，是閔於文爲祖、僖於文爲禰也。《後漢書・周舉傳》「舉徵爲大鴻臚。及梁太后臨朝，詔以殤帝幼崩，廟次宜在順帝下。諫議大夫吕勃以爲應依昭穆之序，先殤帝後順帝。詔下公卿。舉議曰：『《春秋》「躋僖公」，傳曰「逆祀也」。及定公正其序，經曰「從祀先公」，爲萬世法也」。今殤帝在先，於秩爲父；順帝在後，於親爲子。先後之義不可改，昭穆之序不可亂。』吕勃議，是也。太后從之」。明世宗當後武宗、祖孝宗，惜大臣無吕勃、周舉其人者，乃伯孝宗而兄武宗，致躋興獻王於武宗之上，其逆祀較之僖公尤有甚焉者。《禮・喪服》曰「始封之君不臣諸父昆弟，始封之子不臣諸父而臣昆弟，始封之孫盡臣諸父昆弟」。徐氏乾學曰「王侯之家，臣子一例。當其生也，既可以諸父昆弟爲臣，則其死也，豈不可以諸父昆弟爲子？故弟而繼兄之統，弟即子也。即兄而繼弟之統，兄亦子也」。元成宗崩，無子，其兄子海山鎮漠北，海山弟愛育黎拔力八達在懷州，入京建國，迎海山即位，是爲武宗。武宗即位，愛育黎拔力八達爲皇太子。又，泰定帝崩，武宗二子在外，長曰和世瓎鎮漠北，其弟圖帖睦爾在江陵。亦先入京，稱號迎和世瓎即位，是爲明宗。明宗亦立圖帖睦爾爲皇太子，明宗尋被害，皇太子即位，是爲文宗。武、明二帝皆以弟爲子矣。明世宗曰「遺詔以吾嗣皇帝，非爲皇子也」。張孚敬疏稱漢哀帝、宋英宗乃定陶王、濮王之子，當時成帝無子，皆預立爲皇嗣，而養之於宫中，是尚爲人後者也。今武宗遺詔直曰「興獻王長子倫序當立」，初未嘗明著爲孝宗後，比之預立爲嗣，養之宫中者不同。夫孝宗有武宗嗣位，無由預養世宗於宫中，惟武宗未嘗預立世宗爲後，如元武宗、明宗故事耳。不得以定陶王、濮王比，豈有爲皇子始爲人後，嗣皇帝非爲人後哉？段氏玉裁曰：「楊廷和輩不知爲人後之禮，不後武宗而後孝宗。張璁、桂萼輩之廢立有甚於廷和，而實廷和之廢其一世，有以召之也。蓋天子受統於嗣，非嗣何統？其名不必爲父子之名，其禮則一如君臣之禮，臣道、子道一也。宋穆公稱宣公爲先君、漢文帝稱孝惠皇帝未嘗敢如宋太宗之於太祖稱皇兄，自稱孝弟也。」孔氏廣森曰「祖、禰，皆廟名也。爲人後者，爲其廟重。禰事之非必父謂之也，祖事之非必王父謂之也。人君者，尊之統也，是故廟無虚主、廟無二主，皆所以著統也」，豈有爲人後而不爲之子哉？《公羊》之説必有所受，然可以行之於天子、諸侯，而不可行之於卿、大夫。何則？天子、諸侯之尊，兄弟不得以屬通，卿、大夫不能也。天子、諸侯無廢逐，卿、大夫有廢逐。魯廢叔孫僑如而立其弟豹、廢臧紇而立其兄爲，《春秋》皆爲異文，何獨於嬰齊而變其書法乎？故杜注不明，尚沿《公羊》之説，以爲嬰齊紹歸父之後。劉君以爲仲遂受賜爲仲氏，故其子孫稱仲氏。蓋謂嬰齊後仲遂，非後歸父也。案：宣八年經書「仲遂卒于垂」。仲，其氏也。氏者，爵邑所在也。宣爲遂所立，故宣賜遂氏仲耳。至孫以王父字爲氏之説，則證之《春秋》正不盡然。公子彄字子臧，而其子曰臧孫達；公子季友以字爲氏，而其子曰季孫行父；宋公子鱗之子曰鱗矔；鄭子國之子僑曰國氏；此皆以父字爲氏也。且歸父字子家，昭公時子家羈即其後。歸父自有後，何必以弟爲之後乎？然則光伯之説不可易也，宋儒皆從之。